Für alle Kinder böser Menschen

Bibliografische Information der Deutschen Nationalbibliothek:
Die Deutsche Nationalbibliothek verzeichnet diese Publikation in der Deutschen Nationalbibliografie; detaillierte bibliografische Daten sind im Internet über http://dnb.dnb.de abrufbar.

TWENTYSIX – Der Self-Publishing-Verlag
Eine Kooperation zwischen der Verlagsgruppe Random House und BoD – Books on Demand

© 2018 Justa L. Goblin

Herstellung und Verlag:
BoD – Books on Demand, Norderstedt

ISBN: 978-3-7407-1223-5

Text, Illustration, Cover: Justa L. Goblin

Inhalt

Darf ich mich vorstellen? Goblin mein Name.

Mein Codename zumindest. Seit etwa einem Jahr inzwischen.

Mr. Superstar hat mich so getauft, nachdem ich in seinem Badezimmer gekotzt hatte wie ein Reiher und reichlich grün aus der Wäsche sah.

An jenem Tag hat sich mein Leben radikal verändert. Bis dahin hatte ich keinen Job länger als maximal acht Monate behalten. Auf zahllosen Gebieten begabt, ein geistiger Überflieger, aber sozial völlig inkompetent. Das beschreibt mich und meine beruflichen Schwierigkeiten ziemlich gut.

Fachlich standen mir zu viele Möglichkeiten offen, die allesamt sehr schnell eintönig und langweilig geworden waren. Wenn es daran nicht lag, hatte es mit den Kollegen oder vor allem mit den Chefs nicht hingehauen.

Nach Sprach- und Geschichtsstudium und kaufmännischer Ausbildung – *ja, genau in der Reihenfolge* – hatten Anstellungen im Schnitt drei Monate lang gehalten. Wer glücklicher über meinen Abgang war, mein jeweiliger Vorgesetzter oder ich, kann man nicht mit Sicherheit sagen. Vermutlich beruhte die Erleichterung über meine Kündigung auf Gegenseitigkeit. Idioten in den Hintern kriechen oder ihnen nach dem Mund reden ist keines meiner Talente.

Ausgerechnet diesen problematischen Mangel an Schleimerqualitäten weiß mein Boss – *ja, so habe ich ihn tatsächlich anzusprechen* – zu schätzen. Er ist froh, wenn ihn jemand hin und wieder auf den Boden der Tatsachen zurückholt – *notfalls mit sehr klaren Worten* – statt ihm unentwegt Zucker in den A… zu blasen. Wir hatten uns zwar nicht gesucht, aber trotzdem gefunden. *Meine große*

Klappe kann ich eh nicht halten! Bei ihm muss ich es nicht mal versuchen.

Dank Mr. Superstars diversen Workaholic-Tätigkeiten, häufigen Ortswechseln, vielseitigen Freunden, Kollegen, Verwandten und Bekannten wurde es bisher auch nicht langweilig mit ihm. Der hauptberufliche Schauspieler mit Weltruhm/Vater/Neffe/Ehemann ist nebenher Singer-Songwriter, Regisseur, Produzent, fahrender Musiker, Showmoderator und so weiter. Welche Hollywoodgrößen nicht in seinem Telefonbuch stehen, welche Konzertlocations er noch nicht bespielt, welches Land noch nicht besucht hat, gilt es noch herauszufinden. Bei den Oscarverleihungen gibt er sich auch regelmäßig die Ehre. Wenn nicht als Preisträger, dann als Nominierter, Präsentierender oder Teil des Showprogramms.

Klingt ziemlich angeberisch, wenn man das so hört. So in der Art von: Mein Haus, mein Auto, mein Pool, mein Boss. Es entspricht aber den Tatsachen. Und ja, ich bin stolz darauf, für ihn zu arbeiten und auch irgendwie Teil seines Lebens geworden zu sein. *Also lasst mich angeben!*

Wie ich an diesen, meinen Traumjob bei Mr. Superstar gekommen bin? Wie die Jungfrau zum Kinde! Gänzlich überraschend, ungeplant, ungewollt, ohne den geringsten Plan, was ich tun sollte.

Kurzbeschreibung des originellen Vorstellungsgesprächs: Auf der Jagd nach einem Autogramm von Mr. Superstar war ich in eine vermeintliche Geiselnahme geplatzt, die sich im Nachhinein als Mordversuch herausstellte. Statt ein Autogramm von ihm zu bekommen, rettete ich auf blöd sein Leben. Im Anschluss daran kotzte ich wie ein Reiher, was mein Boss positiv fand, weil: In der Gefahr hatte ich funktioniert, als alles vorüber war, entlud sich der Schock. Für meinen Boss ein sicheres Zeichen, dass ich doch nicht ganz so verrückt war, wie es auf den ersten Blick erschienen sein mochte. *Wer wäre ich, ihm zu widersprechen?*

Während der Rettungsaktion hätte man den Eindruck gewinnen können, dass eine Hab-mich-lieb-Jacke und gepolsterte Wände angebracht wären. *Sinn und Wahnsinn liegen ja oft nahe beieinander. Bei manchen näher als bei anderen…*

Wieso das so erschien? Naja, nennen wir meine Art, mit bewaffneten Männern umzugehen, mal unkonventionell bis kreativ. Auf der verzweifelten Suche nach dem stillen Örtchen hatte ich plötzlich den Lauf einer Pistole im Gesicht gehabt. Aus dem Nichts heraus. Einfach so, hinter der nächstbesten Flurecke. Die Gedanken „Wenn jetzt kein Klo auftaucht, geschieht ein Unglück!" und „Fuck, wie komm ich hier heil wieder raus?" wechselten sich im Bruchteil einer Sekunde ab und verschmolzen zu: „Ich muss mir den Weg zum Klo freikämpfen."

Um meine noch nie im Ernstfall erprobten Kampfkünste anwenden zu können, musste ich den Mann irgendwie aus dem Konzept bringen. Das beste und naheliegendste Ablenkungsmanöver, das mir gerade eingefallen war, lautete, ihn nach dem Weg zur Toilette zu fragen. Der geistig ohnehin schon verwirrte Attentäter war so perplex, dass er die Waffe weit genug sinken und mich nahe genug herankommen ließ, um ihn überwältigen zu können. *Es hilft auch, wenn man keinerlei Skrupel hat, einem Mann kräftig in die Kronjuwelen zu treten.*

Die beiden professionellen Sicherheitsleute, mit denen Mr. Superstar an dem Tag unterwegs gewesen war, hatten sich äußerst tapfer im Hintergrund gehalten und mir die Arbeit überlassen. Sie waren blöde vor ihrem Schützling gestanden, ohne sich zu rühren oder etwas zu unternehmen. Das war auch dem Schutzbefohlenen aufgefallen. Und ich war ihm aufgefallen. Er wollte mich (!) engagieren. Als seinen persönlichen Bodyguard, der mit ihm um die Welt reist.

Er erklärte mir, ich hätte sein Leben gerettet, was mir bis dahin noch gar nicht aufgefallen war. *Sorry, das war nicht mit Absicht.* Meine Entgegnung, dass ich nur um mein eigenes Leben gekämpft hätte, ohne ihn überhaupt zu registrieren und mir schlicht und ergreifend nicht in die Hose hatte machen wollen, ließ ihn kalt. Eher bestärkte ihn sein Lachflash über diese gnadenlose Ehrlichkeit sogar noch darin, mich engagieren zu wollen.

Sein Interesse an dem grünhaarigen Überraschungspaket in Menschengestalt war geweckt und der Name Goblin geboren.

Wieso Goblin? Ganz einfach. Dank grüner Haare, überwiegend grüner Kleidung und einer nach dem Vorfall sehr grünen Erscheinung um die Nase herum, befand Mr. Superstar, ich sähe aus wie ein kranker Goblin. *Ernsthaft? Ja, sein voller Ernst.* Er begann, mich Goblin zu rufen und der Name blieb kleben.

Zuerst lachte ich ihn herzlich aus, als er mit seinem Jobangebot herausrückte. Ist ja auch lächerlich, ein weiblicher Bodyguard, wenn auch mit 1,80 m Körpergröße und knapp 100 Kilo Lebendgewicht. Man sieht mir die 100 Kilo nicht so richtig an, weil ein ganz hübscher Anteil davon Muskelmasse ist, die sich unter der Speckschicht verbirgt. *Tarnen und Täuschen sozusagen.* Aber trotzdem, sehr abwegig das Ganze. Sehr gefährlich und ein unkalkulierbares Risiko für einen nicht ausgebildeten Personenschützer. Einen Amateur, einen reinen Hobbykampfsportler.

„Hast du sie noch alle?", lautete meine erste Reaktion. Und das nicht nur, weil er mir die Luft aus den Reifen gelassen hatte, um mich zu einem gemeinsamen Abendessen zu überreden. Er wollte eben unbedingt mit mir reden, war seine Begründung für seinen Affront gegen mein Auto gewesen. *Wie war das noch mal mit dem Wahnsinn, der bei manchen stärker ausgeprägt ist?*

Der Vertrag, den er über Nacht von einem eifrigen Anwalt erstellen ließ, während ich – *nach besagtem Abendessen* – im Gästezimmer seines Kurzzeitappartements tief und fest schlief, überzeugte mich jedoch. Eine überaus gut bezahlte Weltreise schlägt man nicht so ohne Weiteres aus. Eine Chance, sein armseliges Leben zu ändern, auch nicht. Jeder Mensch ist käuflich, da bilde ich keine Ausnahme. Er fand meinen Preis und darüber hinaus meinen wunden Punkt. Den hatte er eigentlich vorher schon gefunden. Beziehungsweise der wunde Punkt hatte ihn gefunden. In Lichtgeschwindigkeit hatte er festgestellt, dass ich nicht viel zu verlieren oder zurückzulassen hatte, was mich auch indirekt an diesem Tag zu ihm gebracht hatte.

Klingt verwirrend? Ja, ist es auch irgendwie.

Dann entwirren wir das Ganze eben Schritt für Schritt.

Punkt eins: Meine Mutter war mir noch geblieben und ein uraltes Schrottauto – klappriger, rostiger VW-Bus, Marke rollendes Wohnzimmer. Mehr gab es nicht mehr, was mich an meine Heimat band.

Zwei Drittel meiner Familie hatte ich mit Anfang Zwanzig innerhalb kurzer Zeit verloren und dazu noch fast einen Fuß. Meine Mutter hatte innerhalb dieser nicht einmal ganz elf Monate viel zu erleiden gehabt. Auch durch mich. *Spät gezündetes Arschlochkind könnte man sagen.* Ich hatte mich mit der Nachricht vom Selbstmord meines Bruders komplett aus der Realität verabschiedet, sämtliche menschlichen Regungen aus mir verbannt, jeden vor den Kopf gestoßen, nur noch Mist gebaut und nichts mehr auf die Reihe bekommen. Selbst den Tod meiner Oma nahm ich in dieser Zeit eher stoisch hin, obwohl sie mich mit aufgezogen und ich sie geliebt hatte.

Erst der Crash mit einer viel zu starken Maschine konnte meine Vernunft und den Rest von mir wieder zurückbringen. Oder besser gesagt war der Knochen, der mich aus meinem Schienbein heraus über das zerschellte Motorrad hinweg angelächelt hatte, während ich bewegungsunfähig auf der Straße gelegen und auf den Notarzt gewartet hatte, der Weckruf gewesen. *Gaffer sind übrigens super! Vor allem solche, die einem im Vorbeigehen das zerrissene Hosenbein hochziehen, um die Verletzungen besser sehen zu können. Ich liebe diese Menschen.*

Punkt zwei: Nachdem sich auf diese Weise mein Hirn wieder eingeschaltet hatte, fing ich langsam an, den Tod meines Bruders zu verarbeiten. Wirklich langsam. Sehr langsam. Besonders langsam. Er verfolgte mich über mehr als ein Jahrzehnt hinweg.

Warum? Schlechtes Gewissen und Schuldgefühle.

Aus Stolz oder Sturheit oder um den großen Bruder zu ärgern oder weil Geschwister nun eben mal so sind – *schwer zu sagen, was es genau war* – hatte ich ihm einen bestimmten Wunsch nie erfüllt. Er liebte meine Zeichnungen – *das wusste ich* –, hatte mich aber nie darum gebeten ihn zu portraitieren. Ohne diese Bitte hatte ich keinen Anlass gesehen, seinem Wunsch nachzukommen. Er sollte gefälligst fragen, wenn er etwas haben wollte.

Erst zu seiner Beerdigung hatte ich sein Bleistiftportrait gezeichnet, das dann mit ihm zusammen begraben wurde. Die Folge dieser schuldgefühlgetriebenen Schnellzeichnung waren zitternde Hände gewesen. Wenn zukünftig ein

Bleistift in meine Hand geriet, fiel er mir postwendend wieder aus den Fingern, die ihn vor lauter Zittern nicht halten konnten.

Psychisch bedingte, regional begrenzte Schüttelläh-mung? Ergibt das irgendeinen Sinn? Gibt es das im Diagno-sehandbuch? Wohl eher nicht. Klingt aber sehr medizinisch und damit rational nachvollziehbar. Nicht einfach nur ka-putt.

Punkt drei: Über die Jahre half mir Musik nach und nach mit diesem Trauma fertig zu werden. Genauer gesagt war es eine Reihe besonderer Lieder, die sich mit Selbstmord- und Verlustthemen befassten. Das letzte und wichtigste Lied in dieser Reihe war ein Song meines Bosses, den er selbst geschrieben hatte. Dieses Lied hatte mich so ins Mark getroffen, dass ich unbedingt ein Portrait des Sän-gers und Songwriters zeichnen musste. Koste es, was es wolle. Nach einem Fehlversuch und viel Verzweiflung ge-lang es mir schließlich, eine in meinen Augen perfekte Zeichnung von ihm hinzubekommen. Mit komplett ruhigen Händen. *Erlösung!*

Punkt vier: Ohne Mr. Superstars Unterschrift, also die Unterschrift des zweiten beteiligten Künstlers, der diese Darstellung möglich gemacht hatte, war sie für mich nicht komplett. Deswegen hatte ich an jenem Tag versucht, seine Signatur auf die Zeichnung zu bekommen. Nur des-wegen war ich zur richtigen Zeit am richtigen Ort gewesen, als er Hilfe brauchte.

Und so schließt sich der Kreis. In seiner Punktezählung auf dem Lebensrettungskonto bedeutete unser erstes Zusammentreffen 1:0 für mich. In meiner Zählung war es der Ausgleichstreffer, wir waren quitt.

Geheim

Das war jedoch nicht das einzig Verworrene, das es nach und nach zu lösen galt. Durch diese schicksalhafte Begegnung ergaben sich noch ganz andere Zirkel, Zufälle, Bekanntschaften, Verwicklungen und Probleme.

Wie hätte ich zum Beispiel ahnen können, dass mein bester Freund ein junger australischer Gärtner werden würde? George, der am Hauptwohnsitz meines Bosses in Sydney arbeitet. Wir beide adoptierten uns quasi gegenseitig, fast von Anfang an. Aber eben nur fast, wohlgemerkt! Unser Kennenlernen stand unter keinem guten Stern. Das erste Mal, als ich ihn sah, war er hinter mir im Spiegel erschienen, während ich beinahe nackt war. Er beobachtete mich durch das Fenster meines Schlafzimmers beim Anprobieren von Dessous und tanzte mit mir und meiner lauten Rockmusik mit. Angeblich wollte er den Efeu vor dem Fenster schneiden, als er mich entdeckte und sich nicht mehr losreißen konnte. *Wie bei einem Unfall: Man kann einfach nicht wegsehen...*

Naja, wir haben das ausdiskutiert – *wenn er es jemals jemandem erzählt, werde ich ihn töten* – und haben seitdem viel Spaß miteinander. Also, das heißt, wenn unser Boss und ich gerade in Sydney sind und er uns nicht braucht. Was selten genug vorkommt. Dass wir in Sydney sind und der Leibwächter frei hat, meine ich. 24 Stunden am Tag, sieben Tage die Woche Babysitter, Chauffeuse, Laufburschin, Gesellschafterin, Krankenpflegerin, Roadie, Statistin und so weiter und so fort. Das gehört alles zu meinem Job, wenn wir unterwegs sind.

An den australischen Wohnsitzen Mr. Superstars habe ich generell frei, solange er sich auf seinem Anwesen in der Stadt oder seiner Ranch aufhält. Innerhalb des Zaunes ist eine Security-Firma zuständig, die das ganze Gelände sichert und mir außerhalb der Anwesen Personal sowie

Gerätschaften und Software zur Verfügung stellt, wenn nötig.

Wie schnell ich allerdings trotzdem innerhalb des Zaunes spontan gebraucht werden konnte, hatte sich durch einen verrückten Verfolger gezeigt.

Der Durchgeknallte hatte die ersten drei Monate meiner Anstellung als persönliche Leibwächterin sehr spannend werden lassen. Um die halbe Welt hatte der Wahnsinnige uns verfolgt und versucht Mr. Superstar den Garaus zu machen. Mehrere Mordanschläge hatte ich abwenden können und meinem Boss wiederholt das Leben gerettet.

Endstand des vergangenen Jahres auf der nach oben offenen Lebensrettungsskala, die mein Boss mit Begeisterung eingeführt hatte, war 5:1 für mich gewesen. *Das gab einen dicken Bonus.*

Den letzten dieser fünf Punkte ergatterte ich am 23. Dezember, nachdem ich mich eigentlich bereits bis Silvester aus dem Dienst verabschiedet hatte.

Der Gestörte hatte meinen Boss und George überfallen, während ich auf dem Weg zum Flughafen war. *Weihnachten wollte ich nach Hause fliegen.* Zum Glück hatte George mir noch, kurz bevor er überwältigt worden war, ein Handyvideo geschickt, auf dem ich den Attentäter erkannte.

Die Polizei hielt meinen darauf folgenden Notruf für einen geschmacklosen Scherz und reagierte nicht wie gewünscht, also musste ich selber handeln. Wie eine Irre war ich vom Flughafen zum Wohnsitz Mr. Superstars gerast, hatte dabei alle Verkehrsregeln missachtet und erst mal bis auf Weiteres meinen Führerschein abgeben müssen. *Naja, kleinere Opfer muss man eben in Kauf nehmen.*

16

Jedenfalls war es mit Georges Hilfe schließlich gelungen, dem Geiselnehmer Herr zu werden. Die Polizei hatte den Attentäter nur noch abholen müssen, nachdem sie endlich doch noch kam. Wenigstens Mr. Superstars Anruf – *als alles schon vorbei war* – hatte die Leitstelle ernst genommen, wenn auch nicht auf Anhieb.

Klingt ja auch komisch: „Hallo, hier ist Mr. Superstar. Mein Gärtner und ich wurden in meinem gut gesicherten Haus als Geiseln genommen, unsere Handys in viele kleine Scherben zerlegt. Mein Bodyguard hat ihren Heimflug verpasst und wir haben gemeinsam den Geiselnehmer begraben. Ihr müsst den Bekloppten, der mich um die halbe Welt verfolgt hat, nur noch ausgraben. Sein Motiv werdet Ihr mir im Übrigen niemals glauben."

Das anschließende Verhör dauerte Stunden.
Meinen Heimflug hatte ich gründlich verpasst.

Alle Versuche, noch ein Last-Minute-Ticket nach Deutschland oder Österreich zu bekommen, waren vergebens. Alles komplett ausgebucht, mit Warteliste so lang wie eine Klopapierrolle. Auch alle angrenzenden Länder, über die man einen Umweg hätte machen können, waren überbucht. *Wer rechnet schon damit, dass unmittelbar vor den Festtagen jemand einen Langstreckenflug brauchen könnte… Wäre ja blanker Unsinn da zusätzliche Flüge anzubieten.*

Keine Chance, Heim zu kommen. Meine Mutter war am Ende. *Weihnachten ist ihr wichtig und sie hat ja nur noch mich. Verdammte Scheiße!*

In dieser Situation stellte sich überraschend Hilfe aus einer ganz und gar unerwarteten Richtung ein. Ausnahmsweise hatte dieses Mal das Aufbauschen sämtlicher Ereignisse durch die Medien etwas Gutes.

Die Geiselnahme und die dazugehörige Rettungsaktion gingen natürlich innerhalb kürzester Zeit um die ganze Welt. Rauf und runter auf allen Kanälen aller Nationen. Man konnte nicht den Fernseher oder das Radio einschalten ohne über Superstars Geiselnahme und Befreiung zu stolpern. Die Tränendrüse wurde überstrapaziert, weil die tapfere Heldin nicht heimkehren konnte. „Driving home for Christmas" von Chris Rea hatte ich noch nie gemocht. Nachdem es nun auch noch ständig als Hintergrundmusik in den entsprechenden Beiträgen zu hören war, mochte ich es noch viel weniger.

Aber! Ein hilfreicher Einwohner Down Unders mochte es und war für diese Art von Propaganda empfänglich. Er hörte die tragische Geschichte der Retterin in der Not, die nun ein Problem hatte. Es ging ihm ans Herz und er kontaktierte meinen Boss. Am Abend des vierundzwanzigsten Dezembers bekam ich seinen Privatjet für den Heimflug.

Seine Begründung für diese großzügige Leihgabe lautete: „So eine Beschützerin hätte ich auch gerne. Mut darf nicht bestraft werden."

Auf diesem Flug befand sich zum ersten Mal seit Beginn meiner abenteuerlichen Reise die Zeichnung, mit der alles begonnen hatte, nicht in meinem Koffer. Von Anfang an hatte sie mich begleitet und auf die passende Gelegenheit gewartet, die zweite Signatur zu erhalten. Die Gelegenheit hatte sich allerdings nie ergeben. Oder besser gesagt, hatte mir immer der Mut gefehlt, sie meinem Boss zu zeigen und ihn um seine Unterschrift darauf zu bitten. Es bestand schließlich die Gefahr, dass er sie nicht so perfekt finden würde, wie sie es in meinen Augen war. Oder dass er womöglich wissen wollte, was hinter den drei kleinen Worten steckte, die als Danksagung neben seinem Charakterkopf standen. Die Geschichte zum Bild zu erzählen und die möglichen Folgen dieser Offenlegung wollte ich mir gerne ersparen. *Ich hasse Gefühlsduselei und könnte George dafür schlachten, unserem Boss überhaupt jemals von dem Bild erzählt zu haben.*

Ich selbst hatte Superstar einmal im Vollsuff – *und auch nur auf vehemente Nachfrage* – offenbart, was hinter der Zeichnung steckt, warum sie mir so viel bedeutet und dass sie verantwortlich für unser erstes Zusammentreffen gewesen war. Zum Glück war er noch betrunkener gewesen als ich und konnte sich am nächsten Morgen nicht mehr daran erinnern. Erst recht wusste er nicht mehr, dass wir im Löffelchen beieinander – *ja, beieinander! Nicht miteinander, das möchte ich ganz klar betonen* – geschlafen hatten, nach diesem Besäufnis. Seine Frau würde uns beide töten, wenn sie davon wüsste… Auch wenn außer Schlafen nichts war.

Sie hatte mich bei unserem ersten Zusammentreffen ohnehin falsch interpretiert und mit Blicken getötet. Lag wohl daran, dass ich im offenen Bademantel mit nichts als sehr aufreizender Unterwäsche darunter in eine lautstarke ähh… nennen wir es „Diskussion" zwischen den beiden geplatzt war.

Der Lärm der … „Unterhaltung" hatte sich für mich gefährlich angehört und ich war zwar nicht direkt aus der Dusche, aber doch fast unmittelbar aus meinem begehbaren Kleiderschrank heraus losgerannt, um meinen Job zu machen und meinen Boss zu beschützen.

Leider ging der Schuss gründlich nach hinten los. Seine Frau war stinksauer und verließ sowohl die Küche als auch das Anwesen im Sturmschritt. Seitdem hatte ich sie nicht wiedergesehen. *Andernfalls wäre ich vermutlich einen Kopf kürzer. Diese Dessous taugen wirklich nicht als Dienstkleidung! Eher als Waffe oder Kriegserklärung.*

Der besagte begehbare Kleiderschrank, aus dem heraus ich durch das Fenster meines Schlafzimmers gesprungen und quer durch den Garten zur Hintertür des Haupthauses gerannt war, befand sich im Gästehaus meines Bosses in Sydney. Welches inzwischen mein zweites Zuhause geworden ist, „mein" Haus. Es fühlt sich zumindest so an.

Mein wertvollster Besitz – *meine Zeichnung Mr. Superstars* – hängt dort gut aufgehoben an der Wohnzimmerwand, im Zentrum einer Collage aus Mitbringseln von unseren Reisen. Nicht einmal George, der das zweite Nebengebäude des Anwesens sein Zuhause nennt und mich besser kennt als die meisten anderen Menschen, weiß von der Bedeutung dieses Bildes. Er weiß nur, dass es mir sehr wichtig ist und ich es nicht lustig fand, dass er Superstar davon erzählt hatte. *Soweit reichte der Filmriss bei Letzterem dann leider doch nicht zurück. Aber er fragte auch nicht noch mal danach.*

Wie auch immer. Weihnachten in meinem ersten Zuhause, dem Haus meiner Mutter im schönen Bayern, hatte doch noch geklappt, war erholsam und friedlich gewesen und endete gefühlt erst am sehr, sehr späten Abend des dreißigsten Dezembers mit meinem Flug nach New York.

Gott sei Dank fliege ich nur noch erster Klasse seit ich für Mr. Superstar tätig bin. Der breite Sitz war nötig nach einer Woche am heimischen Feiertagsherd.

Silvester in New York

Mein Boss war am Silvestermorgen vor mir im Hotel in New York angekommen, hatte mein Weihnachtsgeschenk auf meinem Kopfkissen drapiert und die zweite Schlüsselkarte für sein Zimmer auf meinen Nachttisch gelegt. *Juhu! Ich brauche wieder eine Karte!*

Jetzt gab es keine Verbindungstür mehr. Wozu auch? Der Attentäter war ja nicht mehr auf freiem Fuß und griff Mr. Superstar nicht mehr mitten in der Nacht an. Jetzt musste es wieder genügen, wenn ich im Notfall schnell durch den Flur zu ihm gelangen konnte. Endlich wieder ein bisschen mehr Privatsphäre. Für uns beide. Und keine blöden Sprüche oder abwertenden Blicke durch das Hotelpersonal mehr, das die Verbindungstür in den falschen Hals bekommen hatte. *Ja nee, ist klar. Er bringt sich seine Groupies selber mit und parkt sie im Nebenzimmer. Und damit seine Frau auch ja alles mitbekommt, lässt er beide Zimmer ganz offiziell auf seinen Namen buchen. Was sonst?*

Wir verbrachten ohnehin schon oft sechzehn Stunden am Tag oder mehr miteinander. Angefangen beim gemeinsamen Frühstück mit Tagesbesprechung bis hin zur abendlichen Durchsuchung seines Zimmers auf Eindringlinge. Wenn wir die Nächte über im Flugzeug zum nächsten Ziel saßen, wurden es auch mal schnell zwei bis drei Tage komplett am Stück. Da musste nicht auch noch für die wenigen Stunden im Hotel eine Verbindungstür offenstehen, damit wir uns gegenseitig beim Schnarchen zuhören konnten. Nein danke! Ist ja schlimmer als verheiratet sein.

Letzteres kam nun wirklich nicht in Frage. In meinem Fall begeisterter Single durch und durch. Männer konnten zwar für gewisse Stunden manchmal doch ganz interessant sein, aber eben nur kurzfristig und zweckgerichtet. Sich langfristig mit einem bestimmten Exemplar abzugeben war nur in freundschaftlicher Hinsicht vorstellbar. In dem Fall dann aber definitiv ohne Extras. Entweder, oder.

Freundschaften halten bei mir oft ewig, solange keine Extras passieren. Nach erfolgtem Extra war ich immer am Morgen verschwunden.

„Never fuck the company" galt hier noch zusätzlich und mein Boss war außerdem verheiratet. Auch wenn die beiden aktuell getrennt lebten wäre es mir nie in den Sinn gekommen, auf fremdem Terrain zu wildern. *Wilderer werden standrechtlich erschossen.*

Gespannt wie ein Flitzebogen führte mein erster Weg in diesem hochklassigen Hotelzimmer nicht wie üblich ins Badezimmer oder zum Rauchen ans offene Fenster. Nein, das hübsch beschleifte Paket auf dem Bett war viel interessanter. *Viel, viel, viel interessanter. Und so groß!*

Obwohl wir unsere Weihnachtsgeschenke weitgehend gemeinsam erjagt hatten, hatte ich keinen blassen Schimmer, was sich in dem saftig grünen Geschenkkarton verbarg. Entweder hatte er das irgendwo bestellt oder es in den unendlichen Minuten aufgetrieben, die ich ihn in der Mall aus den Augen verloren und verzweifelt gesucht hatte.

Egal. Auspacken! Die Schleife fiel, der Deckel hob sich etwas. Darunter kam schwarzes Seidenpapier zum Vorschein, darauf eine beige Karte mit Goldrand und dunkelroter Schrift:

Hallo Goblin,

willkommen zurück und viel Spaß mit deinem Geschenk heute Abend. Maggy hat es speziell für dich anfertigen und nach New York schicken lassen. Sie lässt dich lieb grüßen.
Ich hoffe, es gefällt dir.
Wenn du über die Festtage etwas zugelegt hast, kein Problem. Es ist leicht größenvariabel. ;-)

Schön dich wieder zu haben!

Dein Boss

Maggy? Dann kann es ja nur super sein!
Maggy hatte mir beim Dienstantritt in L.A. meine komplette Dienstkleidung zusammengestellt. Die perfekte Garderobe für alle Anlässe. Inklusive einiger Teile, die nicht auf der Einkaufsliste meines Bosses gestanden hatten, mir aber sehr viel Freude bereiteten. *Und Mr. Superstar Ärger mit seiner Frau eingebracht hatten. Was sollte sie auch denken, als eine ihr bis dahin Unbekannte in halb durchsichtigen Dessous und wehendem Bademantel fullspeed in die Küche gerannt kam?* Maggys Geschmack war unbestechlich und unübertrefflich. Sie wusste, was mir stand und zu mir passte. *So umfangreich hatte mich vorher noch nie jemand vermessen und abgeschätzt.*

Das Geschenk sollte ich heute Abend benutzen? Heute Abend war mein Boss Ehrengast auf einem großen Maskenball im ersten Hotel am Platz. Also in dem Hotel, in dem ich gerade den Brief zur Seite legte und das Seidenpapier aufklappte. *Wo sollte Mr. Superstar auch sonst absteigen? Mal ehrlich: Manche Jobs haben ihre Vorzüge und meinen liebe ich.*

Eine Halbmaske im venezianischen Stil kam zum Vorschein. In einem dunklen Rotton gehalten, mit rubinroten und schwarzen Glitzersteinen eingefasst. Ein passendes rotes Seidenband diente zum Festbinden. Schwarze Federn bildeten einen üppigen, buschigen Kopfschmuck, der über der Nasenwurzel ansetzte, nach oben führte und sich leicht über Kopfhöhe, wie die Fontäne eines Springbrunnens, in alle Richtungen ergoss. Schwarzglitzernde Ornamente zogen sich in elegant geschwungenen Schleifen vom Nasenrücken aus rund um die Augenöffnungen bis zu den Schläfen.

Die Maske lag auf einem seidig glänzenden Stoff im gleichen Rot. Beim Herausnehmen aus der Schachtel entpuppte sich der Stoff als langärmeliges Kleid mit Schnürung am Rücken. *Aha, deswegen größenvariabel. Und mein Tattoo soll wieder rausblitzen. Wiedererkennungswert für die Paparazzi, die mich schon in Miami von hinten mit Mr. Superstar abgelichtet und ihm eine Flamme untergestellt hatten. Diese Mistkäfer!*

Allerdings war der untere Teil des Kleides diesmal glockenförmig geschwungen ohne Seitenschlitz. Meine nicht sehr zierenden Unfallnarben am Bein würden also kein zweites Mal erkennbar sein. Bewegungsfreiheit war trotzdem gegeben. *Ganz in meinem Sinne.*

Von der rechten Schulter ausgehend zog sich, in schwarzen Pailletten, das gleiche Ornament wie auf der Maske über die rechte Brust bis hinunter zur linken Hüfte. Der großzügige Halsausschnitt wurde von kleinen schwarzen Federn eingefasst, die sich vom Dekolleté über die Schlüsselbeine und den Rücken hinab bis zu den oberen Lendenwirbeln zogen. Am unteren Ende des schnürbaren

Rückenschlitzes – *der gerade rechtzeitig aufhörte, um meine naturgegebene, rückwärtige Spaltung nicht offen zu legen* – trafen sich die Federbahnen und führten von da an in einer einzigen Linie weiter hinab. Am Po endeten sie in einem Schweif aus buschig angeordneten, leicht abstehenden, schlanken, unterarmlangen Federn, passend zu denen an der Maske. *Irre! Nicht erkenntlich, was das Kostüm darstellen soll, aber es ist toll. Wie Karneval in Venedig.*

Zum Anprobieren kam ich nicht, denn es klopfte an der Tür.

„Hallo, ich bin Claire, bis heute Abend gehören Sie mir."

Das ist mal eine Ansage, aber okay. Klingt nach meinem Boss. Nach dem Kittel der jungen Frau zu schließen gehörte sie zum hoteleigenen Schönheitssalon. Solche Überraschungen kannte ich schon. „Hallo Claire, womit fangen wir an?"

Fango war des Rätsels Lösung. Gefolgt von Massage, diversen Gesichtsbehandlungen, Ganzkörperpeeling, Maniküre, Pediküre, Augenbrauenzupfen und, und, und. Mein Boss ließ mich wieder aufhübschen, damit die Leibwächterin als Begleitung durchging.

Ein netter kleiner Trick, der schon mal funktioniert hatte. Sogar so gut, dass die Medien spekuliert hatten, wer wohl die unbekannte Rückansicht an seiner Seite sein mochte. Anscheinend wollte er dieses Spielchen wieder aufgreifen. Warum auch immer. *Er wird schon wissen, was er tut.*

Ich genoss das Programm in vollen Zügen, ließ mir von Claire nebenbei die neuesten Infos aus und zu den angesagtesten Locations der Stadt brühwarm erzählen, hielt ein ausgiebiges Schläfchen im Ruheraum, futterte die Gurkenscheiben von meinen Augen und nutzte den Champagnerservice. *Ein sehr entspannter und informativer Nach-mittag.*

○

Kurz vor acht packte ich fix und fertig gestylt noch schnell Zigaretten, Diensthandy, Ausweis, Schlüsselkarte und etwas Geld in die Handtasche, die sich auch noch zusammen mit den nicht ganz flachen Schuhen im Päckchen befunden hatte. *Mein Boss lernte dazu.*

Ohne Handtasche war es letztes Mal etwas schwierig gewesen, die nötigsten Dinge im Kleid unterzubringen. Dieses Mal hätte ich nicht einmal etwas in den BH stopfen können. Ich trug keinen. Rückenfrei und BH passt nicht, finde ich. Die Schnürung am Rücken und die dadurch entstandene Enge mussten reichen, um die Schwerkraft im Zaum zu halten. *Hoffentlich schafft es wirklich keiner, ein Bändchen zu lösen, sonst steh ich im Freien.*

Claire hatte ganze Arbeit geleistet und die Schnürbänder bombenfest verknotet. Alleine würde ich da nicht mehr rauskommen. Zu zweit würde die Entfesselung mehrere Minuten dauern, hatte sie behauptet. Je nachdem, wie geschickt mein Begleiter wäre, kam mit einem Augenzwinkern hinterher. *Bitte? Ich geh da mit meinem Boss hin. Rein dienstlich. Keine Gelegenheit für einen Aufriss. Hoffen wir lieber, dass ein Zimmermädchen greifbar ist, wenn wir von der Party zurückkommen.*

Pünktlich um acht klopfte mein Boss an die Tür. Er trug das Gegenstück zu meinem Kostüm. Zwei perfekt aufeinander abgestimmte Galaroben aus dem Hause Maggy. Hose, Gürtel und Hemd schwarz, Fliege und Jackett dunkelrot, mit aufgesetzter Pseudoschnürung am Rücken und einem Saum aus kleinen schwarzen Federn am Kra-

26

genaufschlag. Das Ornament, das sich bei mir quer über den gesamten Oberkörper zog, fand sich auf seinem linken Ärmel und rechten Hosenbein wieder. Seine rote Maske hatte keine Glitzersteinchen, nur das Ornament und den schwarzen Federschmuck. Letzterer weniger üppig, nicht zentriert über der Nase, sondern wie bei einem Uhu über den Augen. Seine Manschettenknöpfe waren auf der einen Seite rubinrote, auf der anderen schwarze Funkelsteine. Er sah super aus, begrüßte mich mit einer kleinen Umarmung, machte Komplimente, bot mir seinen Arm an, nahm meinen Dank für das tolle Geschenk entgegen und fragte: „Wann bekomme ich mein Geschenk?" *Das war so klar.*

„Du wolltest ja nicht, dass ich es dir da lasse, bevor ich heimflog. Sonst hättest du es längst." *Jetzt lass ich dich zappeln.*

„Ja, aber doch nur, weil deines auf dem Weg hierher war und ich nicht Geschenke tauschen konnte."

„Pech für dich. Bisher hatte ich noch keine Zeit, es rauszuholen. Bekommst du morgen früh."

„Also erst nächstes Jahr!", entsetzte er sich gespielt.

„Diva!", gab ich zurück. Jetzt musste er kichern. Schon zu oft hatten ihn irgendwelche Medienfuzzies als Diva bezeichnet, als dass er es noch ernst genommen hätte. *Man darf nur nicht den Humor verlieren. Oder den Geschmack an gesunder Selbstironie.*

„Verrätst du mir, warum man mich als die geheimnisvolle Lady aus Miami wiedererkennen soll?", erkundigte ich mich im Aufzug.

„Was meinst du?", fragte er schelmisch zurück.

„Offener Rücken, damit man das Tattoo schön sieht? Als Begleiterin mitten drin statt als dezenter Schatten im Hintergrund nur dabei? Eigentlich hatte ich erwartet, mit den anderen Bodyguards hübsch unauffällig im schwarzen

Anzug am Rand zu stehen. Vielleicht hätte ich mir noch einen schwarzen Sack mit Gucklöchern aufgesetzt." *Kostüm moderner Henker. Simpel aber wirkungsvoll. Und ich hätte mir die ganze Farbe im Gesicht gespart.*

Verschmitzt lächelnd gestand er: „Das war die Idee meiner Frau."

„Was? Ich dachte, sie kann mich nicht leiden." *Nach unserem ersten und einzigen Zusammentreffen, den Flammengerüchten und anderen Mutmaßungen der Medien sowie meiner Daueranwesenheit an der Seite ihres Mannes, würde ich mich an ihrer Stelle auch nicht ausstehen können.*

„Sie meinte, es wäre ihr lieber zu wissen, wen sie auf den Fotos sieht, und auch die Jungs wüssten dann auf den ersten Blick Bescheid, wenn Gerüchte um den Globus schallen. Bei dir wissen sie ja, dass deine Anwesenheit nichts Zweifelhaftes an sich hat. Meine Jungs feiern dich und George übrigens als Helden."

„Eine Heldin ohne Führerschein…" *Kollateralschaden…*

„Den bekommst du wieder. In drei Wochen ist die Anhörung. Mein Anwalt rechnet dir gute Chancen aus. Die Polizei hat dich ja praktisch gezwungen, selbst aktiv zu werden."

„Die habe ich aber erst angerufen, als ich schon vor dem Haus stand. Vorher hab ich nur dem Sicherheitsdienst gesagt, die sollen Polizei, Feuerwehr, SWAT und Hundestaffel schicken und wusste noch nicht, dass die nicht kommen würden", gab ich zu bedenken.

„Hundestaffel? Ernsthaft?", lachte er. Dann nahm er sich zusammen: „Haarspalterei. Mach dir keinen Kopf, jetzt feiern wir erst mal."

Mit diesen Worten reichte er dem Türsteher vor dem Ballsaal die Einladung und die riesigen Flügeltüren öffneten sich.

Warme Luft, Stimmengewirr, Musik und ein optisches Feuerwerk schlugen uns entgegen. Wie die Pforte zu einer anderen Welt.

Paradiesvögel aller Gattungen schwärmten über die Tanzfläche, zwischen Tischen hindurch, umeinander herum und sogar übereinander hinweg. *Nein, nicht auf diese Weise übereinander hinweg. Wer Böses dabei denkt, ist selbst ein Schwein.* Von der Decke hingen Schaukeln und Seile, an denen sich phantastisch bunte Gestalten akrobatisch wanden, während sie durch die Luft schwangen. Die Künstler waren hoch genug oben, um nicht versehentlich einen Gast bei ihren Kunststücken zu erwischen. Die eine oder andere Dame mit hohem Kopfputz oder besonders große Herren zogen dennoch die Köpfe ganz automatisch ein. *Leider war keiner davon als Schildkröte verkleidet. Das Bild wäre zu genial gewesen.*

Egal ob barocke Turmfrisur, obstkorbähnliches Gebilde, prächtiger Federschmuck oder überragende Körpergröße, keiner lief Gefahr, einen Fuß abzubekommen. Die turnenden Vögelchen schafften es kaum gewollt, Kontakt zum Fußvolk am Boden aufzunehmen. Als sich eines nach einer Wasserflasche reckte, hing es nur noch mit den Knöcheln an seiner Stange und schaffte es gerade noch so, die erstrebte Flasche aus einer nach oben gereckten Hand zu ergreifen. Das auch nur, weil der Mann, der diese hinaufreichte, locker Basketballprofi hätte sein können.

Die Akrobaten trugen zudem Sicherungsgurte um den Bauch, die am jeweiligen Turngerät festgehängt waren. Trotzdem wurden unterhalb der herabhängenden Gestalten großzügige Inseln frei gelassen. Mit zunehmender Stunde und Gästezahl würden diese sich füllen und es könnte amüsant werden, wenn sich ein Spaßvogel bei vollem Haus in seinen Gurt fallen ließe. Bei diesem Bild auseinanderspritzender Celebrities in meinem Kopf ließ sich ein Schmunzeln nicht vermeiden.

Am anderen Ende des Saales spielte eine große Tanzkapelle vor der Fensterfront. Alle Musiker in Smoking oder schlichtem Abendkleid, mit ebenso schlichter Zorromaske, hoben sich deutlich vom farbenfrohen Rest ab. Ausnahmsweise waren auf Seiten der Gäste selbst die Herren mal bunt und nicht alle im gleichen langweiligen klassischen Smoking unterwegs. Die meisten Aufmachungen waren mehr elegant als humoristisch, ließen es aber dennoch nicht an Phantasie fehlen. Historische Könige und Königinnen, karibische Schönheiten, neckische Fabelwesen, aufgepolsterte Barbieverschnitte, noble Vampire, feurige Teufelchen, knackige Catwomen, zauberhafte Feen, zierliche Elfen, irische Kobolde, exotische Außerirdische, vornehme Ritter, edle Robin Hoods, grazile Pfauen, prunkvolle Pharaonen, sexy Schmetterlinge, herrschaftliche Generäle und venezianische Aristokraten gaben sich die Ehre.

Eine ältere Lady im weißen Kleid, die einen Engel mit enormen Flügeln, Rauschgoldlocken und Heiligenschein darstellte, sah etwas verärgert aus, weil sie wiederholt nach Getränken gefragt wurde. Kein großes Wunder, aber doch vermeidlich. Die Kellner und Kellnerinnen waren alle in weiße Anzüge mit kleinen weißen Flügelchen an den Jacketts gekleidet, aber ohne Heiligenschein. Wenn man die Augen aufmachte bestand keine wirkliche Verwechslungsgefahr. *Aber wer der hier Anwesenden machte sich schon die Mühe, eine potentielle Bedienung näher anzusehen?*

Die diversen Leibwächter der durchweg hochkarätigen Gäste stachen direkt ins Auge, auch ohne zweiten Blick. Nicht nur ihre Körperhaltung und Standortwahl verrieten sie. Diese Herren waren als einzige nicht kunterbunt oder wenigstens maskiert. Jetzt wurde mir klar, warum mein Boss beziehungsweise seine Frau mich im passenden Kostüm an seine Seite geholt hatte. Ich war der einzige Personenschutz, der nicht gleich jeden neutralen Beobachter förmlich ansprang. Wenn ich jetzt noch möglichst den Mund hielt, würde die mysteriöse Maskenträgerin am Arm eines der Ehrengäste weiterhin ein Rätsel bleiben. *Könnte lustig werden. Besonders, wenn die Circen versuchten, mir Details über meinen Begleiter und/oder mich aus der Nase zu ziehen.*

„Sag mal Boss, legst du viel Wert darauf, dich mit mir zu unterhalten? Sonst könnte ich heute stumm spielen."

Er sah mich überrascht an: „Du redest doch sowieso meistens nicht viel. Warum jetzt gar nicht mehr?"

„Wenn ich schon die mysteriöse Begleitung gebe, dann wäre es doch lustiger, echt mysteriös zu sein. Ich wette, sobald du dich kurz von mir wegdrehst, hab ich eine Horde neugieriger Waschweiber am Hals, die mich ausquetschen wollen."

Ein leichtes Lächeln umspielte seine Augen hinter der Maske. „Es wäre aber noch lustiger, sie deine Herkunft nach deinem Akzent erraten zu lassen. Der ist nicht immer typisch deutsch. Manchmal klingst du nach amerikanischer Ostküste, manchmal nach Mittlerem Westen. Inzwischen hast du auch kleine australische Elemente angenommen. Deine Aussprache, Betonung und Wortwahl verändern sich, je nachdem, wo wir gerade sind oder mit wem du dich unterhältst", gluckste er.

Jetzt war ich erstaunt. Bewusst die Sprache zu wechseln, je nach Gesprächspartner, ja, selbstverständlich.

Unbewusst zwischen verschiedenen westdeutschen Dialekten und Hochsprache wechseln, ja, kann passieren. Das geschieht ganz automatisch ohne mein Zutun, wenn ich länger einem bestimmten Dialekt ausgesetzt bin. Oft registriere ich es nicht einmal.

Jetzt machte mein Hirn diesen Mist also auch schon im Englischen. *Das kann ja heiter werden. Irgendwann verliere ich meine sprachliche Identität komplett. Nicht mal auf seinen fiesen deutschen Akzent kann man sich verlassen.*

Okay, ich hatte schon festgestellt, dass der harte Deutschton wesentlich stärker ausgeprägt war, wenn jemand nasales britisches Englisch mit mir sprach oder selbst einen starken nicht-amerikanisch-englischen Akzent hatte. Aber war das so ausgeprägt, dass es auch anderen auffiel? Ich sah meinen Boss groß an: „Ist das echt so schlimm? Manchmal merke ich ja selbst, dass der Akzent mehr oder weniger wird. Aber bin ich wirklich so ein sprachliches Chamäleon?"

Ein zauberhaftes Lächeln antwortete: „Diskutieren wir das morgen. Wenn du stumm spielen willst, solltest du jetzt die Klappe halten, sonst glaubt es dir keiner mehr."

Einverstanden, gab ich mit einem Nicken zu verstehen.

Nach der üblichen Begrüßungsrunde mit Küsschen links und Küsschen rechts, Schulterklopfen und aufgesetztem Lächeln, gegenseitiger Lobhudelei und Austausch von Höflichkeiten schaffte mein Boss es schließlich an seinen Tisch. *Zum Glück musste ich nicht an den Ritualen und Schmeicheleien teilnehmen.*

Mein Boss stellte mich der Höflichkeit halber als seine Begleitung vor und merkte an, dass ich leider auf Grund einer Stimmbandentzündung nicht sprechen dürfe. Damit hatte ich meine Ruhe, musste mich nicht unterhalten, konnte in Frieden die Umgebung und die Anwesenden sondieren.

Die anderen Ehrengäste zu begrüßen dauerte noch länger als beim Rest. Noch mehr gegenseitige Wertschätzung war zu bekunden. Die Laudatoren, die eine halbe Stunde später zu Wort kamen, schafften es unglaublicher Weise, die Schleimspur sogar noch zu übertreffen, die zuvor am Ehrentisch begonnen hatte. *Eine bemerkenswerte Leistung. Vor allem, dass keiner darauf ausgerutscht war.*

Gegen halb zehn war das offizielle Geschmeichel endlich vorbei und der angenehme Teil begann. Erst mal zur Bar. Mr. Superstar bestellte einen Bourbon für sich und einen Ipanema für mich. Im Dienst war ein richtiger Caipi ja nicht angebracht. Erst recht nicht nach der halben Flasche Schampus, die sich am Nachmittag bereits in meinen Magen verirrt hatte.

Kaum drehte mein Boss sich einmal um, geschah auch schon genau das, was ich prophezeit hatte. Nur mit anderem Geschlecht als vermutet.

Ein feuchter Traum von einem Waldläufer mit wallender brauner Mähne und kurzem, gepflegtem Bart stellte sich neben mich, stieß mit mir an und versuchte ein Gespräch zu beginnen.

„Guten Abend, schöne Frau. Darf ich fragen, was Euch den weiten Weg aus Venedig zu mir geführt hat?"

Och, ehrlich jetzt? Hättest du doch den Mund gehalten. So sexy und doch schon durchgefallen. An einem anderen Abend vielleicht. Da kannst du noch so lecker riechen... Mit dem Spruch... keine Chance.

Entschuldigend zeigte ich erst auf meinen Hals, auf die Stelle, an der ich die Stimmbänder vermutete, und schwenkte dann den erhobenen Zeigefinger von links nach rechts und wieder zurück, während ich den Kopf schüttelte.

Mein Gegenüber sah zuerst etwas dumm drein, bis er begriff: „Oh, die holde Dame ist des Sprechens nicht mächtig."

Dieses Mal nickte ich, stieß noch einmal mit dem stattlichen Robin-Hood-Verschnitt an und ging. Mein Boss war drei Meter weiter in eine Unterhaltung verstrickt und warf gerade einen Blick in meine Richtung. *Zeit für mich, nachzurücken.*

Der fast noch junge Mann ließ sich aber nicht so leicht abwimmeln. Er stellte seinen Drink ab, folgte mir, legte eine Hand auf meine Schulter – *Wow! Blitzschlag!* – die andere auf die Schulter meines Bosses und sprach nun diesen an: „Edler Herr, darf ich Eure schweigsame Begleitung für einen Tanz entführen?"

Mein Boss sah erst die Hand auf seiner Schulter kritisch an, dann auf meine explosionsartig beginnende Gänsehaut am Dekolleté und das angedeutete Kopfschütteln, schwenkte zum Gesicht des Aufdringlings und starrte ihm einfach nur in die Augen.

Der zog seine Hand umgehend, aber nicht eilig, vom Superstar weg und verbeugte sich: „Vergebt mir meine Vermessenheit." *Nur, wenn du dich sofort verkrümelst!*

Ich verdrehte die Augen und schob seine Hand von meiner Schulter. Von mir hatte er sie nicht von selbst weggenommen.

Er warf mir einen frechen Blick zu, trat aber einen Schritt zurück. Betont langsam hängte ich mich demonstrativ bei Mr. Superstar ein und sah die zu nahe gekommene Sahneschnitte noch mal abschätzend über meine Schulter an. Der Betrachtete grinste nur süffisant, während er sich in Zeitlupe rückwärtsgehend zu seinem Drink an die Bar zurückzog. Dabei ließ er mich keinen Moment aus den

Augen. Die kleinen Härchen, die sich bei seiner Berührung aufgestellt hatten, legten sich allmählich, die zwei kleinen Beulchen im vorderen, oberen Bereich meines Kleides – *meine beiden Nippel hatten sich ebenso wie sämtliche Härchen sofort senkrecht, betonhart aufgestellt* – reduzierten sich wieder. *Tief durchatmen!* Ich wandte mich wieder meinem Boss und seiner unmittelbaren Umgebung zu, bemühte mich den Kerl zu verdrängen.

Einfach ignorieren klappte bei diesem mittelalterlich angehauchten Zeitgenossen aber nicht. Jedes Mal, wenn mein Boss sich entfernte – sei es in Richtung Toilette, zum Mikrofon, in eine Männerrunde oder auf die Tanzfläche – tauchte der grünbraune Schatten neben mir auf, bot mir Drinks an, forderte mich zum Tanzen auf, textete mich mit irgendwas zu oder stellte Ja-Nein-Fragen.

„Ihr braucht nur zu nicken. Auch ein Schütteln Eures Hauptes gibt mir Antwort", erklärte er besonders geistreich, als ich ihn zum wiederholten Mal schlicht stehen ließ.

Ach echt? Da wäre ich jetzt nicht drauf gekommen. Gibt dir auch ein Tritt in deine Hinterbacken etwas Verständliches kund? Unfassbar! So was Aufdringliches.

Wie sollte ich meinen Job machen mit diesem Nervbolzen im Nacken? Mit diesem sexy, leckeren, herrlich duftenden Nervbolzen zum Anbeißen. *Ich kann nicht klar denken, wenn der neben mir steht! Stecken niedere Instinkte im Reptilienhirn oder im Frontlappen?*

Solche Ablenkung konnte ich nicht gebrauchen. Machte der das mit Fleiß? Verfolgte er ein bestimmtes Ziel, außer dem, mich zu nerven?

„Dein Verehrer ist ganz schön hartnäckig", bemerkte mein Boss.

Meine Antwort bestand aus einem Darth-Vader-Schnaufen.

„Zu schade, dass du beschlossen hast, stumm zu spielen. Den Spruch, mit dem du ihn sonst in die Wüste schicken würdest, hätte ich zu gerne gehört. Hahahaha..." *Du willst nicht wissen, was mir gerade auf der Zunge liegt. Oder was die gerne mit ihm machen würde.*

Ob er unter der Maske sehen konnte, wie meine Augenbraue stieg? *Scheint so.* Beide Hände beschwichtigend vor sich gehalten lachte er weiter: „Was hältst du von einer Pause von deinem Verehrer und etwas frischer Luft? In zehn Minuten ist Mitternacht. Auf dem Dachgarten können wir in Ruhe eine rauchen und das Feuerwerk gut sehen."

Die Idee werden mehrere haben. Das Dach wird noch voller sein als der Saal, dachte ich mir, nickte aber trotzdem, hakte mich bei ihm ein und ließ mich aus dem Saal führen. Mein Schatten folgte in einigem Abstand, unterließ es dann aber kurzfristig doch, uns auf den letzten Metern in den Fahrstuhl zu folgen. Lag vermutlich an dem Schritt, den Mr. Superstar noch mal kurz mit gestrafften Schultern und geschwellter Brust in Richtung der sich schließenden Türen machte, als der Waldläufer sich näherte. *Ich liebe primitive männliche Drohrituale! Und manchmal hätte ich zu gerne einen Elektroschocker als Dienstwaffe. Und sei es nur, um solche Typen zu verjagen!*

Zum Glück würde der breitschultrige Grinsekater mich in meiner normalen Aufmachung nie im Leben wiedererkennen, falls wir uns in den nächsten Tagen hier noch mal über den Weg laufen sollten. Ich musste nur heute Nacht überstehen.

Mein Boss dachte in ähnlichen Bahnen: „Ruhig Blut. Das ist niemand Wichtiges oder Bekanntes. Vielleicht hat er die Karte gewonnen oder jemand war ihm einen Gefallen schuldig. Vermutlich wird er nie wieder irgendwo auftauchen", klopfte er mir auf dem Handrücken herum. *Was soll*

36

das denn? Soll das beruhigend wirken? „Warum reagierst du eigentlich so gereizt auf ihn? Sonst flirtest du doch gerne", setzte er nach.

Ja, ich flirte gerne. Wenn ich dabei alle meine Sinne beieinander habe und die Oberhand behalte. Solange es nur ein Spaß für mich ist. Nicht, wenn schon bei seiner Hand auf meiner Schulter und seinem Geruch in meiner Nase alles in mir nach Parisern schreit. Und seine Stimme... Gänsehaut pur.

„Kein Kommentar."

Der Dachgarten, wenn man die paar Gemüsehochbeete und den grünen Teppich so nennen wollte, war bereits gut besucht. Bis zu einer kleinen Absperrung drängte man sich schon für das kommende Feuerwerk zusammen. Wir ergatterten noch ganz am Rand einen Stehplatz nahe einer Art Schießscharte, die mit einem metallenen Gitter den Raum zwischen den Zinnen sicherte. Ein Mann im Mottenkostüm hatte diesen Aussichtsplatz gerade frei gegeben, um sich zu einer größeren Gruppe zu gesellen. *Weggegangen, Platz gefangen.*

Das war nicht der höchste Punkt des Hotels, aber auf die Dächer der Türme durfte man nicht rauf. Von hier aus hatten wir trotzdem hoffentlich eine schöne Sicht auf das Feuerwerk, auch wenn die umgebenden Gebäude sicher einiges an Sicht rauben würden. Von unseren Zimmern, weiter oben in einem der Türme, hätten wir vermutlich mehr gesehen. Aber was solls. Silvester in New York hatte ich schon immer mal erleben wollen. Wobei mir eher ein Partyboot oder der Times Square vorgeschwebt hatten, mit dem legendären Ball Drop. *Voller als hier konnte es dort auch nicht sein.*

Und kälter auch kaum. Den lausig kalten Wind hatte ich nicht auf dem Plan gehabt. Im Saal war das lange Kleid grenzwertig warm gewesen, nun schlugen meine Zähne im Stakkato aufeinander. Besonders der ungeschützte Rücken hatte unter der beißenden Kälte zu leiden. Ganz instinktiv versuchte ich meinen Boss als Windfang zu benutzen. Mich direkt drandrücken wollte ich nicht, also Windfang auf Distanz. Leider kamen die Böen abwechselnd aus unterschiedlichen Richtungen, menschliche Schutzwand klappte somit nicht besonders gut. Mr. Superstar war auch zu sehr mit diversen Gesprächspartnern beschäftigt, um es zu bemerken. Ihn zu unterbrechen wäre unhöflich und unpassend gewesen. So schlang ich die Arme um den Oberkörper, biss die Zähne zusammen und hoffte, Warmzittern würde funktionieren.

Auf dem roten Teppich haben die Damen oft weniger an, bei vergleichbarem Wetter. Bei Open Airs war ich auch schon luftiger bekleidet. Nicht verweichlichen, jetzt! Ich werde doch wohl eine läppische halbe Stunde oder Stunde so aushalten.

Bis der Countdown gezählt, das typische New Yorker Neujahrslied gesungen und das Feuerwerk im Gange war, hatten meine Finger eine dezent blaue Färbung angenommen. Der Körper war ein einziger Eisklumpen, alle Muskeln starr vor Kälte, sämtliche Gelenke steifgefroren. Keine Standfestigkeit oder Wehrhaftigkeit war mehr vorhanden. Jeder kleine Rempler, der sonst gar nicht aufgefallen wäre, brachte mich ins Schwanken. Ein kleiner Schub ließ mich zur Seite stolpern, die Stoßenergie an die Nächsten neben mir weiterreichen. Die schubsten zurück. Entweder aus Spaß oder aus Ärger. Das variierte. Es hatte etwas von Ping-Pong mit mir als Ball. Flippern kam dem auch nahe. Immer schön abprallen, kurz zurückrollen und wieder angeschoben werden. Das Spiel überforderte meine steifen Gliedmaßen.

Der einzige Ausweg, den ich sah, war die Zinne gleich neben mir. Daran konnte man sich sicher anlehnen und hatte eine stabile Stütze. *Ganz langsam, sonst bricht noch ein Bein ab, oder ein Muskel zerspringt in hundert kleine Scherben. Vorsichtig das Ziel ansteuern. Bin ich am Boden festgefroren? Beine heben ist echt schwer!*

Im Krebsgang versuchte ich mich zur Seite zu schieben ohne wieder mit jemandem zu kollidieren. Vergeblich. Ein Schmetterling mit enormen Flügeln hatte die Lücke neben mir als Einflugschneise zu ihrem Nachtfalter gesichtet. Das Insekt bremste nicht vor dem schenkelweichenden Krebs ab. Sie machte einen kleinen Schwenk nach links, weg von der Zinne, streifte mich so hart, dass ich zum Rand des Daches hin beschleunigt wurde.

Wie eine angeschnittene Billardkugel mit Drall bewegte ich mich dadurch nicht geradeaus zur anvisierten Zinne, sondern leicht nach rechts versetzt zum Raum zwischen den Zinnen. *Achtung, Albatros im Anflug!* Mit einem torkelnden Schritt traf meine Schulter das eiserne Gitter in diesem Zwischenraum. Es gab nach! *Ist der Mörtel auch gefroren und zerbrechlich? Das Metall spröde durch die Kälte?* Von den vier Ankerpunkten des Gitters hielten nur drei dem Aufprall stand: Die beiden unteren und der obere rechte. Die obere linke Ecke der Absperrung schwang nach außen. Das Gitter verbog sich, stand in null Komma nichts zwanzig Zentimeter ab – im freien Luftraum – und gab weiter nach. Die Schulter, die dies verursacht hatte, folgte dem Metall über den Dachrand hinaus. Der Schulter folgte wiederum der Oberkörper und der Rest des starren Eiszapfens namens Goblin. Das Mäuerchen unter dem Gitter war nicht einmal hüfthoch.

Wo ist mein Schwerpunkt gleich noch mal?

Wow, gehts da tief runter!

Das wurde mir nur zu bewusst, als ich die Straße zwanzig Stockwerke unter mir plötzlich aus der Vogelperspektive wahrnahm, mit der Aussicht auf einen Sturzflug samt Bruchlandung. Die zahlreichen Federn am Kostüm würden nicht helfen, den Sturz zu bremsen, kräftig mit den Flügeln schlagen war keine aussichtsreiche Option.

Mitsamt dem Gitter unter mir geriet ich zusehends immer weiter in die Waagerechte. Die steifgefrorenen Finger konnten keine Steinkante zu fassen bekommen, die Muskeln und Gelenke keinen Gegendruck aufbauen. Zum Schreien fehlte mir die Luft vor Schreck.

Langsam rutschte ich über die Kante. Der Oberkörper hing schon im Freien, die Hüfte noch am Gitter. Allmählich verlor ich den Boden unter den Füßen. *Das wars dann wohl. Als Federvieh vom Dach gesegelt. Ein Abgang, gefedert, aber nicht geteert. Mein Ende hatte ich mir irgendwie anders vorgestellt.*

Der Schrei, den sich meine Kehle auszustoßen weigerte, erklang stattdessen hinter mir, einige Tonlagen tiefer als meine. Ein paar Fingernägel kratzten über meinen Rücken, das Kleid spannte plötzlich um den Brustkorb herum extrem, mir blieb endgültig die Luft weg. Es ging leicht rückwärts, weg vom Abgrund. Meine Füße meldeten wieder Bodenkontakt – auf dem Dach, nicht über fünfzig Meter tiefer. Eine Hand schloss sich um meine Schulter, zog mich zusammen mit den Fingern, die meinen Rücken aufgekratzt hatten, in einem heftigen Ruck zurück.

Ein knallendes Geräusch. Anders als die Klänge des Feuerwerks. Irgendwie schnalzend. Reißend. Der Druck um meinen Oberkörper war verschwunden. Die Hand an meiner Schulter drehte mich um. Mein Boss starrte mich entsetzt an. Erst in die Augen, dann eine Etage tiefer. Mein

Blick folgte seinem in Zeitlupe an meiner Front herab. *So viel zur stabilen Schnürung. Wenigstens muss ich nachher kein Zimmermädchen mehr suchen, um mich aus dem Kleid zu befreien. Das hat nun doch mein Begleiter erledigt, in unter drei Sekunden.*

Mein Hirn war wohl auch steifgefroren. Denn ich machte keinerlei Anstalten, meine Blöße zu bedecken. Starrte nur sehr langsam von meinem herabgerutschten Kleideroberteil zu meinem Boss und zurück auf meine blanken Brüste. Superstar schaltete nun, riss sein Jackett auf, machte einen Schritt auf mich zu, schloss Arme und Jacke zugleich um mich. *Oh, schön warm an seiner Brust.*

Meine Augen schlossen sich automatisch, ich versuchte Luft zu holen. Es fiel unendlich schwer. *Das war knapp. Zu knapp.* Mein Zittern nahm zu. Die menschliche Wärmflasche, die mich umschlossen hielt, zitterte mit.

Ein kreischendes, schrilles Lachen und Blitzlicht verpassten mir eine Ohrfeige. Die Realität schlug über mir zusammen und ich die Augen wieder auf. Der überzüchtete Schmetterling, der mich zuvor in die missliche Richtung angestoßen hatte, flatterte hinter Mr. Superstar auf und ab, johlte, kreischte und kriegte sich gar nicht mehr ein über die tolle Show, die sie eben erlebt hatte. *Dummes Huhn!*

Der Nachtfalter, den sie umschwirrte, war nicht recht viel heller als sie. Er machte breit grinsend Fotos mit dem Handy und hielt mit der anderen Hand einen hochgereckten Daumen in meine Richtung. *Ja, super Show. Wohl Motten im Hirn!*

Der Rest der Umstehenden hatte die Lage besser erkannt, lachte nicht – *zumindest nicht offen* –, zückte aber auch die Handys. Das würden Bilder werden… Und ich konnte nichts dagegen tun.

Wenn ich ein wenig von Mr. Superstar abrückte und versuchte, den vorderen Teil meines Kleides wieder hoch zu bekommen, würden das erst recht sehr interessante Aufnahmen werden. Aus den Blickwinkeln der Umstehenden würde Superstar seine Jacke um mich fächern, während ich mir halb nackt auf Höhe seiner Gürtellinie zu schaffen machte. *Nein, muss nicht sein.*

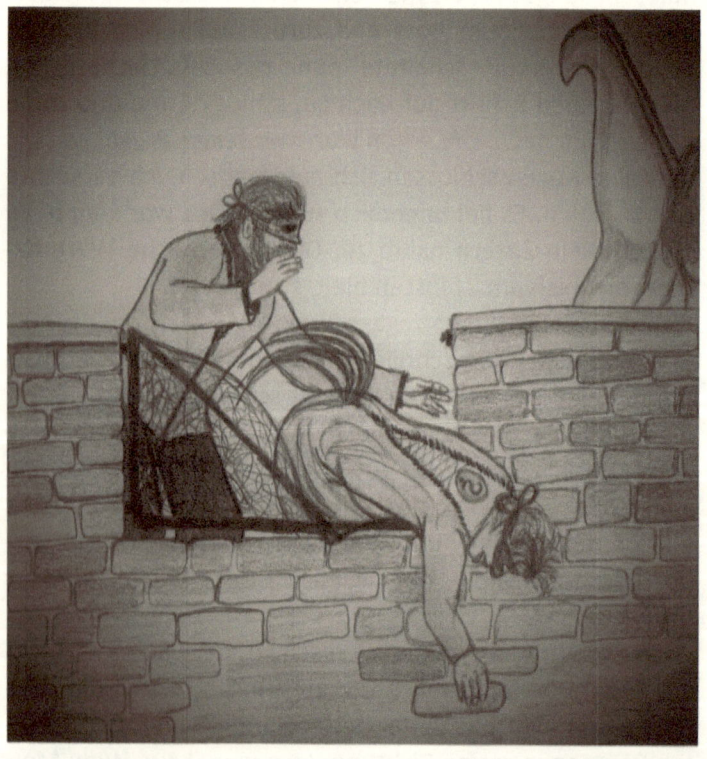

An ihn gepresst, im Rückwärtsgang, die Tür, die vom Dach führte, anzupeilen wäre unter normalen Umständen schon eine hübsche Koordinationsleistung gewesen. Im Moment bestand keinerlei Aussicht, das hinzubekommen. Entweder würden meine Knie nachgeben und ich mitsamt meines lebenden Sichtschutzes zu Boden gehen oder er würde auf das tiefhängende Kleid treten und es vollends herunterziehen. *Auch abgelehnt. Hab eh schon mehr Haut gezeigt, als ich wollte.*

Ich wünschte mir so sehr, mich doch im langweiligen schwarzen Anzug mit einem schwarzen Sack über dem Kopf zu den anderen Leibwächtern gesellt zu haben. Das wäre so viel besser gewesen, als nun entblößt und zitternd im Zentrum der allgemeinen Aufmerksamkeit zu stehen und nicht weiter zu wissen. *Scheiße! Warum immer ich?*

Eine Kapuze wurde mir von hinten aufgesetzt.

Nanu? Was ist jetzt los?

Rechts und links davon breitete sich ein dicker Stoff um Mr. Superstar und mich. *Warmer, dichter Loden?*

Mein Boss wich einen halben Schritt zurück, umfasste rechts und links die Säume des unerwarteten Sichtschutzes, hielt sie hinter seinem Rücken zusammen. *Bingo!* Er achtete darauf, dass der übergeworfene Umhang mich komplett verbarg. Ich zog mit streikenden Händen, so schnell es eben machbar war, die Front meines Kleides hoch und rückte es so gut zurecht wie es eben ging. *Du schaust mir tatsächlich höflich in die Augen, ins Gesicht? Du bist mein Held, Boss.*

Mr. Superstar wartete, bis ich fertig war, zog sich langsam weiter zurück, klappte die beiden Seiten des Wollstoffes vor mich, schloss sie sorgfältig über meiner Brust und hielt den Umhang mit einer Faust vor meiner Kehle zusammen. Meine Hände hielten unter dem Umhang das Kleid oben. *Doppelt hält besser.*

Blitzlicht schlug mir von allen Seiten entgegen, mein Gesicht hatte, abgesehen von den blauen Lippen, die gleiche Farbe wie meine Maske angenommen. *Dunkelrot, kurz vor Purpur.* Am liebsten wäre ich im Erdboden versunken.

Unter Aufbietung meiner sämtlichen Willenskraft hob ich das Kinn und sah meinen Boss an. Der überlegte gerade, ob er lachen oder schimpfen sollte. Er holte Luft, setzte an, etwas zu sagen und wurde prompt abgelenkt.

Von der Seite erschien eine große bronzene Fibel zwischen uns. Zwei gepflegte Hände schoben sich unter Superstars Faust, fixierten den übereinander gelegten Stoff vor meinem Brustbein. Ganz gebannt verfolgte ich die geschickten Finger, wie sie den Stoff mit der dicken Nadel des Verschlusses durchstießen, mich kurz damit in die Haut ritzten und den offenen Metallring eine Vierteldrehung um die Nadel beschreiben ließen. *So schnell hätte ich das selber nicht gekonnt. Dafür aber ohne Kratzer.*

Der Verschluss saß fest, alle drei Männerhände entfernten sich von mir. Mein Blick folgte den beiden helfenden Händen, die nicht zu meinem Boss gehörten. An diesen hing der Waldläufer. *Jetzt weiß ich, warum meine Temperatur sich ganz spontan um mindestens zwei Grad erhöht hat in den letzten vier Sekunden. Nicht wegen des Winterumhangs.*

Er verbeugte sich übertrieben, hob dabei in einer fließenden Bewegung die Handtasche auf, die ich fallen gelassen hatte, und hielt sie mir höflich hin. Meine Hände krampften sich immer noch um das zerrissene Kleid. *Nicht loslassen. Wenn jetzt auch nur eine meiner Hüllen fällt, falle ich auch. Und zwar über den Appetithappen her.*

Wir starrten uns gegenseitig an, ohne dass sich einer rührte. Mein Boss griff sich schließlich die Tasche, drehte mich um und navigierte mich in das Gebäude. *Rechts, links, rechts, links. Oder anders rum? Nicht die Beine durcheinanderbringen. So funktioniert Laufen doch? Mensch, schalt die Triebe ab und das Hirn wieder ein!*

Vor meiner Zimmertür angekommen funktionierten die zuvor steifen Muskeln allmählich wieder. Mr. Superstar kramte aufgebracht in meiner Handtasche nach der Schlüsselkarte.

„Man kann eine Rolle auch übertreiben. Warum hast du nicht um Hilfe gerufen?", schimpfte er. Er öffnete die Tür und schob uns beide hindurch, ehe ich antworten konnte.

„Hat es dir jetzt wirklich die Sprache verschlagen?"

„Ich konnte nicht schreien, konnte kaum atmen. War starr vor Angst."

Das nahm er schnaubend so hin. Fragte weiter: „Was war los? Wie ist das passiert?" *Ja, wie eigentlich? Das hätte nicht passieren dürfen.*

„Ich war steifgefroren, konnte mich kaum noch bewegen. Die dumme Gans in dem Schmetterlingskostüm hat mich geschubst und ich konnte den Schwung nicht abfangen. Alle Muskeln und Gelenke haben gestreikt."

Er blinzelte ungläubig: „Wenn dich schon so eine halbe Portion aus dem Gleichgewicht bringt… Warum hast du nichts gesagt? Du bist ganz blau, da wo du nicht rot bist. Ich hätte dir doch mein Jackett gegeben. Oder wir wären wieder reingegangen."

Ja sicher, und mich als Weichei outen. Kommt nicht in Frage. „Ich wollte dir den Spaß nicht verderben. Du hast dich so gut unterhalten. Außerdem sollst nicht du auf mich aufpassen, sondern umgekehrt. Bodyguard und Schützling. Du erinnerst dich?"

Meinen Fehler zuzugeben war mir unmöglich, also trat ich die Flucht nach vorne an: „Es ist mein Job, dir den Rücken frei zu halten, dafür zu sorgen, dass du dich entspannt amüsieren kannst. Ich kann doch nicht jedes Mal ankommen und dich stören, unterbrechen oder wegsprengen, wenn mir irgendwas nicht passt. Das war einfach ein doofer Zufall, dass dieses Nachtschattengeflügel mich so derbe angerempelt hat. Das soll die noch mal versuchen", reckte ich kampflustig das Kinn vor. „Und so habe ich wenigstens einen Ansporn, den Punktestand wieder gerade zu rücken. Offene Lebensrettungsskala und so."

Er sah mich fragend an: „Fünf zu zwei?"

„Nein, das war schon nach Mitternacht. Eins zu null für dich."

„Das Jahr fängt ja gut an."

Das kannst du laut sagen.

Der nächste Morgen war nicht recht viel besser. Zumindest nicht für mich. Mr. Superstar war in der Nacht zurück auf die Party gegangen, ich in die heiße Wanne. Er kam gegen fünf Uhr morgens heim, zog das Kostüm aus, die Sportklamotten an, klopfte solange an meine Tür, bis ich öffnete und schleifte mich ins Fitnessstudio des Hauses. Zum Outdoor-Radfahren war es sogar ihm zu kalt. Hometrainer war die Alternative. *Wenigstens ein kleiner warmer Lichtblick.*

Warum ich allerdings auch strampeln musste, erschloss sich mir nicht. Wir waren im Hotel, in einem geschlossenen Raum, mit räderlosen Bikes, die nicht von der Stelle kamen. Es bestand also kein Grund dazu, seinem sportlichen Beispiel folgen zu müssen. Er konnte mir schlecht davonradeln. Er bestand trotzdem darauf, aus Prinzip. „Weil ich es sage!" *Na, wenn du meinst.*

Wenigstens durfte ich den Widerstand niedrig einstellen. Vermutlich behagte ihm einfach meine mangelnde Fitness und der Totalausfall von letzter Nacht nicht. Deswegen musste ich ran. *Verständlich.* Einem Leibwächter durfte so etwas nicht passieren. Ich hätte auf der Stelle joggen oder sonst irgendwas anstellen sollen, mich durch Bewegung warmhalten oder warme Gedanken machen.

Hätte ihn auf dem Dach jemand angegriffen, wäre ich nicht in der Lage gewesen einzuschreiten. *So blöd muss man erst mal sein. Und so unfähig. Mann, ist das peinlich, so komplett zu versagen und dann auch noch als Lachnummer dazustehen.* Zum Glück hatte ich eine Maske aufgehabt. Hoffentlich würde niemand den Bodyguard mit der Partybegleitung in Verbindung bringen.

Mr. Superstar war natürlich immer klar ersichtlich, egal wie er gerade kostümiert war oder welche Rolle er spielte. Es wäre nicht weiter schwer, von ihm auf die Rubensfrau in seinem Windschatten zu schließen. Auch wenn ich normal eher im Hintergrund verschwand, ganz bewusst versuchte, nicht aufzufallen, mit der Umgebung zu verschmelzen, dezent leicht abseits zu stehen.

„Halloho! Redest du nicht mehr mit mir?", klang eine Stimme zu mir durch.

„Was? Entschuldigung. Ich war in Gedanken."

Mr. Superstar schwitzte neben mir auf seinem Folterinstrument: „Das habe ich gemerkt. Du trittst die Pedale gleich durch."

Ein Blick auf meinen Pseudotacho bestätigte seine Behauptung. *25 mph, etwa 40 km/h.* Ich nahm Gas raus und wandte mich ihm zu: „Was hast du gesagt?"

„Ich habe gefragt, warum du so abweisend zu Andy warst."

„Zu wem?" Der Name sagte mir nichts.

„Deinem Verehrer mit dem nützlichen Kapuzenumhang."

„Oh." *Andy heißt der verschmähte Leckerbissen also. Ich hatte ihm nicht mal zugehört, als er sich vorstellte, ihn komplett und umfassend versucht auszublenden.*

„Oh. Und weiter?"

„Was, und weiter? Mir war eben nicht nach flirten. Außerdem wollte ich ja stumm spielen und meinen Job hatte ich nebenbei auch noch zu erledigen. Er hätte mich nur abgelenkt. Und du weißt selbst am besten, wie jede Frau, die dich irgendwo begleitet, gleich beäugt und unter die Lupe genommen wird. Vor allem, wenn sie so viel jünger ist als du. Was weiß ich, wer das ist und was der will. Ich hatte keine Lust, mich ausfragen zu lassen." *Oder mich auf andere Weise in Verlegenheit zu bringen.*

„Aha." Das klang nicht überzeugt. Er ging nicht mal auf die Spitze mit dem Alter ein.

„Ja, aha."

„Du lügst immer noch verdammt mies."

„Stimmt. Nimm es einfach als meine Art, dir zu sagen: du musst nicht alles wissen. Dir gegenüber habe ich eine Verschwiegenheitspflicht, andersrum haben wir das nie definiert oder fixiert. Also behalte ich es mir vor, meine Privatangelegenheiten für mich zu behalten." *Boing! Schuss vor den Bug. Lass es gut sein.*

Jetzt sah er mich ungläubig an. Den Mund leicht geöffnet, die Augen ploppten ihm fast aus den Höhlen, beide Augenbrauen erhoben.

Es dauerte einen Moment, bis der Kiefer wieder zuklappte. Die erhobenen Augenbrauen senkten sich ab, die Augen wurden schmaler, die Denkerschnute kam dazu. *Der Blick gefällt mir nicht.* Dann lachte er unvermittelt los: „Er gefällt dir! Hahahaha... Er gefällt dir etwas zu gut. Hohohoho... Wie alt bist du, elf?"

„Wie sagtest du selbst einst so schön? Du kannst manchmal ein ganz schöner Arsch sein..., Boss." *Halt bloß die Klappe!*

Er kicherte immer noch vor sich hin: „Nein, ernsthaft? Deswegen hast du ihm die kalte Schulter gezeigt? Weil er dich womöglich interessieren könnte? Das ist doch lächerlich."

Den letzten Satz ignorierte ich, beantwortete nur den Rest: „Er fällt optisch genau in mein Beuteschema, seine Stimme geht mir unter die Haut und er riecht verdammt lecker. Ja, kurzfristig könnte er mich tatsächlich interessieren. Für eine Nacht oder zwei. Mehr nicht. Denn er wirkte reichlich dumm und seine Sprüche waren mehr als lahm. Und letzte Nacht hatte ich außerdem wirklich Besseres zu tun. Er hätte mich zu sehr abgelenkt."

„Okay, jetzt sagst du die Wahrheit."

Thema erledigt? Scheint so.

Wir strampelten noch eine halbe Stunde still weiter, er machte anschließend Liegestütze und Hanteltraining, ich schnappte mir eines dieser langen Gummibänder, die dem Benutzer gerne mal ins Gesicht schnalzten, wenn man nicht aufpasste. Gegen sieben hatte er endlich genug. *Juhu! Duschen und Frühstück!*

Bevor er in seinem Zimmer verschwand, drehte Superstar sich noch kurz zu mir: „Komm um acht rüber. Und bring den Umhang mit. Andy frühstückt mit uns."

Arrrgggg…

Kalte Dusche. Vorsorglich. Eiskalt!

Das hochnotpeinliche Frühstück startete mit Kaffee auf meinem weißen Kapuzenpulli, setzte sich mit O-Saft auf dem ebenso weißen Tischtuch und Rührei auf der hellen Jeans fort. Ein Hustenanfall durch Brösel, die in die falsche Röhre geraten waren, folgte. *Wer stellt sich jetzt hier dumm an?*

Andys reine Anwesenheit steigerte das ohnehin schon ausreichend vorhandene Tollpatschigkeitspotential meinerseits ins Unermessliche. *Ist das peinlich.* Ich wünschte mir ein heftiges Erdbeben, das im Boden unter mir einen riesigen Schlund auftun würde, der mich verschluckte.

Mein Boss vergnügte sich währenddessen hervorragend, saß grinsend da, wandte den Kopf zwischen Andy und mir hin und her wie bei einem Tennismatch. *Ich hätte ihm gerne einen Tennisschläger mit Ziegelbespannung übergezogen.*

Andy bewahrte Haltung und war ausgesprochen zuvorkommend, abgesehen von dem frechen Grinsen, dass er mir immer wieder zuwarf. Heute Morgen war er die sprachgewandte Eloquenz in Person. *Wow, wo kam das denn plötzlich her?* Nur ich benahm mich wie ein grenzdebiler Vollidiot. Mein IQ war mit seinem Eintreten spontan um mindestens die Hälfte gefallen. *Ich konnte die Punkte förmlich purzeln hören.*

Mr. Superstar hatte ihn nicht aufgeklärt, dass ich durchaus in der Lage war zu sprechen. So blieb es mir wenigstens erspart, dummes Zeug von mir zu geben und mich ständig zu verhaspeln. *War so schon schlimm genug.*

Mit Männern, die mir gefallen, kann ich einfach nicht umgehen. In dieser Hinsicht bin ich nie aus dem Teenageralter herausgekommen. Entweder hopp oder topp. Meist entschied ich mich für umfangreiches Ignorieren. Wenn nicht, dann war ich nach der erfolgten Alternative schnell genug wieder weg, um mich nicht ernsthaft mit dem Objekt der Begierde auseinandersetzen zu müssen. Hier fielen beide Optionen aus.

So extrem hatte noch nie jemand auf mich gewirkt. Meine Körperchemie spielte verrückt, das Herz pumpte im Akkord, sämtliche Flüssigkeiten sprudelten, die Muskeln brachten nur fahrige Bewegungen zustande, der Kopf war wie in Watte gepackt... *Restlos überfordert und grenzenlos peinlich wäre eine Untertreibung.*

Die beiden Männer unterhielten sich die meiste Zeit über Sport, also verpasste ich wenigstens nichts Wichtiges durch meinen Zustand. Immer wieder versuchte Andy das Gespräch auf mich zu bringen, was Mr. Superstar aber gut abzuwenden verstand. Er erzählte wieder, ich wäre eine Freundin seiner Frau und wechselte bei allen Fragen zu meinem Hintergrund gekonnt das Thema. Statt Informationen über mich preiszugeben, katapultierte er die Anfragen elegant zum Ausgangspunkt zurück, so dass Andy ausweichende Antworten gab. *Faszinierend.* Wie zwei Kater, die um einander herumschlichen. Im Zweifelsfall kamen sie wieder auf Sport zu sprechen.

Besonders interessierten sich die beiden für Mannschaftssportarten mit eiförmigem Ball. Am Ende kannte ich einige der Unterschiede zwischen Rugby und American Football. Und da gab es wohl auch noch innerhalb der beiden Sportarten verschiedene Spielvarianten und Mannschaftsstärken. Ganz begriff ich es nicht, konnte aber auch nicht konzentriert zuhören. Kauen und schlucken, trinken und atmen zu koordinieren forderte meine ganze Aufmerksamkeit. *Und dabei nicht sabbern, meine Finger bei mir behalten, versuchen den Flüssigkeitsfluss insgesamt irgendwie einzudämmen, nicht auf meinem Stuhl hin und her rutschen, gegen den Sog seiner fast schwarzen Augen ankämpfen. Horror!*

Allerdings registrierte ich trotzdem, dass Andy selbst nicht gerne etwas von sich auspackte und wohl doch älter war, als auf den ersten Blick geschätzt. Genau wie mein Boss hatte er eine sehr gemischte Aussprache und Vokabelwahl. Es war nicht auszumachen wo er herkam. Danach gefragt meinte er, er sei schon viel herumgekommen und häufig umgezogen. *Schwenk zu Football.*

Frage nach seinem Job. Beruflich würde er sich gerade neu orientieren. *Und wieder zurück zum Sport.*

Alter? In den besten Jahren. *Verdammt, spucks aus!*

Wohnte er hier im Hotel? *Themenwechsel: Collegespieler mit Sportstipendien.*

So ging der Tanz weiter.

Versucht der geheimnisvoll zu wirken? Na, das kann ich aber besser. Zumindest solange ich den Mund halte und dem professionellen Schauspieler und Interviewprofi an meiner Seite das Feld überlasse.

Das Gespräch zwischen den beiden erinnerte an die eine oder andere Late-Night-Show, in der Mr. Superstar augenscheinlich gut gelaunt die Fragen, die er nicht beantworten wollte, mit einem Scherz oder lockeren Spruch abgetan hatte. Im Anschluss hatte er eine lustige Geschichte erzählt, und so elegant von der unerwünschten Frage abgelenkt. *Überaus sehenswert. Immer wieder. Da war er mir sympathisch geworden, noch bevor ich ihn kannte.*

Die beiden standen sich in Sachen ausweichen in nichts nach. Genauso wenig bei der Sportbegeisterung oder Vehemenz, die eigene Lieblings-Mannschaft zu promoten. Jetzt hatte ich den Tennisnacken. Es ging hin und her, her und hin, von einem zum anderen und wieder zurück. Als schließlich mein Marmeladentoast – natürlich mit der klebrigen Seite nach unten – auf Andys hellen Raulederschuh fiel, hatte das Match endlich ein Ende. Und damit mein Martyrium. Der Gast verabschiedete sich besudelt, Superstar schloss die Tür hinter ihm, mein Kopf war knallrot.

Wo ist das Mauseloch zum Verkriechen, wenn man eins braucht? Ich vergrub das Gesicht in den Händen, stützte die Ellbogen auf den Tisch und versuchte unsichtbar zu

werden sobald die Tür zu war. *Bin nicht da. Keiner zu Hause. Spontaner Materieverlust bis zur Selbstauflösung.*

„Wahnsinn! Clumsy Schlumpf ist ein Dreck gegen dich.
Hahahaha…", schallte es von der Tür her. „Kann man dich
für Geburtstage und Bar Mitzwas buchen? Hihihihihi…" Er
platzte fast vor Lachen. *Depp!* „Ich habe dich noch nie so
nervös gesehen. Hahahaha…" *Is ja gut.* „Fahrig passt nicht
zu dir. Ruhig und überlegt, das bist du." *Jaha!* „Selbst To-
desangst bringt dich nicht so aus der Fassung wie dieser
Typ." *Gut erkannt.*

Wenig später saß Superstar wieder am Tisch, hatte
aufgehört zu lachen und sah mich nur groß an: „Erklär es
mir. Ich verstehe es nicht."
Ach echt? Ich nahm die Hände vom Gesicht: „Ich auch
nicht. Ist einfach so. Ich habe ein unglaubliches Talent
dafür, mich bis auf die Knochen zu blamieren, wenn ich
genau das um jeden Preis vermeiden will. Muss nicht mal
ein Mann sein, der mir besonders gut gefällt. Kann auch
jemand sein, dessen Meinung mir aus anderen Gründen
wichtig ist. Oder ein potentieller Arbeitgeber."
„Du warst nicht so fahrig, als wir uns kennengelernt
haben. War dir meine Meinung egal?"
„Nimm es nicht persönlich, aber du bist keine Beute für
mich, warst nicht als Chef geplant und an dem Tag hatte
ich schon Schlimmeres überstanden."
Er nahm sich nachdenklich einen Toast, ich schenkte mir
Kaffee nach. Dann fiel mir ein – nicht zuletzt, um das Thema zu wechseln – „Kannst du mir nachher noch die ver-
gangene Jahreszahl und 5:1 auf einen Zettel schreiben?"
Ein verständnisloser Blick.
„Ich habe doch gesagt, der Schlüsselanhänger wird weiter graviert, nachdem die Punktezählung zur Lebensret-

tung jetzt jährlich neu beginnt. Die Gravur ist bisher in deiner Handschrift, also sollten das auch die Ergänzungen sein."

Positive Gedanken verbreiten und ihm zeigen, dass er mir wichtig ist. Grundkurs Psychologie. Seine Miene hellte sich auf: „Also hab ich mit dem Lucky-Goblin-Kleeblatt doch gut getippt. Ich hatte fast befürchtet, es wäre das falsche Geburtstagsgeschenk gewesen."

„Nein, goldrichtig. Ich liebe es und geh nachher zum Nachgravieren."

„Heute nicht. Der erste Januar ist ein Feiertag. Außerdem werden wir sowieso gleich abgeholt und du solltest vorher saubere Sachen anziehen. Bitte versuch ihn dieses Mal nicht wieder so sabbernd anzustarren wie in London."

Hhhmmm... Wenn das australische Muskelpaket diesmal etwas mehr anhat als Ganzkörpermakeup und knappe Shorts, bekomm ich das hin. Außerdem hab ich ohnehin grade jemand anderen im Kopf.

Die drei Wochen in New York vergingen wie im Flug. Mr. Superstar stand bei Drehorten in der ganzen Stadt vor der Kamera, in diversen Clubs abends auf der Bühne, ging mit Freunden aus und arbeitete an neuen Projekten.

Viel zu tun, viel zu sehen. Tolle Stadt, coole Locations. Im Rahmen meiner Pflichten bekam ich schon viel von der Stadt und dem Umland zu sehen. Wenn mein Boss mich gerade nicht brauchte, nutzte ich jede Gelegenheit, mir alles andere anzusehen, was nicht auf dem Drehplan oder Boss-Privatplan zu finden war.

Wo fängt man an, wo hört man auf? Hier gab es mehr als nur schnöde Sehenswürdigkeiten. Auch kulturell und kulinarisch war Einiges zu entdecken. Sämtliche berühm-

ten kulinarischen New Yorker Herausforderungen durch-
zuprobieren gehörte zu meinem Pflichtprogramm. Allerdings musste ich feststellen, dass Sauerkraut auf Hotdogs
genauso eklig ist wie ohne Hotdogs. Ich hasse Sauerkraut.
Das ist noch schlimmer als frittierte Schokoriegel.

Bäh!

Zurück in Australien

Montag in Sydney gelandet, Dienstag schon im Gericht.

Die erste Anhörung meines Lebens. Und das in einem fremden Land, dessen Justizwesen ich nicht kannte, in einer Sprache, die nicht meine Muttersprache war. Mit einem Knoten im Magen, so massiv wie der Gordische. *Mir ging der Arsch auf Grundeis.*

George und Mr. Superstar hatten mich in die Mitte genommen, versuchten zu verhindern, dass ich ständig irgendwo dagegen lief. *Vor allem Glastüren hatten es auf mich abgesehen.* Die beiden Männer verzichteten darauf, sich mit mir zu unterhalten, da ich ohnehin nur unverständliches Kauderwelsch von mir gab. Unzusammenhängende Halbsätze mit Vokabeln diverser Sprachen in beliebiger Kombination.

Der Weg zum Verhandlungsraum war unendlich lang. Unendlich verwirrend. Die Wegweiser und Übersichtspläne ergaben überhaupt keinen Sinn. In meinem Kopf drehte sich alles.

Es ist meine feste Überzeugung, dass alle Gerichtsgebäude auf der ganzen Welt und allen anderen Welten sowie Paralleluniversen mit voller Absicht so verschachtelt gebaut, unübersichtlich angelegt und verwirrend ausgeschildert sind, damit die Leute schon vorab so kirre und durch den Wind sind, bis sie den richtigen Raum finden oder auch nicht, dass sie in der Verhandlung oder Anhörung keinen klaren Gedanken mehr fassen können und so ein leichtes Opfer für die diversen Amtsträger abgeben, die sich ja in diesen Gebäuden schon länger zurechtfinden und das Labyrinth bereits gemeistert haben, das der zum ersten Mal in diesem Wirrwarr Suchende noch überstehen muss.

Ja, genau.

...Was habe ich gerade gedacht?

Zum Glück würde das Ganze wenigstens unter Ausschluss der Öffentlichkeit stattfinden. Dafür hatte mein Boss gesorgt beziehungsweise sein Anwalt. Die Angelegenheit war bislang von den Medien ohnehin nicht verfolgt worden. Man hatte sich ja komplett auf den Heldenmut und die Tragik des verpassten Heimfluges eingeschossen. Da wäre es nicht so stimmig gewesen, die Heldin, die *bitte-den-furchtbaren-australischen-Spitznamen-meines-Bosses-einsetzen* gerettet hatte, als Verkehrssünderin bloßzustellen.

Diese bewusste Manipulation der öffentlichen Meinung kam mir zu Gute. Nur die Polizei hatte sich für meine zahlreichen Verstöße innerhalb von 20 Minuten interessiert und mir noch während des Verhörs am 23.12. meinen Führerschein abgenommen. *Natürlich wieder mal nur dann von der schnellen Truppe, wenn man es gar nicht gebrauchen kann. Das haben gefühlt die Polizisten aller Nationen gemein.*

Der Gerichtstermin 23.01. war mir bereits am darauffolgenden Werktag per E-Mail mitgeteilt worden. Meine beiden Mitbewohner waren als Zeugen geladen und Mr. Superstar hatte sofort seinen hiesigen Anwalt aktiviert. Der hatte als Erstes die Öffentlichkeit ausgeschlossen, als Zweites George bestmöglich vorbereitet und als Drittes alles ausgegraben, was man zu meinen Gunsten vorbringen konnte.

Um mich zu instruieren waren gestern nur ein paar Stunden geblieben. Viel zu wenig für meinen Geschmack. Aber wenigstens wusste ich, wie der Richter anzusprechen war, was ich erzählen und was ich möglichst verschweigen sollte, wenn ich nicht direkt danach gefragt wurde. *Wie zum Beispiel die Kleinigkeit, dass mein eigentlicher Notruf an die Polizei erst nach meiner Rowdyfahrt stattgefunden hatte.* Die Angst mich zu verplappern war riesig.

Jetzt kam es darauf an. Würde ich meinen Führerschein wiederbekommen? Wäre es ein Kündigungsgrund, wenn ich ihn nicht zurückbekam? Schließlich waren Chauffeurdienste Teil meiner vertraglich festgehaltenen Pflichten als persönlicher Bodyguard.

Zugegeben, ohne meinen Job hätte ich die Pappe erst gar nicht verloren. Aber es passierte ja auch immer wieder, dass Berufskraftfahrer ihren Führerschein verloren, weil sie die nicht gesetzeskonformen Vorgaben ihrer Arbeitgeber hatten erfüllen müssen. Andernfalls wären sie gekündigt worden. Und sobald der Lappen wegen der Erfüllung der Arbeitgeberanforderungen weg war, war es zudem auch noch der Job. *Toller Kreislauf.*

Aber so mies war mein Boss nicht. Obwohl er mir nicht aufgetragen hatte, zu fahren wie eine gesengte Sau, stand er nun neben mir vor dem Richter und sagte zu meinen Gunsten aus. *Unter voller Aufbietung all seiner schauspielerisch geschulten tragischen und rhetorischen Talente. Nur Kino ist schöner.*

Er erzählte zunächst von meinem Spezialfahrtraining bei einem der besten Stuntfahrer des Kontinents. David hatte einen großen Namen, einen hervorragenden Ruf und seine wenigen handverlesenen Schüler chauffierten die wichtigsten Leute des Landes. Wer durch seine Schule gegangen war, durfte sogar Staatsoberhäupter transportieren.

Trotz meiner Verstöße hätte ich nie eine Gefahr für Leib und Leben anderer Verkehrsteilnehmer dargestellt, dank Davids Unterweisungen, schlussfolgerte Mr. Superstar betont. Mein Einsatz für sein und Georges Leben hätte mich nicht unkontrolliert und rücksichtslos werden lassen. Ganz im Gegenteil, ich wäre mir die ganze Zeit bewusst gewesen, was ich tat und wie ich auf schnellstem Wege zu Hilfe eilen konnte.

In Kurzform berichtete er von allen lebensbedrohlichen Anschlägen und Widrigkeiten, die dem fraglichen Vorfall vorausgegangen waren, und mich zu meinem Verhalten veranlasst hatten. Der gefährliche Irrsinn des Attentäters wurde deutlich, die real vorhandene Gefahr und die Dringlichkeit meines Einschreitens traten hervor. *Wow, wenn ich über all das nachgedacht hätte, wäre ich wohl in den Flieger gestiegen statt ins Auto.*

George bestätigte das Ganze mit seiner Erzählung, wie der Bekloppte ihn überwältigt, niedergeschlagen und gefesselt hatte. Jammerte ausführlich, wie sehr er sich in dem Moment gewünscht hatte, ich wäre da gewesen. *Oh herrlich, das weinerliche Weichei spielt er gut. Da war wohl auch ein bisschen Schauspielunterricht bei der Vorbereitung dabei.*

Meine beiden Leumundszeugen hatten ihre Sache so hervorragend gemacht, dass sich dadurch meine Nervosität zunehmend abmilderte. Wenigstens soweit, dass ich wieder verständliche Sätze zustande brachte, als ich an der Reihe war zu schildern, wie es zu den dreizehn Verstößen und vier Anzeigen innerhalb von zwanzig Minuten gekommen war. *Gar nicht so leicht, das zu erklären.*

Der Richter lauschte mit Interesse meiner farbenfrohen Erzählung der Abläufe, anschließend der Aufnahme meines panischen Notrufs an die Polizei und schließlich der emotional aufgeladenen Aussage des Schichtleiters des Sicherheitsdienstes. Auch dieser war eine Geisel gewesen und hatte auf Hilfe warten müssen. Nur an einem anderen Schauplatz.

Der ehemalige Soldat schimpfte auf die mangelnde Weitsicht der Polizei, die nichts getan hatte, außer mir zu drohen, ja nie wieder anzurufen. Ohne mein beherztes

Einschreiten hätte es drei Tote gegeben, warf er dem Richter an den Kopf. *Da hab ich wohl einen Freund gewonnen.*

Und tatsächlich, nur dadurch, dass die Polizei sich so falsch verhalten und meinen Notruf als Telefonstreich abgetan hatte, wurden mildernde Umstände für mein Verkehrsrowdytum geltend gemacht. *Das Zeitfenster hatte zum Glück niemand geprüft...*

Ohne diese Verstöße wäre ich vermutlich zu spät gekommen, um meine Freunde... äh, Verzeihung... um meinen Boss und seinen Gärtner aus den Klauen des Wahnsinnigen zu befreien. Und daraus resultierend hätte auch der Security-Mitarbeiter seine Geiselnahme wohl nicht überlebt. Der Richter sah das zumindest so.

Zwar ging die Rettung des Stars neben mir – *dessen Fan der Richter praktischerweise war* – nicht alleine auf mein Konto, aber doch war mein Anteil daran groß genug, um mit heiler Haut davon zu kommen. Als Bodyguard im Einsatz, bei Gefahr im Verzug, bekam ich nachträglich einen besonderen Status zugesprochen, der meine Verkehrsvergehen an diesem Tag null und nichtig machte. *Vorübergehende Amtsgewalt könnte man es vielleicht nennen.* Alle Anklagen wurden fallen gelassen, die Punkte gelöscht, nicht einmal Bußgeld erhoben. Die überfahrenen roten Ampeln, die extreme Geschwindigkeitsüberschreitung, das Beinahe-Überfahren eines Santas in Bermudashorts auf einem Fahrrad und noch einiges mehr hatte nie stattgefunden. Da niemand zu Schaden gekommen war, behielt auch ich keine Schramme zurück. Meine Weste war wieder blütenweiß.

Meine Führerscheine – den Europäischen und den Internationalen – durfte ich mir wieder abholen. Sie nahmen freudestrahlend ihre angestammten Plätze in meiner Brieftasche ein. Ich hatte die beiden furchtbar vermisst. Besonders zu Hause, als meine Mutter in ihrem Omafahrstil am Lenkrad gesessen hatte. In New York waren sie nicht nötig gewesen. Bei dem gut ausgebauten öffentlichen Transportsystem benötigte man an sich keinen Führerschein. Ohne Auto kam man oft sogar schneller voran. Zumindest in der City, tagsüber und ohne Superstar im Schlepptau, der aber auch selbst fahren konnte. So hatte ich die Fahrerlaubnis in den letzten paar Wochen nicht unbedingt gebraucht. Nur ein mieses Gefühl ohne sie gehabt.

Im australischen Outback wäre ich hingegen ohne sie in den nächsten zwei Monaten aufgeschmissen gewesen. Ohne fahrbaren Untersatz und die Erlaubnis, ihn zu benutzen, hätte ich früher oder später den Verstand verloren und den Sand in den Kopf gesteckt. *Ja, das ist richtig rum. Kopf in den Sand kann ja jeder.*

Es ist faszinierend, wo man überall Filmsets aufbauen kann und wo der fertige Film dann tatsächlich spielen soll. Winnetous amerikanische Prärie hatte sich ja im ehemaligen Jugoslawien befunden, das Hobbitdorf aus Mittelerde steht auf neuseeländischem Boden, Atlanta hatte als L.A. der Siebziger gedient, diverse Piratenschiffenterungen und U-Bootunglücke auf hoher See hatten sich in kaum zwei Meter tiefen Studiopools abgespielt.

Die Landschaft eines Zukunftsalptraums mit kaum noch vorhandener Menschheit und noch weniger Technik oder Vegetation, dafür reichlich Gefahr, Verzweiflung, hitzeflirrender Luft und Todesstimmung befand sich nun im hintersten australischen Outback. Oder im Vordersten? Im Mittleren? Schwer zu sagen, wo es anfing oder aufhörte, bei so viel Wüste. Ein bisschen Grasland war auch noch dabei, aber das wurde mehr billigend in Kauf genommen als bewusst genutzt. Der Drehort war so gewählt, dass sich nicht aus Versehen jemand dorthin verirren, das Catering aber täglich hinkommen konnte. Per Flugzeug.

Die Insassen des Outdoorsets hausten in klimatisierten Wohnwägen oder Hauszelten, je nach Status. Wenn man mal weg wollte, ging das entweder mit dem Versorgungsflugzeug oder mit einem von drei großen Geländewagen. Da ich öfter kleine Besorgungen im weit entfernten, nächstgelegenen Ort erledigte, wieder fahren durfte und mir nach vier Wochen die nicht vorhandene Decke massiv auf den Kopf fiel, war eines der enormen, allradbetriebenen Spielzeuge schon fast dauerhaft für mich reserviert. *Meins!*

Als Bodyguard hatte man hier nichts zu tun. Außer Cast und Crew kam keine Menschenseele hierher. Einheimische hielten sich um diese Jahreszeit vom Outback fern, Fans und Medien wussten nicht, wo der Dreh stattfand. Die wenigen europäischen Touristen, die irre genug waren, sich im hiesigen Sommer in die australische Wüste zu wagen, stoppten spätestens vor der Straßensperre.

Der Anfang der kleinen zerklüfteten Sandpiste, die die letzten fünf Kilometer zum Camp führte, war von der Hauptstraße – *die diesen Namen nicht verdiente* – ohnehin kaum wahrzunehmen. Falls sie doch jemand bemerkte, standen hinter der ersten Kurve eine massive Straßensperre und ein ganzer Verbotsschilderwald mit übertrieben bildlichen Gefahrenhinweisen.

Man musste ein Stück neben der Straße durch einen Graben fahren, um die Sperre zu umgehen. Das ging nur mit Geländemaschine oder Geländewagen. Sogar diese beiden Varianten blieben stecken, wenn man es zur falschen Tageszeit an der falschen Stelle versuchte. *Im Laufe des Tages wurde der Sand durch die Hitze immer weicher und man musste wissen, wo größere Steine oder Holz darunter lagen.* Der Tankwagen, der einmal die Woche mit Wasser kam, brauchte jedes Mal eine halbe Stunde, um die Sperre ab- und wieder aufzubauen. Meist wurde dazu per Funk Hilfe aus dem Camp angefordert.

Also weit und breit keine Fremden in Sicht. Die rechtmäßig Anwesenden hatte ich vor Drehbeginn durchleuchtet, soweit sie meinem Boss nicht persönlich bekannt waren. Von menschlicher Seite bestand somit keine Gefahr. Die tierischen Einwohner dieses Kontinents kannte mein Boss besser als ich und musste eher mich auf die Gefahren aufmerksam machen als umgekehrt. *So viele giftige Mistviecher!*

Ergo: Ich langweilte mich zu Tode.

Wenn irgendetwas gebraucht wurde, schlug ich mich fast mit den diversen Assistenten darum, es besorgen zu dürfen. Die hatten wenigstens noch hin und wieder was zu tun. Waren schließlich extra engagiert worden, um hier etwas zu assistieren. Was diese Assistenz auch immer bei den Einzelnen beinhalten mochte.

Für mich gab es absolut gar nichts zu tun. Käferrennen waren die Highlights meines Tages, wenn es nichts zu besorgen gab. Welche sechsbeinige Art die schnellste war, hatte ich bald raus, also auch hierbei keine Spannung mehr. *Außer ich erwischte Käfer, denen verschiedene Beine an unterschiedlichen Stellen fehlten. Dann war es eine Überraschung, welches Handicap überwog. Nein, ich habe sie ihnen nicht ausgerissen! Ehrlich nicht. Die armen Krabbler!*

Entsprechend vehement meldete ich mich freiwillig, wenn die Chance bestand, von hier weg zu kommen. Meist gewann ich. *Kein anderer wollte sich unbedingt ein Bein ausreißen oder sich von mir eins stellen lassen.*

Mr. Superstar hatte kein Problem damit, wenn ich alle zwei bis drei Tage für ein paar Stunden weg war. Oder auch ein paar Stunden länger.

Was erst als fehlend oder kaputt auffiel, wenn das Cateringflugzeug es nicht mehr in seinen Zeitplan integrieren konnte, aber zeitnah gebraucht wurde, musste ja jemand besorgen. Große schwere Sachen gingen ohnehin nicht mit dem kleinen Sportflugzeug, mussten also mit dem Auto transportiert werden. Und wer war besser dazu geeignet als jemand, der am Set nicht gebraucht wurde und dazu noch eine Spezialausbildung in Sachen Autofahren vorweisen konnte.

Na gut, Wüstenfahrten waren nicht in Davids Training vorgekommen. Da hatte ich eher halbherziges Wissen aus diversen Fernsehdokumentationen in petto. Aber ich war praktisch veranlagt, nicht auf den Kopf gefallen und brauchte dringend einen Kulissenwechsel.

Es half beim Wegkommen, dass mein Boss meist direkt auf mich zukam und die Leute kurzerhand zu mir schickte, wenn es etwas zu besorgen oder zur Reparatur zu bringen gab. *Hauptsache, nicht doof rumsitzen. Da geh ich ja noch lieber Shoppen.*

Die erste Woche weitgehend mit Lesen und Schlafen zu verbringen war ja zur Abwechslung ganz nett gewesen. Nach sechs Romanen und einem massiven Sonnenbrand von einem Nickerchen, das den Vormittagsschatten verlassen hatte, wurde es allerdings müßig. Computerzocken war alleine auch langweilig. Durch das täglich frische Catering gab es keine betriebsame Küche, in der man helfen konnte. Die Kulissen standen bereits komplett, bevor wir hier angekommen waren. Bei dem reichlich vorhandenen freien Platz in dieser Landschaft – *es gab hier wirklich sehr viel Landschaft* – musste nichts hin und her gebaut werden. Es bestand keine Notwendigkeit, etwas auf- oder abzubauen. Nichts war im Weg. Da wurden also auch keine zusätzlichen Hände benötigt, die mit Werkzeug umgehen konnten.

Aus lauter Verzweiflung hatte ich begonnen, den Maskenbildnern genauer über die Schultern zu sehen. *Ist auch eine Beschäftigung.* Makeup ist ja durchaus interessant, solange es sich nicht auf meiner eigenen Haut befindet. Besonders bei Haut, die am Ende aussieht, als würde sie sich abschälen wie bei einem sich häutenden Reptil, wird es spannend. Sprühpflaster sind eine hervorragende Grundlage für sich ablösende große Hautfetzen, unter denen das rohe Fleisch rausschaut. Mit ein bisschen roter, brauner und schwarzer Farbe kann man das so schön hinfummeln, dass sich einem bei dem Anblick der Magen umdreht. So sieht ein Wüstenläufer aus, der nach ein paar Tagen ungeschützt in der Sonne komplett aufgebrannt ist. *Das tat schon beim Hinsehen weh!* Aber auch diese Kunstform verlor nach vier Wochen auf dem Wüstenplaneten deutlich an Faszination.

Neunzig Drehtage waren insgesamt für diese Produktion angesetzt, siebzig davon hier. Ich hoffte inständig, dass die Zeitplanung zu großzügig bemessen worden war und der Dreh schneller abgeschlossen sein würde. Und dass wir nicht noch über Drehende hinaus hierbleiben würden, um den Abbau zu überwachen oder Ähnliches.

Da mein Boss Hauptrolle und Regie machte und zusätzlich die Verantwortung für alles trug, war zumindest er gut beschäftigt. Wenn er nur spielte, gab es ja wenigstens die Möglichkeit zu verschwinden, sobald alle seine Szenen komplett abgedreht waren. Hier würden wir bis zur letzten Klappe ausharren müssen. *Wenn nicht noch länger.*

Trotz aller bejammerter Langeweile ließ ich mich nicht breitschlagen, bei einer Statistenrolle einzuspringen. Dazu musste dieses Mal eine der Kostümbildnerinnen herhalten. Wäre ja noch schöner. Zweimal mache ich nicht den gleichen Fehler. Es war schon schwer genug gewesen, bei meiner ersten spontanen Rolle meinen echten Namen komplett rauszuhalten. „Agent Goblin" würde nicht in noch einem Nachspann auftauchen. Meinem Boss einmal diesen Gefallen getan zu haben reichte. Eine maskierte Agentin zu spielen war lustig gewesen und stellte kein allzu großes Risiko dar in der realen Welt wiedererkannt zu werden. *Hoffte ich zumindest. Aber riskieren wollte ich es nicht unnötig, durch eine weitere unbedachte Rolle.*

Auch bei dem Medienfest an Weihnachten hatten wir es irgendwie geschafft, mein Gesicht von den Kameras fern und meinen Namen vor den Reportern verborgen zu halten. Nach dem ganzen Aufwand, den das bedeutet hatte, würde ich nun bestimmt nicht alles verderben, indem ich mein Gesicht doch noch erkenntlich in eine Kamera hielt. *Nein danke! Überlasst das denen, die Ruhm wollen. Allgemein bekannt oder berühmt zu werden, ist nichts für mich. Lieber im Hintergrund wuseln und nicht ständig von jedem beobachtet werden. Selbst ein 24-Karat Goldkäfig ist am Ende immer noch ein Knast.*

Nicht einmal die Bodyguardrolle spielte ich hier offiziell. Für alle auf dem Set war ich Mr. Superstars Assistentin. Wie bei manch anderen Assistenten war meine Rolle den anderen Anwesenden nicht so ganz klar oder eindeutig definiert. Allerdings hauste ich nicht wie eine verdächtig bildhübsche, spärlich bekleidete und recht junge Assistentin mit zwei linken Händen, dem IQ einer Zimmerpflanze und zwei enormen Argumenten unter dem knappen Oberteil mit im Wohnwagen meines Stars.

Nein, ein eigenes Hauszelt direkt davor war mir um einiges lieber. Knielang abgeschnittene Jeans und locker sitzende T-Shirts standen mir auch besser als Hotpants und Bikinioberteil. Dementsprechend war mein Aufgabengebiet allen noch viel unklarer als das der anderen Assistenten.

Durch meine Begeisterung für Besorgungsfahrten und Interesse an einfach allen Gewerken, die hier etwas zu tun hatten, bekam ich bald einen Spontan-Allrounder-Ruf. Es wurde alles Mögliche vermutet, was meine tatsächlichen Aufgaben anging. Ich überlegte zwischendurch, mir einen Spaß daraus zu machen, mich als Spitzel vom Chef zu verkaufen. Die meisten hätten es mir ohne Weiteres abgenommen. Aber mein Boss fand den Scherz nicht lustig, als ich ihn vorschlug. *Humorloser Knochen.*

Ihn zum Lachen zu bringen wurde ohnehin immer schwerer. Mit zunehmender Zeit in der Wüste wurden wir beide auch zunehmend unausgeglichen. Mir war langweilig und er hatte Sehnsucht. Je länger die Trennung von seinen Kids anhielt, desto humorloser wurde er. Wenn er wenigstens noch ausgiebig mit ihnen telefonieren und videochatten konnte, war es erträglich, auch wenn er über Wochen von ihnen getrennt war. Bei dem schlechten Netz hier draußen, wenn man überhaupt eines bekam, hielt sich die Kommunikation allerdings in Grenzen. Und es war auch nicht möglich, ständig hin und her zu fliegen, um Dad und Jungs an einen Ort zu bringen. Das merkte man seiner Laune an.

Superstar schien sich faszinierenderweise tatsächlich ehrlich für seine Kinder zu interessieren und sie gerne zu haben, sie zu vermissen. Zumindest hatte es den Anschein. Naja, er ist ja immerhin ein Weltklasse-Schauspieler. Aber wer weiß…

Mein halbes Leben lang war ich felsenfest davon überzeugt gewesen, dass durch die Bank alle Väter jegliches positive Interesse an ihren Kindern nur nach außen hin spielten. Nur vor bewusst ausgewähltem Publikum nettes Verhalten gegenüber dem Nachwuchs an den Tag legten. Die taten so, um ihr Umfeld zu täuschen und ihr wahres Gesicht zu verbergen. Womöglich noch um ihre Frau zu halten, weil eine Scheidung zu teuer oder zu unbequem war. In Wirklichkeit waren die Kinder für sie ein unerwünschter Kostenfaktor, Konkurrenz, lästig, zu laut, zeitraubend, langweilig. Spätestens, wenn die eigenen Interessen unter den Kurzen litten oder für sie hätten zurückgestellt werden müssen, fiel die Maske.

Im Laufe meines Lebens habe ich festgestellt, dass dies in unterschiedlichen Abstufungen auf die meisten Männer zwar tatsächlich zutrifft, jedoch nicht auf alle. Es gibt die wenigen rühmlichen Ausnahmen, denen ihre Kinder wichtiger sind als Fußball, Bands, Vereine, Freiheit im Allgemeinen, ein Schäferstündchen, ein Kneipenabend mit den Kumpels oder ihre Karriere. Allerdings bin ich nach wie vor immer sehr skeptisch und misstrauisch, wenn sich ein Vater oder Stiefvater als besorgt, fürsorglich oder gar liebevoll präsentiert. Ich gehe grundsätzlich von einer bewussten Täuschung des Publikums aus. Es braucht lange, mich davon zu überzeugen, keinen Schauspieler vor mir zu haben, der nur so tut als ob.

Mein Boss schien seine drei Kinder wirklich zu vermissen, sie von Herzen zu lieben und ihr Bestes zu wollen. Ich hatte ihn noch nie aggressiv, boshaft oder gleichgültig ihnen gegenüber erlebt, auch dann, wenn er sich unbeobachtet fühlte. Und sogar dann, wenn es ihm nicht gut ging. Seine kleinen blonden Zwillinge und ihr großer dunkelhaariger Bruder waren alles für ihn.

Am ersten Wochenende im März hatte das Universum endlich ein Einsehen mit ihm und mir. Ein Teil des überschaubaren Casts wechselte, Schauspieler, die schon fertig waren mit all ihren Szenen, reisten ab, eine Handvoll neue kam an. Und mit ihnen kam Besuch. Ersehnter Besuch. Mr. Superstar wurde von seiner Frau und den Jungs beglückt. Für mich hatten sie George eingepackt!

Jabbadabbaduuh! Überraschung gelungen! Nicht mehr nur telefonieren und Nachrichten schreiben, Kurzvideos und Sprachnachrichten verschicken bei überaus schlechtem Netz. Seine drei Jungs für Mr. Superstar und ein leibhaftiger George zum Rumblödeln, Spiele zocken, Käfer zu zweit rennen lassen und Outback-Outdoor-Kneipe mit Gesprächspartner für mich.

Niemals hätte ich es für möglich gehalten, dass mir mal ein Gesprächspartner fehlen könnte. Normal war ich froh, wenn ich nicht reden musste, einfach nur zuhören konnte. Aber nach über einem Monat ohne einen Menschen, mit dem man sich offen unterhalten konnte oder der auch nur ansatzweise meinen Humor verstand, sprudelte es aus mir heraus wie ein Wasserfall.

Mr. Superstar war zu beschäftigt gewesen, sich länger als fünf Minuten am Tag mit mir abzugeben und mit anderen Set-Insassen durfte ich nur Smalltalk austauschen. Die hielten außerdem Ironie, Sarkasmus und Zynismus für exotische Krankheiten. Genau wie mich, wenn ich diese Formen des Ausdrucks ohne Vorwarnung und blinkendes Hinweisschild benutzte. Das musste George jetzt ausbaden. Der arme Kerl kam mit Zuhören gar nicht mehr mit. Vor allem beim Zwischen-den-Zeilen-zuhören.

Ich plapperte die ganze Zeit, während wir seinen Kram in mein Zelt trugen, die Luftmatratze aufpumpten, die Klimaanlage höher einstellten, sein neuestes Computerspiel zockten, die besten Käferstellen inspizierten, Cider im

Akkord vernichteten, er die wenigen örtlichen Pflanzen unter die Lupe nahm, ich ihm meinen dauerreservierten Geländewagen in allen Details vorführte, wir mit Familie Superstar Fußball spielten... Irgendwann wedelte er mit Leidensmiene beide Hände vor seinem Oberkörper hin und her: „Stopp, es reicht. Ich kann nicht mehr. Sei endlich still!"

Ich verstummte augenblicklich.

Er setzte sich auf die Ladefläche meines Trucks, lehnte sich an die linke Seitenwand, reichte mir ein frisches Kiwi-Limetten-Cider aus der Kühlbox neben sich und sah mich mit aufgerissenen Augen an: „So viel wie heute hast du in der ganzen Zeit, die wir uns kennen, insgesamt nicht geredet."

Ich setzte mich ihm gegenüber, mit dem Rücken an die brennend heiße Bordwand gelehnt: „Sorry."

Er blinzelte übertrieben heftig: „Wow. Was ist los mit dir? Sonst muss man dir fast jedes Wort aus der Nase ziehen."

„Unser Boss verkauft mich hier als Assistentin. Keiner soll wissen, dass ich sein Bodyguard bin. Warum auch immer. Alle anderen haben was zu tun, arbeiten was durch, bereiten etwas vor, bilden meist in sich geschlossene, fachbezogene Grüppchen. Wenn ich mich irgendwo dazugeselle, was sowieso nicht mein Ding ist, wie du weißt, dauert es nicht lange, bis mir zu viele Fragen gestellt werden. Dann ziehe ich weiter. Also ist es etwas schwierig, nicht komplett zu vereinsamen hier draußen." *Ich unterhielt mich schon mit den Käfern, die ich rennen ließ. Und zwischendurch mit mir selbst, wenn ich einen intelligenten Gesprächspartner wollte.*

George sah mich mitleidig an.

„Mein Hauptgesprächspartner ist Joe, der Wirt des Pubs im nächsten Ort", fuhr ich fort. „Da verbringe ich hin und wieder ein paar Stunden, wenn ich warte, dass eine Reparatur fertig wird oder wenn sich das Postflugzeug verspätet. Aber auch da muss ich ja noch mehr auf die Verschwiegenheit achten. Darf nichts vom Set ausplaudern. Meist unterhalten wir uns über Dingos. Oder er erzählt mir den neuesten Dorfklatsch. Wombats findet er auch spannend."

„Verstehe. Rede weiter", nahm er einen tiefen Schluck aus seiner Flasche und hörte demonstrativ aufmerksam zu. Ich redete weiter. Lange. Sehr lange. Redete und redete. Extrem ausdauernd. Bestimmt eine weitere Stunde. Bis George über meine Schulter sah, lächelte und eine Hand zum Gruß erhob. Da hielt ich inne. Drehte mich um, verschluckte mich an meinem aktuellen Cider, kippte mir selber einen guten Schwapp davon drüber, vor Schreck. Ich machte einen Satz, dass ich neben George saß statt ihm gegenüber. Meine Augen quollen aus den Höhlen, George sah mich irritiert an.

Ein Neuankömmling stand süffisant grinsend genau da, wo ich eben noch gelehnt hatte. George reichte ihm eine kühle Flasche, prostete ihm angedeutet zu: „Hi Andy, das ist meine Freundin, von der ich dir erzählt habe." Dann wandte er sich zu mir: „Das ist Andy, wir saßen auf dem Herflug nebeneinander."

Mir hatte es von einer Sekunde zur anderen die Sprache verschlagen. Nicht so meinem Gegenüber. Andy kletterte über die Bordwand, setzte sich da hin, wo ich eben noch gesessen hatte, und stieß seine Flasche an meine: „Schön, dich wiederzusehen. Und noch schöner, dass du reden kannst." *Kann ich das? Kann ich nicht! Zumindest nichts Sinnvolles, nicht in deiner Gegenwart.*

George schaute zwischen Andy und mir hin und her: „Ihr kennt euch?"

„Ja. Nein. Nicht wirklich. Also eigentlich. Äh… Umhang… auf dem Dach… in New York… weißt du… der… der Waldläufer…", stammelte ich.

George guckte wie ein Auto: „Das ist DER Andy?"

Fuck! Ja, das ist DER Andy. DER. ANDY. Der, der mich zum stammelnden tollpatschigen Idioten macht. Was will der denn hier?

Andy war mit einer der neuen Schauspielerinnen gekommen, die ab morgen ihre Aufnahmen hatte. Er war ganz offiziell als ihr Leibwächter dabei. Da ich nicht gewusst hatte, wie Andy weiter hieß und sein Name noch dazu auf der Liste der meinem Boss persönlich bekannten Personen stand, die ich nicht überprüfen musste, kam seine Anwesenheit nun doch etwas unerwartet.

Mein Boss lachte sich halb scheckig, als er mich auf dem Rückweg zum Camp hinter George und Andy herstolpern sah. Dank Alkohol zur fortgeschrittenen Stunde, immer noch deutlich über 30°C im Schatten, vermutlich 50°C oder mehr in der Sonne, unebenem Wüstenboden und Andys Anwesenheit fiel ich mehr, als dass ich lief.

Mr. Superstar hatte es gewusst. Er hatte es sogar verschuldet. Er hatte Andys jetzige Chefin darauf gebracht, sich wieder einen Leibwächter zuzulegen und über ihn waren die beiden in New York das erste Mal in Kontakt gekommen.

Berufliche Neuorientierung… Dass ich nicht lache! Dieser komische Vogel hatte etwas zu verbergen. Warum hatte er nicht gesagt, dass er Bodyguard auf Jobsuche war? Na? Na? Warum nicht? Das wäre interessant zu wissen.

Naja, andererseits, warum verschwieg mein Boss, dass ich seine Leibwächterin war und warum hatte ich mich stumm gestellt? Warum wirkte Andy überrascht, dass ich respektvollen Abstand zu Mrs. Superstar hielt, wo Mr. Superstar mich doch an Silvester als Freundin seiner Frau ausgegeben hatte. Hier passte einiges nicht zusammen. Auf beiden Seiten.

So hätte ich wenigstens die kommenden Wochen etwas damit zu tun herauszufinden, was tatsächlich hinter Andy steckte, versuchte ich positiv zu denken. Während ich ganz nebenbei viel Mühe investieren musste, zu versuchen, mich nicht zu sehr zu blamieren. Die hämisch grinsende Realität kam der ersten optimistischen Überlegung ins Genick gesprungen. *Falls man an Peinlichkeit sterben kann, werde ich das hier und jetzt herausfinden.*

Das einzig Gute an der aktuellen Situation war, dass sie mir Mrs. Superstar deutlich gewogener machte. Sie konnte sich sehr über Andys Wirkung auf mich erheitern. Eine meiner beiden sogenannten Vertrauenspersonen hatte ihr zudem von dem kleinen Zwischenfall und anschließenden Katastrophenfrühstück zum Jahreswechsel erzählt. *Vielen Dank auch. Postet es doch gleich im Internet.* So kam es, dass wir am nächsten Morgen zum ersten Mal miteinander redeten.

Im großen Speisezelt waren die meisten schon mit dem Frühstück fertig. Am zentralen Tisch saßen nur wir beide. Ich würgte mein spätes Katerfrühstück runter und versuchte, es drin zu behalten, während sie nett plauderte. Sie war echt nett, wenn sie einen nicht als billiges Flittchen missverstand.

Inzwischen wusste sie mich richtig zu interpretieren und sah keine unerwünschte Kurtisane mehr in mir. *Eine große Erleichterung!* Die mehrfache Rettung ihres Angetrauten dürfte ebenso zu meiner wohlwollenden Duldung beigetragen haben. *Und das Verschweigen der einen oder ande-*

ren interpretierbaren Freundschaftsgeste auch. Am meisten aber überzeugte sie wohl, was sie am vergangenen Abend mit eigenen Augen gesehen hatte: Eine normalerweise standfeste Person, die nicht in erster Linie wegen des Alkohols über ihre eigenen Füße stolperte, sobald Andy in Sicht kam. Eine sonst ausgeglichene, relaxte Zeitgenossin, die nervös mit den Hufen scharrte, wenn der neue Bodyguard in Riechweite war. Man konnte unmöglich übersehen, wer mein Interesse weckte. Und dass Mr. Superstar es nicht war.

Letzterer hatte einen Heidenspaß dabei, Andy immer wieder in meine Richtung zu dirigieren. Es bereitete ihm kindische, ja geradezu diebische Freude, mich flüchten zu sehen.

Nach meinem vierten Kaffee kam die gesammelte Männerhorde – Mr. Superstar und seine drei Jungs, ein Co-Star, George und Andy – vom Frühsport zu einem zweiten Frühstück. Ohne vorher zu duschen selbstverständlich. Mein dezenter Hinweis: „Jungs, wie wäre es erst mal mit duschen?", wurde von allen einstimmig zurückgewiesen.

Andy setzte sich komplett nassgeschwitzt, nur mit Shorts bekleidet und dunklem Dreitagebart bis runter zum leicht gepolsterten Bauchnabel direkt neben mich. *Der Tisch war ja nur acht Meter lang! Es waren ja nur noch gut zwanzig andere Stühle frei.* Ich erhob mich postwendend: „Na gut, wenn ihr nicht duschen geht, dann geh ich eben duschen." *Und zwar kalt! Eiskalt!*

Im Aufstehen nahm ich ein paar helle Narben auf Andys gebräuntem Rücken wahr. *Ziemlich heftige Narben.*

Vier schmale, jeweils zwei Zentimeter lange zwischen Schulterblatt und Schlüsselbein. Sie blitzten unter seinen langen dunklen Haaren hervor, die an ihm klebten. *Hat dich Wolverine da erwischt?*

Eine kreisrunde Narbe, mit etwa einem Zentimeter Durchmesser befand sich unter dem Schulterblatt. *War das eine Impfung, ein rausgeschnittener Leberfleck oder was?*

Kurz unterhalb des letzten Rippenbogens zog sich eine ausgefranste fingerbreite Narbe über ein entzückendes Speckröllchen nach vorne. *Die würde ich gerne mit dem Finger nachfahren.*

Das war nur die rechte Seite gewesen. Links musste er einmal eine großflächige Verbrennung oder massive Abschürfung gehabt haben. Zwar war alles gut verheilt, aber man sah es noch an der Färbung. Besonders rosige und ganz dunkle Bereiche wechselten sich im Tarnfleckmuster über seiner exakt im richtigen Maß andeutungsweise herausgearbeiteten Muskulatur ab.

Ist es meins, wenn ich dran lecke?

Nein, nicht mit der Hand drüber streichen. Keine Leckerlis begrapschen. Denk an Heinz Erhardt: Das Berühren der Figuren mit den Pfoten ist verboten!

„Narben formen den Charakter", erklang Andys Stimme.

Er sah mich nicht an. Goss sich aufreizend fokussiert Kaffee ein. Machte nur deutlich, dass er meinen Blick bemerkt hatte. *Aber offenbar falsch interpretiert, nach seiner Tonlage zu schließen. Zum Glück!*

„Tja, dann bin ich auch nicht ganz charakterlos", gab ich zurück.

Nun sah er doch auf. Fragend. Überrascht.

In den Augen könnte ich mich verlieren.

„Wenn du nicht willst, dass die Leute glotzen, zieh dir was über. Ist ja keine Peepshow hier", blaffte ich im Weggehen. *Nichts wie weg. Weit weg! Bevor ich meine Finger nicht mehr bei mir behalten kann.*

„Das meint sie nicht so. Ist nur kein Morgenmensch. Vor dem ersten Kaffee und der ersten Zigarette besser nicht ansprechen", meinte George mich erklären zu müssen.

Mann, lass das doch! Du sollst dich nicht für mich entschuldigen. Der soll gerne einen möglichst großen Bogen um mich machen. Meine Selbstbeherrschung ist am Anschlag. Nur mit Mühe widerstand ich dem Drang, mich noch einmal umzudrehen.

Das Wochenende verging und damit auch die Abwechslung. George war wieder weg und es wurde mir noch langweiliger. Kotzlangweilig, um genau zu sein. Ich traute mich kaum noch mein Zelt zu verlassen, denn egal, wo ich hinging, Andy war kurz nach mir auch dort. Nur abseits des Sets und des Camps war ich sicher vor seiner Gesellschaft. Nur weg von hier. Dazu brauchte ich aber einen Grund. Erst am Mittwochnachmittag gab es endlich diesen Grund, ins Dorf zu fahren.

Gerade wollte ich meinen fahrbaren Untersatz besteigen, eine defekte Windmaschine zur KFZ-Werkstatt im Ort bringen, da rief mein Boss mir zu, ich sollte warten. Anstatt mir den üblichen Zettel mit Besorgungen in die Hand zu drücken, nahm er mir die Autoschlüssel ab. *Was ist jetzt los?*

Er gab beides Andy. *Wie bitte?*

„Aber, Boss!" Weiter kam ich nicht.

Er hob die Hand, erstickte jeden Widerspruch im Keim: „Andy muss ins Dorf. Erklär ihm, auf was er achten und wo er hinfahren muss."

Jetzt war ich richtig platt. Ich durfte nicht mal mit? Nicht, dass ich das gewollt hätte, aber es erstaunte mich doch sehr.

„Aber…"

„Goblin."

„Ja, Boss. Ich weise ihn ein."

Mr. Superstar ging, ich fing mit Blick auf den Wagen an zu erklären: „Trinkwasser und Benzinkanister, Wagenheber und Werkzeug sind in der Box auf der Ladefläche. Der Schlüssel dafür hängt am Zündschlüssel mit dran. Ersatzrad ist an einer verschraubten Halterung unter dem Auto. Die Hauptschraube muss man von oben lösen. Hier", zeigte ich ihm die richtige Stelle. *Lass die Hände am Auto, dann können sie nicht wandern.*

„Funkgerät ist im Handschuhfach, Ersatzbatterien auch. Handynetz kannst du vergessen. Erste-Hilfe-Kasten, Notfalldecke, Feuchttücher und Notration sind unter dem Beifahrersitz. Wenn du von der Piste runter musst und im Sand stecken bleibst, benutz die kleinen Rampen und den Klappspaten. Die sind auch in der Box", wies ich auf die große fixierte Alukiste. *Oh, würde ich dich gerne graben sehen. Gebückt, schwitzend, mit angespannten Muskeln… Nein! Aus! Wasch dir deine schmutzigen Gedanken.*

„Hinter dem großen Trailer da hinten beginnt die Piste zur Hauptstraße. Die Straßensperre umfährt man auf der linken Seite, durch den Graben. Rechts bleibst du stecken. Halt dich aber im Graben rechts der blauen Steine. An der Hauptstraße fährst du nach links. Nach einer Stunde kommst du in den Ort. Die Werkstatt kannst du nicht verfehlen. Frag nach Mickey, der kann alles reparieren. Janines Krämerladen mit der Poststelle ist gleich gegenüber. Sie hortet die besten Sachen unter der Theke. In *Joe's Pub*, gleich daneben, wartet eine Bestellung auf mich. Hol die bitte ab, er soll alles auf meinen Deckel schreiben."

Kurzes Brainstorming. Nein, nichts vergessen. Nichts wie weg von ihm. Gleich fang ich an zu sabbern. Ich schnappte meine Badetasche aus dem Fußraum und fuhr fort: „Auf dem Rückweg kannst du dich an den Warnschildern orientieren. Die Abfahrt ist leicht zu übersehen. Wenn du an einem dreifachen Warnschild mit Känguru, Wombat und Kamel vorbeikommst, bist du etwa einen Kilometer zu weit gefahren."

„Kamele?"

„Oder Dromedare, gibt es hier reichlich. Schmecken gegrillt ganz interessant." Nur mit einiger Mühe verbiss ich es mir, ihm einen Blick in den Spiegel zu empfehlen, wenn er ein Kamel sehen wollte.

„Wieso hast du Badesachen im Auto?"

Damit ich dich schneller nass machen kann…

„Joe hat einen kleinen Pool hinter seiner Kneipe. Man ist mit drei kräftigen Zügen durch. Ist aber eine nette Abkühlung, während man wartet, bis Mickey mit Schrauben, Schweißen oder sonst was fertig ist. Joe serviert auch am Pool, wenn er einen mag und man genug Geld dalässt." *Mit dir würden mir noch ganz andere Sachen im Pool einfallen.*

„Danke für den Tipp", lächelte der Wagendieb, warf seine volle Mähne über die Schulter und stieg ein. *Ich will meine Finger in dieser Mähne vergraben. Das macht der doch mit Absicht! Jetzt stresst der mich nicht nur hier durch seine Anwesenheit, sondern klaut mir auch noch meine wenigen Stunden Abwechslung woanders. Warum muss er überhaupt unbedingt ins Dorf? Und warum alleine? Okay, ich würde sowieso nicht mit ihm fahren wollen. Die Selbstbeherrschung würde mich komplett überfordern. Aber warum sticht der Kerl mich so ohne Weiteres aus? Für was hält der sich? Für was hält mein Boss ihn? Will Mr. Superstar plötzlich doch einen männlichen Leibwächter? Hat meine Vorführung an Silvester ihn an mir zweifeln lassen? Ist mein Job in Gefahr?*

Wow! Diese letzte Frage hatte ich mir noch nie gestellt. Noch nie in meinem ganzen Leben. Es hatte mich immer einen Dreck geschert, ob ich einen bestimmten Job behielt oder nicht. Der nächste kam bestimmt.

Mein ursprünglicher Gedanke beim Vertragsabschluss mit Mr. Superstar war ja gewesen: „Wenn ich diesen Job für sechs Monate durchhalte und mir zwischendurch den einen oder anderen Verletzungsbonus hole, kann ich danach allein auf Weltreise gehen. Für mindestens die gleiche Zeit. Wenn ich sparsam bin, für ein Jahr."

Nun war es fünf Monate später, es hatte ein paar nette Boni für im Dienst erlittene Verletzungen gegeben und einen richtig fetten fürs wiederholte Lebenretten. Dazu kam meine Gage für die Nebenrolle in Las Vegas, letztes Jahr. Ein Jahr Weltreise alleine wäre gesichert. Oder ein eigenes kleines Haus zu Hause. Aber… irgendwie reizte mich das nicht besonders, wenn ich jetzt darüber nachdachte.

Leider hatte ich aktuell viel Zeit nachzudenken und mir das Hirn zu zermartern, ob und warum mein Boss womöglich einen neuen Leibwächter wollte. Es gab ja nichts für mich zu tun, außer mir einen Kopf zu machen.

Statt blöde rumzusitzen beschloss ich zur Abwechslung mal wieder meinen Job zu machen und heftete mich an Superstars Fersen. Es war nicht schwer, ihn zu finden. Im Zweifel dort, wo gerade am meisten los war. Egal, wo er hin wuselte oder Anweisungen gab, etwas durchlas, sich in ein Kostüm warf, vor der Kamera spielte oder vormachte, wie er etwas haben wollte, ich stand immer nur wenige Meter entfernt.

„Warum verfolgst du mich?", fragte er nach mehreren Stunden.

„Ich dachte, zur Abwechslung könnte ich mal wieder meinen Job machen und auf dich aufpassen."

Die Augenbraue stieg: „Du weißt, dass du mir hier eher im Weg stehst, wenn du mir nachläufst?" *Ach wirklich? Das war ja nur meine Absicht.*

„Muss eine Assistentin nicht wenigstens den Eindruck erwecken, assistieren zu wollen? Sonst mache ich mich mit Besorgungsfahrten nützlich. Aber der Job ist ja nun anderweitig vergeben. Warum auch immer." *Spuck es aus! Warum hat Andy Vorrang? Was hat es mit dem Kerl auf sich, außer, dass er mich wahnsinnig macht?*

„Ach, da liegt der Hund begraben", ging ihm der Grund für mein Verhalten auf. Er hatte meine unausgesprochene Frage verstanden. Nur die Antwort ließ auf sich warten.

Er sah mich lange an. „Das hat seine Gründe."

Schweigen.

Zirp, Zirp.

Und weiter?

„Willst du mich durch Andy ersetzen?", platzte es aus mir heraus.

Die Frage überraschte ihn nicht mal. *Jetzt bin ich ehrlich schockiert.*

„Nein", sagte er seelenruhig. Sonst nichts. Drehte sich um, ging zu einer Maskenbildnerin, zeigte auf mich: „Mach doch bitte etwas mit ihren Haaren" und verließ den Makeup-Trailer, ohne sich noch einmal umzudrehen.

Ist das eine Übersprungshandlung, schlechtes Gewissen oder ein Ablenkungsmanöver? Haare statt Antwort?

Beim Frühstück am nächsten Morgen musste er zweimal hinsehen, um zu realisieren, wer sich ihm gegenüber setzte. Er hatte nicht gesagt, was mit meinen Haaren gemacht werden sollte und mir war nach einer Typveränderung gewesen.

Seit Mitte November hatte meine Haarpracht ungestört wuchern dürfen. Durch die Wüstensonne ohnehin leicht ausgeblichen und Dank der Hitze noch welliger als sonst, war es kein allzu weiter Weg zum blonden Wuschelkopf gewesen. Einmal helle Strähnchen bitte, ein bisschen stutzen an den richtigen Stellen und voila.

„Steht dir. Hat was von Meg Ryan. Nur mit mehr Sommersprossen", lächelte er über seine tiefgezogene Brille hinweg. „Die Windmaschine wird übrigens erst heute fertig. Ihr könnt in einer Stunde losfahren."

„Ihr?"

„Guten Morgen!", frohlockte es hinter mir.

Oh bitte! Ich hab gerade erst kalt geduscht.

Andy setzte sich selbstverständlich wieder genau neben mich, griff an mir vorbei nach der Kaffeekanne. Ich umfasste krampfhaft das Buttermesser mit der einen Hand, meine Kaffeetasse mit der anderen und warf meinem Boss einen gequälten Blick zu. Der fing an, in sein Skript zu glucksen.

Du mich auch...

Eine Stunde später saß ich am Steuer meines Geländetrucks, umrundete die Straßensperre und versuchte, flach zu atmen. Andy neben mir hatte anscheinend in seinem Aftershave gebadet. *Es sind bestimmt schon Menschen erstunken. Da kann der Volksmund behaupten, was er will.* In geringer Dosis mochte es durchaus angenehm riechen. In dieser Konzentration verursachte es Stiche in meinem Kopf. Klimaanlage und kochende Außentemperaturen hin oder her, ich musste das Fenster öffnen.

„Sagt dir zu viel des Guten irgendwas?", konnte ich mir nicht verkneifen. *Wie kann man sich nur so eindieseln? Da müssten ihm doch selbst die Augen tränen.*

„Dir kann man es auch nicht recht machen", sagte er beleidigt.

„Was?" Ich verstand kein Wort. *Mir wäre es recht, dich ganz weit weg zu wissen.*

„Du hältst dir die Nase zu, setzt eine Leidensmiene auf oder gehst gleich weg, wenn ich komme. Auch wenn ich frisch geduscht bin. Anscheinend kannst du mich nicht riechen. Jetzt passt dir das komplette Übertünchen jeglichen Eigengeruches auch nicht."

Hab ich das wirklich so über-offensichtlich gemacht? Wie erklärt man jemandem, den man einfach viel zu gut riechen kann, warum man versucht, seine Nase von ihm fern zu halten? Ohne, dass es peinlich wird!

Sorry, meine Nase ist einfach zu scharf auf dich? – Nein, lieber nicht.

Versteh das jetzt bitte nicht falsch, aber meine sämtlichen Schleimhäute reagieren mit Sekretproduktion auf dich? – Abgelehnt!

Bei deinem Geruch schalten sich meine höheren Gehirnfunktionen ab? – Erst recht nicht!

Meinen Augen läuft schon das Wasser im Mund zusammen bei dir, da muss die Nase nicht auch noch mitsabbern? – Nein!

„Ich bin einfach extrem geruchsempfindlich. Egal in welche Richtung. Geht nicht gegen dich." *Ganz im Gegenteil. Ich versuche, nicht über dich herzufallen!*

Er grunzte etwas Undefinierbares auf diese Erklärung hin, bückte sich und fing an, unter seinem Sitz rumzukramen. Die Packung Feuchttücher kam zum Vorschein. Er zog eines heraus, rieb sich das Gesicht gründlich ab, wusch sich mit einem zweiten den Hals. Ich musste meine ganze Konzentration darauf verwenden, die Straße im Auge zu behalten, statt dem Tuch zu folgen, das unter seinem seidigen Haar hindurch bis unter den T-Shirt-Kragen glitt. *Ich wäre so gerne dieses Tuch. Eieieieiei… Zunge geht auch als Waschlappen. Nein! Aus! Böser Goblin! Bitte stellen Sie die Sekretproduktion ein und bringen Sie Ihre Selbstbeherrschung in eine aufrechte Position. Zum Glück bin ich kein Mann, bei dem etwas in eine senkrechte Position geraten könnte.*

Welch Erlösung, als wir endlich bei *Mickey's Garage* ankamen. Andy ging gleich über die Straße zu Janines Laden/Poststelle, die Windmaschine blieb mir überlassen. *Oh Gott, ist meine Hose nass? Nein, nichts zu sehen.* Mein erleichtertes Schnaufen quittierte Mickey mit: „Ich mag ihn auch nicht. Hatte es gestern so verdammt eilig, wieder zu verschwinden, dass er kaum ‚Guten Tag' gesagt hat. Konnte nicht die läppische Stunde warten, bis ich fertig war."

Wie, er konnte nicht warten? Er war fünf Stunden weg gewesen. Eine hin und eine zurück, macht drei übrige. Mr. Superstar hat er erzählt, die Reparatur würde erst heute fertig werden.

Im Laufe des kleinen Plausches mit dem Mechaniker meines Vertrauens – *nach dem Trockenlegen auf der Kundentoilette* – ergab sich, dass Andy im Laufschritt durch den kleinen Ort gerauscht war, um die aufgetragenen Besorgungen zu erledigen und dann in die entgegengesetzte Richtung weggefahren war. Sehr seltsam. In dieser Richtung gab es hundert Kilometer gar nichts. Nicht mal ich hielt mich länger als eine halbe Stunde im Niemandsland auf. Für einen Lagerkoller war es bei Andy noch zu früh. Er war ja erst ein paar Tage da, in denen er nicht allzu viel Zeit darauf verwandt hatte, seine Chefin zu bewachen.

Meist war er irgendwo herumscharwenzelt. So wie ich zugegebenermaßen auch.

Ganz genau wie ich, wenn ich darüber nachdachte. Egal, wo ich eine Beschäftigung gesucht hatte, Andy war nicht lange nach mir in derselben Region des weitläufigen Sets aufgeschlagen. *Und ich hatte das Weite gesucht.* Versuchte er, sich an mir zu orientieren oder machte er sich einen Spaß daraus? Dass er, rein biologisch gesehen, ebenso heftig auf mich reagierte wie ich auf ihn, konnte ich mir nicht vorstellen. *Dann würde er von sich aus mehr Abstand halten oder offensiv das Gegenteil versuchen. Alles andere wäre eine übermenschliche Willensleistung.*

Das herrlich kühle neuseeländische Maracuja-Limetten-Cider in *Joe's Pub* tröstete mich vorübergehend über meine Irritation hinweg. *Ich liebe die fruchtig-exotischen Importe.* Auch Joe war wenig angetan von meinem Stellvertreter des vergangenen Tages gewesen. Die Leute hier hatten zu dieser Jahreszeit so wenig Abwechslung oder Fremdenverkehr, dass jeder Fremde auffiel. Einer der es eilig hatte umso mehr.

„Ich hatte deine Hausmarke schon rausgeholt, als ich dein Auto kommen sah. Dann kam dieser Typ, holte die Kiste und war wieder verschwunden. Er wollte nicht mal etwas von dem Dingo hören, der Sonntagnacht meine Mülltonne zerlegt hat."

Oh, böser Fehler! So macht man sich unbeliebt. Joe und seine Dingogeschichten – *ob wahr oder nicht* – gehörten zusammen. Man musste sie sich anhören und mit vielen Ohs und Ahs wertschätzen. Alles andere verstieß gegen die örtlichen guten Sitten.

Die scheuen Tiere hatten sich im Film-Camp noch nicht blicken lassen, dafür schienen sie Joe geradewegs zu lieben. Jedes Mal wenn ich kam, hatte er eine andere brandneue Geschichte zu bieten und viele Warnungen, mich vor den wilden Hundenachfahren in Acht zu nehmen. *Macht ihm wohl Spaß, Touristen zu erschrecken?*

Heute hatte er eine andere Warnung für mich. Es sollte regnen. Innerhalb der nächsten Stunden. In der Wüste! *Na klar.*

„Es sind schon mehr Menschen in der Wüste ertrunken als verdurstet", hatte ich zwar schon mal gehört, aber den Wahrheitsgehalt nie anhand von Fakten und Zahlen nachgeprüft. Ich wagte es zu bezweifeln. Außerdem ist Australien der zweittrockenste Kontinent der Welt, gleich nach der Antarktis. Wieviel konnte hier schon runterkommen?

Sehr viel, war die Antwort.
Extrem viel!

Kurz vor der Abfahrt zu unserer gesperrten Piste kamen Sturzbäche vom Himmel. Sicht beinahe null. Der Scheibenwischer kam nicht mehr mit. Das Auto schwamm. Schrittgeschwindigkeit war noch zu schnell. Kontrolliert geradeaus fahren gestaltete sich schwierig. So in etwa musste sich die Sintflut angefühlt haben.

Innerhalb von Minuten lief mitten auf der Straße ein kleiner schneller Bach dahin, trug den schweren Wagen mit sich. Alles noch machbar, bis sich der Bach, auf dem wir mitschwammen, im Neunziggradwinkel mit einem zweiten kreuzte, der quer über die Straße schoss. Die beiden vereinten sich zu einem kleinen reißenden Fluss, mit uns mitten drin.

Stehenbleiben und abwarten wäre vermutlich klüger gewesen, wenn ich hätte stehenbleiben können. Ein versuchsweiser Tritt auf die Bremse versetzte den Wagen noch mehr seitwärts. Und zusätzlich entlang seiner Längsachse. Jetzt fuhren wir schräg. *Nur Glatteis am Hang ist schöner.*

Die einzige Möglichkeit war rollen lassen, vorsichtig millimeterweise gegenlenken so gut es ging und hoffen, dass nichts in den Weg geriet. Irgendwie durchkommen. Die paar restlichen Kilometer sollten doch zu machen sein. War ja nicht meine erste Fahrt bei Starkregen. Allerdings meine erste Fahrt im Wüstenregen auf einer unbefestigten Piste. Die Straße bestand ja nur aus festgefahrenem Sand. Keine Teerdecke. Kein vernünftiges Fundament. Keine Leitplanken. Nichts, das den unerwarteten Fluten etwas entgegenzusetzen gehabt hätte. Keine Gullys, kein Rinnstein, keine Ableitung.

Man sah nicht einmal mehr, wo die Straße seitlich endete. Das Wasser überspülte alles. Ich versuchte, in der Mitte des Stromes mitzuschwimmen, sah große Dreckklumpen beidseitig vorbeitreiben. Vermutlich waren das mal Teile der Straße gewesen. *Na Prost-Mahlzeit.* Eines dieser Treibgüter sah aus wie ein dümpelndes Gürteltier. *Das wäre dann aber weit weg von zu Hause. Müsste es auf Reisen nicht seinen Koffer dabeihaben? Konzentrier dich!*

Schwer zu schätzen, ob wir an unserer Abfahrt schon vorbei waren oder ob sie noch kommen würde. Im Moment hatte ich alle Hände und Füße voll damit zu tun, uns in der Spur zu halten, wenn man das so nennen konnte. Selbst Andys Anwesenheit hatte sich vorübergehend meiner Aufmerksamkeit und der meiner Schleimdrüsen entzogen.

Bis er aufschrie.

Meine Zähne waren zu fest aufeinandergebissen, um ebenfalls zu schreien. Der Wagen wurde von den schräg herandrängenden Fluten weggedrückt. Alles Gegenlenken half nichts. Bremsen war witzlos. *Paddel wären jetzt toll. Ein Königreich für ein Schlauchboot.*

Wir mussten längst von der sogenannten Straße herunter sein. Ich wusste, dass daneben eine Vertiefung entlanglief, die sich an unserer Kreuzung zu einem fast zwei Meter tiefen Graben auswuchs. Ich wusste nur nicht, dass wir genau an dieser Stelle angekommen waren, als der Wagen immer tiefer im reißenden Strom versank und sich unaufhaltsam zur Seite neigte.

Nach einem quälend langen Moment der Schräglage kippte der Wagen endgültig über, die Fenster der Fahrerseite befanden sich unter Wasser, der Außenspiegel brach lautstark ab. Die Fahrertür schrammte über den Boden. Andys Seite des Wagens war über Wasser, bildete das neue Dach. Mit einem lauten Rumms verabschiedete sich die festgeschnallte Windmaschine von der Ladefläche. Ein massiver Ruck ging dabei durch den ganzen Wagen, wir wurden kurzfristig einen halben Meter in die Höhe gehoben, platschten zurück, ein dumpfer Schlag erklang, Andy verstummte.

Der Motor soff ab, Wasser drang ein, mein Gesicht lag darin. Ich musste kurz weg gewesen sein.

Der Wagen inklusive Insassen wurde hilflos mitgerissen. Das Metall, auf dem ich lag, kratzte laut kreischend über das Flussbett. Steine und vereinzelte dürre Grasbüschel glitten am gesprungenen Fenster der Fahrertür unter mir vorbei, als das Auto darüber gespült wurde. *Kein erstrebenswertes Schauspiel fünf Zentimeter von meinem Gesicht entfernt.*

Die Karosserie hielt stand, Glas splitterte. Dreiviertel der Windschutzscheibe zeigten schlammiges rostrotes Wasser. Noch mehr davon drang ein. Es spritzte an mehreren Stellen im hohen Bogen durch die Risse im Verbundglas. Mit jedem Schlag, der den Wagen traf, wurde das Spinnennetz schlimmer, die kleinen Risse zahlreicher, die Gefahr eines kompletten Herausbrechens größer. Ich hörte mich aus Leibeskräften schreien.

Mein schlimmster Albtraum: Im Auto ertrinken.

Nicht in Panik geraten. Denk nach. Sieh dich um.

Was kannst du tun? Was musst du tun?

Andy hing in seinem Gurt, rührte sich nicht. Seine Stirn blutete. Das dumpfe Geräusch musste sein Kopf gewesen sein, der gegen die Scheibe geschlagen war. Ich fasste nach seinem Puls am Hals. *K.o. aber lebendig. Atmet. Braucht keine Mund-zu-Mund-Beatmung. Schade. Aber gut. Der kann so bleiben.*

Das Handschuhfach mit dem Funkgerät war nicht im Wasser. Also eine Möglichkeit, Hilfe zu rufen. Ich reckte mich nach der Klappe und blieb in der Gurtsperre hängen. Es fehlten zehn Zentimeter, um das Handschuhfach öffnen zu können. Meine rechte Körperhälfte lag bereits im Wasser. Ich musste den Kopf deutlich darüber heben. Höchste Zeit meine Position zu verbessern.

Als Erstes den Gurt öffnen. – Geht.

Nach dem Beifahrersitz greifen, festhalten, hochziehen. – Check.

Beine aus dem Fußraum holen. – Okay.

Nicht auf die gesprungenen Scheiben treten. Schön auf die Metallstreben stellen. – Gut hinbekommen.

Ich stand nun aufrecht quer im Wagen, zwischen Andys Oberkörper und dem Handschuhfach. *Nicht ablenken lassen. Vorsichtig öffnen. Auf keinen Fall das wertvolle Funkgerät ins Wasser fallen lassen. Achtung auf die Batterien. – Alles trocken rausbekommen.*

Einschalten, Kanal einstellen.

Im Camp standen mindestens fünf Funkgeräte, die immer auf Empfang waren. Alle auf der gleichen Frequenz.

„Hallo, hört mich jemand?" – *Knistern.*

„Hier ist Goblin. Wir treiben mit dem Auto im Fluss. Direkt an der Abzweigung." – *Rauschen.*

„Hallo? Andy ist bewusstlos. Wir laufen mit Wasser voll." – *Knirschen.*

„Die Scheiben sind gesprungen und werden bald ganz nachgeben. Die Karre liegt auf der Seite. Wir brauchen Hilfe!"

„hlllo kkrkrkrkr… glln krkrk…?" Das klang nach einer Antwort.

„Ja, Goblin hier. Hilfe!"

„krkrkrkr…wasst…krkrkrkr…"

„Kreuzung! Sturzbach! Auto unter Wasser!" – *Rauschen.*

„Hilfe! Bitte!" – *Nichts als Knistern.*

Verdammt!

Es hatte aufgehört zu schütten, aber der reißende Strom versiegte nicht. Bekam noch mehr Schub. Das Wasser im Wagen stieg. Keine Ahnung, ob mein Hilferuf und die Ortsangaben verstanden worden waren. Es blieb erst mal keine Zeit, es noch mal zu versuchen. Der Wasserstand hatte den Beifahrersitz erreicht. Andys schlapp herabhängender Kopf platschte schon darin herum, seine langen Haare umspülten mich. Jetzt musste ich ihn auch noch stützen und seinen Kopf über Wasser halten. *Und dabei einen kühlen Kopf bewahren.*

Das Funkgerät befestigte ich am Haltegriff für den Beifahrer, am ehemaligen Himmel des Wagens. Es durfte auf keinen Fall nass werden. Das war erledigt. Nun: Eine Hand hielt Andys Kopf, die andere Hand krallte sich an seinem Gurt fest, um mich selbst über Wasser zu halten.

Abwarten und Teetrinken war gerade alles, was ich tun konnte. Würde ich versuchen über Andy hinweg zu klettern und die Beifahrertür zu öffnen würde ich den Wagen vermutlich weiter kippen. Aber, ob zurück auf die Räder oder gar aufs Dach war die Frage. Die Tür zu öffnen würde mir außerdem nichts bringen. Um uns herum waren reißende Fluten. Im Moment war die aktuelle Position noch die Sicherste. Immerhin dreißig Zentimeter der Windschutzscheibe zeigten noch Luft über der roten Brühe. In der gegenwärtigen Lage das Beste, was es zu hoffen gab.

Etwas drückte das Fenster zu meinen Füßen endgültig ein. Ein großes Loch musste entstanden sein. Dinge schlugen gegen meine Schienbeine. *Wer weiß, was da alles mitgerissen wurde oder noch im Weg ist.* Der Wagen bewegte sich immer noch flussabwärts auf das Camp zu. Ich musste mich höher stellen, meine Beine aus der Schusslinie bringen. Einen Fuß ins Lenkrad gestellt, den anderen auf die Seite des Fahrersitzes, hockte ich möglichst tief.

Nicht mit dem Kopf gegen die Beifahrerscheibe schlagen, nicht den Schwerpunkt des Wagens kippen. Meine Schulter unter Andys Kopf schieben. Wenn ich ihn ertrinken lasse, gibt es Ärger. Nerven behalten.

Meine linke Hand krallte sich von oben in die Kopfstütze des Beifahrersitzes, der Unterarm lag dahinter, auf dem

Oberarm die flaumige Wange des Bewusstlosen. *Wenn jetzt mein letztes Stündlein geschlagen hat, werde ich mich im Abspann in den Hintern beißen, dass seine Lippen nur mein T-Shirt vollgespeichelt haben,* zuckte es mir kurz durch den Kopf. *Sag mal gehts noch? Ich hab doch grade ganz andere Sorgen. Wie notgeil kann man sein? In so einer Situation nichts Besseres im Kopf zu haben! Wie wäre es stattdessen mit hochtrabenden letzten Worten? Irgendwas Weltbewegendes. Wie zum Beispiel... äh... Moment... habs gleich... Sekunde...*

„Ach Scheiße! Mir fällt nichts Sinnvolles ein."

Noch einmal griff ich zum Funkgerät: „Hallo, hört mich jemand?"

„kkrrr... Goblin... krrr... durchhalten..."

„Boss?"

„krrr... gleich da... krkrkrkr..."

Eine Minute später.

„Kkkrrr... Tür auf... krrr..."

„Was?"

„Kkrkrkr... Beifahrertür aufmachen!"

Das ist jetzt nicht sein Ernst!

Durch den Teil der Windschutzscheibe, der über Wasser war, sah ich die zwei anderen baugleichen Geländewagen neben uns herfahren. Drei oder vier Meter entfernt nur. Direkt neben dem Fluss. Auf den Ladeflächen stand je ein Mann. Diese beiden hielten aufgerollte Seile in den Händen. Je eines der Enden war am Fahrerhaus befestigt. Einfach indem das Seil einmal hindurchgeführt und von außen verknotet worden war.

Der Mann auf dem ersten Truck hob ein Funkgerät an den Mund. „krkrkrk... Seil fangen und festmachen."

Das war mein Boss! Er stand tatsächlich auf der Ladefläche des fahrenden Autos, klemmte sich das Handfunkgerät an den Hosenbund und fing an, das Lasso zu schwingen. *Ich glaub, ich bin im falschen Film! Hält er sich für Buffalo Bill? Mir fehlen aber die Nerven von Annie Oakley. Tür öffnen... guter Witz.*

Die Tür wog eine gefühlte Tonne. Mein linker Arm klammerte sich immer noch an der Kopfstütze fest und versuchte gleichzeitig, Andys Kopf über Wasser zu halten. Die rechte Hand zog die Entriegelung und drückte zusammen mit dem Kopf die Tür nach oben. Ich stemmte mich hoch. Immer noch stand ein Fuß im Lenkrad und der andere auf der Seite des Fahrersitzes. Das Lenkrad drehte sich leicht, als ich mein Gewicht verlagerte. Die Vorderräder und der Wagen bewegten sich mit! *Scheiße, das wäre fast schiefgegangen.*

Es dauerte einen Moment, die stabile Seitenlage wiederherzustellen. Um Einiges vorsichtiger drückte ich weiter, bekam die Tür mit Mühe und Not auf, musste sie aber offenhalten und konnte die zweite Hand nicht loslassen. Wie sollte ich da ein Seil fangen?

„Ich kann es nicht auffangen. Andy ist bewusstlos und ertrinkt, wenn ich seinen Kopf loslasse!", schrie ich meinem Boss zu.

Er nickte einmal, zog die Schlaufe seines Lassos größer und fing wieder an zu schwingen. „Zieh den Kopf ein!"

Das tat ich und er warf. Das Seil knallte neben der Tür gegen den Kotflügel. *Nix wars.* Er schimpfte, zog das Seil zurück, wickelte es wieder auf, zog erneut die Schlinge groß, schwang wieder und warf. Treffer! Die Tür war eingefangen. Er zog die Schlinge ein wenig fester, gab dann mehr Seil und ließ den Fahrer seines Wagens weiter vorfahren.

Der zweite Truck rückte auf, fuhr auf gleicher Höhe mit uns, der Mann auf der Ladefläche wiederholte das Cowboymanöver. Er traf beim ersten Versuch. Um die offene

Tür und meinen Arm, der sie hielt, lagen zwei dicke, steife Seile.

„Mach die Tür zu!", rief Mr. Superstar.

Kopf einziehen, zurück in die Knie, gut festhalten und mit dem Schlimmsten rechnen. Kaum war die Tür zu und die Seile eingeklemmt, ließen sich beide Wagen zurückfallen. Wurden immer langsamer, brachten Spannung auf die Seile. Ich merkte, wie wir abgebremst wurden und in gefährliche Schräglage gerieten. Fast wären wir auf dem Dach gelandet. Der Neigungswinkel tendierte stark Richtung weiteres Kippen. Das Wasser schwappte kurz über unsere Köpfe. Ich stemmte mich gegen das Kippen so gut es ging, versuchte, in Reifenrichtung auszubalancieren. Wir kamen wieder aufrechter, wurden immer langsamer.

Endlich waren wir zum Stillstand gekommen. Das Wasser schoss weiter am Wagen vorbei, nur wir wurden nicht mehr mitgerissen.

Der hintere der beiden Trucks blieb stehen, wo er war, der vordere schloss erst auf gleiche Höhe mit uns auf und fuhr dann im rechten Winkel von unserem kleinen Badeparadies weg. Ich sah nur noch die Rücklichter und Mr. Superstar, wie er das Seil umfasst hielt. Als wieder Spannung darauf kam, ließ er den Fahrer ganz vorsichtig, Stückchen für Stückchen, zur Seite fahren. Mit jedem neuen Anfahren wurden wir wieder gefährlich gekippt, kamen aber gleichzeitig immer ein kleines Stück weiter zum Ufer. Der neu entstandene Fluss hatte sich tief in die Landschaft gefressen.

Als nur noch ein halber Meter zwischen dem Dach unseres Wagens und der höher gelegenen Straße lag, ließ mein Boss noch einmal kräftig anziehen, bis wir den Rand des Flussbettes in einem Rutsch erreichten. Das Schaben von Kies war deutlich zu hören, unter und neben uns. Das

Flussbett war so tief wie das Auto breit. Die aktuelle Oberseite schloss also fast bündig mit der Uferkante ab.

Die Fahrer der Trucks blieben sitzen, sicherten die Verankerung des unfreiwilligen Wasserfahrzeugs. Die Beifahrer und Lassowerfer liefen zu uns. Die Tür über meinem Kopf wurde vorsichtig geöffnet. Die Seile durften sich nicht lösen.

Einer hielt die nach oben zeigende Tür auf, ein Zweiter stellte sich mit einem Fuß auf den Wagen, blieb mit dem anderen an Land und beugte sich herab. Er griff Andy unter den Armen, hielt ihn fest. Ich löste den Gurt, drückte Andy zur Tür hoch. Von außen wurde gezogen. Ein weiterer Mann langte mit zu. Sie hievten Andy aus dem Wagen und trugen ihn ein Stück rüber auf die Straße. Dort konnte er liegen bleiben.

Endlich hatte ich freie Bahn, griff nach dem Türrahmen und zog mich hoch. Meine Füße fanden keinen Halt. Ich rutschte ab, fiel zurück, tauchte kurz unter. Eine Hand grub sich in meine Haare und zog. *Aua!* Ich tauchte wieder auf, hustete. Mein Boss kniete auf der Seite des Wagens, die in die Luft zeigte. Er ließ meine Haare los, packte mich am Kragen. Das T-Shirt riss. Er beugte sich tiefer in den Wagen hinein, packte meinen Hosenbund und zog mich rauf. Ich kam mit dem Hintern über den Türrahmen und drückte mich zur Seite ab. Saß auf der Karosserie, während meine Füße noch im Wagen hingen.

Mr. Superstar hielt meinen Jeansbund mit fester Hand umgriffen, kletterte an Land, ließ sich erst auf die Knie sinken, dann auf den Rücken kippen und zog mich dabei mit sich, dass mein Oberkörper schräg bäuchlings auf ihm landete. Er schlang beide Arme um mich und hielt mich fest. Ich blieb einfach liegen, grub meine Hände in sein T-Shirt und fing an zu heulen.

Es dauerte mehrere Minuten mich zu beruhigen. Ich hatte meine schlimmste Angst durchlebt, meinen schlimmsten Albtraum überlebt. Das Wasser war nicht kalt gewesen, trotzdem zitterte ich wie Espenlaub. Superstar ließ mich nicht los, war inzwischen genauso nass wie ich. Und es scherte ihn nicht. Er lag mit geschlossenen Augen auf dem Rücken, den Hinterkopf auf der Straße abgelegt und hielt mich fest. Ein Arm um die mittleren Rippen geschlungen, der andere um meine Schultern gelegt, drückte er mich an sich. *Packt eure schmutzige Phantasie wieder ein. Da ist nichts!*

„Zwei zu null", brachte ich hervor.

Ein gequältes Lachen, das fast wie ein Schluchzen klang, erschütterte seinen Oberkörper: „Wolltest du nicht ausgleichen?"

„In der Gesamtrechnung hab ich noch Vorsprung. Nur dieses Jahr sieht es schlecht aus mit der Bonusrechnung", vergrub ich mein Gesicht an seiner Schulter. *Nicht loslassen. Bitte, bitte lass mich nicht los.*

Der Arm um meine Schultern löste sich, eine Hand strich über mein Haar: „Heute Mittag hättest du mich retten können. Da wäre ich fast gestorben vor Verzweiflung. Dummheit hat neue Dimensionen angenommen. Tödliche Dummheit!" *Ja, mach Witze. Lachen ist der bessere Weg es raus zu lassen.*

„Hihi… Sorry, war zu sehr damit beschäftigt, den Blödmann hier über Wasser zu halten", zeigte ich mit dem Kopf zu Andy. *Und davor war ich zu sehr damit beschäftigt, ihm nicht die Kleider vom Leib zu reißen.*

Mein ungewollter Schwarm war indes zu sich gekommen, lag zwei Meter neben uns flach auf dem Rücken und starrte herüber. *Klatschnass sieht er noch schärfer aus… Aaarrrgg!*

In meinem Sichtfeld erschien ein Schuh. Über dem Schuh ertönte eine Stimme: „Mr. Superstar? Das Wasser sinkt. Sollen wir warten, bis wir den Wagen bergen können? Dann funke ich das Camp an, dass der Doc hierherkommen soll. Er ist gerade gelandet."

„Ja, das wird das Beste sein", bestätigte der Gefragte neben meinem Ohr. Ich rollte von seiner Brust herunter, legte mich zwischen die beiden Männer auf die Straße. Der Himmel über uns war wolkenlos blau und sonnig. Die Luft flirrte schon wieder. Nichts erinnerte mehr an den kürzlich stattgefundenen Wolkenbruch.

Ein leichter Windhauch wehte über Andy hinweg. Eine Mischung aus verwaschenen Aftershave-Resten und seinem natürlichen Körpergeruch stieg mir in die Nase und begann augenblicklich an mir zu zerren. Ich drehte mich zu meinem Boss, presste meine Stirn an seine Schulter und die Nase an den T-Shirt-Ärmel.

Wenig später erschien der Doc des Royal Flying Doctor Service und sah sich die drei Gestalten am Boden an. Mr. Superstar und ich deuteten beide auf Andy und setzten uns auf.

Der Arzt bestand nach kurzer Untersuchung darauf, Andy mitzunehmen. Sein Kopf musste geröntgt werden.

Ja, bitte nimm ihn mit und behalt ihn!

Das tat er. Beides.

Auch im Lager und am Set hatte der sintflutartige Regenguss erheblichen Schaden angerichtet. Ausrüstung war weggespült, aufgeweicht oder durch die Gewalt der Wassermassen geradezu pulverisiert worden. Geräte hatten

Kurzschlüsse erlitten, Aufbauten waren zusammenge-
stürzt.

Eine Woche verging in der ich ausgiebig beim Kulis-
senteam mithelfen durfte und vieles mehr. Die Windmaschine tauchte einige Kilometer wüsteabwärts in verbogenen Einzelteilen wieder auf. Eine Neue kam zwei Tage nach
dem Unwetter per Transportflugzeug.

Der Wagen hatte Totalschaden. Mickey besorgte kurzfristig einen Ersatz für die Dauer der restlichen Dreharbeiten an diesem Schauplatz. Die Besorgungsfahrten überließ
ich vorerst jedoch gerne den anderen Assis. Mir war es
lieber, vor Ort zu helfen, wo ich konnte und meinem Boss
nun tatsächlich mal zu assistieren. Da musste dieses gerichtet werden, hier fehlte jenes.

„Schreib eine Liste für mich, was ersetzt werden muss
und was noch zu reparieren ist. Das Budget hatte dieses
äußerst seltene Naturphänomen nicht im Plan", lautete
Superstars Grundanweisung.

Die meisten Hauszelte mitsamt Inhalt waren weggerissen worden. Einzelnes fand sich wieder, anderes blieb
verschwunden. Mr. Superstar nahm mich in seinen Trailer
auf, die restliche Gemeinschaft rückte auch zusammen so
gut es ging. Neue Zelte und neue Geräte in ausreichender
Zahl her zu bekommen dauerte ein paar Tage. Nicht nur
mein Schleppi war mitsamt dem Zelt davongeschwommen.

Einige Tage hatte ich alle Hände voll zu tun, durfte organisieren, reparieren, delegieren, hantieren, improvisie-
ren, meinem Boss den Rücken freihalten, damit er seinen
vorgesehenen Aufgaben nachkommen konnte.

Es machte richtig Spaß. Alles, was nicht mit der direkten
Filmproduktion zusammen hing, hörte auf mein Kommando. War zur Abwechslung zwischendurch ganz lustig. *Auf
Dauer wäre es mir zu viel Verantwortung. Zur Führungs-
person muss man geboren sein. Ich bin es nicht! Kurzfristig*

war es jedoch spannend und positiv stressig, solange es nötig war.

Und das Beste: Andy kam nicht wieder. Er lag noch im Krankenhaus, als seine Chefin mit ihren Aufnahmen fertig war und abreiste. *Dass es ihm so schlecht ging, dass er im Krankenhaus bleiben musste, tat mir ehrlich leid, nicht aber seine Abwesenheit.*

Alles am Set und im Camp war wieder in Ordnung gebracht. Die wichtigen Dinge waren repariert oder ersetzt, das eine oder andere klappte improvisiert so hervorragend, dass man es gleich so beließ.

Die normale Langeweile kehrte zurück. Wenn auch nicht komplett. Ein paar feste Aufgaben das Camp betreffend hatte Mr. Superstar bei mir belassen. *Weniger Stress für ihn, ein bisschen was zu tun für mich. Ohne zu viel Verantwortung. Perfekt.*

Es blieb in den verbleibenden drei Wochen immer noch genug freie Zeit, die irgendwie gefüllt werden wollte. Einen Tag verbrachte ich damit, die Strecke auf der anderen Seite des Ortes ein Stück weit abzufahren. Die Strecke, die Andy alleine in die Wüste hinausgefahren war.

Was hatte er hier gemacht? Es gab hier nichts. Gar nichts. Nicht mal eine verlassene Tankstelle oder ähnliches. Eine Stunde aus dem Ort raus war immer noch nichts als Sand und Dromedarkacke zu finden. Was hatte er hier draußen gewollt? Kamele suchen? Kängurus jagen? Jemanden treffen? Aber wieso mitten im Nirgendwo? Ein geheimes Treffen vielleicht? Mit wem? Wozu?

War er ein Reporter? Hatte er das Set abchecken sollen? Hatte er ein Drehbuch geklaut und weitergegeben? Sollte eine riesige Spoileraktion stattfinden? War er Privatdetektiv? Hatte er überprüft, wie nahe eine bestimmte vollbusige Assistentin bei ihrem verheirateten Star schlief?

Hatte noch ein anderer Star eine rechtmäßig misstrauische bessere Hälfte zu Hause? Hatte er gar mich ausspioniert? Weshalb? In wessen Auftrag? Um was zu erfahren?

Ach ja... wie viel wusste mein Boss? Er hatte Andy auf seine Bekanntenliste gesetzt, deren Mitglieder ich generell nicht prüfe. Er hatte dafür gesorgt, dass Andy alleine hatte fahren können und mir nicht gesagt, warum. „Das hat seine Gründe" war so eine saudämliche Anti-Begründung.

Er würde mir nicht mehr sagen, wenn ich noch mal nachfragte. Würde wieder irgendeine Ablenkung aus dem Ärmel schütteln. *Dieses Mal vielleicht statt Haare eine Maniküre? Pediküre? Hol mir einen Kaffee? Hast du schon mal in der Mikrowelle einen Hamster getrocknet? Besorg mir ein Planschbecken?*

Was hatte er jetzt wieder für Geheimnisse? Meine Phantasie überschlug sich. X Möglichkeiten rauschten mir durch den Kopf. Vernünftige Ideen waren nicht dabei.

Meine nachträgliche Recherche hatte nichts Auffälliges zu Andys Namen ergeben. Auch seine Website, auf der er seine Dienste zum Personenschutz anbot, sah normal aus. Das Gründungsdatum passte zu seiner neujährlichen Aussage, er würde sich beruflich gerade neu orientieren. Die Seite war an Heilig-Drei-König online gegangen.

Ohne beständige Internetverbindung vernünftige Nachforschungen zu betreiben war kein Spaß. Jedes Mal, wenn ich etwas gefunden hatte, war kurz darauf das Netz wieder weg. Laut Internet war er entweder fünf Jahre und einen Tag jünger oder vier Jahre und 364 Tage älter als ich. Eines der beiden gefundenen Geburtsdaten musste ein Tippfehler sein. *Vermutlich das Jüngere.*

Schließlich beschloss ich, es einfach gut sein zu lassen. Was auch immer der Typ hier gemacht hatte, es war vorbei, er war weg und mein Boss hatte anscheinend wenigstens ansatzweise davon gewusst. In diesem Punkt musste ich einfach auf Mr. Superstar vertrauen. Auch wenn es mir nach seiner übertriebenen Verschwiegenheit bezüglich des Attentäters vom letzten Jahr etwas schwerfiel.

Egal, bis wir die Wüste verließen, hatte ich Andy schon komplett vergessen. *Naja, fast komplett. Sagen wir ein wenig. Okay, er spukt immer noch durch meine nächtliche, verträumte Schleimproduktion. Ich muss mir den Kerl aus dem Kopf schlagen. Notfalls mit einem Vorschlaghammer!*

Am sechsundsechzigsten Drehtag fiel die letzte Klappe für dieses Set. Einen weiteren Tag dauerte es, alles abzubauen, zu verladen und die Trailer abholen zu lassen. Mr. Superstar und ich verließen als Letzte den Schauplatz, brachten den Ersatztruck zu Mickey und bestiegen direkt auf der Hauptstraße die Cessna, die uns nach Sydney brachte. *Home Sweet Home. Oder so ähnlich.*

Die nächsten viereinhalb Wochen verbrachte Mr. Superstar, wenn nicht mit seinen Jungs, dann mit der Sichtung des bisher gedrehten Materials, machte Notizen, besprach vieles mit Cuttern, Effektspezialisten, Tonmeistern und Filmmusikkomponisten. In den Schulferien war er fast komplett Dad und die Arbeiten am Film kamen zum Erliegen.

Währenddessen befasste ich mich, wenn er mich nicht brauchte, mit dem Update des Sicherheitssystems, das im Januar erfolgt war. Bevor wir in die Wüste aufgebrochen waren, hatte ich zu wenig Zeit gehabt, alles auf Herz und Nieren zu prüfen. Auf den ersten Blick waren meine Forderungen alle umgesetzt worden, jetzt waren der Tiefencheck und meine persönliche Note fällig.

Das Tor zur Straße würde bei Stromausfall nicht mehr offen sein. Es wurde automatisch verriegelt und war dann nur noch mit einem schönen altmodischen Schlüssel aufzukommen. Jeder Bewohner hatte einen. Dass George und ich zusätzlich einen für alle Fälle in der Nähe des Tores im Garten deponiert hatten, wusste außer uns nur Superstar. Niemand würde ihn finden oder auch nur vermuten, wo er sich verbergen könnte. Das Versteck war nur von der Innenseite des Zaunes erreichbar und bot ausschließlich einen Notausgang, keine Einbruchsmöglichkeit.

Die Videoüberwachung konnte angeblich nicht mehr ausgetrickst werden, die Übertragung nicht unterbrochen oder bearbeitet werden. Wenn jemand versuchte, sich in das System zu hacken, würde sofort Alarm ausgelöst. Ebenso, wenn die Stromversorgung unterbrochen wurde. Die Anlaufzeit des Backups dauerte nur noch fünf bis zehn Sekunden statt dreißig.

Mein höchstpersönliches Sicherheitsupdate baute ich noch etwas kreativer aus. *Goblinstyle eben.* Je ein Baseballschläger kam unsichtbar in die drei Wohnhäuser, gleich in die Nähe der Eingangstüren. Ein extrem vollgestopfter Schirmständer mit allem Möglichen darin in meinem Gästehaus, ein sehr breites Didgeridoo mit reichlich Hohlraum zum Füllen über der Tür von Georges Gärtnerhaus und ein Trophäenschrank mit Geheimfach im Entrée von Mr. Superstars Haupthaus gaben optimale Verstecke ab. *So wären sie im Notfall schnell und überraschend zur Hand.*

Ein Behälter Pfefferspray stand leicht zu übersehen ganz hinten im obersten Gewürzregal jeder Küche. *Da, wo die Jungs normal nicht hinkamen.*

Ein Taser, dessen Elektroden bis zu fünf Meter weit geschossen werden konnten, fand Platz in der obersten Schreibtischschublade meines Bosses. *Sorry, deine Kekse musst du jetzt woanders verstecken. Das ist wichtiger.*

Die Wurfmesser, die ich greifbar, aber nicht sichtbar, unter seinem und unter meinem eigenen Bett anbringen wollte, hatte Superstar verboten. Er konnte nicht damit umgehen, hatte keine Lust, es zu lernen und fand sie viel zu gefährlich.

Ja, ja, aber Pfeil und Bogen sowie Schusswaffen mit Pulver waren in Ordnung... Ein Gewehr hätte er womöglich erlaubt, ein funktionstüchtiger Requisiten-Bogen inklusive Pfeilen lag in einem der Gästezimmer im verschlossenen Schrank. Doch meine Wurfmesser sind zu gefährlich? *Wirklich? Ernsthaft?* Sie sollten hinter Schloss und Riegel, wenn es nach unserem Boss ging. Außer wenn George und ich damit die Zielscheibe im Garten lochten. Es dauerte nicht allzu lange, bis George sie tatsächlich lochte, statt daran vorbei ins Fangnetz zu werfen oder sie mit dem Messerknauf zu treffen. Mein junger Padawan lernte schnell und die Wurfmesser machten sich hervorragend im Messerblock seiner Küche. *Da das Gärtnerhaus ja immerhin ein Türschloss hat, sind sie ja damit quasi weggeschlossen... dumdidum...*

Grundlegende Selbstverteidigungstechniken ohne Waffen saugte mein kleiner – *nicht bildlich zu verstehen* – Waffenbruder auf wie ein Schwamm. Bald musste ich mich anstrengen, um ihn auf den Boden zu legen. *Aber je größer sie sind, desto tiefer fallen sie.*

Die Jungs hatten auch Spaß an den harmlosen Befreiungstechniken, die wir mit ihnen übten. *Kann nicht schaden, sich losmachen und wegrennen zu können, wenn einen jemand festhalten will.*

An Mr. Superstar ging das so kurz vor unserer nächsten Abreise weitgehend vorbei. Zu viel nachzubearbeiten, noch mehr vorzubereiten für die letzten zwanzig angesetzten Drehtage in Asien. Er wunderte sich nur eines Abends, dass sein Großer ohne Probleme aus einem Schwitzkasten herauskam und ihn in den langen Hebel nahm. Die Erklärung des Jungen dazu quittierte er mit einem „ist vielleicht gar nicht schlecht" und einem grüblerischen Blick in meine Richtung.

„Hätte ich dich vorher fragen sollen?", fiel mir reichlich spät ein.

Gegenfrage: „Hast du ihnen etwas beigebracht, das ernsthaften Schaden anrichten kann?"

„Nein. Alles harmlos. Um damit bleibenden Schaden anzurichten, fehlt ihnen noch einiges an Kraft."

„In Ordnung. Nächstes Mal frag mich vorher."

Von Geisterstädten im wilden Westen hatte ich ja schon gehört. Meist waren das verlassene Goldgräberstädte aus dem späten achtzehnten oder frühen neunzehnten Jahrhundert. In meiner Vorstellung morsche Holzhütten, zwischen denen Steppenläufer durch eine einzige ungeteerte Hauptstraße wehten, mit Saloontüren, die quietschend im Wind schwangen. Natürlich durfte ein Geier nicht fehlen, der auf den Rippen eines ausgeblichenen Pferdeskeletts hockte und durstige Touristen hungrig ansah. *Alles sehr pittoresk. Ein cartoonverdächtiges Bild längst vergangener Zeiten. Fehlten nur noch zwei Schlägel, mit denen der Geier Xylophon auf den Rippen spielte.*

Aber der Anblick, der sich uns hier bot, hatte eine komplett andere Dimension. Der perfekte Hintergrund für die wenigen letzten Überlebenden der Menschheit, in einer Zukunft nach der Zukunft. In einer Zeit nach dem letzten Krieg, der, wie alle anderen vor ihm, alle Kriege hatte beenden sollen. Und es durch die Beinahe-Ausrottung der Menschheit tatsächlich vorerst geschafft hatte. *Wenigstens ein kleiner Erfolg.*

Dieser Ort war gespenstisch, unheimlich, erschreckend, erschütternd. Schon von Weitem hatte dieses verlassene Eiland ein ungutes Gefühl bei mir ausgelöst. Diese Geisterinsel war von hohen Mauern eingefasst, die schroff ins Meer abfielen und sie wie ein Gefängnis erscheinen ließen. Alcatraz kam mir in den Sinn. Dieser Eindruck war gar nicht so weit hergeholt, hatte die Insel doch im bislang letzten realen Weltkrieg als Arbeitslager gedient.

Je näher unser Boot – mit der kompletten Filmcrew darauf – kam, desto stärker wurde meine Gänsehaut. Die

Ruinen skelettierter Hochhäuser gingen in überwucherten rohen Fels über. Wo der Schutt aufhörte und der Fels anfing, war durch den starken Bewuchs und die Verwitterung an einigen Stellen nicht gleich zu sehen. Kletterpflanzen, Moose und Flechten bedeckten Hauswände, Säulen, Schutthalden und einzeln stehende Betonpfeiler gleichermaßen. Die Hälfte der Insel wurde von eng beisammen stehenden Appartementhäusern eingenommen. Ein Bewohner hatte dem anderen notgedrungen in die Sojasprossen gesehen, wenn er durch eines der nun glaslosen Fenster schaute.

Dieser Ausblick auf eine postapokalyptische Stadt war greifbarer, realer als die ohnehin leere Wüste. Dieser Ort hatte etwas von der modernen, aktuellen Welt. Dieses Bild konnte einer Stadt entstammen, die heutzutage bewohnt und überbevölkert war.

Um über fünftausend Menschen auf nicht einmal sechseinhalb Hektar unterzubringen, von denen die Hälfte noch als Industriefläche gedient hatte, war es nötig gewesen, in die Höhe zu bauen. Ein Paar der weltältesten mehrstöckigen Stahlbetongebäude waren hier entstanden. Schulen, Geschäfte, Tempel, Gaststätten, Friseure, sonstige öffentliche Einrichtungen und Unterhaltungsindustrie hatten schließlich auch noch untergebracht werden müssen. Es hatte sogar ein Kino, ein Hallenbad und ein Bordell gegeben.

Dieses Monstrum von Hochhauspark könnte in jeder modernen Großstadt stehen. Nur, dass diese Skyline vor hundert Jahren errichtet worden war, dann, Mitte der 1970er Jahre, praktisch von einem Tag auf den anderen, überhastet verlassen und anschließend fünfunddreißig Jahre für die Öffentlichkeit gesperrt. So lange hatte der Zahn der Zeit ungehindert nagen können und so lange hatte die Natur Zeit gehabt, alles zurückzuerobern.

Bäume wuchsen auf Balkonen und eingebrochenen Außentreppen. Von der Meeresluft zerfressene Laufstege bröckelten dahin. Ehemalige Dachgärten und Innenhöfe hatten einen löchrigen Teppich aus Büschen und langen Gräsern. Appartements ohne Fronten spuckten hängendes Blattwerk sowie verbogene Möbelbruchstücke aus. Andere Bereiche, die nie ein Krümelchen Erde gesehen hatten, bestanden nur aus nacktem Beton und Schutt. Morsche Balken, verrostete Eisenträger, bröckeliger Zement, Telefone mit Wählscheibe, Röhrenfernseher mit langen Antennen, ein Piano, Teekannen und Kochtöpfe, Gasflaschen zum Kochen, Schubladen, Kinderspielsachen, Lederschuhe, zerbrochene Plastikrohre, Flaschen, Werkzeuge, Ölfässer, Kabelrollen, Fliesen, Aktenordner, Schläuche. Einfach alles lag überall kreuz und quer. Über und unter Wasser. Im Meer sowie im gekachelten Becken des ehemaligen Schwimmbades. Es sah hier in der Tat so aus, als wäre die Menschheit innerhalb kürzester Zeit ausgestorben und hätte nur ihren ganzen Müll hinterlassen. *Würde mich wundern, wenn die Realität eines Tages ein anderes Bild bereithielte.*

Je mehr ich zu sehen bekam, je weiter wir die Insel erforschten, je gezielter wir die extremsten Schauplätze des Verfalls aufsuchten, desto unwohler wurde mir. Ein Horrorszenario, noch bevor ein düsterer Film daraus wurde. Die kommenden fünf Tage würden nicht lustig werden. Am schlimmsten würde die eine Nacht sein, die wir hier für Aufnahmen verbringen sollten. Die anderen Nächte konnte ich mich auf ein nettes Hotel auf einer der nahegelegenen bewohnten Inseln freuen. Von mir aus hätte ich auch auf einem Schiff geschlafen oder in einer Hängematte auf einer Bohrplattform. Mir war egal, wo ich schlief, Hauptsache nicht auf diesem ummauerten Friedhof ohne Leichen.

Nach Einbruch der Dunkelheit wollte ich nicht mehr auf diesem verlassenen Felsen mitten im Ostchinesischen Meer hocken. Fast eineinhalbtausend Menschen waren hier einst unter den schlimmsten Bedingungen gestorben. Aufzeichnungen zum Verbleib der Toten hatte ich bei meiner Kurzrecherche nicht entdeckt. Ich war mir zudem nicht sicher, ob ich tatsächlich wissen wollte, was mit ihnen geschehen war. Platz für einen Friedhof hatte es hier nicht gegeben. Also waren sie vermutlich verbrannt worden. Hatte man die Asche anschließend ins Meer gestreut? Ein befreiender Gedanke irgendwie, außer man machte aus dem „ins Meer gestreut" ein „über die Mauer gekippt" oder „die Müllrutsche runtergeschüttet." Dann bekam es einen faden Beigeschmack.

Obwohl ich mich nicht im Dunkeln fürchte und nicht an Geister glaube, haben manche Orte eine sehr abschreckende Wirkung auf mich. Wo sich mir tagsüber schon sämtliche Nackenhaare aufstellen, möchte ich auf keinen Fall nachts sein.

Die Schauer auf meinem Rücken hörten gar nicht mehr auf, kamen beinahe einem steten Fluss nahe. So hatte ich mich zum letzten Mal im Vorschulalter gefühlt, als ich gehofft hatte, mein tobender, volltrunkener Erzeuger würde mich in meinem Versteck nicht finden. Dieser Ort machte mir Angst. Ohne guten Grund. Einfach nur wegen der erschütternden Atmosphäre und seiner wenig glamourösen Geschichte.

Rein logisch betrachtet wusste ich, dass die einzig reale Gefahr von einstürzenden Gebäudeteilen und Tetanus ausging. Leider ist es nicht immer so einfach, sich ausschließlich nach der Logik zu richten. *Ich hätte mir weniger Gruselfilme ansehen sollen. Weniger Dokus zum Thema Geister und von Spuk heimgesuchte Orte. Geisterjäger würden sich ein Loch in den Bauch freuen, wenn sie hier* eine Nacht verbringen dürften. Mit Tonbandgeräten, Kameras und sonstigem technischen Schnick-Schnack. Am besten noch mit einem Medium, das versucht, Kontakt zu den alteingesessenen Toten aufzunehmen. Müsste so ein Medium dann japanisch sprechen? Oder sind Geister von Natur aus omnilingual? Diese Frage stelle ich mir jedes Mal, wenn amerikanische Geisterjäger, egal in welchem Sprachgebiet sie gerade unterwegs sind, immer die Geister auf Englisch befragen.

Gruselig. Es musste nur eine Tüte an mir vorbeiwehen und ich fuhr zusammen. Ein knackendes Geräusch und ich sprang Mr. Superstar fast auf den Arm. So lange hatte ich mich noch nie so extrem nahe bei meinem Boss aufgehalten. Wäre mir normal unangenehm gewesen. Jetzt suchte ich instinktiv seine Nähe, auch wenn es nur ein gefühlter Schutz war, nur mentaler Natur.

Der unbedarfte Beobachter hätte fast sexuelle Belästigung am Arbeitsplatz vermuten können – *durch die Angestellte am Boss* – so klebte ich ihm auf der Pelle. Nur, wenn er vor die Kamera ging, war er seinen anhänglichen Schatten für die Dauer der Aufnahmen ein paar Meter weit los. Sobald das sprichwörtliche rote Lichtlein wieder aus war, ging ich zurück auf Tuchfühlung.

Mr. Superstar wirkte leicht irritiert, sagte aber nichts. Ich wollte es ihm auch nicht erklären. Dazu hätte ich zugeben müssen, dass ich die Hosen gestrichen voll hatte. Ohne vernünftigen Grund. *Ich kann ihm ja was von flüsternden Stimmen und kalten Berührungen aus dem Nichts erzählen. Er ruft bestimmt gerne die Männer mit den weißen Turnschuhen für mich.*

Meine üblichen Phobien konnte ich ja noch irgendwie logisch begründen. Oder es zumindest versuchen. Aber wie rechtfertigt man als aufgeklärter, wissenschaftsaffiner und nicht spiritueller Mensch, Angst vor einem verlassenen Ort zu haben, wo es außer uns nichts und niemanden gab. Solange die Dreharbeiten andauerten war diese Touristenattraktion für Besucher geschlossen. Niemand würde hinter einer Ecke hervorspringen, um uns zu meucheln, nicht einer konnte uns hier auflauern oder bedrohen. Boote patrouillierten um die Insel, schickten jeden weg, der zu nahe kam.

Mit einem U-Boot oder Taucher zu rechnen, wäre eher etwas für James Bond gewesen, auch wenn diese Insel schon mal mit einem verirrten Torpedo beschossen worden war. Einer der wenigen lustigen historischen Fakten. *Bei der Meldung hätte ich zu gerne Mäuschen gespielt. U-Boot XYZ meldet an Flottenchef. „Wir haben eine Insel versenkt. Nein, also nicht versenkt, aber getroffen. Die sieht aber auch aus wie ein Schlachtschiff."*

Langer Rede kurzer Sinn: Es bestand keine reelle Aussicht, auf außergewöhnliche oder gar unsichtbare Gefahren zu stoßen. Schon gar nicht auf solche, die mein Boss durch seine reine Anwesenheit an meiner unmittelbaren Seite hätte mindern oder abwenden können. Völlig unnötig, dem armen Mann wie eine Laus im Pelz zu sitzen. Aber mit physischem Kontakt fühlte es sich trotzdem ein bisschen weniger beängstigend an. *So wie man sich unter der Bettdecke versteckt und den Teddybären würgt, wenn ein Monster unter dem Bett lauert. Bringt auch nix, aber man lässt den Teddy trotzdem nicht los.[1]*

Die aktuelle Inselbesatzung war fast so spärlich wie die verbliebene Menschheit im entstehenden Endzeitdrama. Außer Mr. Superstar und seinem Angsthasen waren nur

---

[1] Während der Entstehung dieses Buches kam kein Teddybär zu Schaden.

zwei weitere Darsteller, ein paar Tiere mit ihrer Trainerin, die Filmcrew, eine Maskenbildnerin plus Assistent und ein offizieller Betreuer der japanischen Verwaltung anwesend. Letzterer sollte beide Seiten schützen und unterstützen: Anwärter auf das Weltkulturerbe versus internationale Filmproduktion. Wer mehr Gefahr für den anderen bedeutete, fiel nicht leicht zu entscheiden.

In den fünfunddreißig Jahren, die offiziell niemand hätte herkommen dürfen, hatten sich Graffitis, leere Dosen, Bierflaschen, Exkrement-Ecken und manch andere Zeichen örtlich ausgelagerter Jugendkultur angesammelt. Gruseln ist eben auf der ganzen Welt ein beliebtes Freizeitvergnügen. Wobei es dabei deutliche Abstufungen zwischen harmlosem Grusel und riskanten Mutproben gibt.

Eingebrochene Treppen und Außenflure in mehreren Stockwerken, hervorstehende rostrote Baustahlstangen, wegbröckelnde Betonplatten und Löcher in den Fußböden der Appartements präsentierten sich mehr gefährlich als schaurig-schön. *Wo tritt man hin ohne Gefahr zu laufen, mitsamt dem Boden unter den Füßen eine Etage tiefer zu landen?*

Für diesen Film waren nur die komplett toten Teile der Insel von Interesse. Keine üppige Vegetation sollte erkennbar sein. Alles möglichst tot und zerstört. So bewegten wir uns weitgehend über geborstene und zerklüftete graue Flächen. Zwischendrin Sandkästen, die einmal eine kleine Innenhofgrünfläche gewesen sein mochten. Darin standen kaputte Laternen, die eine enorme Steinfigur ins rechte Licht gerückt hatten. Die Beine und Füße erhoben sich noch bis zur Hüfte, der Rest lag in großen Trümmern zwischen den umfassten Sandflächen in Pizzastückform. Darauf und daneben Skelette von Fahrrädern, Stühlen oder Sackkarren. Das Ganze ringsherum eingerahmt von den Ruinen mehrstöckiger Wohnblocks.

Für ein paar Einstellungen mussten wir unter die Insel. Auch dort setzte sich das Bild der Zerstörung fort. Türkises Wasser umspülte Betonsäulen, die ein Gewölbe aus sehr grobem Beton mit faustgroßen Steinen und kleinen Felsbrocken darin trugen. Metallrohre, Felsen und Betonbrocken lagen im Wasser, gestalteten mit Ziegeln und rostigem Eisen die ansteigende Uferlinie.

Sonnenstrahlen, die durch die Säulen hindurch in die künstliche Höhle fielen, bildeten tanzende Reflexe auf der Wasseroberfläche. Sie verstärkten das Spiel von Licht und Schatten, so dass es noch schwieriger wurde zu erkennen, wo sich eine der verbogenen, bis zu unterarmdicken Stahlstangen als Fußangel entlangschlängelte. Über eine stolpern und sich an der nächsten aufspießen schien sehr wahrscheinlich. Entsprechend vorsichtig bewegten sich alle durchs Wasser. *Zur Abwechslung eine reale Gefahr, gegen die ich rein gar nichts tun kann. Pass bloß auf, Boss.*

Mr. Superstar und der andere männliche Darsteller mussten zum Speerfischen bis über die Hüfte ins Wasser. Um diese Jahreszeit bestimmt kein ausgesprochenes Vergnügen. Die Kameraleute trugen lange Neoprenanzüge, die Schauspieler nicht. *Würde ja auch komisch aussehen und wäre weniger heroisch.*

Fische sah ich hier weit und breit keine, die würden nachträglich per Computer eingefügt werden. So mussten sich die beiden Fischjäger wenigstens nicht mit der Lichtbrechung und dem Zielen unter Wasser auseinandersetzen. Es musste nur gut aussehen. Bei den Speerfischkünsten der beiden bestand keine Gefahr, dass sie etwas er-

111

wischten, selbst wenn sich ein Fisch in ihre Reichweite verirrt hätte. Sie hätten ewig im Wasser gestanden ohne die Fische-einfügenden Möglichkeiten der Technik. Dank diesen konnten sie wieder raus aus dem kühlen Nass, bevor sie Tang ansetzten.

Der direkte Weg an Land war für die Fischer aus Sicherheitsgründen allerdings nicht möglich. Die Kletterpartie über die Schutthalde zurück ins Trockene wäre zu gefährlich gewesen. Zwei Meter hinaufzuklettern war das Maximum dessen, was der Verwaltungsangestellte erlaubte. Das auch nur für die Kameras. Zu- und Abgang erfolgten rein auf dem Seeweg.

Das ganze Team hatte mit motorbetriebenen Schlauchbooten den Schauplatz aufgesucht. Die Boote mussten einen ganz hübschen Slalom fahren. Die abgebrochenen Bauteile der künstlich erweiterten Insel lagen an manchen Stellen zu nahe unter der Wasseroberfläche, um mit dem Außenborder darüber hinweg fahren zu können. Zumindest bei dem niedrigen Wasserstand, der für die Aufnahmen geeignet war. Das Wasser wirkte auch jetzt nicht sehr flach. Die Brocken mussten riesig sein. Ich hoffte inständig, dass nicht gerade dann, wenn wir in der Betongrotte wären, ein weiterer tonnenschwerer Klotz abstürzen würde, um den Weg in sein feuchtes Grab zu finden. Möglichst noch mit einem von uns darunter, der dann mit ins Grab gerissen wurde. *Noch eine reale Gefahr: als plattgedrückte Wasserleiche enden.*

Die dunklen Verfärbungen an den Säulen und Bruchstücken verrieten, dass bei Wasser-Höchststand ein Durchkommen mit dem Boot vermutlich deutlich weniger kurvig gewesen wäre. Ob der Seegang dann allerdings Gefahr bedeutet hätte, war die nächste Frage. *Von einer Welle gegen eine Säule gedrückt zu werden, ist sicher auch nicht spaßig.*

Die Bootsfahrt beim Verlassen der Höhle war jedenfalls, trotz oder gerade wegen der Gefahren, eines der Highlights für „Behind the Scenes". Live wirkte es schon überwältigend, wie sich der Zisternencharakter über uns mit dem Schuttplatz-Lagunen-Bild unter und hinter uns verband. Ein bisschen nachbearbeitet, mit den staunenden Menschen in den schwarzen Booten, würde es noch beeindruckender und unwirklicher erscheinen.

Ich zog meine Kapuze tief ins Gesicht und senkte den Kopf, als die Kamera in meine Richtung schwenkte. Mein Boss, dem ich natürlich wieder auf Press zur Seite saß, machte sich möglichst breit, damit ich weitgehend hinter seiner Schulter verschwinden konnte. Er schilderte dem Kameramann im gleichen Boot seine Eindrücke der surrealen Szenerie, zeigte mit Daumen und Zeigefinger die Wassertemperatur an und scherzte lautstark mit seinem Co-Star, der im anderen Boot vor der zweiten Kamera saß, wer der bessere Speerfischer wäre. *Aber klar. Ihr seid beide geborene Helden der Jagd. Mann, Mann, Mann...* Dabei zitterte er unter seiner Decke und rutschte von sich aus weiter zu mir. In dem Moment begrüßte er meine vehemente warme Nähe und mich störte im Gegenzug das nasse kalte Bein nicht. Er war nach den Aufnahmen so nass wie er war ins Boot geklettert und hatte sich in eine Decke eingewickelt, die durchnässte. Wechselkleidung wartete erst an Land.

Zurück an Land – die beiden Herren wieder trockengelegt – ging es weiter zu einem in den Felsen gebauten Wohnblock mit einem kleinen Labyrinth von Treppen. Es hatte etwas von M. C. Escher, wie sich die Stufen gegeneinander versetzten und miteinander verschränkten. *Verwirrender Anblick.* Nicht zuletzt durch den Einbruch einiger Teile des Gebäudes und der Treppe waren die Wege verworren und optisch unlogisch. Ein kleiner Fels-Sims mit einem verdorrten mannshohen Baum, abgebrochenen Ästen und Schutt schien das Ziel des Aufstieges zu sein. Zumindest der noch vorhandenen Aufstiegsmöglichkeiten.

Eine einzelne großblättrige grüne Pflanze fand sich in diesem wirren Treppenbild. An zwei Seiten von offenen Treppenhäusern eingefasst, an der Stirnseite von Fels, auf den noch Ziegelsteine und Betonstreben aufgebaut worden waren, wuchs dieses einsame grüne Wunder inmitten dieser ganzen Tristesse. Es sollte dem Film zuliebe ausgerupft werden, aber irgendwie konnte ich diesen zähen Kämpfer nicht sterben sehen.

Kurzerhand suchte ich mir einen alten Kochtopf und ein verbogenes Metallteil als Schaufel. Die Pflanze kam vorübergehend in den Topf, um dann später wieder auf ihrer Treppe ausgewildert zu werden. Im Film würde die hier abzudrehende Szenerie vielleicht für zwei Minuten auftauchen, wenn sie dem Schnitt nicht womöglich sogar vollständig zum Opfer fiel. Deswegen dieses kämpferische Gewächs killen? Nee, nicht wegen einer Filmeinstellung. Seiner Schwester etwas vorphilosophieren konnte man auch woanders.

Sah aber natürlich schon irre aus, wie die beiden hier auf der Treppe saßen und diskutierten, ob sie sich dem Reisenden – *die Rolle meines Bosses im Film* – auf seiner Suche nach einem Rest menschlichen Lebens auf der Welt anschließen sollten. Besonders aus der Perspektive eines der höheren Stockwerke wirkte dieses Bild unwahrscheinlich surreal. Verwirrend und beengend, auf verschachtelte Weise bedrückend, genau wie die Situation der Filmcharaktere. *Wow!*

114

Mein Boss wollte natürlich selbst die Wirkung dieses Blicks live erleben, also kletterte ich mit auf das Gebäude hinauf. Alle kletterten, nur Ton, Beleuchtung und eine der Kameras samt Klappenzuklapperin[2] blieben unten bei den beiden abgemagerten Schauspielern. Der japanische Offizielle war wenig begeistert, dass wir jetzt alle in den Ruinen herumkletterten, konnte uns aber nicht abhalten. Den Aussichtspunkt konnte man sich bei aller Einsturzgefahr nicht entgehen lassen. Wenn etwas einen Absturz wert war, dann das Liveerleben dieser Perspektive. Keine 2D Aufnahme oder Malerei könnte das jemals wiedergeben.

Nach drei Tagen fragte Mr. Superstar dann doch in einem zweisamen Moment, seit wann ich so ein Schisser wäre. *Das könntest du auch netter formulieren.* Außer einem bösen Blick bekam er keine Antwort. Also setzte er sich neben mich auf das hüfthohe Mäuerchen und provozierte mich: „Wenn es nicht daran liegt, hast du wohl neuerdings deine Leidenschaft für mich entdeckt. Du kannst mir ja gar nicht nahe genug kommen. Fehlt dir die Verbindungstür oder der gemeinsame Wohnwagen? Fühlst du dich von mir vernachlässigt?"

Sein herausforderndes Grinsen wurde immer dreckiger, meine Miene immer genervter.

„Soll ich Andy herkommen lassen, damit er dich beschützt?", feixte er. *Boah! Das war unter der Gürtellinie.*

„Wenn du willst, dass ich kündige..." *Mit Andy um mich herum wäre das endgültig die Albtrauminsel schlechthin geworden. Die Ablenkung wäre tödlich. Vermutlich würde*

---

[2] Nicht zu verwechseln mit der staatlich examinierten Mangoschachtelzukleberin.

ich mich an einer hochstehenden Stahlstange aufspießen, einen Abgrund übersehen und hineinstürzen, brechende Geräusche überhören und mitsamt einer Betonplatte abstürzen, über eine Brüstung stolpern und runterfallen oder mir an einem rausstehenden Nagel ein Auge ausreißen. *Gibt es giftige Insekten, die auf überkochende Hormone fliegen?*

„Sag mir einfach, was los ist", wurde Superstar wieder ernst.

„Das weiß ich selber nicht genau. Die Insel macht mir irgendwie Angst. Das ist zu realistisch. So könnte es bald wirklich überall aussehen."

Augenbrauen zusammengezogen und Kopf schräg gelegt musterte er mich: „Wie meinst du das: So könnte es bald wirklich aussehen?"

„Bald ist hoffentlich übertrieben." *Das hoffe ich in der Tat!* „Aber ich muss die ganze Zeit an Einstein denken. Weißt du, was er geantwortet hat, als man ihn nach seiner Einschätzung fragte, mit welchen Waffen man im Dritten Weltkrieg kämpfen würde?"

Er überlegte: „Das hab ich schon mal gehört. Zum Dritten wollte er nichts sagen. Aber im Vierten meinte er irgendwas mit Stöcken und Steinen oder Steinschleudern, Pfeil und Bogen oder so."

„Ganz genau. Kernidee: Alles futsch, nix mehr übrig, zurück in die Steinzeit. Genau wie ihr mit den selbstgebauten Speeren: Messer mit Panzertape an Rohr geklebt statt Fiberglasharpune aus der Druckluftpistole."

„Nur deswegen sitzt du mir seit Tagen auf dem Schoß?" *Jetzt übertreib mal nicht. Deinen Schoß hab ich bisher ausgelassen.*

„Ich weiß nicht, wie ich das erklären soll. Die Geschichte der Insel im letzten Weltkrieg, ihr aktuelles Erscheinungsbild und die Story deines Films mit der Aussicht auf die

Welt nach dem nächsten globalen Krieg ist mir einfach zu viel. Ich hab ein ganz, ganz mieses Gefühl auf diesem Eiland. Als würde jeden Moment die Welt untergehen oder etwas Schlimmes passieren."

Er sah mich ernst an: „Davor kann ich dich nicht beschützen. Außerdem sollst du mich schützen, nicht anders rum. Deine eigenen Worte."

„Ja, das ist richtig. Entschuldige."

Superstar wandte den Kopf. Er war nicht verärgert oder enttäuscht. „Willst du morgen auf der bewohnten Insel bleiben? Sightseeing oder Hotelgammeln? Dann musst du die Nachtaufnahmen nicht mitmachen. Du kannst dir gerne den Tag freinehmen."

Nichts lieber als das! „Und wenn dir was auf den Kopf fällt? Oder du abstürzt? Der Boden unter dir wegbricht? Nein! Ich bin ja nur so nahe bei dir, um jede Gefahr sofort abwenden zu können. Hat nix mit Angst zu tun. Gar nichts. Reiner Beschützerinstinkt. Im menschenfeindlichen Umfeld muss ich bei dir bleiben."

Hocherhobenen Hauptes sah ich ihm bei dieser Erklärung in die Augen, auch wenn ich mir selbst nicht glaubte. *Scheiße, ich will hier nicht die Nacht verbringen!*

Ein resigniertes Lächeln von ihm: „Bist du dir sicher?"

Nein? „Ganz sicher!", straffte ich den Rücken. „Ich werde nicht von deiner Seite weichen." *Vielleicht setz ich mich dann doch noch auf deinen Schoß.*

„Muss ich mir was von Andys Aftershave besorgen?", fragte er.

„Was?" Meine Schultern sackten augenblicklich ein Stück ab. *Regelwidriges Foul! Unerlaubter Tiefschlag zum Zweiten!*

Er lachte kurz, sah dann zwischen unseren Schultern hinab: „Meine Hand wird langsam taub. Kannst du dich bitte etwas weniger fest in meinen Arm krallen?" *Ups.*

Das Holz für das Lagerfeuer, an dem die letzten zwei Überlebenden dieser Stadt und ihr durchreisender neuer Bekannter saßen, hatten wir von der Nachbarinsel mitgebracht. Von den reichlich vorhandenen Bruchstücken, die hier natürlich allgegenwärtig waren, durfte nichts verwendet werden. Man darf ja auch bei römischen oder aztekischen Ruinenstädten keine Steine mitnehmen. *Und man tut es trotzdem.* Genauso durften keine japanischen Ruinenteile verbrannt werden. Ein echtes kleines Feuer entzünden zu dürfen war schon schwierig genug durchzubringen gewesen. Es durfte nur auf einem geschwärzten Rondell brennen, das eindeutig bereits als Feuerstelle gedient hatte. *Kids sind halt doch überall gleich.*

Wir – der japanische Verwaltungsangestellte, der Makeup-Assistent und ich – hatten drei große Feuerlöscher im Anschlag für den Fall, dass sich wider Erwarten ein Funke abseits des gewünschten Radius fortpflanzen sollte. Eine Löschdecke lag hinter jedem Kameramann. Der umgebende nackte Beton, der sich in jede Richtung mindestens zehn Meter bis zum nächsten Holzsplitter erstreckte, war also gut gesichert. Sicherheitsauflagen sind eben Sicherheitsauflagen. Und vielleicht würden ja Superstars strähniger Bart oder die verfilzten Zotteln der einzigen Lady in der kleinen Überlebenden-Runde Feuer fangen. Dann würde ihr wenigstens warm werden.

Tagsüber war es schon nicht sonderlich warm. Sobald die Sonne weg war, wurde es deutlich frisch. In den kommenden wärmeren Monaten regnete es leider zu viel für die Aufnahmen. Mai oder August waren als beste Mischung aus Temperatur und Niederschlagsmenge in Betracht gekommen. Der August war bei uns aber schon anderweitig verplant gewesen, also fröhliches Frieren im Frühjahr. *Sind Alliterationen nicht was Schönes?*

Die Einzigen, die nicht froren, waren diejenigen mit einem Pelz. *Nein, nicht stark behaarte Männer, auch keine Pelzmäntel. Wo kämen wir denn da hin? Die vierbeinigen Darsteller natürlich.* Zwei verschmuste Ratten, ein ponygroßer Hund und ein paar zerzaust aussehende Katzen waren für den Nachtdreh heute mitgekommen.

Eine der Ratten war so freundlich, mir den Nacken zu wärmen. Henry hatte sich in die aufgesetzte Kapuze meines Sweaters verkrochen, lugte unter einem Ohr heraus und kitzelte mich mit seinen Spürhaaren. Da diese Tiere so gut dressiert waren, dass sie ihr Geschäft ausschließlich in einer speziell dafür vorgesehenen Kiste verrichteten, hatte ich nichts gegen meinen kleinen Fellkragen einzuwenden. *Warme Ratte gut.*

Henry hatte Pause, während seine Ratten-Kumpeline Henrietta sich im vorgegebenen Winkel von der Kamera weg ans Lagerfeuer pirschte. Etwas von dem gebratenen Fisch zu stehlen und damit die drei Menschen dem Hunger näher zu bringen, war ihre Mission. Nur weit würde sie damit nicht kommen. An der nächsten Ecke erwartete sie die Katzengang, die dann wiederum von den bestohlenen Menschen um ein Mitglied ärmer gemacht werden sollte. Fressen und gefressen werden war die Botschaft. *Einfach, aber direkt.*

Am oberen Ende der Nahrungskette stand in diesem Fall das kleine Pferd mit Lefzen und Pfoten, das auf den klangvollen Namen Cerberus hörte. Eine Mischung aus irischem Wolfshund und anatolischem Hirtenhund. Anders ausgedrückt: ein Riesenvieh! *Und so flauschig!*

Wenn er sich auf die Hinterbeine stellte, sah er deutlich auf mich herab. Seine Eckzähne waren fast so lang wie meine kleinen Finger. Er wog einige Kilo mehr als die kleine zierliche Schauspielerin, die er noch vor dem Ende der Nacht im Film töten sollte. Das dicke Fell machte ihn optisch noch massiger. Von seiner Trainerin angewiesen fletschte er die Zähne, knurrte und geiferte direkt über der Kehle der Todgeweihten. Mit einer Vorderpfote presste er ihren Oberkörper auf den Boden, dass sie keine Luft mehr kriegte. Dann gab es einen Cut und eine lebensechte Puppe, die der Schauspielerin nachempfunden war, trat an ihre Stelle.

Der Höllenhund, der fünf Minuten zuvor eine der Katzen mit seiner waschlappengroßen Zunge liebevoll geputzt hatte, war nun das größte anwesende Raubtier. Ein echter Killer. Das Kunstblut spritzte nur so. Er riss der künstlichen Frau die Kehle heraus, biss einen Unterarm in einem Rutsch durch, zerfetzte die Leiche förmlich. Am Ende trabte er mit einem kompletten Bein im Maul davon – vom Halbschuh bis zum aufgeknusperten Hüftgelenk. Die unglaublich realistische Puppe war nur noch ein blutiger Haufen, als er mit ihr fertig war. *Ganz klar kein Kinderfilm. Mein Magen drehte sich schon um.*

Im Plot wurden die beiden Männer übel verletzt bei dem Versuch, der Frau zu helfen. Ihr Bruder würde Monate später diesen Bissverletzungen erliegen, auf den letzten Kilometern vor Erreichen des australischen Wüstendorfes, das ja schon seit mehr als einem Monat abgedreht war.

Mr. Superstar hatte dort versucht, zu verhindern – oder würde dort, später in der Handlung des Films, versuchen zu verhindern – dass die Leiche seines Reisegefährten von den Dörflern als Nahrungsquelle genutzt wurde – oder genutzt werden würde. Vergeblich. Er hatte sich die Seele aus dem Leib gekotzt – oder würde sich die Seele aus dem Leib kotzen – als seine neuen, späteren Gefährten seinen bis dahin einzigen Kameraden aufgefuttert hatten – oder auffuttern würden. *Chronologisches Drehen wäre so viel weniger verwirrend... Die filmische Zukunft war bereits reale Vergangenheit.*

Aktuell war der Protagonist damit beschäftigt, seinen Freund von dessen verstümmelter Schwester wegzuziehen. Er bemühte sich, die Blutung an dessen Schulter zu stoppen und ihn von hier wegzubekommen, bevor der Killerhund womöglich zurückkam. Er hatte es mit Engelszungen versucht, mit Vernunftargumenten, mit sanftem physischen Druck. Als das alles erfolglos blieb, schlug er das heulende Häufchen Elend kurzerhand k.o., warf sich das ausgezehrte Männlein über die Schulter und bahnte sich seinen Weg durch die Trümmer hindurch. Weg von der Leiche, in die dunklen Ruinen hinein. Entgegengesetzt der Richtung, in die der Killerhund verschwunden war.

Er sah sich immer wieder ängstlich um, versuchte, dabei nicht über irgendetwas zu stolpern oder sich an aufragenden Metallteilen zu verletzen. Eine Kamera erwartete ihn an einem halb eingefallenen Hauseingang, eine zweite stolperte gewollt wackelig hinter ihm her. Nach dem dritten Durchgang war er ganz schön außer Puste. Obwohl sich sein Co-Star gefährlich heruntergehungert hatte für diese Rolle, war es trotzdem nicht Ohne, einen ausgewachsenen Mann zusätzlich mit sich zu schleppen. Im Rennen. Über Trümmer. Also im Hürdenlauf. Aber er wollte es ja so. Regisseur und Hauptdarsteller gleichzeitig zu sein bedeutete lieber eine Aufnahme mehr, weil man es ja selber nicht von außen mitansehen konnte. Sondern nur auf dem kleinen Bildschirm im Nachhinein einen Eindruck bekam, ob alles so war, wie es wirken sollte. Im Moment hatte er noch keine Lust, sich rein auf Regie zu beschränken. Spielen machte ihm viel zu viel Spaß und es senkte die Kosten, selbst die Hauptrolle zu übernehmen.

Dem Drehbuch hatte er in keiner Hinsicht widerstehen können. Weder als Regisseur noch als Schauspieler oder Produzent. Es war in einem der Überraschungsumschläge gewesen, die unangekündigt eines schönen Tages vor der Tür gelegen hatten. Sein bislang unbekannter Autor würde nach dem Erscheinen dieses Films plötzlich einen gewissen Bekanntheitsgrad erreichen. Vielleicht eine erfolgreiche Karriere im Drehbuchfach beginnen.

Mr. Superstar hatte das Skript in einem Rutsch durchgelesen. Schon auf den ersten Seiten war er so gefesselt gewesen, dass er es nicht mehr hatte aus der Hand legen können. Als die Sonne am nächsten Morgen aufging, hatte er die letzte Seite gelesen und seine anhaltende Gänsehaut betrachtet.

Nach dieser Lektüre waren noch zwei Jahre vergangen, bis die Dreharbeiten beginnen konnten. Umso wichtiger war es meinem Boss nun, dass alles perfekt und wie geplant fertig wurde. Entsprechend pingelig und perfektionistisch war er bei seiner eigenen Darstellung, dem Kamerawinkel, der Beleuchtung, dem Szenenbild, seinen Co-Stars und allem anderen. Hier war es fast noch extremer als in der Wüste. *Oder in der Wüste war es mir nur nicht so sehr aufgefallen, weil ich da nicht so an ihm drangeklebt hatte. Wie auch immer.*

Diese Stadt, diese Einstellungen, die wir gerade drehten, würden ziemlich weit am Anfang des Films vorkommen und sein erstes Zusammentreffen mit Menschen nach Wochen der Einsamkeit zeigen. Sie waren ein Wendepunkt, dramaturgisch gesehen mehr als eine der vielen

Stationen, die er auf seinem Weg durchqueren würde. Er war völlig alleine auf einer zerstörten, entvölkerten Welt aufgewacht, in der kein einziges elektronisches Gerät mehr funktionierte.

Als er schlafen gegangen war, hatte noch ein grausamer Krieg unter Milliarden Menschen getobt. Bei seinem Erwachen waren alle um ihn verschwunden, nicht einmal Leichen lagen herum. Die Menschen waren einfach weg, ihre Sachen und Haustiere noch da. *Die Erklärung dafür würde am Ende des Films ein Aufstöhnen des Publikums verursachen. Zumindest war es mir so gegangen. Den Teil hatten wir ja schon gedreht.*

Der Protagonist machte sich nach seinem bösen Erwachen auf die Suche nach anderen Überlebenden, marschierte jeden Tag soweit ihn seine Füße trugen. Lange. Sehr lange. Bis er in dieser Stadt das Geschwisterpaar fand, das schnell zu einem einzelnen überlebenden Menschen reduziert worden war. Die beiden hatten auch keine Ahnung, was geschehen war. Sie waren ebenso wie mein Boss in seiner Rolle eines Morgens in einer leeren Stadt erwacht. Keine Menschen, nur einige Tiere.

Die zwei verbliebenen Männer zogen nach dem Tod der einzigen Frau zusammen weiter. Sie suchten nach weiteren Überlebenden und einer Erklärung für das Geschehene. Der Protagonist war ein guter Jäger, so dass er wenig Hunger zu leiden hatte und auch seinen Wandergefährten trotz seiner schlimmen Verwundung wieder ein wenig päppeln konnte, bevor der dann doch starb. Also vergebliche Liebesmüh. Oder auch nicht. Wie man es sehen möchte. Der nicht mehr ganz so dürre Weggefährte hatte ja schließlich nach seinem Ableben noch einem ganzen Dorf als Nahrung gedient.

Makaber? Kann sein.

Pragmatisch realistisch? Auf jeden Fall.

Die Ankunft der zwei in der Wüste und der Tod des Gefährten waren die ersten Szenen in Australien gewesen, die gedreht worden waren. Da hatte der Schauspieler gute fünfzehn Kilo mehr auf den Rippen gehabt als jetzt. Da hatte er ja auch im Film mehrere Monate lang reichlich Fleisch und Fisch bekommen, während sie die Welt durchstreift hatten.

In der Zeit, die in der realen Welt seitdem vergangen war, hatte er gehungert und alles getan, um Gewicht zu verlieren. Die geforderte Grenze hatte er sogar um ein paar Kilo unterschritten. Er sah komplett anders aus als bei unserem ersten Treffen. Wie ein anderer Mensch. Als er mir am Flughafen nach fast drei Monaten zum zweiten Mal begegnet war, hatte ich ihn kaum wiedererkannt. Ein zerbrechliches Gerippe mit eingefallenen Wangen und hervorstehenden Knochen. Das konnte nicht mehr gesund sein. Wenn man ihn so sah, glaubte man, dass er bald sterben würde. Im Film war es jedoch nicht der Hunger, der ihn tötete. Die Infektion der Bisswunde, die nicht heilen wollte, sollte am Ende sein Verhängnis werden.

Der furchtbare Wolfsnachfahre, der ihm fiktiv diese tödliche Verletzung beigebracht hatte, saß nun ganz nahe neben mir und half seinen Rattenkumpeln, mich zu wärmen. Die zweite Ratte saß inzwischen auch mit in meiner Kapuze.

Die Tiertrainerin war mit den wilden Katzen und den beiden Überlebenden im Inneren des Zufluchtshauses beschäftigt. Die Samtpfoten wollten sich an dem schwerer Verletzten gütlich tun und mussten geschickt den Schlägen des Durchreisenden ausweichen. Mein Boss schlug schön langsam mit Bruchholz nach ihnen, um sich der zahlenmäßigen Übermacht zu erwehren. Die Miezen sprangen elegant darüber hinweg oder vor ihm davon, stahlen sich an ihm vorbei zum bewusstlosen Mitternachtssnack. *Action-szenen mit Tieren. Sehr langwierig und nervenaufreibend... Da hatte er auch ohne mich genug am Hals.*

Während alle anderen mit den Aufnahmen oder dem direkten Drumherum beschäftigt waren und sich im oder beim abbruchreifen Haus aufhielten, blieben die restlichen Tiere, inklusive Angsthase – *also ich* – und Schlachtvieh – *die nun im Film tote Schauspielerin* –, am Feuer zurück. Die Tiertrainerin war mit den Katzen und den weiteren Aufnahmen vollauf beschäftigt.

Die drei Nicht-Schnurrer mussten nur deswegen nicht in ihre Käfige, weil ich mich bereiterklärt hatte, sie bei mir zu behalten. Dafür wärmten sie mich zusätzlich zum Feuer. *Da es nun eh schon brannte und sämtliche Vorsichtsmaß-nahmen zum Brandschutz eingehalten wurden, durfte es an bleiben.*

Die zerfleischte Schauspielerin sah im flackernden Flammenschein erst recht schrecklich aus. Obwohl ich wusste, dass es nur Makeup war und ihr Schlächter ganz friedlich hechelnd zwischen uns saß, konnte ich sie nicht ansehen, ohne dass mein Magen rebellierte.

„Ich freue mich so sehr auf das Frühstück", meinte sie passend zu meinen Gedanken an meinen Magen. Jetzt hob es mich wirklich.

Um meinen Magen abzulenken, fragte ich: „Wie lange haben Sie gehungert für diese Rolle?"

„Mein ganzes Leben? ...Nein, nur ein Scherz."

Na klar. Wie alle Supermodels kannst du natürlich essen, was du willst, bist nur von Natur aus mit einem entspre-chenden Stoffwechsel gesegnet. Aber sicher.

„Ich bin von Natur aus schlank," – *na, was sag ich?* – „aber um so dünn zu werden, musste ich einige Zeit lang

125

Puffreistaler und Möhren knabbern." – *oho*… – „Ich freue mich auf Rührei und Gebäck, Marmelade, Brot, Butter und Käse."

„Käse wird schwierig", gab mein Magen Reflux-artig zu bedenken. Vernünftiger Käse musste wohl warten, bis sie wieder zu Hause war. *Der japanische Tofukäse war gewöhnungsbedürftig.*

Cerberus zwischen uns begann zu knurren. Es war ein dunkles Geräusch wie Donnergrollen. Die Kehle des Hundes befand sich auf Höhe meines Ohres, als wir so nebeneinander am Feuer saßen. Das Knurren wurde immer lauter, aggressiver. Er hatte die Ohren angelegt, zeigte Zähne und erhob sich. Seine Flanken zitterten, das Fell sträubte sich. Der Hund spannte alle Muskeln an, bereit zum Sprung. Irgendetwas auf der anderen Seite der Flammen beunruhigte ihn, weckte seinen Verteidigungsinstinkt. Die gefletschten Zähne neben meinem Gesicht hatten noch einen roten Rand vom getrockneten Kunstblut. Der Geifer tropfte rosa von seinen langen Eckzähnen, die Lefzen bebten. Er schäumte. *Hab ich dich wirklich für ein Kuscheltier gehalten?*

So friedlich und lieb dieser Riese bislang gewesen war, wenn er nicht gerade vor der Kamera das Monster spielte, so furchterregend war er jetzt. Die Schauspielerin zu seiner anderen Seite rückte ganz langsam und vorsichtig von ihm ab. Die Ratten in meiner Kapuze hatten sich tiefer in den Sweater zurückgezogen. Eine saß zwischen meinen Schulterblättern, grub mir die Krallen in den Rücken beim Festhalten. Die andere krampfte sich im Nacken um die Wirbelsäule. Die beiden gaben zischende Geräusche von sich. Hatten sie Angst vor dem erregten Hund oder fürchteten sie sich vor derselben Sache wie Cerberus? Mir stellten sich sämtliche Haare auf. Ich starrte in die Richtung, in die der Hund knurrte, versuchte in der Dunkelheit jenseits der Flammen etwas zu erkennen, eine Bewegung, ein Aufblitzen von Augen oder irgendetwas anderes physisch Sichtbares wahrzunehmen. Da war aber nichts.

Aus dem tiefen Knurren löste sich ein grollendes Wuffen, ein einzelnes dunkles Bellen am Ende einer langsam aufgebauten Molltonfolge in seiner Kehle. Mit der dritten Entladung dieser Art stürzte er los, war in einem Satz über das Feuer gesprungen und jagte in den freien Raum zwischen den Ruinen hinein. Ohne nachzudenken setzte ich hinterher, der Hund war mir anvertraut worden.

Die Ratten quiekten lauthals, krallten sich am T-Shirt unter dem Pulli fest. Auch auf die beiden hatte ich versprochen, aufzupassen. Jetzt ging einer meiner Schützlinge stiften. Also musste ich ihm nach, ihn zurückholen. „Cerberus, stopp!" *Ratten jagst du gefälligst nur dann, wenn ich nicht für dich verantwortlich bin.*

Blöd, dass er Befehle von jemand anderem als seinem Frauchen nicht unbedingt beachtete. Auf mich hörte er lediglich, weil seine Trainerin ihn dazu angewiesen hatte und auch bloß unter normalen Umständen, wenn er Lust dazu hatte. Nicht, wenn sein Jagdtrieb erwacht war oder was auch immer ihn zu dieser Handlung veranlasst hatte.

Er rannte weiter und schon nach der ersten Ecke hatte ich ihn aus den Augen verloren. Meine Taschenlampe reichte nicht bis zum Ende der Sackgasse, also musste ich schrittweise vorgehen. Gruseligen Eingang für gruseligen Eingang einzeln absuchen, hineinleuchten, horchen und nach ihm rufen. Nichts zu sehen, nichts zu hören, keine Reaktion des Vierbeiners.

Henry war wieder höher geklettert, saß auf meiner Schulter und schnupperte in die Luft. Nur seine Nase ragte aus meiner Kleidung hervor. Der Rest von ihm zitterte genauso heftig wie die Barthaare, allerdings nicht vor Kälte. In meinen diversen Zwiebelschichten herrschten angenehme Temperaturen. Ihm war also ebenso unwohl wie mir.

Henrietta saß auf der anderen Schulter, wagte es nicht einmal, die Nase rauszustrecken. Ihre Krallen gruben sich so tief durch den Stoff des T-Shirts in meinen Oberflächenspeck und die darunterliegende Muskulatur, dass ich nachher etwas zum Desinfizieren brauchen würde. Der Versuch, sie ein wenig von meinem Schlüsselbein herunterzuschieben, resultierte in noch tiefer versenkten Krallen. Also beließ ich es bei dem einen Versuch.

Die Taschenlampe im Anschlag, die Ratten in Hab-Acht-Stellung, wagte ich mich durch den nächsten bröckelnden Torbogen in ein offenes Treppenhaus. „Cerberus?" *Sag Piep!*

Natürlich keine Reaktion. Dafür aber ein leises, tapsendes Geräusch über mir. Ich blieb stehen und lauschte. Das Geräusch wiederholte sich. Krallen auf Beton in großen Abständen, langsam gesetzt. Das konnte nur der anatolisch-irische Hirtenwolfshund sein. Zumindest hoffte ich, dass es hier sonst nichts in der Größenordnung gab, das sich über mir den Gang entlang bewegen würde.

Noch einmal rief ich ihn. Das Tappen hielt kurz inne, entfernte sich dann von mir. Das Letzte, was ich wollte, war weiter in dieses Haus hineinzugehen. Aber was blieb mir anderes übrig? Vorsichtig jede Stufe mit einem halb belasteten Fuß auf ihre Tragfähigkeit prüfend arbeitete ich mich die Treppe hinauf. Eine Stufe fehlte mittendrin. Selbstverständlich eine ziemlich weit oben, kurz vor dem Erreichen des ersten Stocks. *Wie könnte es auch anders sein?*

Der Kegel meiner Taschenlampe verriet mir, dass es ziemlich weit nach unten ging. Zwischen den Stufen hindurch zu leuchten hätte ich mir lieber sparen sollen. Alles, was man sah, waren die Betonbrocken der abgestürzten Stufe, weiterer Schutt und verbogene Baustahlstangen, die in alle Richtungen abstanden. *Ein herrlicher Anblick, wenn man über einen Abgrund steigen muss, der bei einem Absturz diese Landezone bereithält.*

Mit einem großen Schritt setzte ich einen Fuß auf die nächste vorhandene Stufe, über der Kluft. Ließ mein Hauptgewicht noch auf der Unteren und drückte probehalber kräftig gegen die Obere. Die war fest, zeigte keine Risse, gab nicht nach, knirschte nicht. Also schob ich mich hoch, nahm noch die letzten beiden Tritte und war oben angekommen.

Mein Herz schlug so laut, dass ich nichts anderes hören konnte. Die Taschenlampe fand nichts Bewegtes, außer meinem kondensierenden Atem vor mir. Henry quiekte leise, wanderte von der Schulter in den Nacken hinüber. Ein eisiger Schauer folgte dieser kitzelnden Berührung. Mein ganzer Körper schüttelte sich einmal von oben nach unten durch. Die Zähne schlugen aufeinander. *Gruseliger geht es nicht.*

Ich musste einen Moment innehalten, tief durchatmen, alle Muskeln anspannen, um das Zittern zu stoppen. Jetzt quiekte Henrietta. Zur Antwort kam ein leises Wuffen. Mehr ein Echo als ein direkter Klang. Unmöglich zu bestimmen, woher es kam.

„Cerberus?"

Tapp, tapp, tapp... über mir.

Oh Mann! Wie hoch will dieser verflixte Köter noch klettern?

Noch eine löchrige Treppe hinauf. Na vielen Dank auch!
Hilft ja nix.

Also rauf mit mir. Ein oberschenkeldicker Baum mit ausladenden Ästen versperrte den Aufgang. Er wucherte auf halber Höhe über die Brüstung, ließ mir nicht viel Raum zwischen Stamm und Wand. *Einmal durchquetschen bitte.* Mit ein paar Kratzern und zerrissenem Jeansbein überwand ich auch dieses Hindernis.

Das nicht ganz so magere Gewächs stabilisierte den Bau ironischerweise sogar. Das Bäumchen hatte seine Wurzeln so um die Metallstangen geschlungen, den Beton aufgebrochen und sich festgekrallt, dass es ihn gleichzeitig festhielt. Der zähe, wenig flexible Zeitgenosse erwies sich als stabiler, als er auf den ersten Blick erschienen war. An seinen Ästen konnte man sich festhalten während des Aufstiegs. *Wenigstens ein kleines Gefühl der Sicherheit.* Auf Bäume klettern hatte ich schon immer gerne gemocht. Ein paar armdicke Äste in den Händen zu halten wirkte ungemein beruhigend.

An seinen Armen festgekrallt erreichte ich den zweiten Stock. In beide Richtungen erstreckten sich die offenen Gänge der Außentreppe. Nach links geleuchtet war nichts zu sehen. Rechts erschien der Hund im Lichtkegel. Er saß da und schnupperte in die Luft.

„Cerberus, komm her."

Er sah mich mit schräg gelegtem Kopf an, machte aber keine Anstalten, sich in Bewegung zu setzen.

„Na komm schon, du sturer Hund", machte ich einen Schritt auf ihn zu und holte ein Leckerli aus der Tasche, um ihn zu locken. *Bestechung funktioniert immer.*

„Goblin!", schrie es in scharfem Ton von unten herauf. Meine Beine machten einen Sprung vor Schreck, die Hand ließ den Keks fallen, die Stimmbänder quiekten wie eine Ratte, das Herz setzte einen Schlag lang aus. *Huh, atmen. Reiß dich zusammen!*

Ich trat näher an das zerfressene Geländer heran, warf einen Blick nach unten. „Goblin", rief es noch einmal. Ich schwenkte die Lampe, Mr. Superstar beschattete mit einer Hand seine Augen. „Was machst du da?", fragte er fassungslos.

„Cerberus ist hier rauf gelaufen. Ich hatte versprochen, auf ihn aufzupassen. Also hole ich ihn zurück." *Frag doch nicht so dämlich.*

„Bist du irre? Die Gebäude sind für Besucher gesperrt. Die sind alle einsturzgefährdet! Komm sofort da runter!"

Hinter ihm sprang der Japaner im Quadrat, schimpfte lauthals etwas in seiner Muttersprache, wies mit dem ausgestreckten Zeigefinger abwechselnd auf mich und auf den Boden neben sich. *Das ist eine Universalsprache.* Die Tiertrainerin war deutlich weniger angespannt. Sie pfiff kurz durch die Zähne, Cerberus erhob sich, schnappte sich im Vorbeitrotten den gefallenen Leckerbissen und hopste leicht wie eine Fünfundsechzig-Kilo-Feder die Treppen hinab. Keine fünf Sekunden später machte er vor seinem Frauchen Sitz und bekam noch einen Keks. *Blöde Töle!*

„Komm jetzt da runter!", kommandierte mein Boss erneut. Er zeigte ebenso wie der Japaner auf den Boden neben seinen Füßen. *Wenigstens pfiff er nicht nach mir.* „Ganz vorsichtig. Nimm den gleichen Weg zurück, den du raufgegangen bist."

Ach, ehrlich? Auf die Idee wäre ich ja nie gekommen. Ich hatte vor, noch ein Weilchen über den Sims zu spazieren und am anderen Ende eine noch desolater aussehende Treppe zu benutzen. Die Löcher und Büsche der nächsten Abstiegsmöglichkeit kann ich von hier aus sehen. Da wäre ich ganz schnell in nur einem einzigen großen Schritt unten.

„Das hatte ich vor", drehte ich mich zur Treppe um, machte zwei Schritte und blieb stehen. Über mir hörte ich das ungleichmäßige Kratzen großer bekrallter Pfoten auf Beton. Aber Cerberus war unten bei seiner Trainerin. *Oh nein. Nein, bitte nicht. Bitte keine großen verwilderten Tiere.* Ich sah zur Decke über mir, die tappenden Schritte bewegten sich zur Treppe hin. Gleich würde etwas von oben erscheinen. Mit etwas Glück würde es auf dem Weg herunter abstürzen. Die Stufen in den nächsten Stock sahen noch weniger vertrauenserweckend aus, als die bereits erprobten nach unten. *Schweizerkäse auf Japanisch.*

Das Geräusch verstummte. Was immer sich über mir bewegt hatte war stehen geblieben. Es musste direkt über mir sein. Weniger als einen Meter von der Treppe entfernt, auf dem Außengang des Gebäudes. Die entsprechende Stelle im Stockwerk unter mir konnte ich von hier oben sehen. Trotz Baum. Es war also anzunehmen, dass was-auch-immer sich über mir befand, ebenso den Treppenfuß der jeweils tieferen Etage einsehen konnte. Mich sehen konnte. Mich beobachtete. Womöglich belauerte. Setzte es gerade zum Sprung an?

„Goblin!"

Vor Schreck hüpfte ich einen Meter hoch und kreischte wie ein kleines Mädchen. Über mir hörte ich Krallen schaben. Mein Beobachter hatte auch einen Satz gemacht. „Schschschschttt…", war das Einzige, was ich hervorbrachte.

„Was ist?", wollte mein Boss wissen. Er stand jetzt am Fuß der Treppe. Klang alarmiert.

„Da ist irgendwas. Direkt über mir. Etwas Großes. Mit Krallen. Das höre ich."

Keine Ahnung, ob er mein lautes Flüstern zwei Stockwerke tiefer verstand, wohl aber den panischen Unterton und die fuchtelnde Gestik nach oben. Jedenfalls erklang das Geräusch von schabendem Eisen auf Beton und dann Schritte, die die Treppe hochstiegen.

„Bleib unten. Eine Stufe fehlt", bekam ich mit Mühe heraus. Das Treppenende über mir forderte den Großteil meiner Aufmerksamkeit.

„Ist okay, habe ich gesehen. Bin gleich oben", hallte es von unten herauf.

Der Japaner schimpfte noch lauter als zuvor. Vor meinem geistigen Auge sah ich ihn passend zu seiner Stimme auf und ab hüpfen. Unwillkürlich kam mir das HB-Männchen in den Sinn. Ein genervtes „Ja, ja" war Superstars einzige Reaktion auf den tobenden Offiziellen.

Für eine Sekunde wagte ich es, nach unten statt nach oben zu sehen. Da stand mein Boss mit einer armlangen, daumendicken Eisenstange in der Hand.

„Wie bist du an dem Baum vorbeigekommen?", erkundigte er sich zweifelnd.

Vaseline und Schuhlöffel? „An der Wandseite auf allen Vieren mit Bauch einziehen. Aber bleib unten, ich komm runter."

Damit griff ich nach den oberen Ästen, bog sie aus meinem Weg, setzte einen Fuß auf die oberste Stufe, den zweiten auf die Nächste darunter. Über mir gesellte sich zu dem Kratzen ein Knurren. Erst ganz leise. *Wäre ich eine Katze, hätten sich meine Ohren nach hinten gedreht.* Mr. Superstar hatte es auch gehört. Er kam ein paar Stufen herauf, hielt seine improvisierte Waffe höher, leuchtete mit der Taschenlampe in der anderen Hand an mir vorbei nach oben.

Einer der Kameramänner stand im ersten Stock und konnte sich nicht entscheiden, auf wen er draufhalten sollte. *Was soll das denn jetzt?* Die Lampe der Kamera blendete mich. „Nimm das Ding runter", zischte ich im Rennen. Ja, ich rannte. Und wie ich rannte. Die marode Treppe hinunter, so schnell ich konnte. Auf meinen Boss zu. Immer zwei Stufen auf einmal nehmend.

Über mir sprang auch etwas in einem Satz mehrere Stufen auf einmal herab, landete unsanft, laut knurrend und fletschend. Aggressiv und hungrig waren die Assoziationen mit diesem kehligen Dröhnen. Zähne klappten lautstark über mir zu. Ich bremste nicht mal vor dem Engpass ab. Mit beiden Händen an einen dicken Ast gehängt, schwang ich mich, Füße voran, durch die enge Lücke am Baumstamm vorbei, knallte mit der Hüfte gegen die Wand, rutschte daran herunter, zog den Kopf ein und die Arme nach.

Mein Boss ließ seine Taschenlampe fallen, machte einen kleinen Schritt zur Seite, schnappte mich an der Jacke, zog mich mit Gewalt ganz durch die Engstelle, schubste mich in derselben Bewegung an sich vorbei und hob seine Eisenstange. Breitbeinig, mit abgerissenem Jackenkragen und Abschürfungen, landete ich ein paar Stufen tiefer auf dem Hosenboden, mit dem Rücken zum Verfolger und zu meinem Boss. Henry und Henrietta stürmten laut quiekend aus meinem offenstehenden Kragen hervor, zerkratzten mir dabei den Hals und waren im Erdgeschoß angekommen, bevor ich „Aua" sagen konnte.

Das Geräusch schnappender Kiefer, gepaart mit wütendem Bellen und Jagdknurren, ließ mich herumfahren. Ein großer Hund, mit verfilztem Fell, einem abgebrochenen Eckzahn und irrem Blick steckte den Kopf durch die Lücke zwischen Baumstamm und Wand. Er versuchte, meinen Boss zu fassen, biss nach ihm. Das war keine harmlose Warnung oder Reflexreaktion. Diese verdreckte Töle meinte es ernst. Er wollte den Eindringling erwischen, seine Zähne in ihn schlagen, Fleisch herausreißen.

Mr. Superstar halbierte den Durchlass mit seiner quergelegten Stange. Er versuchte, ihn damit zurückzuhalten, musste dabei wahnsinnig auf seine Hände aufpassen. Der verwilderte Köter drehte den Kopf blitzschnell von einer

Seite zur anderen, schnappte abwechselnd nach den Händen. Der Platz war zu eng für ihn, um an der improvisierten Sperre vorbei zu kommen, aber lange würde das nicht vorhalten. Ich rutschte die letzten Stufen zum ersten Stock hinab, griff mir einen großen, massiven Blumenkübel – ein hässliches graues Monster aus Beton – bugsierte ihn die Stufen hoch, unter dem Oberkörper meines Bosses hindurch, in die Öffnung.

Die tobende Kreatur biss wie im Rausch in den Gussbeton und jaulte auf. Das waren mindestens zwei abgebrochene Zähne. Der Kopf verschwand aus dem Loch, wir schoben zu zweit den Betonkasten noch ein Stück weiter, drückten ihn fest, bis es nicht mehr weiterging. Die Treppe war blockiert. Da würde höchstens noch ein Pinscher durchpassen. Wir atmeten beide schwer, der Kameramann hielt immer noch fest, was wir taten. *Die Nerven möchte ich haben.* Aufgenommen zu werden, versuchte ich nach wie vor zu vermeiden, also sah ich zu, dass ich vor seiner Linse wegkam, ging an ihm vorbei in den ersten Stock hinunter, lehnte mich dort gegen die Wand.

Mein Boss blieb auf der Treppe sitzen, hielt seine Stange wieder fest. Sie lag quer über seinen Oberschenkeln, die Hände hatte er zwischen den Knien um das Metall gelegt. Der Kameramann fragte ihn, ob alles in Ordnung sei. Er nickte nur, konzentrierte sich auf das ruhige Atmen und sah auf seine Hände. *Zum Glück heil geblieben.*

Der Hund hatte offenbar den ersten Schreck überwunden, tobte hinter dem Kübel weiter, versuchte, sich daran vorbei zu quetschen. Ohne Erfolg. Mein Boss wandte nur leicht den Kopf, blieb aber sitzen.

Der Angreifer zog sich zurück, bellte immer noch wütend. Er ging ein Stück die Treppe hinauf. Am Knurren und Drohen konnte man deutlich hören, wo er sich entlang bewegte. Seine Schritte waren ungleichmäßig. Die Kamera und ich folgten den Geräuschen. Er war im Stock über uns angekommen, lief über unseren Köpfen entlang. Er wusste, dass wir noch da waren, konnte uns sehen, kam aber nicht auf die Idee, einen Umweg zu seiner Beute zu nehmen, einfach die nächstgelegene brauchbare Treppe zu nutzen. *Zum Glück sind Hunde reichlich dumm bei so etwas. Ich liebe diese Tiere, aber an intelligenten Problemlösungsstrategien scheitern sie meist. Sie kennen nur den direkten Weg, wenn man ihnen nicht auf die Sprünge hilft. Kein Um-die-Ecke-Denken, nur mit dem Kopf durch die Wand.*

Wie direkt der Weg sein konnte, den ein Hund bereit war zu nehmen, erschreckte mich. Ein lautes Knacken von Holz erklang über meinem Boss. Die Äste brachen, Laub und Zweige rieselten herunter. Daraus stürzte in einem grünbraunen Blätter-Äste-Schauer der abgemagerte, wütende Hund herab. Im letzten Moment vor dem Aufprall streckte er drei Pfoten aus, bruchlandete zwischen Superstar und mir. Der Kameramann war zurückgewichen, dachte aber nicht daran, sich die Bilder entgehen zu lassen. *Wie irre kann man sein?*

Der Hund rappelte sich hoch, kam zähnefletschend auf mich zu. Sein Knurren war so tief wie der dröhnende Ruf eines Elefanten. Mr. Superstar erhob sich langsam und packte seine massive Metallstange fester, der Hund bemerkte es, wandte sich ihm zu. Ich machte einen Schritt rückwärts, suchte nach einer möglichen Waffe. Zu spät. Der Hund wirbelte zu mir herum und sprang mit aufgerissenem Maul auf mich zu. Seine Zähne waren auf Höhe meiner Kehle.

Instinktiv wich ich weiter zurück und zog den Kopf zusätzlich nach hinten. Meine Arme streckten sich zum Schutz vor, berührten den Brustkorb des Hundes. Sein Schwung wurde leicht abgebremst, drückte mich gleichzei-

136

tig einen weiteren Schritt rückwärts. Wenige Zentimeter vor meinem Hals machte der Hund mitten im Flug einen Satz abwärts. Er jaulte nicht einmal mehr auf, stürzte schlaff an mir vorbei zu Boden und rührte sich nicht mehr. Seine Augen und das Maul waren aufgerissen, der Nacken bildete einen annähernden Neunziggradwinkel kurz hinter dem Kiefergelenk. Es dauerte einen Moment bis ich begriff, dass sein Genick gebrochen war. Er war noch vor dem Aufschlag am Boden tot gewesen.

Mein Boss stand mit der Metallstange in der Hand und ausdrucksloser Miene schräg vor mir, starrte den toten Hund an, den er erschlagen hatte, und reagierte nicht auf meine Berührung an seiner Schulter. War das Schweiß oder andere Feuchtigkeit in seinen Augen? Ich drückte seinen Arm. Er zitterte und ließ die Stange klirrend fallen.

Dann sahen wir uns den Hund genauer an. Ein Bein war seltsam verdreht und geschwollen. So wie das aussah, war es schon eine Zeit gebrochen und entzündet. Außer Vogelgelegen und weggeworfenen Touristensnacks dürfte er keine Beute mehr gemacht haben. Mäuse und Ratten waren zu schnell für einen fußlahmen Hund. Falls er es überhaupt noch geschafft hatte, Streifzüge zu unternehmen, um sich Futter zu suchen. Seine Rippen stachen hervor, das Maul war entzündet, mehrere Zähne fehlten. Ein Auge blind, die Ohren nur noch milbenzerfressene Stumpen. Große Hautflächen waren ohne Fell, der Schwanz kahl, entzündete Stellen bluteten oder waren verschorft.

Das war mal ein Schäferhund gewesen oder zumindest hatte ein Schäferhund sicher mitgemischt. Das Tier musste hier ausgesetzt und sich selbst überlassen worden sein. *Sauerei! Den Kerl, der das war, würde ich auch gerne aussetzen. Auf einem Nest Feuerameisen! Nackt! Mit Honig beschmiert!*

An Mr. Superstar gewandt fasste ich zusammen: „Er war wahnsinnig vor Hunger und Schmerzen. Jetzt muss er nicht mehr leiden."

Was hätte ich sagen sollen? Mir würde es vermutlich härter ankommen, einen Hund töten zu müssen, der mir ans Leben will, als einen Menschen. Der Mensch hatte diese Entscheidung im Zweifelsfall aus freien Stücken und bewusst getroffen. Der müsste sich im Klaren sein, dass ein potentielles Opfer sich wehrt. Notfalls mit dem gleichen Maß an Gewalt. Aber ein Hund...? In diesem Zustand...? Nahm der überhaupt noch etwas bewusst war, außer Schmerzen und quälendem Hunger?

Der Kameramann war begeistert über die unerwarteten Actionaufnahmen – *Arschloch* –, der japanische Betreuer hätte am liebsten sofort alle Aufnahmen abgebrochen und uns von der Insel gejagt – *kann man nachvollziehen* –, die Tiertrainerin war froh, ihre pelzigen Stars unversehrt wieder zu haben – *und wie froh ich erst darüber war* –, die abgemagerte Schauspielerin konnte es dem ausgemergelten toten Hund nachfühlen – *zwei Gerippe kurz vor dem Verhungern* – und Mr. Superstar wollte so schnell wie möglich zurück an die Arbeit – *das hätte ich auch gerne gewollt.*

Eine Beschäftigung oder Ablenkung wäre mir jetzt sehr lieb gewesen: Das penetrante Bild des Hundes vor meinem inneren Auge wegbekommen, die zitternden Hände beschäftigen, den Kopf mit anderen Gedanken füllen. Alles, nur nicht untätig ins Feuer starren.

Die Aufnahmen mit den Katzen gingen weiter, ich half kurzfristig dem Beleuchter. Mit jeder springenden Katze sah ich den springenden Hund vor mir. Als ich das nicht mehr aushielt, ging ich doch zurück zum Feuer. Der Japaner folgte mir. Er sah mich als das größte Risiko an in dieser Nacht. Ein unnötiges Risiko, das man beaufsichtigen musste. Das sagte er zwar nicht, der Blick, mit dem er mich maß, sprach jedoch Bände. Kein Mensch bei klarem Verstand würde sich wegen eines Hundes in Lebensgefahr bringen, war seine Einstellung. Kein Mensch bei klarem Verstand würde einem Hund das hier antun, war meine Erwiderung. *Blödmann!*

☾

Kurz vor Sonnenaufgang kam mein Boss mit dem Rest des Teams ans Feuer, setzte sich neben mich, öffnete die

Kühlbox, packte Würstchen, Stöcke, Marshmallows und Sonstiges aus. Er startete eine Frühstückspause, bevor das Verlassen der Stadt durch die beiden Überlebenden gedreht würde. Für diese Aufnahmen wollte er bestimmte Lichtverhältnisse, die erst in etwa einer Stunde herrschen würden.

„Boss?" Er sah in den beginnenden Sonnenaufgang, drehte nur den Kopf angedeutet in meine Richtung.

„Sorry und danke." Das hatte ich ihm noch nicht sagen können. *Es tut mir leid, dass du wegen mir diese arme Kreatur töten musstest.*

Er zog seinen Stock aus dem Feuer, fischte das Würstchen herunter und hielt mir den Marshmallow hin, der noch darauf steckte. Ich klemmte ihn zwischen zwei große Kekse und reichte ihn an die Schauspielerin weiter.

Langsam sollte ihr schlecht sein. Mir war schon schlecht, nach nur drei statt ihrer fünf Keks-Mallow-Sandwiches. Sie nahm auch noch den sechsten klebrigen Snack freudestrahlend entgegen und biss herzhaft hinein. Superstar riss sich kurz vom Sonnenaufgang los, schmunzelte die Schauspielerin an. Dann wandte er sich zu mir: „Drei zu Null? Langsam wirds langweilig. Was meinst du?"

„Ja, schon. Wir sollten den Spieß wieder umdrehen. Oder wollen wir Rollen tauschen? Ich werde Superstar, du wirst Leibwächter?"

„Oh, das müssen wir unbedingt ausprobieren. Wäre bestimmt spaßig. Ich möchte dich auf Kommando heulen sehen oder einen Schauspieler küssen, den du nicht ausstehen kannst", lachte er. „Oder auf der Bühne singen und Gitarre spielen, bei einem lästigen Reporter geduldig antworten, Talkshows elegant hinter dich bringen. Ich kann deine Rolle ja schon. Lebensrettung mit Links. Das kann ich einfach so", schnipste er mit den Fingern der linken Hand. *Traurig, aber wahr.*

„Alter Angeber!"

„Alt habe ich überhört. Und wieso Angeber? Das Jahr ist noch nicht mal halb rum und ich führe drei zu null. Selbst in der Gesamtrechnung bin ich dir ganz dicht auf den Fersen. Noch einmal und wir haben den Gesamtausgleich. Irgendwas Lustiges musst du am Ende dieses Jahres sowieso machen", feixte er. „Den Punktestand kannst du unmöglich noch aufholen, bei gedoppelter Rechnung meiner Punkte noch dazu. Ohne Verfolger schaffe ich es nicht, sieben Mal in den verbleibenden siebeneinhalb Monaten in Lebensgefahr zu geraten. Du kannst also nicht mehr in Führung gehen. Außer bei den Gelegenheiten, bei denen ich neuerdings dich retten muss, gerate ich aus unerfindlichen Gründen nicht mehr in Gefahr", fuhr er fort.

„Mhm… Meinst du, du brauchst mich überhaupt noch?", überlegte ich laut.

Er stutzte, kaute bedächtig sein Würstchen weiter, ließ sich Zeit mit der Antwort. „Wie lange hattest du zuletzt durchgängig ein und denselben Job über sieben Monate oder länger?", kaute er mich an.

Nun musste ich überlegen: „Das ist schon ein Weilchen her. Bestimmt drei oder vier Jahre."

„Mhm. Sowas dachte ich mir. Wird es dir langweilig? Willst du was Neues versuchen? Oder überstehst du noch die nächsten zwei wenig spannenden Monate, bis es wieder hektisch wird? Dir macht Hektik doch Spaß. Je mehr los ist, desto lieber ist es dir."

Da haben wir was gemeinsam. „Ja, an Sets habe ich nicht viel zu tun. Meinst du, die Promotour wird interessanter? Da kann ich wieder mehr vorab ausloten und abklären. Wäre wieder nützlicher. Gibst du wieder Spontan-

Gigs?" *Bitte, bitte. Die Hals-über-Kopf-Aktionen sind am spannendsten, Adrenalin pur für die Sicherheitschefin.*

„Ganz bestimmt. Du willst dir doch auch nicht entgehen lassen, wie wir die Reporter auflaufen lassen, die uns nach ‚Agent Goblin' fragen", grinste er.

„Auf keinen Fall! Das wird ein Fest. Ich lass mir noch blonde Extensions ankleben, dann besteht keinerlei Gefahr, dass mich jemand erkennen könnte."

Mit den langen blonden Haaren und über Monate hinweg braun gebrannt würde meine eigene Mutter mich nicht erkennen. Naja, okay, meine Mutter schon und jeder, der mich mit achtzehn kannte. Da lief ich eine Zeit lang so rum. Aber niemand, der nur einen flüchtigen Blick auf die meist vermummte, nur von hinten oder teilweise sichtbare blasse Nebendarstellerin im Agentenfilm erhaschte, würde mich damit in Verbindung bringen. Keine Chance. Die Reporter würden den Bodyguard nicht mit der Schauspielerin unter einen Hut bekommen.

„Warte mit den Extensions noch einen Monat. Ich habe eine kleine Überraschung für dich. Eine weitere Schulung, wenn wir in China den Rest drehen. Dann bist du sinnvoll beschäftigt."

„Mir schwant Fürchterliches. Deine Lehrerauswahl ist manchmal doch etwas … gemischt." *Mein Fahrlehrer hasste mich, mein Schießlehrer hatte nicht mehr alle Latten am Zaun, mein Reitlehrer war Superstar. Was kam als Nächstes?*

Er schluckte den letzten Bissen seines Würstchens hinunter, stand auf und gab dem Team zu verstehen, dass es weiterging. Mich strahlte er übertrieben im Weggehen an: „Diese Weiterbildung wirst du lieben. Genau wie deinen Lehrer."

Sollte ich mir jetzt Sorgen machen?
Das Grinsen gefällt mir gar nicht.

Er hat hoffentlich nicht Andy engagiert, um mir was beizubringen!

Zuzutrauen wäre es ihm, und sei es nur, um mich zu ärgern.

China

Krassere Übergänge zwischen alt und neu oder Stadt und Land als in China hatte ich zuvor noch nie gesehen. Ein halb verfallenes, klassisch-traditionelles Häuschen mit der typisch geschwungenen Dachform, stilisierten Drachenstatuen vor der Tür und herrlichen Schnitzereien konnte unmittelbar vor oder zwischen modernen, schmucklosen, hässlichen Wohnbunkern stehen.

Man sah, wo die alten Viertel gezwungen weggerissen worden waren oder gerade wurden, um Platz für Neues zu schaffen. Für Hochpreisiges, das sich die alten Anwohner nicht leisten konnten. Wo sich in diesem Punkt die beiden ach so entgegengesetzten Ideologien[3], die sich so gerne streiten, unterscheiden, muss mir bei Gelegenheit mal jemand erklären.

Die schnellen, harten Wechsel innerhalb weniger Meter – nicht mal Kilometer, sondern nur Meter! – waren weder fließend noch charmant. Dafür war mein neuer Lehrer alles vier zusammen. *Harter Übergang? Jaha, da seht ihr mal. So kanns gehen. Ich pass mich eben meiner Umgebung an.*

„Mehr Spannung auf den gesamten Arm! Dein Block ist zu flexibel. Federn ist richtig, aber du gibst zu früh nach. Grundsätzlich gut, wie du meine eigene Bewegungsenergie gegen mich richtest und umlenkst. Trotzdem, weniger Ausweichen und Hebeln, mehr zuschlagen!"

Das haben immer alle meine Lehrer und Trainer gesagt. Aber warum soll ich gegenhalten und zuschlagen, wenn ich

---

[3] Ich will „Ideologie" immer „Idiologie" schreiben, weil ich denke, es kommt vom Wort „Idiot". Dabei kommt es von der Idee.

144

das viel eleganter lösen kann? Den Gegner vorbeizulassen verschafft mir Raum und Hebeln tut mir weniger weh. Weniger Prellungen et cetera.

„Gegen einen einzigen Gegner kannst du das so machen. Bei mehreren musst du aggressiver vorgehen. Du musst einen nach dem anderen möglichst lange ausschalten, um dich mit dem nächsten Angreifer befassen zu können."

Ja, und bei mehreren Angreifern tu ich das auch. Ohne Rücksicht auf Verluste, wenn es unbedingt sein muss. Aber es muss im Moment nicht sein! Sei froh drum.

„Goblin, komm schon. Schlag zu! Ich bin nicht aus Zucker. Du kannst ordentlich zulangen."

Mann, du Irrer hast nicht mal das kleinste bisschen Schlagschutz an. Wenigstens zum Training wären leichte Schienbeinschoner und Handknöchelpolster toll. Sparring kenn ich nur mit gepolstertem Kopfschutz. Dein Solarplexus und deine edelsten Teile sind vollkommen ungeschützt.

„Du musst deine Hemmungen loslassen. Angriff ist eine Form der Verteidigung. Sei nicht so defensiv!"

Du bist offensiv genug für uns beide! Und jeder vermiedene Kampf ist ein Sieg. War das nicht eine grundlegende Philosophie dieser Kampfkunst?

„Dir geht langsam die Kraft aus. Wir machen zwanzig Minuten Pause."

Oh ja, bitte!

Superstar hatte Recht gehabt. Diese Schulung war genau das, was ich brauchte: Auspowern, Kondition trainieren, Kung Fu auffrischen und verbessern, mit einem fähigen, netten Lehrer, der meine Sprache sprach. Noch dazu einem interessanten Lehrer für Auge und Hirn.

Jeffs Genpool war genauso gut gemischt wie meiner. Nur, dass man es bei ihm sah. Sein Dad war halb Afroamerikaner, halb Chinese, seine Mom Deutsche. Jeff war ein überaus gut gelungenes Produkt der Globalisierung – *fast zwei Meter groß, schlank, dunkel, lockig* – Ende dreißig, mit mehreren Staatsbürgerschaften, Supermodelaussehen, herrlichem Humor, gestähltem Körper und einem scharfen Verstand. Ein klasse Typ, der mindestens drei Sprachen fließend beherrschte.

Sein Kung Fu war um einiges härter und ursprünglicher als meines, und ehrenhafter. Zu Hause hatte ich die verwestlichte Variante gelernt, die hauptsächlich zur Selbstverteidigung im Rahmen der Gesetze angelegt war. Da war auch In-die-Eier-treten erlaubt gewesen, wenn es dazu diente, den eigenen Hals oder den Hals eines Dritten zu retten. *In der Not ist ja schließlich fast alles erlaubt.*

In den heimischen Übungsstunden wurden die richtig schmerzhaften, verletzungsintensiven Taktiken aber eher ein bisschen langsamer und vorsichtiger durchgespielt, statt knallharte Anwendung im Sparring zu finden. Mein Hardcore-Kampftraining mit Jeff war eine andere Hausnummer. Mindestens acht Stunden am Tag – an jedem Tag der Woche – zu trainieren war mir neu. Und unfassbar anstrengend. So tief und so lange hatte ich seit Ewigkeiten nicht mehr geschlafen. Zu sagen, ich sei abends platt gewesen, wäre gelogen. Ich war tot.

Schon nach zwei Stunden waren meine Arme aus Gummi, die Beine verkrampft und der Kopf mit der Koordination restlos überfordert. Meine eigenen Arme und Beine trafen sich unverhofft in der Luft, auf dem Weg Jeffs Arme und Beine abzuwehren. Selbst einen Treffer zu landen schafften meine Gliedmaßen gar nicht erst. Einmal kam mein Bewegungszentrum wenigstens auf die grandiose Idee, ich könnte ja gleichzeitig mit dem rechten Schienbein einen Tritt in der Luft blocken und mit dem linken Fuß einen Gegenangriff starten. *Äh, ja. Zeitgleich beide Beine in der Luft? Das Ergebnis kann man sich vorstellen.*

Physisch und geistig gleichermaßen erschöpft zu sein ist der Wahnsinn. Jeff gewährte mir zwar Pausen, aber er brachte mich auch ganz bewusst an meine Grenzen. Immer ein kleines Stück über meine Grenzen hinaus, immer ein kleines bisschen weiter.

Mir taten sämtliche Knochen weh, Unterarme und Schienbeine leuchteten in allen Farben des Regenbogens. Bei dem Anblick hätte jeder Arzt oder Polizist heutzutage mein häusliches Umfeld unter die Lupe genommen. Mein Boss hob nur die Augenbraue, schob meinen Ärmel hoch und den Kragen zur Seite, um zu sehen, wie weit die schweren Blutergüsse gingen. Dann reichte er mir eine Salbe gegen Prellungen. *Ganz recht, das sieht schlimmer aus als es ist. Kennst du nicht? Kannst du nicht nachvollziehen? Macht nix. Ich versteh deinen Fitnesswahn und deine Begeisterung für Radwanderungen auch nicht. Jedem das Seine.*

Das Training mit Jeff fand an den jeweiligen Filmsets Mr. Superstars statt, in den Unterkünften und teils sogar im Auto. Egal, ob in den hochmodernen überbevölkerten Städten oder in spärlich besiedelten ländlichen Gegenden, die aussahen, als wäre die Zeit vor hundert oder mehr Jahren stehen geblieben. Nur für die Dauer der eigentlichen Fahrten oder Flüge bezog ich mal keine Prügel, aber das hieß nicht, dass ich Pause gehabt hätte. Mein Lehrer reiste mit uns quer durch China, die Zeit im Transportmittel verbrachten wir mit Theorie oder mentalen Übungen. Sobald wir am Zielort angekommen waren und wieder Ellbogenfreiheit herrschte, ging das praktische Training weiter, während mein Boss seinen Film drehte. So konnte ich meinen Schützling im Auge behalten und er mich.

Mr. Superstar nutzte die Drehpausen, um sich die Fortschritte anzusehen und Jeff hin und wieder ein wenig zu bremsen, wenn er ihm zu brutal vorkam. Bei einer besonders harten Trainingseinheit machte er deutlich, wie froh er war, dass er so etwas nie für eine Rolle hatte lernen müssen. Bei einer anderen fragte er mich, warum ich mich so lange, so intensiv mit Kampfsport befasst hatte und dies alles freudig mitmachte. Die Verletzungen und Schmerzen, die man im Training in Kauf nahm, fand er abschreckend. Bei Berufssportlern wäre es etwas anderes, meinte er, aber ich hätte das ja immer nur als Hobby betrieben.

„Es kommt auf die Perspektive an", erklärte ich ihm meine Motivation. „Unter kontrollierten Bedingungen ein paar Blessuren einzustecken ist etwas ganz anderes, als macht- und wehrlos einem brutalen Schläger ausgeliefert zu sein. Jemandem, der größer und stärker ist und sich hemmungslos, ohne jede Kontrolle, an einem Schwächeren abreagiert, weil das alles ist, was er sich traut. Man härtet auch ab dabei. An mir kann sich niemand so ohne Weiteres abreagieren und derjenige, der das womöglich zukünftig versucht, kann sein Testament machen. Ich bin lieber im Training grün und blau als jemals wieder hilflos."

„Jemals wieder...?" Er sah mich durchdringend an. Wie ein Hund, der nach einem Geräusch aufmerksam lauert, was als Nächstes um die Ecke kommt. *War ja klar, dass du das wieder heraushörst.* Bei allem anderen, was ich gerade gesagt hatte, fielen ihm genau diese beiden blöden kleinen Wörtchen auf. *Das geht dich nichts an!* „Meine Pause ist vorbei. Ich geh mich wieder prügeln", gab ich zur Antwort.

Jeff wartete tatsächlich schon mit einem Gummimesser auf mich, als ich meinen Boss so stehen ließ. Meine Waffenabwehr bedurfte dringend einer Auffrischung und Verbesserung. Es gab mehrere Methoden, einen Messerstecher abzuwehren, einen geschwungenen Baseballschläger zu erobern oder einen Schützen zu entwaffnen. Eine Ergänzung des bereits vorhandenen Repertoires war höchst willkommen.

Wir trainierten mehrere Stunden, bis ich nicht mehr dauerhaft gnadenlos versagte beim Versuch, Jeff zu entwaffnen. Es wurde langsam besser. Schließlich gelang es mir sogar, ihn mit einer Kombination aus seinen neuen und einer meiner alten Techniken zu überraschen und einen Volltreffer zu landen. Wodurch er eine Zeit lang komisch lief. *Selber schuld, wenn du keinen Tiefschutz trägst!*

Aber, wie bei jedem guten Lehrer musste der Schüler es büßen, den Meister so billig übertölpelt zu haben. Als mein Boss mich an dem Abend wiedersah, verordnete er einen Tag Trainingspause. Das sollte reichen, mein Gesicht wieder halbwegs symmetrisch zu bekommen. *Die dicke Beule am Jochbein sah nicht hübsch aus.*

Mein neuer Meister und ich schenkten uns generell nichts.

Was bringt es dem Schüler, wenn der Lehrer die Samthandschuhe auspackt? Ein wirklicher Angreifer wird sich auch nicht zurückhalten oder eine Lücke in der Verteidigung wohlwollend nur höflich ansprechen.

Was bringt es dem Lehrer, wenn der Schüler sich keine Mühe gibt? So erzielt man keine Fortschritte, kann sich Zeit und Aufwand sparen. Ergo hatten wir hart trainiert und der Ruhetag nach einer Woche Dauerprügel war wohl verdient. Ich hatte dadurch endlich Gelegenheit, etwas mehr von meiner Umgebung zu erforschen. In China war ich vorher noch nie gewesen und mein Boss war am Set gut aufgehoben. Es wurde von einer kleinen Gruppe Soldaten bewacht, die während der gesamten Drehdauer präsent waren. Also wurde Mr. Superstar quasi fremdgeschützt – *gegen die bewaffnete Garde war ich ein schlechter Witz* – und ich nutzte die Gunst der Stunde.

Den perfekten Fremdenführer hatte ich auch. Jeff lebte seit fünf Jahren fast durchgängig in diesem Land, sprach fließend Chinesisch, kannte die Sitten und Gebräuche, konnte die Schilder lesen und bot sich freiwillig an. Vermutlich auch deswegen, weil es hier nicht viel anderes gab, was man spontan hätte machen können, ohne erst mal stundenlang fahren zu müssen. Alleine durch überbreite verlassene Straßen flanieren oder den ganzen Tag mit Schlafen zu verbringen war auch nicht wirklich spannend. Also lieber zu zweit um die leeren Häuser ziehen.

Beim Training verstanden wir uns ja super, viel Kommunikation klappte rein über Blickkontakt, keiner nahm dem anderen seine Volltreffer übel und wie es schien, war es nicht rein einseitig, dass ich Jeffs Gesellschaft zu schätzen wusste. Es war naheliegend, den freien Tag zusammen zu verbringen. *Zusammen alleine, um genau zu sein.* Alle anderen am Set waren beschäftigt. Wir waren die Einzigen, die nicht gebraucht wurden und außer den Leuten vom Set und ihrer Handvoll Aufpasser gab es in dieser Stadt kaum jemanden.

Ja, richtig verstanden. Mitten in einer Stadt und keiner da. Wenn man eine große Bandbreite an Geisterstädten auf modernem Stand sucht, ist man in China sehr gut aufgehoben. Es gibt einige davon und jede sieht anders aus. Drei komplett unterschiedliche Stile in verschiedenen Teilen des Landes hatten der Produktion bislang bereits abwechslungsreiche Kulissen geboten. Und weitere würden noch folgen.

Am beeindruckendsten war das futuristische Seeufer-Ufo-Dorf gewesen. In den steil abfallenden Hang zum riesigen See hin waren dort Wohneinheiten wie aufeinandergestapelte Ufos aus Stahl, Beton und Glas eingebettet, die zum Teil im Fels verschwanden. So, als wären die fliegenden Untertassen beim Absturz in die Steilwand eingeschlagen und hätten sich hineingebohrt.

Ganze Komplexe an runden und halbrunden Behausungen in unterschiedlichen Größen tummelten sich in einem Gebiet von der Größe mehrerer Fußballfelder an der ehemaligen Böschung entlang. Alle über bogenförmige Straßen miteinander verbunden. Das war mehr als eine Siedlung, schon beinahe eine eigene kleine Ortschaft. Es erinnerte zumindest von der Abgeschlossenheit her sehr stark an die abgeriegelten, bewachten Wohngebiete der reichen Amis mit so klangvollen Namen wie „Seaside Oaks" oder „Lakeview Corners". Wie das hier hieß, wusste ich nicht. Aber nach meinem Dafürhalten sollte es „Saucer Crashpile" – *Untertassen Crashhaufen* – genannt werden.

Dagegen konnte das nachgeäffte Mini-Paris mit dem kleinen Eiffeltürmchen nicht anstinken. Ebenso wenig wie die typisch kalifornische Reihenhausmeile oder die undefinierbare Hochhausstadt, die Wolkenkratzer aus roten Ziegeln nachstellen sollte.

Riesige, mit großen Steinplatten ordentlich gepflasterte Plätze, auf denen nichts stand als verlassene Karussells, erschienen andernorts ebenso unwirklich wie die Ufo-Häuser. Pedantisch angelegte Wasserläufe plätscherten in der Manier überdimensionaler Springbrunnen über hunderte Meter verlassener Prunkstraßen im mediterranen Stil hinweg. Alles war auf seine Weise irgendwo zwischen erstaunlich und erschreckend.

Sechs- bis zehnspurige Autobahnen verliefen als Hauptverkehrsadern. Wo die alten Anwohner sich geweigert hatten zu weichen, waren die Häuser einfach von der Autobahn eingeschlossen worden. Die alten Gebäude standen mittendrin, zwischen den Fahrspuren der Highways. Zum Teil fehlten Wände, die komplette Seite eines Gebäudes oder nur Außenwände in einzelnen Stockwerken. Je nachdem, wie nahe das ehemalige Nachbarhaus an das Verbliebene angebaut gewesen war. Die Bewohner der kaputten, halb abgerissenen Verweigerungshäuser waren die einzigen Menschen in der ganzen Gegend.

Was all diese Orte als einziges gemein hatten? Mutterseelenverlassene zig Quadratkilometer überbetonierter, bebauter Flächen, die für abertausende Bewohner ausgelegt waren, lagen brach. Obwohl die neu gebauten Häuser und Wohnungen in diesen am Reißbrett entworfenen Städten oder Stadtteilen alle einen Eigentümer hatten, wohnte niemand darin. Alles neu gebaut oder noch im Bau befindlich, vorab bezahlt und nie bewohnt. Die Eigentümer hatten größtenteils auch nicht vor, jemals darin zu wohnen oder zu vermieten. Sie wollten nicht selbst ins Niemandsland ziehen und die Immobilien auch nicht durch andere abnutzen lassen, nur ihr Kapital mit Immobilien absichern. Spekulation im großen Stil, auf Chinesisch.

Klingt völlig widersinnig, oder? Wenn ich mir ein Häuschen kaufe, dann doch um darin zu wohnen. In meinen eigenen vier Wänden kann ich mich kreativ und stilistisch ausleben und tun, was ich will. Höchst erstrebenswert, aus meiner Sicht. Und wenn ich eine Wohnung als Kapitalanlage kaufe, in der ich nicht leben will, bringt vermieten doch wenigstens eine Art zweites Einkommen mit sich. Oder sehe ich das falsch? Vielleicht ist das auch die Naivität der Eigentumslosen. Kann es sinnvoller sein, eine Immobilie langfristig ungenutzt zu lassen? Dieserorts anscheinend schon.

Gigantische Bürokomplexe – langgezogene Stahlbeton-Hochhäuser mit Glasfronten – standen komplett leer. Wohnblocks – ebenso hoch, mit Balkonen, aber weniger Fensterfläche, dafür teils begrünt – mit hunderten Wohnungen beherbergten vielleicht fünf Menschen. Das hier war noch viel gespenstischer als die verfallene Insel in Japan. Hier hatte man für eine Zukunft geplant, die es womöglich nie geben würde. Vielleicht wollte hier nie jemand hinziehen. Die Gebäude würden verfallen, ohne jemals einen praktischen Zweck erfüllt zu haben. Leere Hüllen ohne Innenleben, Ruinen, die nie eine Seele besessen hatten. *Ein Haus ohne Leben darin ist doch schließlich auch nur ein Haufen verbundener Baustoffe. Egal, in welchem Stil es dasteht. Zu einem Heim oder etwas Besonderem wird es erst durch seine Bewohner. Oder nicht?*

Es gab, der reinen Masse der umgebenden Wohnblöcke angemessen, mehrspurige Straßen, Ampelkreuzungen, quadratkilometergroße Plätze, breite Fußgängerzonen, Sportstadien für zehntausende Zuschauer und genauso riesige Einkaufszentren, die sich in Betrieb befanden, aber keine Kunden hatten. Die Rolltreppen fuhren leer rauf und runter, ohne Unterlass, die Gänge und Atrien waren hell erleuchtet, die Läden hatten die Türen offen oder zumindest das Geöffnet-Schild draußen und die vollautomatischen Türen glitten auf, wenn wir uns näherten. Die mehrstöckigen Malls blieben offen. Restaurants ohne Gäste, Kinos ohne Zuschauer, Wellnesstempel ohne Erholungssuchende, Modegeschäfte ohne Fashionqueens. Wie konnte sowas funktionieren? Mein kapitalistisch geprägtes Hirn verweigerte das Verständnis dafür, wie diese Läden bestehen konnten. Und wieso sie das taten.

Jeff erklärte mir zwar die wirtschaftlich-ideologischen und philosophischen Hintergründe, aber es wollte nicht in meinen Kopf. *Völlig unlogisch. Da bin ich dann doch ein*

Kind meiner kulturellen Prägung. Alles muss ich nicht ver-
stehen. Warum man in einer kleinen Gemeinde versucht,
einen alteingesessenen Tante-Emma-Laden zu erhalten,
leuchtet mir vollkommen ein. Aber ein riesiges Einkaufs-
zentrum zu eröffnen und in Betrieb zu halten, in dem niemand einkaufen möchte, weil schlicht und ergreifend gar
niemand da ist, ist für mich nicht nachvollziehbar. Man
schickt doch auch keine Versandhausbräute in Gegenden
ohne Junggesellen. Oder eine Stripperin in eine Schwulen-
bar – außer zum Unterrichten vielleicht. Angebot ohne
Nachfrage. Wo ist da der Sinn?

Die Angestellten der Läden, an denen wir vorbeikamen,
mussten sich zu Tode langweilen. Sie überschlugen sich vor
Begeisterung, als wir vorbeikamen und rissen sich fast ein
Bein aus, um uns für sich zu interessieren. Manche suchten
einfach nur Kontakt, ohne ein gezieltes Verkaufsgespräch
zu beginnen. Oder vielleicht verstand ich es auch einfach
nur nicht als solches, der Akzent war ungewohnt und
schwer verständlich für mich und kulturell waren sie anders gestrickt.
Auch wenn die Verkäufer Englisch sprachen, überließ
ich Jeff das Reden. Ich hatte mich inzwischen auf deutsche
Konversation eingestellt und wollte es zudem vermeiden,
womöglich etwas Falsches oder Unhöfliches zu sagen oder
einfach nur falsch verstanden zu werden. Ich redete mit
Jeff und der mit allen anderen, ganz einfach. Überhaupt
war es zur Abwechslung mal ganz nett, einfach in meiner
Muttersprache losquatschen zu können, ohne erst über
Vokabeln und Grammatik nachdenken zu müssen. So viel
wie mit Jeff hatte ich schon lange mit niemandem mehr
geredet. *Außer mit dem armen George in der Wüste. Aber*
das war ja reine Verzweiflung gewesen.

Meine plötzliche Redseligkeit war auch meinem Boss nicht entgangen. Er hatte Jeff ursprünglich genau deswegen engagiert, weil der Unterricht in meiner Muttersprache stattfinden konnte, reagierte jetzt aber genervt, wenn wir außerhalb des Trainings die Sprache beibehielten. Okay, es ist unhöflich, sich in einer Sprache zu unterhalten, die nicht alle in der Runde verstehen. Aber genauso unhöflich ist es, sich anzupirschen, wenn sich zwei alleine unterhalten.

Es irritierte ihn, wie viel ich plötzlich zu erzählen und zu scherzen hatte. Bei ihm war ich ruhiger und er wurde neugierig. Mr. Superstar hörte also aufmerksam zu und begann langsam, ein paar Vokabeln aufzuschnappen, wie es schien. Bisher hatten nur seine zwei kleinen Zwillinge ein paar Wörter von mir aufgeschnappt und das natürlich ausgerechnet in einem Bereich, in dem sie lieber weggehört hätten. *Seit die Kurzen mit Äußerungen wie „Verdammte Axt", „Zefix" oder sogar „Da leckst mich doch am Arsch" aufgewartet hatten, achte ich mehr darauf, was ich vor den Kids sage.*

Bei meinem Boss musste ich nicht aufpassen, was man sagte und was nicht. Er durfte Fluchen, so viel er wollte und es waren keine Geheimnisse oder persönlichen Geständnisse, die Jeff und ich austauschten. Meist ergaben sich Diskussionen über alles Mögliche aus völlig belanglosen Randbemerkungen oder Situationen heraus. Oder aus etwas, das wir gerade sahen, wie ein Haus inmitten einer Autobahn oder einen Vogel, der ohne erkennbaren Grund vom Himmel fiel.

Es machte Spaß, sich mit Jeff zu unterhalten oder etwas zusammenzuspinnen, etwas ungefiltert auszusprechen, während man es dachte. Der Gedanke wurde vom anderen aufgegriffen und weitergeführt, ohne Wertung, ohne feste Richtung, ohne Tabus. *Interessant, lustig und kreativ.*

Mr. Superstar hörte aufmerksam zu, wenn er Zeit hatte, verstand zu allererst die Anglizismen der immer globalisierteren Rhetorik, die ihm eine Chance boten, den Rest der Unterhaltung nachzuvollziehen. Anhand der Anmerkungen, die er beim Frühstück fallen ließ, konnte ich einigermaßen ersehen, welche Gesprächsthemen er hatte identifizieren können. Nach und nach fragte er mich bei jeder sich bietenden Gelegenheit, wie dieses oder jenes auf Deutsch hieße. *Ganz neue Seiten!* An unserem trainingsfreien Tag bekam ich mit, wie er sich von Jeff typische Ausdrücke übersetzen, vorsagen und aufschreiben ließ, die er in einer unserer üblichen Wortschlachten anbringen konnte.

„Bist du irre?", „Echt jetzt?" und „Halt die Klappe!" übte er, bis es akzentfrei war. Natürlich sollte ich das nicht mitbekommen, er wollte mich damit überrumpeln. *Wie verrückt ist das denn? Und was soll das? Wozu macht er das?*

„Boss, woher das plötzliche Interesse an meiner Sprache?", stellte ich die Frage ganz direkt.

„Was meinst du?", antwortete er augenzwinkernd auf Deutsch (!).

„Ich meine, wieso machst du dir die Mühe? Brauchst du die Sprache für eine Rolle oder nervt es dich nur, nicht mitreden zu können?"

„Weder noch."

Nein? Und weiter?

Lange Pausen erhöhen die Spannung, sind aber auch lästig!

„Sondern?" *Jetzt lass es dir halt nicht mühsam aus der Nase ziehen!*

„Aus verschiedenen Gründen", erwiderte er vage.

Ja?

Ja?

156

Jetzt nenn halt einen! „Du bist heute ein wenig schwierig als Gesprächspartner", musste ich feststellen.

„Ja? Jetzt weißt du, wie es mir oft mit dir geht."

Touché. Das hat er doch geplant.

„Ja, aber ich bin von Natur aus maulfaul, du nicht", schränkte ich ein.

„Du bist auch nicht maulfaul, wenn du dich mit Jeff in eurer Muttersprache unterhalten kannst."

Aha. Also doch. „Stört dich das?", wollte ich wissen. *Na? Na?*

„Nein, aber ich habe darüber nachgedacht. Es muss anstrengend sein, die ganze Zeit zu überlegen, wie man etwas ausdrücken kann, welches Wort das Passende ist, wo die feinen Unterschiede der Nuancen liegen. Das ist in der eigenen Sprache manchmal schon nicht leicht."

Stimmt. Deswegen rede ich so ungern. Führt zu schnell zu Missverständnissen oder Fehlinterpretationen, egal in welcher Sprache.

„Glaubst du, ich würde mich mehr mit dir unterhalten, wenn das in meiner Muttersprache stattfinden könnte?", mutmaßte ich.

Er sah mich fragend und ertappt gleichzeitig an.

„Das ist ein Irrglaube. Ich rede einfach nicht gerne."

Seine zweifelnde Augenbraue wölbte sich.

Jetzt werd aber nicht kindisch! „Keine Ahnung, warum das mit Jeff anders ist. Sowas ist mir vorher auch noch nicht passiert. Liegt weniger an der Sprache als an seiner Art." *Bitte verlang keine genauere Erklärung dafür. Ich weiß es doch selber nicht. Außerdem bist du mit Antworten dran.* „Du hast was von mehreren Gründen gesagt. Was steckt noch dahinter?", fragte ich, um mich rauszuwinden.

„Jeder in Hörweite versteht, was wir sagen, wenn wir uns auf Englisch verständigen. Die ganze Welt spricht Englisch. Es könnte nicht schaden, eine Alternative zu haben."

Das macht schon mehr Sinn. Geheime Boss-Goblin-Absprachen. Deutsch gehört zwar nach Englisch, Spanisch und Französisch immer noch mit zu den zehn meistgesprochenen Sprachen der Welt, aber ja, es ist deutlich seltener in Gebrauch als Englisch.

„Es dauert Jahre, eine Sprache soweit zu lernen, dass man sich darin richtig unterhalten kann und es steckt viel Arbeit dahinter", gab ich zu bedenken. „Da wäre es fast leichter, eine Art Code zu entwickeln. Und es ginge schneller. Weißt du, was ich meine?"

Er sah mich nur wieder zweifelnd an.

„Einige Begriffe verschlüsseln, nur für die wichtigsten Sachen, die keiner mitkriegen soll. Sowas wie ‚Hintertür' ist ‚Eins', ‚Seitenausgang' ist ‚Zwei', ‚Tiefgarage' ist ‚Drei', ‚Auf zum Flughafen' ist ‚Gelb', ‚Der lästige Reporter hört mit' ist ‚Rot', ‚Dein Hosenstall steht offen' ist ‚Lila'… So in der Art."

„Das sind die ersten Dinge, die du mir auf Deutsch beibringen wirst", erwiderte er ungerührt.

Na toll, Unterrichten habe ich schon immer gehasst, jetzt muss ich auch noch Sprachtrainer spielen.

„Boss, das würde ich dir nicht empfehlen. Ich spreche ziemlich schlimmen Slang und hochgestochenes Fachchinesisch abwechselnd. Zwischendrin auch noch Dialekt. Normal kann ich nicht. Und eine Sprache zu sprechen ist außerdem etwas ganz anderes als sie zu unterrichten."

„Ist mir egal. Ich werde fragen, wie etwas heißt, und du wirst es mir sagen. Perfekt muss ich nicht werden, es reicht, wenn wir uns verständigen können."

Oh Mann! Aus der Nummer kam ich nicht mehr raus. Er wollte es lernen, komme was wolle. Neben all dem anderen Kram, mit dem er sich täglich befassen musste, war das der helle Wahnsinn. *Das kann er nicht einfach so nebenbei aufschnappen. Unmöglich. Nach einer Woche gibt er es auf,* dachte ich. *Aber okay, wir versuchen es, wenn er unbedingt will.*

Beim Frühstück benannte ich ihm zunächst alles, was auf dem Tisch stand, dazu Tiere und Pflanzen, von denen die Produkte stammten. Es folgten Ausdrücke für Geschmacksrichtungen und positive sowie negative Geschmacksäußerungen, einfaches Bitten, etwas gereicht zu bekommen, Tätigkeiten am Tisch und so weiter. *Input, Input, Input. Ich hoffte ihn so zu überfordern, dass es ihm ganz schnell reichen würde.* In fast jeder Minute, die wir in den folgenden Wochen zusammen verbrachten, fragte er, wie etwas ausgedrückt würde oder hörte einfach bei Gesprächen zwischen Jeff und mir zu und versuchte, aus der gesprochenen Sprache etwas herauszuhören. Jeff spielte mit, sprach schön langsam und deutlich in einfachen Sätzen, verbunden mit eindeutiger Gestik und Fingerzeigen. Superstar fand Gefallen daran (!) und gab es wider Erwarten nicht schnellstens wieder auf. *Er ist hartnäckiger und lernt schneller als ich dachte. Vor allem gefällt ihm vermutlich, dass er nicht weiter außen vor ist und sich alles wieder um ihn dreht.*

Die weiteren etwas über zwei Wochen quer durch China, mit Aufnahmen für meinen Boss und Kampfschulung für mich, gaben kleine aber regelmäßige Zeitfenster zum Sprachunterricht frei. Superstars Fortschritte ließen sich sehen. Eine zusätzliche Woche Rundreise ohne Filmarbeiten und Soldaten, dafür mit Sehenswürdigkeiten, gesellschaftlichen Verpflichtungen und reduziertem Kampftraining erhöhte die tägliche Übungszeit im deutschsprachigen Trio.

Allmählich verlernte ich Englisch. Die Sprache sollte ich meinem Boss gegenüber so wenig wie möglich benutzen. Er wollte lieber versuchen, mich auf Deutsch zu verstehen.

Egal, wie langsam ich sprechen, und wie viele Hände und Füße ich mit einsetzen musste. Wir durften etwas erst auf Englisch erklären oder übersetzen, wenn alle anderen Optionen bereits erfolglos ausgeschöpft waren. *Soll ich dir eine Zeichnung machen?*

Ja, ich machte ihm manchmal wirklich Zeichnungen und beschriftete sie. Die anatomische Korrektheit meiner Zeichnung eines sehr männlichen Wasserbüffels fand er besonders beschriftenswert. Jeff übersah vor lauter Lachen die Hinterlassenschaften des lebenden Vorbildes...

Gegen Ende unserer Zeit in China hatte mein Boss eine ganze, wenn auch kleine, Mappe mit beschrifteten Zeichnungen und konnte schon einfache Sätze formulieren. Er verstand vieles, was die Muttersprachler sagten, in normaler Sprechgeschwindigkeit. Nach nur drei Wochen Unterricht zwischen Auto, Set, Kampfplatz und Empfängen!

Alle Achtung! Hätte ich ihm nie im Leben zugetraut. Nicht mal ich hätte das einfach so nebenbei hinbekommen. Entweder hatte er schon mal früher angefangen gehabt Deutsch zu lernen und frischte nur auf oder er war ein Genie, was Sprachen anging.

Am Tag unserer Abreise aus dem Reich der Mitte wollte Jeff sich gebührend verabschieden und noch ein letztes Mal mit Mr. Superstar eine leichte Konversation bestreiten, bevor sich unsere Wege wieder trennten. Er hatte darauf bestanden, uns zum Flughafen zu bringen und plauderte nun fröhlich mit meinem Boss, während er gemächlich über die löchrige Bergstraße hinab fuhr.

Unsere letzte Station hatte uns in eine hoch gelegene, ländliche Gegend geführt, in der man Bäume, Felsen, Ochsen und abgestufte Felder zu sehen bekam. Eine erholsame Abwechslung zu den ganzen Betonwüsten. Ein paar verstreute, ärmliche Bauerndörfer, bestehend aus je einer Handvoll hölzerner Pfahlhäuschen oder Natursteinhütten, brachten Leben in die Landschaft.

Die einzelnen Terrassen der Hänge hatten unterschiedliche Farben, je nachdem, was dort angebaut wurde. Rot, grün, gelb, verschiedene Blautöne, immer wieder unterbrochen von grauen Steinreihen. Ein herrlicher Anblick – Regenbogen in verschiedenen Varianten. Die weitläufige Berglandschaft erstreckte sich um uns herum soweit das Auge reichte. Dafür musste man allerdings schon deutlich Abstand zu den größeren Städten halten und äußerst schlechte Straßen in Kauf nehmen. Für chinesische Verhältnisse weit ab vom Schuss würden wir eine Weile unterwegs sein zum nächsten Flugplatz.

Die beiden Herren unterhielten sich natürlich wieder einmal über Sport. *Was auch sonst?* Also konnte ich ganz gemütlich ein kleines Nickerchen halten, ohne etwas Wichtiges zu verpassen. Oder auch ein etwas längeres. Im Flugzeug würde ich sowieso durchschlafen, nachdem ich erst mal mit den obligatorischen Papiertütchen fertig war.

Auf der Fahrt schon mal den Ruhemodus für den Flug zu üben war eine gute Sache. Das versprach eine wesentlich tiefere Entspannung, wenn die Schlafpause zwischen Auto und Flugzeug vorbei war. Mit etwas Glück würde ich sogar den Start verschlafen und mir so die Papiertütchen sparen. Mr. Superstar ließ mich immer schlafen, wenn ich es tatsächlich schaffte, vor dem Abheben schon wegzudämmern. Da konnten die Stewardessen diskutieren, bis sie schwarz wurden. Ein kotzender Goblin war um jeden Preis zu vermeiden.

Nur wusste Jeff das offenbar noch nicht. Er unterbrach mein Nickerchen mit einem groben Fahrmanöver, das mich in einem Zug weckte und würgte. Der Gurt schnitt in meinen Hals, während der Magen sich synchron hob. Ein verschlafener Blick aus dem Fenster verriet, dass wir sehr schnell fuhren. Zu schnell in Anbetracht der kurvigen Bergstraße. Viel zu schnell.

„Mach mal langsam, ich möchte in einem Stück ankommen", nuschelte ich nach vorne.

„Schau dich um", erwiderte Jeff.

Umdrehen? Dazu müsste ich mich ja bewegen.

Noch leicht benommen wandte ich den Kopf über die Lehne der Rückbank, vorbei an der Kopfstütze. Ein schneidiges anthrazitfarbenes Auto mit schwarzgetönten Scheiben folgte uns dichtauf im gleichen halsbrecherischen Tempo. Der Fahrer schnitt die unübersichtlichen Kurven noch schöner als Jeff.

Was soll das denn? Rasende Reporter?

„Ist die Presse hier auch so schlimm?", scherzte ich lahm.

„Das ist keine Presse."

„Fans?"

„Das wage ich zu bezweifeln."

Jeffs Unterton bei dieser Antwort gefiel mir nicht. „Im Halbschlaf fällt mir denken etwas schwer, also hilf mir auf die Sprünge. Was ist hier deiner Meinung nach los, wenn es keine Reporter und keine Fans sind?"

„Ich muss mich aufs Fahren konzentrieren", war die einzige Antwort. *Ich habe keine Ahnung, was hier los ist. Jeff scheint eine Ahnung zu haben. Mr. Superstar sieht reichlich irritiert aus.* Dieses Erwachen war verwirrend.

„Waren wir irgendwo, wo wir nicht hätten hingehen dürfen? Haben wir gegen irgendwelche Gesetze oder die guten Sitten verstoßen? Einheimische mit irgendwas verärgert?", mutmaßte ich.

Mein Boss drehte sich halb zu mir um, schüttelte nachdenklich den Kopf. Jeff warf mir einen kurzen Blick über den Rückspiegel zu, biss sich auf die Unterlippe. *Aha. Was weißt du, was ich nicht weiß?*

Mit einem Unterarm am Beifahrersitz vor mir abgestützt, drehte ich mich ganz zur Heckscheibe herum. Das Auto war so dicht hinter uns, dass man nur das obere Drittel der Scheinwerfer sehen konnte.

Wir rasten um die nächste Kurve, der Wagen ging in Schräglage, die Reifen auf der Fahrerseite hoben einen kurzen Moment von der Straße ab. Unser Verfolger zog mit, beschleunigte im Kurvenausgang, erwischte eine Ecke unserer Stoßstange mit seiner und gab uns einen Schubs.

Unsere Fahrlinie geriet aus dem Gleichgewicht, der Wagen schlingerte. Wäre ich am Steuer gesessen, würden wir jetzt neben der Straße den Hang herabkugeln. Jeff schaffte es aber nach einem kurzen Schlenker, irgendwie die Kontrolle zu behalten und zurück in die Spur zu finden. Er beschleunigte und gewann kurzfristig ein, zwei Meter Abstand.

Der Motor des Bedrängers heulte auf, die Hatz wurde immer rasanter. *Das kann nicht mehr lange gut gehen.* Egal wie gut Jeffs Reflexe auch sein und welche Fahrausbildung er genossen haben mochte – *sowas lernt man nicht in der normalen Fahrschule –*, dieses Tempo auf dieser Strecke war der reinste Selbstmord.

Ein Blick nach vorne enthüllte zwei weitere sehr enge Kurven, flankiert von aufsteigendem Fels auf der einen Seite, von steil abfallenden Terrassenfeldern auf der anderen. Weiter konnte man nicht sehen. Der Straßenbelag wirkte zusätzlich nicht vertrauenserweckend. Risse, Schlaglöcher, ausgebrochene Stellen an den Rändern, immer wieder Erdhaufen, Steine und andere Hindernisse auf der

Fahrbahn. *Ein Traum für jeden Unfallchirurgen. Hier kann man reichlich Kundschaft einsammeln. In Einzelteilen.*

In der nächsten Haarnadelkurve brach das Heck aus und schleifte am Fels entlang. Ein Geräusch wie brechende Zähne bohrte sich in mein Hirn. Jeff ging einen Moment vom Gas, brachte das Heck vom Gestein weg. Der andere Wagen nutzte seine Chance, rammte noch einmal gegen uns, schob uns wieder gegen die Wand. *Um Himmels Willen, was ist hier los?* Steinsplitter und Funken stoben in hohem Bogen davon. Das Adrenalin kochte über, blockierte jeden klaren Gedanken. Entsetzen! Nichts als blankes Entsetzen!

Der Motor hinter uns heulte erneut auf, Jeff rammte den Fuß auf die Bremse, riss im selben Moment das Steuer herum. Unser Wagen drehte sich. Die Schnauze wandte sich von der Felswand ab, schwang um 180 Grad herum, schlug mit dem vorderen Kotflügel gegen die Seite des Angreiferfahrzeugs. Die Seitenspiegel beider Autos zerschellten durch den Aufprall, beide Karosserien stauchten sich seitlich zusammen.

Der Fahrer des anderen Wagens hatte nicht schnell genug reagiert, bremste zu spät, fuhr noch weiter. Die Blechkarossen schrammten lautstark aneinander entlang, Metall kreischte. Die Front des anderen Autos erreichte knirschend unser Heck, bis es der Fahrer endlich schaffte anzuhalten.

Die Wagen standen nun umgekehrt parallel, ich war etwa auf der gleichen Höhe mit dem Beifahrer des Gegners. Durch die dunkle Scheibe waren nur Schemen zu erkennen, vage Bewegungen. Das Fenster wurde heruntergelassen, eine Hand mit einer Pistole kam heraus. *Ernsthaft?*

„Runter!", schlug ich meinem Boss mit der flachen Hand auf die Schulter, duckte mich selbst, blieb in der Gurtsperre hängen. Mein Boss hatte mehr Glück oder sich der Gurtsituation angemessener bewegt. Er hatte den Oberkörper unter die Fensterlinie geduckt und den Kopf zwischen die Beine genommen.

Jeff trat voll aufs Gaspedal, der Wagen beschleunigte mit durchdrehenden Reifen, den Berg wieder hinauf. Keine Sekunde zu früh. Ein Schuss knallte, die kleine Scheibe hinter der Tür neben mir bekam ein Loch. Kleine Glassplitter und noch etwas Größeres, dessen Luftzug ich im Nacken spüren konnte, flogen knapp hinter mir vorbei.

Ist das ein übler Traum? Das kann doch nicht wahr sein!

Würde mir bitte jemand eine runterhauen, damit ich aufwache?

Was sind das für Typen? Partisanen des Hochlands?

Was wollen die?

Hallo? Der hat auf mich geschossen!

Und er hat es ernst gemeint! Ohne Warnung. Ohne Drohung. Ohne Provokation. Einfach Bumm!

Herr Gott noch mal, ich versteh gar nichts mehr! Was zum Henker...?

„Festhalten und Kopf runter!", schrie Jeff über das Jaulen des Motors.

Das hätte er nicht erst sagen müssen. Nachdem die Gurtsperre mich freigegeben hatte, ging ich – *so schnell es ohne erneutes Auslösen der kontraproduktiven Sicherheitsmechanismen des Fahrzeuges möglich war* – auf Tauchstation, lag quer auf der Rückbank, Kopf in der Mitte des Wagens.

Mr. Superstar hatte den Kopf nur ganz leicht angehoben, um über sein Bein hinweg zu mir nach hinten sehen zu können. „Alles okay?", formten seine Lippen lautlos. Ich nickte unwillkürlich, obwohl ich mir nicht sicher war, fuhr mir mit der Hand über Hinterkopf und Nacken und zog sie wieder in mein Blickfeld. Ein wenig Blut war auf den Fingern. Nicht wild, nur ein paar Tropfen. Vermutlich ein paar kleine Glassplitter, die mich im Nacken getroffen hatten. Es tat nicht weh, der Schock saß tiefer.

Der hat auf mich geschossen.
Verdammte Axt.

Jeff hatte derweil auf seinem Handy einen Kontakt angewählt. Das Freizeichen erklang über den Freisprecher, ein Mann meldete sich knapp, Jeff sprach kurz mit ihm auf Chinesisch. Der Anruf dauerte keine zehn Sekunden. Er legte auf, sah in den Rückspiegel und gab noch mehr Gas. Der andere Wagen hatte gewendet und jagte uns wieder.

„Macht euch bereit, rauszuspringen und zu rennen", kam die Anweisung vom Fahrersitz – jetzt wieder auf Englisch.

Mr. Superstar und ich sahen uns an, legten beide eine Hand ans Gurtschloss. *Noch nicht lösen. Nicht bei dieser Fahrweise. Nur vorbereitet sein.* Ich stützte mich auf einen Ellenbogen hoch, Superstar setzte sich ein wenig aufrechter. Jeff warf einen kurzen Blick auf uns: „Gleich. Noch einen Moment. Rennt den Berg runter, wenn wir halten. Ihr müsst über die Terrassen springen."

Wir fuhren um eine Kurve, direkt dahinter war eine kleine Ausbuchtung. Jeff riss das Steuer herum, schleuderte auf die freie Fläche, trat die Bremse durch, das Auto kam schlitternd zum Stehen. Jeff löste im selben Moment seinen Gurt, wir taten es ihm gleich. Der Motor erstarb, drei Türen flogen auf. Jeff sprang schon die erste Stufe des Abhangs hinab, während wir noch das Auto umrundeten.

Superstar sprang einen Schritt vor mir ab, landete beinahe zwei Meter tiefer und rannte weiter zum Ende der

Terrasse, sprang sie herab, hinter Jeff her. Ich bildete das Schlusslicht, stolperte auf der Kante zur nächsten Stufe über den Bewuchs, stürzte eine Manneshöhe runter und rollte mich ab. Am Ende der Rolle hatte ich schon die Kante der ebenen Fläche erreicht, sprang aus der Bewegung heraus ab und landete neben meinem Boss eineinhalb Meter tiefer.

Die kommenden Absätze sprangen wir nebeneinander herab. Nach der siebten oder achten Terrassenstufe erklang das Zuschlagen von Autotüren. Unsere Verfolger kamen zu Fuß hinter uns her. Vier Männer, dunkel gekleidet. Mehr erkannte ich bei dem schnellen Blick über die Schulter nicht.

Jeff drehte sich zu ihnen um, er hatte eine Pistole in der Hand. *Echt jetzt? Wo kommt die so plötzlich her?*

„Lauft weiter, so schnell ihr könnt", wies er uns an.

Er schubste uns an sich vorbei, postierte sich an der Kante zum höher gelegenen Plateau, legte an und schoss auf die vier Männer. Zwei schossen zurück, zwei rannten weiter, sprangen hinter uns her.

Superstar und ich gaben Fersengeld. Mehrere Schüsse knallten hinter uns, dann folgte ein Aufschrei. Ich wandte im Rennen kurz den Kopf. Jeff sprang eine Terrasse tiefer, einer der Schützen war gestürzt, der Zweite feuerte erneut, seine Kumpel hatten schon vier Plateaus hinter sich gebracht. Einer davon blieb stehen, zog eine Waffe. Der Schütze, der noch oben stand, steckte nun seine Waffe ein und sah kurz nach seinem getroffenen Kollegen, bevor er seinerseits die Bergterrassen in Angriff nahm.

Der Hang wurde immer steiler, die Sprünge tiefer. Gerade hatten wir knappe drei Meter in einem einzigen Satz überwunden. Der nächste Absatz war noch tiefer, diese

Höhenunterschiede wurden langsam gefährlich. Wir zögerten, sahen uns um.

Weiter rechts gab es niedrigere Zwischenstufen. Wir rannten darauf zu, Jeff landete auf unserer Ebene, drehte sich um, schoss noch einmal nach oben. Er traf den aktuellen Schützen in die Schulter, der ließ seine Waffe fallen, setzte nichtsdestotrotz einen Augenblick später zum nächsten Sprung an. Ich schob meinen Boss weiter. *Nichts wie weg von hier.*

Der eine Verfolger, der bisher nicht geschossen hatte, sondern konstant hinter uns hergerannt war, war nur noch einen Absatz entfernt. – *Nahe genug, ihn als sportlichen Asiaten im dunklen Anzug zu identifizieren.* – Er zog im Sprung nun auch seine Waffe, sein Arm streckte sich vor, seine Füße berührten den Boden, er federte ab, blieb leicht in den Knien, legte auf uns an.

So hatte ich mir mein Ende nicht vorgestellt. Erschossen werden stand irgendwie nie auf der Liste der vorstellbaren Todesarten. Ich hatte eher mit einem Verkehrsunfall, Flugzeugabsturz, Selbstmord, blödem Zufall oder Krebs gerechnet. Notfalls wäre noch ein Achterbahnunglück, Genickbruch-beim-Stolpern oder Vom-Bären-gefressen-werden in Betracht gekommen. Meinetwegen ging auch Mit-Klopapier-zu-Tode-gepeitscht-werden noch klar, Vor-Schreck-bei-einer-Geistererscheinung-den-Löffel-abgeben oder An-anaphylaktischem-Schock-bei-Experimenten-mit-leckeren-exotischen-Gerichten-ins-Gras-beißen. Alles vertretbar. Aber doch nicht erschossen werden. Nein, das war zu grotesk.

Ich riss meinen Boss zu Boden, warf mich zur Seite, robbte durch den kniehohen Bewuchs Richtung Abgrund, wartete auf den Schuss, der über uns hinweg peitschen würde.

Der kam aber nicht. Dafür folgten die typischen Geräusche der letzten Wochen: Arme und Beine, die aufeinanderprallten. Schläge, die Körperteile trafen, klatschende, gefolgt von dumpfen Treffern, das Knallen schnell bewegter Kleidung gegen den Luftwiderstand.

Vorsichtig hob sich mein Kopf über die Pflanzenspitzen. Der Ursprung der Klangkulisse kam in Sicht, Jeff kämpfte mit dem ersten Angreifer, hatte ihn entwaffnet.

Der zweite Kerl, der mit der Schulterwunde – *auch ein drahtiger Chinese* –, kam an, überwand die letzten paar Meter und sprintete direkt auf uns zu. Eine Waffe sah ich nicht, aber die hatte er auch nicht nötig. Nur noch meine Massigkeit stand zwischen Superstar und dem Angreifer. Ich sprang auf, ging frontal auf den Verfolger los. Wegrennen brachte nun nichts mehr.

„Lauf weiter!", rief ich meinem Boss über die Schulter zu.

Der Typ war fast einen Kopf kleiner, ein paar Jahre jünger, aber deutlich stärker als ich. Schneller und wendiger trotz Verletzung. Unter der weiten Kleidung ließ sich ein überaus gut trainierter Körper erahnen. Seinen rechten Arm benutzte er nicht, ließ ihn vor seinem Bauch ruhen, dennoch kam ich kaum gegen ihn an. Mit nur einem Arm und zwei Beinen gelang es ihm, mich in Schach zu halten. Mir dagegen glückte es kaum schnell genug, seine Attacken abzufangen oder umzulenken. Ich hatte keine Chance selbst einen Angriff zu starten, einen Schlag zu setzen, einen Treffer zu landen. Ausweichen war wieder meine Hauptoption, ihn umtanzen, mit ihm die Richtung wechseln. Dabei immer darauf achten, dass er nicht von mir weg zu Superstar kommen konnte.

Der war nicht weiter gerannt, sondern grub wenige Meter entfernt in der Erde herum. *Was soll denn jetzt der Mist? Kannst du nicht ein anderes Mal Archäologe spielen und im Dreck wühlen? Du Idiot, renn doch weg! Was tust du?*

Mein Boss schien gefunden zu haben, was er suchte, hockte jetzt ruhig auf einem Knie, hatte das andere Bein aufgestellt und beobachtete den Kampf. Ich hatte keine Gelegenheit genauer hinzusehen, was er da gefunden hatte und was er damit tat. Der dritte Verfolger – *ein durchtrainierter teilasiatischer Typ* – hatte uns erreicht, kam von oben angeflogen und landete hinter mir, während sein Kumpel mich von vorne beschäftigte. Jetzt hatte ich verschissen. Gegen zwei gute Kämpfer kam ich nicht gleichzeitig an. Und der hatte auch noch seine Waffe.

Aus der Verzweiflung heraus landete ich bei meinem aktuellen Gegenüber einen Glückstreffer, der ihn in die Knie gehen ließ. Ich wandte mich um, schlug in der Drehung die Pistole zur Seite, die auf die Mitte meines oberen Rückens gerichtet gewesen war. Ein Schuss löste sich, die Kugel fuhr in die Bergwand. Ich setzte eine Attacke hinterher, versuchte die Waffe zu bekommen. Leider erfolglos.

Hinter mir kam nun mein ursprünglicher Gegner wieder auf die Beine. Eine Bewegung aus dem Augenwinkel, mehr nahm ich von ihm nicht wahr. *Kann mich nicht umdrehen. Der Waffenbesitzer ist gefährlicher.* Ich bereitete mich auf einen Schlag von hinten vor, kämpfte aber nach vorne weiter. Die Pistole schwenkte wieder in meine Richtung, ich trat den Arm zur Seite und setzte einen Tritt in die unteren Rippen hinterher. Der Typ fing ihn mit spielerischer Leichtigkeit ab.

Mann, was bist du? Jacky Chans kleiner Bruder? Chuck Norris verschollener Cousin? Bruce Lees geheimer Enkelsohn? Gegen dich schaff ich keine dreißig Sekunden. Dreißig? Nicht mal fünfzehn! Und das auch nur mit Glück.

Hinter mir war ein kurzes knirschendes Geräusch zu hören, gefolgt von einem Stöhnen, das sich abwärts bewegte. *Oh Gott! Was hat der einarmige Dreckskerl mit meinem Boss angestellt? Was war dieses Knirschen? Hat er ihm was gebrochen? Ausgerenkt? Bitte, bitte, nicht das Genick gebrochen.*

Mein Boss musste ausharren, bis der bewaffnete Angreifer überwunden war. Ich konnte ihm jetzt nicht helfen. Sonst wären wir beide tot. Unsere Chancen standen ohnehin annähernd gleich null. Das war ein Kung Fu MEISTER vor mir, ich war kaum mehr als ein fortgeschrittener Schüler, wenn überhaupt. Eher ein blutiger Anfänger im Vergleich. Ein harter Körpertreffer nach dem anderen kam durch meine Abwehr. Mir ging die Puste aus, alles tat weh. Die harten Schläge konnte ich nicht ignorieren, musste aber versuchen, den Schmerz zu unterdrücken. Mein Hauptaugenmerk lag darauf, ihn daran zu hindern, seine Pistole einzusetzen. Lieber ein paar Hiebe und Tritte kassieren als eine Kugel.

Hinter meinem Gegner kam Jeff angerannt. Sein erster Kandidat war nicht mehr zu sehen, musste also im Gemüse liegen. Meine Reaktion war zu auffällig gewesen. Der Kerl hatte registriert, dass sich hinter ihm etwas tat, verpasste mir einen Schlag in den Magen, der mich zusammenklappen ließ. Er drehte sich eine Millisekunde zu spät um, schwenkte den Lauf seiner Waffe nur noch im Ansatz auf Jeff zu. Der kam mit vorgestrecktem Bein angeflogen, trat dem Mann noch ehe er sich ganz zu ihm gedreht hatte im Sprung frontal ins Gesicht, mit seiner gesamten Masse und der Wucht der Geschwindigkeit dahinter. Es knackte laut, der Attentäter prallte rücklings gegen mich, sackte ohne einen Mucks in sich zusammen und rührte sich nicht mehr.

Ein Blick nach unten sprach augenblicklich meinen Magen an. Die Nase der menschlichen Kampfmaschine hatte sich ins Gesicht geschoben wie bei einem überzüchteten

171

Mops, Blut lief in einem dicken Strom daraus hervor zur Erde, die Augen starrten blicklos ins Leere.

Das war kein Makeup, keine täuschend echte Puppe. Der Kerl war tot. Von Jeff umgebracht, direkt vor meinen Augen.

Mein Magen krampfte sich zusammen.

Nicht auf die Leiche kotzen.

Nicht auf die Leiche kotzen!

Von hinten an die Schulter gefasst wirbelte ich herum, hob die Faust in Position für einen ordentlichen Lebertreffer und bremste in letzter Sekunde vor Superstars Bauch ab. Er schluckte, hob die erdige Hand, die mich eben berührt hatte, in beschwichtigender Geste vor sich. Aus der anderen plumpste ein enorm großer Stein zu Boden, schlug in die Erde ein, neben dem Kopf des Angeschossenen. Dieser hatte eine Platzwunde am Scheitel, atmete aber noch. Das war also das Knirschen gewesen. Mein Boss hatte ihm mit seinem ausgegrabenen Fundstück ordentlich eine übergebraten. Vor und hinter mir lag somit je ein Mann am Boden.

Jeff stieg über den Toten hinweg und stellte sich neben mich: „Wir müssen weiter. Zu dem Gebäude da unten." Er wies den Hang hinab auf einen klobigen Betonbau, der überhaupt nicht in die Landschaft passte, stieg dann über den Bewusstlosen drüber. Mein Boss setzte sich bereits in Bewegung zu der Abstiegsmöglichkeit mit den niedrigeren Zwischenabsätzen. Ich stand immer noch am selben Fleck, unfähig, mich zu bewegen oder einen klaren Gedanken zu fassen.

Was ist hier gerade passiert? Eine Leiche liegt zu meinen Füßen. Und Jeff hat die Leiche produziert. Der smarte, nette Jeff, mit dem ich mich seit Wochen prügele, im Ver-

trauen darauf, dass er mich nicht ernsthaft verletzen wür-
de.

Jeff griff mich am Arm, wollte mich mitziehen, mich zum Schritt über den bewusstlosen Körper hinweg bewegen. Instinktiv wich ich vor ihm zurück, stolperte über die Leiche hinter mir und landete auf dem Hintern. Mein Meister stieg wieder über den anderen Mann und kniete sich vor mich, mit ernstem Blick: „Komm, wir müssen weiter. Da kommen vielleicht noch mehr."

Jetzt verstand ich gar nichts mehr, sah ihn nur entgeistert an. „Was…" setzte ich an. Stockte. Versuchte es noch mal: „Du hast ihn…", wies ich mit dem Finger auf den Leichnam unter meinen Beinen.

„Er hätte uns alle drei eiskalt umgebracht, ohne mit der Wimper zu zucken. Komm jetzt." Jeff zog mich hoch und schob mich über die beiden bewegungslosen Körper hinweg hinter Superstar her. Der hatte die sprungfreundlichere Abstiegslinie erreicht und wartete auf uns. Auf einen Wink unseres Beschützers nahm er die ersten hüfthohen Stufen und wir folgten, so schnell es ging. Jeff als Letzter in der Reihe. Er trieb uns immer wieder an, wenn wir begannen, langsamer zu werden.

Der Abhang schien nicht enden zu wollen, das hässliche Haus kam nur langsam näher. Meine Knie schmerzten von den vielen Landungen nach den zahllosen Sprüngen die Terrassen herab. Das Adrenalin ließ allmählich nach und ich spürte die Verletzungen aus dem Kampf immer stärker. *Wo sind die lustigen Pillen, die es nach dem Motorradcrash gab? Oder das Zeug, dass die mir im Krankenhaus in Miami reingepumpt haben? Das waren so schöne bunte Farben. Da war alles so herrlich wurscht und leicht schwebend.*

Das Geräusch eines Helikopters drängte sich in meine Gedanken, er erschien über der Bergkuppe und hielt schnurstracks auf das von uns anvisierte Gebäude zu. Superstar blieb automatisch stehen, ich auch. *Wir sind sowas von im falschen Film!*

Jeff schob mich gegen meinen Boss und uns beide voran: „Weiter. Der gehört zu mir. Das war der Anruf vorhin."

Der gehört zu mir? Was ist? Bist du Magnum und da kommt T.C.? Allmählich wirds skurril.

Jetzt war klar, wieso das Hanghaus unser Ziel war. Das Flachdach, das in eine der breiteren, unteren Ebenen der Bergterrassen überging, bot die einzige Landemöglichkeit für einen Heli weit und breit.

Haben Hubschrauber und Kleinflugzeuge nicht immer Buchstaben oder Zahlen zur Identifizierung draufstehen? Wie ein Kennzeichen bei Autos? Ich dachte, sowas ist Pflicht. Oder gilt das nicht in allen Ländern?

Dieses Luftgefährt hatte keine Kennzeichnung, war einheitlich grau. Der Pilot und die beiden bis an die Zähne bewaffneten Insassen trugen schwarze Kleidung, kugelsichere Westen und Skimasken. Die zwei vermummten Gestalten in Kampfausrüstung sprangen aus der großen Schiebetür, noch bevor die Kufen den Boden komplett berührten.

Einer ging an der Dachkante auf ein Knie herab, suchte durch die Zielvorrichtung an seinem Schnellfeuergewehr den Hang hinter uns ab. Der Zweite lief vom Dach aus auf die bewachsene Ebene der gleichen Höhe ein Stück in unsere Richtung. Er sah sich sichernd um, hielt mit einer Hand die Waffe, trieb uns mit der anderen zur Eile an. Wir liefen ohnehin so schnell wir konnten. Schneller als wir konnten eigentlich. Meine Lunge pfiff so laut, dass sie den Helikopter in meinen Ohren übertönte.

Als wir den wartenden Bewaffneten endlich passierten, redete Jeff im Laufen mit ihm. Wieder auf Chinesisch. Er deutete auf die Stelle, an der der Tote lag, dann hoch zum Wagen, den wir stehen gelassen hatten. Das Auto war nur eine leichte Sonnenreflexion in der Ferne. Von der Leiche und den anderen drei Angreifern war von hier aus nichts zu sehen. *Oder sind es drei Leichen und ein angeschossener Bewusstloser? Nur einen von ihnen hatte ich noch atmen gesehen.*

Jeff hatte ordentlich gehaust, wenn man sich den Verlauf der wilden Jagd noch mal vor Augen führte. Jetzt gab er knappe Kommandos, wie es klang, und schob uns weiter auf das Landedach und den Hubschrauber zu.

Der Mann, der uns zunächst entgegengekommen war, um dann mit Jeff zu reden, blieb nun zurück und sprach in ein Headset. Der Zweite wartete, bis wir eingestiegen waren, schwang sich neben den Piloten und wir hoben ab.

Der Pilot flog recht zackig. Nach zwei Sekunden wurde mir grün. Mr. Superstar mir gegenüber erkannte den verdrehten Augenausdruck und fragte Jeff nach Tüten oder einem Eimer. Der sah sich im geräumigen Innenraum um, fand auf Anhieb aber nichts. Dann kniete er sich auf den Boden, griff unter die Sitzbank, auf die er und Superstar sich gesetzt hatten, und zog alles hervor, was sich finden ließ: einen Erste-Hilfe-Koffer, eine Schwimmweste, eine Kiste mit Schriftzeichen darauf, alles Mögliche, nur nichts Geeignetes. Er suchte weiter unter dem Sitz herum. Da war es schon zu spät. Ich kniete mich ebenfalls auf den Boden und bemühte mich die Tür zu öffnen, nur einen Spalt, nur weit genug, um meinen Kopf rauszuhängen. Der einzige Erfolg war jedoch, dass ein Alarm losging.

Jeff schrie über den Rotorenlärm dem Piloten etwas zu, kam neben mich und konnte die Tür aufschieben. Der Alarm verstummte. Von Jeff gesichert legte ich mich auf den Bauch und hing meinen Kopf nach draußen. *Na endlich. Bald wäre alles zur Nase rausgekommen. Wenigstens hab ich mir noch keine Extensions machen lassen. Die wären jetzt eingeweicht.*

Als alles raus und die Tür wieder geschlossen war, hielt Jeff noch immer meinen Pulloverkragen im Nacken gepackt.

„Du musst mich nicht mehr festhalten. Ich kann nicht mehr rausfallen", versuchte ich seine Hand abzustreifen. Wir saßen beide nach wie vor auf dem Boden zu Superstars Füßen, Jeff schräg hinter mir.

„Hör auf zu zappeln und lass mich das ansehen", schob er meine Hand beiseite, die seine hatte wegschieben wollen. Er drückte meinen Kopf sanft nach vorne und strich die Haare im Nacken vorsichtig zur Seite. Mein Boss sog scharf die Luft ein. Er sah, was Jeff sah und ich nicht sehen konnte.

Die kleine Verletzung von der zerschossenen Scheibe?

„Was habt ihr? Das sind nur ein paar winzig kleine Glassplitter. Tut nicht mal weh und hat kaum geblutet."

Jeff räusperte sich: „Die gute Nachricht ist: du hast keine Glassplitter im Hals. Und ja, es hat nur an zwei kleinen Schnitten leicht geblutet. Die Hauptverletzung hat sich selbst kauterisiert und nicht geblutet. Die schlechte Nachricht lautet: Das gibt eine Narbe."

Wie kauterisiert? Ich hab mich doch nicht mit dem Glätteisen verbrannt. Bin auch nirgends langgeschlittert, um durch Reibungshitze eine Verbrennung zu haben.

„Herzlichen Glückwunsch, Agent Goblin, Sie haben Ihren ersten Streifschuss", blödelte Jeff, während er zum Rotkreuzkoffer griff.

„Ha, ha, sehr witzig."

Ich wollte tasten, was da wirklich an meinem Nacken war, doch Jeff haute mir auf die Finger: „Lass das. Das war kein Scherz."

„Willst du mich verarschen?"

„Ich wünschte, es wäre so."

Bis wir im Flugzeug zurück nach Sydney saßen, hatten wir erfahren, dass Jeff beauftragt worden war, auf uns aufzupassen. Von wem verriet er nicht. Genauso wenig, worum es ging und warum es jemand auf uns abgesehen haben könnte oder woher sein Auftraggeber wusste, dass uns Gefahr drohte. Er machte auch ein Geheimnis daraus, ob er den Auftrag erst erhalten hatte, nachdem er schon von Superstar als Lehrer engagiert worden war, oder bereits davor.

Davor geht ja schlecht, reimte ich mir zusammen. *Mein Boss hat Jeff ein Angebot gemacht. Das war wieder eine*

Empfehlung gewesen. Der Kung Fu Meister hat sich nicht selbst bei ihm beworben.

Jeffs Auftraggeber – *wer das auch sein mochte* – war jedenfalls gut organisiert, hatte Geld und Einfluss.

Woher ich das schlussfolgerte? Ganz einfach: Unser Gepäck schaffte es rechtzeitig vom verlassenen Auto an den Flughafen zum Check-in, Jeff bekam auf die Schnelle, zusätzlich zu seinem gepackten Koffer, noch ein Ticket für unseren Flug, seinen Pass, ein Visum, Auto- und Wohnungsschlüssel inklusive passendem Stellplatz in bester Lage in Sydney, direkt in die Schalterhalle geliefert. Er würde zunächst bei uns bleiben und ein Appartement ganz in der Nähe von Superstars Stadthaus beziehen. Die Adresse in seinen neuen Papieren kannte ich. Ob mir dieses Arrangement gefiel, war mir jedoch noch nicht bekannt.

Jeff hatte uns gerettet, aber er war nicht das, was er zu sein vorgegeben hatte. Er hatte uns hinters Licht geführt, belogen, was seine Rolle angeht. Die entstandene Freundschaft war damit hinfällig. *Wer weiß, was sonst noch eine Lüge an ihm ist. Vielleicht ist er in Wahrheit ein Alien, womöglich erzkonservativ. Vermutlich gehörte es zu seinem Auftrag, sich mit mir anzufreunden.* Aber solange er mir half, meinen Boss zu beschützen, war ich bereit, ihn zu tolerieren. Auch ich würde Superstar keine Sekunde mehr aus den Augen lassen und zermarterte mir das Hirn darüber, wieso dieser Angriff stattgefunden hatte.

Wieso hat es jetzt wieder jemand auf ihn abgesehen? Hat er die falsche Dame angelächelt? In einem Interview etwas Politisches gesagt? Versehentlich einem Diktator aus dem Hotelfenster heraus auf den Kopf geascht? Kommt etwas aus seinem aktuellen Filmprojekt der Realität zu nahe und ein Regime fühlt sich auf die Zehen getreten?

Und wer ist sein geheimnisvoller Beschützer, Jeffs Auf-traggeber? Was zum Teufel ist hier los? Das ist dieses Mal kein einzelner armer Irrer. Das waren Profis, genau wie Jeff.

„Hör auf zu grübeln. Schlaf lieber", nuschelte mein Boss mir zu. Er sah mich mit nur einem halb offenen Auge an, zog seine Decke bis zum Kinn hoch, kuschelte sich in sei-nen Erste-Klasse-Sitz: „Du hast kein Wort mehr mit Jeff gesprochen, seit wir aus dem Hubschrauber raus sind."

Ach wirklich? Ist mir gar nicht aufgefallen.

Laut sagte ich: „Ich habe ihm schon zu viel erzählt. Von dem, was er erzählt hat, stimmt vermutlich nicht mal ein Bruchteil. Wer oder was er in Wirklichkeit ist, wissen wir nicht. Oder von welchem Planeten er stammt. Mein Rede-bedarf ist gedeckt."

„Er hat uns beiden das Leben gerettet, sein eigenes da-bei riskiert", rief Superstar mir ins Bewusstsein. „Macht das einen verlogenen Eindruck?"

Das ist vermutlich sein Job... „Ich sollte doch aufhören zu grübeln", versuchte ich abzuwehren. *Entscheide dich, ob ich schlafen oder quatschen soll!*

„War nur so ein Gedanke", philosophierte er weiter. „Ist dir sein Lebenslauf wichtig, oder zählt eher, wie ihr zuei-nander steht? Dein Lebenslauf sprach damals auch gegen dich. Aber mein persönlicher Eindruck von dir war das einzig Wichtige für mich."

Mein Lebenslauf? Nach dem hatte er mich nie gefragt, mich von einem Abend zum nächsten Morgen angeheuert. Aber ja, er wusste über Nacht alle wichtigen Daten für den Arbeitsvertrag.

„Hast du mich im Schnellverfahren über Nacht durch-leuchten lassen, während ich nebenan schlief?", setzte es sich in meinem hämmernden Kopf zusammen.

„Natürlich."

„Und trotzdem hast du mich engagiert? Du bist noch verrückter als ich dachte!"

Ein müdes Kichern dicht über der Decke antwortete: „Ich habe doch recht behalten und würde keinen anderen Bodyguard haben wollen. Jetzt nimm endlich das Schmerzmittel und versuch zu schlafen, die nächsten Tage werden hektisch." Seine beiden Augen waren inzwischen komplett geschlossen.

„Ja, ich weiß. Und Jeff haben wir jetzt wohl auch noch im Schlepptau", resignierte ich.

„Gib ihm eine Chance. Ich habe seine Augen gesehen, als er dich verarztet hat", säuselte Superstar im Wegdriften.

Was ist los? Seine Augen? Was soll mir das jetzt sagen?

Ein leises Schnorcheln neben mir verriet, dass die Unterhaltung für den Moment beendet war.

Süße Träume, Boss.

Wundenlecken in Sydney

Was Freud wohl zu meinen Träumen während des Fluges und der darauffolgenden Nacht gesagt hätte? War bei den Analysen dieses Zeitgenossen nicht alles irgendwie auf Sex zurückzuführen gewesen? Dann musste ich ganz schön pervers sein, bei dem brutalen Mist, den mein Unterbewusstsein da zum Besten gab. Oder lag es an dem ungewohnten Schmerzmittel aus dem Koffer im Heli? Verrückte, bescheuerte Episoden mit Rambo-Verschnitten, Explosionen, Verfolgungsjagden, blutigen Kampfzombies ohne Nase, dafür mit angewachsenen Messern an den Armen, die uns angriffen, jagten mir durch den Kopf. Das kombiniert mit gefühlten Stürzen in Abgründe ohne Boden, hatten mich in schönster Regelmäßigkeit hochfahren lassen. Mal begleitet von einem spitzen Schrei, mal nur von Schnappatmung. *Hölle!*

Im Flugzeug hatte die Chefstewardess einen kleinen Aufstand geprobt, weil ich die anderen Fluggäste erschreckte. Sie wollte mich zwangsweise mit Kaffee vollpumpen, dass ich ja nicht noch mal einschlief.

Mein Boss hatte sie allerdings mit deutlichen Worten weggeschickt, ihr erklärt, wenn sie durchgemacht hätte, was wir gerade hinter uns hatten, würde sie um einiges lauter schreien oder bibbernd in Embryonalhaltung unter dem Sitz kauern. *Jawohl, Boss!*

Nachdem sie sich angesäuert zurückgezogen hatte, legte er einen Arm um mich und zog meinen Kopf an seine Schulter. Ich schlief sofort ein und wurde gar nicht mehr richtig wach bis zur Landung. Bei jedem neuen Ansatz zum Hochfahren strich er mir beruhigend übers Haar oder lullte mich mit leisem Singen ein.

Die Realität hatte sich daraufhin mit den Nachtmahren vermischt, war zu einer Grauzone zwischen Wachen und Träumen geworden. Ich wusste nicht mehr, was von den weniger blutigen Erinnerungen an den Flug Wirklichkeit gewesen war und was Traum. Angreifende Agenten wechselten sich ab mit Jeff, der über mich gebeugt dastand, mir Salbe auf den Nacken strich und mit Mr. Superstar flüsternd über geheime Organisationen diskutierte. Ein barfüßiger französischer König watete durch ein chinesisches Reisfeld, wo ein Konföderierten-Erschießungskommando auf uns wartete. Mittendrin schlug ein antiker Säbel eine Muskete weg, die auf Mr. Superstar zielte, und der Kung Fu Meister neben ihm erörterte, vor fliegenden Sternen im Yoga-Sitz schwebend, das Erscheinen von Agenten in Filmen. Eben hielt mir jemand den Lauf einer Maschinenpistole ins Nasenloch, im nächsten Moment erklärte Jeff, dass Bleischnupfen ungesund wäre. Die doofe Stewardess hing kopfüber an der Kufe eines pinken Hubschraubers und schrie aus Leibeskräften: „Die Kerle werden wiederkommen!"

Völlig konfus. Wer mir das interpretieren kann, darf gerne auch mitten in der Nacht anrufen. Meine Nummer lautet eins-zwei-drei-mein-Hirn-ist-Brei oder acht-neunzehn-wer-solls-versteh'n.

Es war spät, als wir landeten und tiefe Nacht, bis wir den Flughafen verließen. Jeff fuhr bis zum Tor des Anwesens in einem zweiten Wagen hinter uns her, dann weiter zu seinem Appartement. Superstar hatte auf der Fahrt zum Haus endlich auch ein wenig schlafen können, nachdem er nicht mehr seinen quiekenden Bodyguard hatte ruhigstellen müssen. Er ließ seinen Koffer im Wagen liegen, schleppte nur sich selbst ins Haus.

Mir ging es auch nicht recht viel besser. Ich fühlte mich gerädert und müde, als hätte ich Wochen in einer Tretmühle ohne Schlaf verbracht. Auf der sicheren Seite des Tores angekommen, schaffte ich es gerade noch, den Wagen zu parken, meinen Koffer bis hinter die Haustür zu ziehen und so, wie ich war, ins Bett zu fallen. Die Nachttischlampe blieb an.

Alle Naselang wachte ich auf, fühlte mich beobachtet, bedroht, verspürte den dringenden Wunsch, unter meinem Bett nach Attentätern zu suchen, kämpfte gegen meine Bettdecke und den Drang an, auf Verdacht Wurfmesser in die Vorhänge neben dem Fenster zu feuern. Im begehbaren Kleiderschrank versteckte sich in der nächsten Halbschlafphase ein feindlicher Agent mit Bazooka. Ich war plötzlich eine Agentin mit Waffe, Sonnenbrille und coolen Spielsachen aus der Erfinderschublade. *Wow, das wird ja immer schlimmer. Wie gesagt, fundierte Interpretationen sind herzlich willkommen.*

Kurz vor Sonnenaufgang wurde es mir zu dumm. Ich stand auf, zog Sportsachen an – *einen kuscheligen Sweater und eine lange Jogginghose –*, ging hinüber zum Haupthaus und klopfte an Superstars Schlafzimmertür. Er kam verschlafen angetorkelt, wischte sich mit einer Hand über die Augen, der Sprache noch nicht mächtig.

„Guten Morgen Boss. Wie wäre es mit Radfahren?", schalmeite ich ihm entgegen.

Die Reaktion war ungläubiges, fast verzweifelt klingendes Lachen: „Freiwillig? Du? Um diese Uhrzeit? Bist du krank?"

Nicht kränker als du. Sonst stehst du drauf. Mein Blick sah wohl ein wenig arg enttäuscht aus. Er stöhnte auf, fuhr sich mit den Fingern durch die Haare: „Gib mir fünf Minuten" und schloss die Tür.

Yes! Gewonnen! Jetzt siehst du mal, wie das ist, mitten in der Nacht so geweckt zu werden.

Wenig später erschien er am Fuß der Treppe, ging nicht Richtung Garagentür, sondern wandte sich ab und ging zum Fitnessraum. *Hä?*

„Eine richtige Tour wird heute zeitlich zu knapp. Nächstes Mal wieder Outdoor," erklärte er.

Und ich hatte mich so auf mein schickes grünes E-Bike gefreut.

Nach einer halben Stunde war ich froh über seine Hometrainer-Entscheidung. Obwohl mein Gerät niedriger eingestellt war als seines, begannen meine Seiten zu stechen, als er noch fröhlich strampelte. Kurz darauf fingen auch noch die Ellbogen an zu zittern, die Knie wollten nicht mehr und mir wurde schwindelig. *Was ist das denn jetzt? So mies ist meine Kondition nun auch wieder nicht.*

Superstar registrierte, dass mit mir etwas nicht stimmte, behielt mich im Auge, stieg vom Rad und begann mit seinen üblichen Liegestützen und dem Krafttraining. Das war mein Startschuss für verschiedene Dehnübungen am Boden und Koordinationsreihen quer durch den Raum. Die wollten heute aber auch nicht so recht klappen. Egal, in welche Richtung ich mich bog oder reckte, es ging nicht so weit wie normal. Irgendetwas blockierte immer oder tat stechend weh. Beim Kicken blieb der Fuß auf Brusthöhe eingerostet, eigentlich schnelle Schlagfolgen sahen aus wie Tai-Chi, die Fingerspitzen kamen nur bis zu den Knöcheln. Ich kam mir vor, als wäre ich hundert.

Bei einer Dehnung rutschte mein Pulli an der Flanke hoch, Superstar trat neben mich und zog ihn noch ein Stück höher: „Hast du die Blutergüsse vom Training mit Jeff oder von gestern?"

184

„Welche der Blutergüsse meinst du? Da dürften einige sein." Ich drehte mich zum Spiegel und betrachtete meine Speckrollen in der Reflektion. Das sah schlimmer aus als sonst, kaum eine Stelle vom Bauch bis zum Rücken war nicht grün-gelb-schwarz-lila. Deutliche Beulen zeichneten sich ab. Ich ließ das untere Ende des Sweaters sinken, zog den Kragen mit dem Finger von mir weg und betrachtete von oben Schulterpartie und alles über dem BH. Das gleiche Bild. Superstar schob noch meine Ärmel hoch und die Beine der Jogginghose. Alles voller Prellungen. An den Schienbeinen waren sogar Stellen aufgeplatzt und verschorft.

Wieso ist mir das vorher nicht aufgefallen, als ich die Kleidung gewechselt habe? Ach ja, Dämmerlicht. Draußen noch dunkel und drinnen nur die kleine Nachttischlampe. Außerdem noch im Halbschlaf.

An dieser Stelle brach Superstar alle sportlichen Übungen ab und verordnete Ruhe. Bis zum Frühstück hatte ich nun reichlich Zeit, in der Dusche alle Verletzungen zu reinigen und zu kühlen. Danach taten sie erst richtig weh, vor allem, da ich nun wusste, dass sie da waren.

George hörte mit immer größer werdenden Augen zu bei der Frühstücksunterhaltung zwischen den frisch Heimgekehrten. Er saß am Tisch, sah zwischen uns hin und her und versuchte, uns zu folgen. Dass Jeff mein Kampflehrer in China gewesen war, wusste er, dass er jetzt nur ein paar hundert Meter entfernt wohnte oder was gestern geschehen war, noch nicht. George wusste auch nichts von den Blessuren, die sich unter meiner Kleidung verbargen. Die Verletzungen im Gesicht und am Hals hatte ich überschminkt so gut es ging, nur die verfärbten Fingerknöchel und Handrücken waren deutlich sichtbar. Mit jeder neuen Erkenntnis, die er aus der Diskussion nach und nach gewann, klappte sein Mund zunehmend auf. Bald würde das Müsli rausfallen.

„Heute wirst du nicht mitkommen, du wirst zum Arzt gehen. So wie du aussiehst, kommt am Ende noch jemand auf die Idee, ich hätte dich verprügelt," hielt Mr. Superstar seine Kaffeetasse mit beiden Händen krampfhaft vor sich auf den Tisch gepresst.

„Ich werde gerne jedem erzählen, wie das wirklich abgelaufen ist. Und wer mir nicht glaubt, kann ja ausprobieren, ob es möglich ist, mich so ohne weiteres zu verdreschen, wenn man nicht gerade ein Profikiller ist", gab ich gereizt zurück.

„Du gehst zum Arzt, Basta! Termin ist schon vereinbart. Jeff kommt dich nachher abholen und fährt dich hin."

„Jeff? Wieso jetzt wieder Jeff? Der soll lieber mit dir mitgehen, wenn er schon unbedingt mitkommen musste. Ich brauche kein Kindermädchen." *Das wäre ja noch schöner. Der Leibwächter bekommt einen Leibwächter und der Schützling geht ungeschützt.*

„Ich bin der Boss und ich sage, wie es gemacht wird." Er hatte seine Tasse losgelassen und saß nun mit verschränkten Armen vor mir.

Ja, du bist der Boss. Aber sei doch vernünftig! Meine Stimme klang flehend: „Boss, bitte, lass Jeff mit dir gehen. Du hast selbst gesagt, er hat uns beiden das Leben gerettet. Wenn du willst, dass ich zum Arzt gehe, tu ich das, aber nimm ihn als Ersatz für mich mit."

Er biss die Kiefer hart aufeinander, atmete bemüht ruhig: „So lange ich nicht weiß, wie schwer deine Verletzungen sind, wirst du nicht alleine losziehen. Wieso hast du nicht gleich gesagt, dass du so zugerichtet bist? Du hättest sofort zum Arzt gehört. Du musst doch starke Schmerzen haben."

„Ich hab in meinem Leben schon schlimmer ausgesehen und solange die Schmerzen sich gleichmäßig verteilen, merkt man das nicht so extrem", versuchte ich abzuwiegeln.

Seine Augenbraue stieg. *Au, das ging nach hinten los.* Ich biss mir auf die Lippe, setzte noch mal neu an: „Ich habe es selbst nicht registriert, das Adrenalin war zu hoch und das Schmerzmittel, das mir Jeff gegeben hat, ziemlich heftig. Dass ich einiges abbekommen habe, wusste ich, aber das Ausmaß war mir nicht klar."

Die Augenbraue senkte sich wieder auf Normalhöhe.

„Boss, wie wäre es, wenn George mich fährt und du nimmst Jeff mit?"

Jetzt stieg die Braue wieder. „Ich habe gesagt, Jeff fährt dich. Finde dich damit ab."

Ja, Sir. Natürlich, Sir. Wie du willst, Sir.

Wieso sollte auch der gefährdete Star den kampferprobten Lebensretter mitnehmen? Wäre ja glatter Unsinn. Macht doch mehr Sinn, wenn der Bodyguard beschützt wird. War doch schon immer so. Seit Anbeginn der Geschichte hat der Schutzbefohlene seinen Leibwächter behüten lassen. Na klar, was denn sonst?

Alle Versuche, Mr. Superstar zu überreden, den überragenden Kämpfer zu seinem Schutz mitzunehmen, schlugen fehl. Er hatte sich darauf eingeschossen, dass unbedingt ich mit Jeff unterwegs sein sollte. Vermutlich vor allem, damit ich wieder mit ihm reden musste.

Mein Boss war da manchmal etwas komisch. Ungeklärte Konflikte tolerierte er nicht um sich herum. Streiten war okay, fliegende Fetzen und Zickenkrieg auch. Aber einfach anschweigen oder aus dem Weg gehen, ging gar nicht für ihn. Er würde nicht aufgeben, ehe es entweder zum Knall kam oder wieder Friede-Freude-Eierkuchen herrschte. Erst, wenn ich Jeff wieder freundschaftlich gegenüberstand oder ihm offiziell die Freundschaft gekündigt hatte, würde Superstar vernünftig werden und auf ihn zurückgreifen. Vorher bestand keine Chance, dass der Kung Fu Meister für mich einspringen oder als Verstärkung mitkommen durfte.

Also auf gehts: Versöhnung à la Kitsch oder voll auf die Zwölf. Was tut man nicht alles für seinen Boss.

Jeff holte mich wie angekündigt ab und tat so, als wäre der gestrige Tag nie passiert. Das hätte ich auch gerne getan, aber leider musste ich an meinen Schützling denken. Es gab etwas zu klären und keinen Weg, drum herumzukommen.

Der potentielle Auftragsfreund/Mörder plauderte wie üblich über aktuell Auftauchendes, kommentierte seinen Eindruck von der Straßenführung, verglich die Verkehrsregeln mit denen in anderen Ländern, verlieh seinem Unglauben darüber Ausdruck, was die dazugehörigen Strafen in dieser Nation anging, und wartete darauf, dass ich meinen Senf dazugab. Tat ich aber nicht.

Und wenn du dich auf den Kopf stellst, ich plaudere nicht aus dem Nähkästchen. Ich erzähle dir nicht, welche Umdenkprobleme und Fehlannahmen mich hier anfangs in den Wahnsinn getrieben haben und ich wiederum meinen nicht ganz so freiwilligen Fahrlehrer zur Verzweiflung.

Stattdessen wechselte ich abrupt das Thema: „Du musst mir ein paar Fragen beantworten." *Und versuch nicht, dich rauszuwinden!*

„Soweit ich das kann, werde ich antworten. Einiges darf ich nicht preisgeben", schränkte er sofort ein.

Na, dann los! „Wer waren die Typen?"

„Die gehören zu einem Geheimdienst."

„Was für einem?"

„Ist geheim."

„Warum waren sie hinter uns her?"

„Sie vermuten, dass ihr in eine Verschwörung verstrickt seid."

„Ihr? Also wir beide? Was für eine Verschwörung und was haben wir damit zu tun?"

„Das hängt mit der abgewandelten Verfilmung einer wahren Mission zusammen, die von einem Aussteiger an einen Drehbuchautor verkauft und als Grundlage für ein Skript verwendet wurde."

„Der Endzeitfilm, der gerade abgedreht ist?"

„Nein."

„Welcher Film dann? Es sind gerade mehrere in der Mache, bei denen er mitgewirkt hat, während ich dabei war."

Er antwortete nicht gleich, schien zu überlegen, wie viel er mir gefahrlos verraten konnte. Schließlich schüttelte er nur den Kopf.

„Werden die Kerle es wieder versuchen?", fragte ich weiter.

„Mit Sicherheit. Deswegen bin ich bis auf Weiteres zu eurem Schutz abgestellt."

„Dann bist du ein Agent."

„Ja."

„Also hast du nicht einen einzelnen Auftraggeber, sondern gehörst zu einer Organisation oder einem Geheimdienst? Zu welchem? Von welchem Land?"

„Das ist geheim."

„Gehörte es zu deinem Auftrag, dich mit mir anzufreunden?" *So, jetzt ist es raus.*

„Nein, das war nicht vorgesehen. Ist einfach so passiert."

„Von welchem Planeten stammst du?"

„Wie bitte?"

„Vergiss es. Haben wir gestern eine Leiche und drei Verletzte zurückgelassen? Oder drei Leichen und einen Verletzten?"

„Zwei Tote, zwei Verletzte", antwortete er.

Diese Aussage war so sachlich, als würden wir über einen Fernsehbeitrag reden. Nicht als wären wir live mitten drin gewesen und hätten das Ergebnis zu verantworten. So kaltschnäuzig...

„Das waren nicht die ersten Menschen, die du umgebracht hast", wurde mir klar. *Wie weh tut es eigentlich, aus einem fahrenden Auto zu springen? Könnte mein Fluchtweg tödlicher sein als mein Fahrer?*

Als ich nicht weiter fragte, kommentierte er meine Erkenntnis: „Sie hätten uns alle drei erledigt. Diese Männer waren ausgerückt, um zu töten. Spätestens nach der Befragung hätten sie jeden einzelnen von uns liquidiert. Ich habe dir gesagt, bei mehreren Angreifern kannst du dir keinen schonenden Kampfstil leisten. Einen nach dem Anderen ausschalten, solange es geht, um sich mit dem Nächsten befassen zu können. Ich bin kein gedungener Mörder oder Psychopath, aber auch kein Pazifist und nicht lebensmüde. Ich habe getan, was nötig war, um euch und mich lebend da raus zu bekommen."

Amen, das lassen wir jetzt mal so stehen.

„Woher wusstest du... oder wusste deine Organisation, dass wir im Visier sind?"

„Es wurden Aktivitäten beobachtet und Nachrichten abgefangen."

„Welcher Art?"

„Das ist geheim."

„Von welchem Dienst?"

„Das ist geheim."

„Wann genau?"

„Das ist geheim."

Hat die Platte einen Sprung?

„Wie lange vor deinem Erscheinen bei uns war schon jemand hinter uns her?"

„Eine Weile."

„Gehts etwas genauer?"

„Nein."

„Wie hast du es geschafft, bei uns zu landen? Superstar hat dich auf Grund einer persönlichen Empfehlung als Lehrer angefragt. Wie konnte das deine Einsatzleitung deichseln?"

„Das wirst du noch früh genug erfahren. Im Moment gilt: Je weniger du weißt, desto besser."

Er sah ein wenig verlegen aus bei dieser Erklärung. *Also wird mir nicht gefallen, wie er zu uns kam. Wurde Superstars Quelle gezwungen, Jeff zu empfehlen? Gab es einen getarnten Agenten in seinem Umfeld? Wer hatte Jeff eigentlich empfohlen? Oder war der echte Lehrer durch den Mann neben mir ersetzt worden?*

„Heißt du wirklich Jeff?"

„Nein."

„Verrätst du mir deinen echten Namen?"

„Nein. Wir sollten bei Jeff und Goblin bleiben. Sieh es als Spitznamen. Du darfst mich allerdings auch gerne ‚Schatz' nennen, wenn dir danach ist", zwinkerte er mir zu.

„Nee, lass mal. Du bist nicht mein Typ. Zu muskulös und sehnig. Da holt man sich ja blaue Flecken im Bett", konnte ich mir nicht verkneifen zu kontern. „Zum Angucken sehr nett, aber als Schatz hab ichs dann doch lieber etwas weicher und kuscheliger", setzte ich nach. *Waschbrett ist unbequem, falls dir das noch keine gesagt hat. Weiche Kopfkissen sind viel angenehmer. Einmal Waschbärbauch für Tisch sieben, bitte.*

Jetzt grinste er hintergründig. Irgendetwas schoss ihm durch den Kopf: „Okay, dann verpass ich dir eben nur außerhalb von Betten blaue Flecken. Sobald du nicht mehr in allen Farben schillerst und der Doc sein Okay gibt, geht dein Training weiter. Du kannst es brauchen."

Ich kann es brauchen? Sowohl meine weichen Formen als auch meine Kondition und Kampfkünste fühlten sich zu gleichen Teilen beleidigt.

„Apropos Doc, das ist nicht der Weg zu Superstars Haus- und Hofarzt", fiel mir auf.

„Stimmt, wir fahren zu einem anderen Arzt. Einem, der keine Fragen stellt, wenn jemand grün und blau geprügelt mit Streifschuss in seiner Praxis erscheint und der keinen Versicherungsnachweis verlangt. Ich brauche auch ein bisschen medizinische Zuwendung."

Okay... fahren wir tatsächlich zu einem Arzt? Und will ich zu so einem Arzt? Wie war das mit aus dem fahrenden Wagen springen? Ach, vergiss es, ich hab sowieso keine Chance gegen ihn. Weder kugelnd noch rennend oder kämpfend. Wird schon schiefgehen.

Der Arzt, der keine Fragen stellte, fand gleich zwei gute Gründe dafür, dass Jeff erst mal aufs Kampftraining verzichten sollte. Namentlich hießen diese Gründe angebrochene Speiche links und Muskelfaserriss im Oberschenkel rechts. *Aua!*

Aber er humpelte nicht und zeigte auch sonst keine Anzeichen von Schmerzen. Einen Gips am Arm lehnte er ab, ließ sich nur einen stabilen Verband über einer leichten Kunststoffschiene anlegen, die beide unter der Kleidung verschwanden. Unter besagter Kleidung war er genauso flächendeckend grün und blau verbeult wie ich.

In dieser Praxis ohne Türschild, Wartezimmer, Sprechstundenhilfe und Privatsphäre bekamen wir beide nebeneinander auf der Liege sitzend Medikamente gespritzt, die den Abbau der Blutergüsse beschleunigen und den daraus womöglich resultierenden Problemen bei der Blutzirkulation vorbeugen sollten. Die einzige Anweisung dazu lautete: „Verzichten Sie fünf Tage lang auf Alkohol und Nikotin. Das verträgt sich nicht."

Na wunderbar, ein Goblin auf Nikotinentzug ist eine überaus reizbare Naturkatastrophe. Eine Zicke auf dem Kriegspfad, die alles in sich reinfuttert, was ihr in die Quere kommt. Das kann ja heiter werden.

Nach der ärztlichen Zusicherung, dass mir außer einer Mütze Schlaf und ein paar speziellen Salben nichts Bedrohliches fehlte, durfte ich heute doch noch an den Aktivitäten meines Bosses teilnehmen. Allerdings erst, nachdem ich das Handy mit Superstar am anderen Ende der Leitung an Jeff weitergegeben und der bestätigt hatte, dass ich die Diagnose korrekt wiedergegeben hatte. *Bitte? Muss jetzt mein Kindermädchen bestätigen, dass ich die Wahrheit sage oder was?*

„Jetzt muss ich dich auch mal was fragen", meinte Jeff auf dem Weg zu Mr. Superstar.

„Schieß los", erwiderte ich, nichts Böses ahnend.

„Hast du eigentlich was mit deinem Boss?"

„Was? Spinnst du? Nein!" *Hallo?*

„War nur so ein Gedanke, reiß mir nicht gleich den Kopf ab."

„Wie kommst du auf so eine Idee? Er ist verheiratet und alt genug, um mein Vater zu sein – rein biologisch gesehen zumindest. Ich bin keine Schlampe und mit Vätern hab ichs auch nicht grade." *Du hast ja wohl ne Vollmeise!*

„Ist ja gut. Beruhige dich. Man sieht eben, dass ihr euch nahesteht. Es ist mir nur nicht klar, auf welche Weise."

Willkommen im Club. Mir ist die Weise auch nicht klar. Ich weiß nur, was es definitiv nicht ist.

„Woran glaubst du das zu sehen?" Jetzt war ich neugierig.

„Euer Umgang miteinander ist alles andere als typisch für Arbeitgeber und Angestellte."

Stimmt. „Ja... etwas genauer bitte."

„Da sind sehr viele Punkte, die einem auffallen, wenn man länger mit euch unterwegs ist", sagte er als wäre es das Offensichtlichste auf der Welt.

Du weißt wohl gar nicht, wo du anfangen sollst. „Zum Beispiel?", wollte ich wissen.

„Euer Ton ist sehr vertraut, du widersprichst ihm offen, er sorgt sich um dich, reagiert teilweise fast eifersüchtig auf mich, will deine Sprache lernen." Jeff bog rechts ab und fuhr fort. „Ihr kommt euch physisch immer wieder nahe, habt wenig Grenzen oder Hemmungen voreinander."

Seine Hand bewegte sich in einer anhaltenden Kreisbewegung vor seiner Schulter, als würde er an einer Kurbel drehen: „Er klopft mitten in der Nacht mit einem Drink an deine Tür, wenn er sich einsam fühlt, und du öffnest leicht bekleidet. Du schläfst irgendwo ein, möglichst noch mit dem Kopf an seiner Schulter, und er deckt dich sorgfältig zu."

Die Hand stoppte die Rotation und klappte zu mir hin auf.

Du hast mehr gesehen als ich dachte. Geschultes Auge. Also auf zum Gegenangriff. „Dich hab ich auch schon zugedeckt, als du im Auto an meine Schulter gelehnt eingeschlafen bist. Das ist einfach eine nette Geste, ohne besonderen Hintergrund. Und Deutsch will er lernen, um sich mit seinem Bodyguard auch in der Öffentlichkeit austauschen zu können, ohne dass es jeder versteht." *Das hatte Superstar zumindest als Begründung angegeben.*

Jeff brachte mich ins Grübeln und zum lauten Nachdenken: „Wir haben uns schon mehrfach gegenseitig das Leben gerettet, verrückte Situationen durchgestanden. Das schweißt wohl einfach zusammen. Ich habe ihn auch schon beatmet, unter Medikamenten stehend aufs Kl... äh... ins Bad gebracht und musste mitten in der Nacht nur in Slip und T-Shirt in sein Schlafzimmer stürzen, um das Schlimmste zu verhindern. Da verliert man die Hemmungen ein Stück weit." *Klingt doch naheliegend, oder?* „Außerdem war ich dir physisch auch schon sehr, sehr nahe. Bodenkampf, Fixierungs- und Befreiungstechniken fallen mir da spontan ein. Auf meinem Boss bin ich noch nicht rittlings draufgesessen oder hatte beide Beine um ihn geschlungen oder seinen Hals zwischen meinen Oberschenkeln eingeklemmt. Das hast du ihm voraus."

Inzwischen waren wir auf dem Parkplatz des Zoos angekommen, in dem wir Superstar treffen sollten. Mein nachdenklicher Blick ruhte auf Jeff. Wie sollte ich ihm etwas erklären, das ich selbst nicht verstand? Ja, Mr. Superstar und ich standen uns nahe. Aber auf welche Weise? Das war anders als jede Freundschaft, die ich bisher gehabt hatte. Aber es war auch keine Liebelei und bestimmt nichts Fragwürdiges.

Ich sah Jeff an, mit tiefgezogener Denkerstirn, und überlegte, was ich weiter zu ihm sagen sollte. Der wartete jedoch keine weitere Erklärung ab, sondern setzte noch einen oben drauf: „Bist du lesbisch?"

„Nein, nur wählerisch."

Wir kamen genau rechtzeitig zur Taufe am Opossum-Gehege an. Nachdem Superstar einer Cartoon-Beutelratte seine Stimme geliehen hatte, hatte der Kurator des Zoos es lustig gefunden, ihm eine entsprechende Patenschaft anzutragen. Der potentielle Pate mochte die Idee auch und so kam es dazu, dass er das Tierchen nun auf den Namen des Zeichentrickcharakters aus dem Film taufte.

Film? Moment!

Dieser Streifen war erst unlängst in die Kinos gekommen und wir hatten es nur mit Müh und Not noch rechtzeitig zur Premiere geschafft, weil uns auf dem Weg dahin ein anderes Auto immer wieder in die Quere gekommen war. Der Fahrer war schlussendlich mit quietschenden Reifen abgehauen, als ein Streifenwagen hinter uns die Sirene angeschaltet hatte. Aber… nein… Der Opossum-Krimi konnte es nicht sein. Dessen Story war unmöglich an eine reale Geheimoperation angelehnt. Das wäre zu lächerlich. Obwohl…

Eine entsprechende Frage an Jeff brachte mir einen Bist-du-bescheuert-?-Blick ein.

Also nicht. Auch gut. Schon mal ein weiterer Kandidat ausgeschlossen. Bleiben nur noch… äh. Au Mann, bei einem Workaholic, der seine Finger überall drin hat, ist es echt schwer, die Möglichkeiten einzugrenzen.

„Wie ich sehe redet ihr wieder miteinander", begrüßte mein Boss uns hinter den Kulissen. Er saß auf einem Holz-

196

klotz, rauchte gemütlich eine Zigarette und hielt mir gewohnheitsmäßig die Schachtel hin.

„Nein danke, ich darf erst in fünf Tagen wieder rauchen."

Superstar riss die Augen auf.

„Wir haben eine Injektion bekommen, die mit Nikotin und Alkohol ungut reagiert", beantwortete ich die unausgesprochene Frage.

Er sog die Luft zwischen den Zähnen ein: „Auweia, brauche ich einen Schutzhelm? Ruf mal lieber gleich George an, ob genug Knabberkram zu Hause ist. Bevor du heute Abend Amok läufst."

Die fünf Tage Nikotinentzug gingen ohne Tote vorüber. Die sechs Kilo, die sich in diesen fünf Tagen auf die Waage geschummelt hatten, gingen mit verschärftem Trainingspensum in drei Wochen wieder weg. In harten drei Wochen... Täglicher Frühsport mit Mr. Superstar, abendliches – *einarmiges* – Kampftraining mit Jeff, regelmäßige Radtouren zu dritt und Fußball in größerer Runde am Wochenende, verwandelten mich ganz allmählich in die fitte Version von mir selbst. *Ich würde ein weiblicher Hulk werden, wenn das so weiterginge.*

In der Ferienwoche ging es mit den Jungs auf die Ranch. Mein verrückter Lieblingsgaul Lucifer freute sich über das Wiedersehen, auch wenn ich mich anfangs wieder reichlich dumm anstellte. Aufsatteln und Putzen klappten noch gut, nur das Reiten... Mein wiehernder Kumpel nahm es wieder einmal mit Humor und setzte mich im Bach ab – kopfüber.

Tante Lucy konnte ihren Jungen und seine Jungen gar nicht genug abknutschen. Ich schaffte es diesmal weitgehend, ihrer überschwänglichen Begrüßung zu entgehen, indem ich mich hinter Jeff versteckte. Den begrüßte sie genauso, wie sie mich bei unserem ersten Treffen begrüßt hatte. Nur schaffte sie es bei ihm nicht, ihre Arme bis zu seinem Nacken hochzurecken, um ihn runter in eine Umarmung zu ziehen. Ihn zog sie am Kragen zu sich herab, das war der höchste Punkt, den sie zu fassen bekam.

Die Lebensretter ihres Jungen mochte sie immer vom ersten Moment an, und Jeff gehörte bei uns mittlerweile sowieso zum Inventar. Er war immer dabei, wenn wir zu Terminen oder Veranstaltungen gingen oder anderweitig das Haus verließen, hatte sich ohne mein Zutun Zugriff auf die Überwachungsaufnahmen und Alarmmeldungen verschafft – *so viel zum Thema „nicht zu hacken"* – und war auch sonst die meiste Zeit bei uns. Wenn er sich nicht mit mir prügelte, zockte er mit George an der Spielekonsole, übte Deutsch mit Superstar oder war eben einfach da. Nur zum Schlafen ging er in sein Appartement. Auf der Ranch bekam er das Gästezimmer neben meinem.

Einen weiteren Anschlag hatte es bislang nicht gegeben. Der würde vermutlich auch nicht auf vertrautem Terrain stattfinden, meinte Jeff. Die Wahrscheinlichkeit wäre höher, dass wir auf der bevorstehenden Promotiontour unter Beschuss gerieten, weil es für die Verfolger ein Nachteil wäre, wenn das Opfer sich auskannte. Leichter wäre es, jemanden da zu erwischen, wo er nicht weiß, wohin er fliehen soll. Deswegen würde Jeff uns auf der umfangreichen Rundreise durch mehrere Erdteile begleiten und ich musste mich noch intensiver als sonst mit Gebäudeplänen,

Fluchtwegen und alternativen Routen zwischen den einzelnen Zielen befassen.

In der letzten Juliwoche sollte es losgehen, also verbrachten Agent und Bodyguard die Woche davor fast komplett mit der bestmöglichen Sicherheitsplanung. Es war eine enorme Erleichterung, dass Jeff dieses Mal die Personenüberprüfung aller angekündigten Fahrer, Reporterteams, Servicemitarbeiter, Eventmanager, und… und… und übernahm. Er hatte die besseren Möglichkeiten dazu, konnte einen Namen dreimal so schnell und ungemein zuverlässiger abhaken als ich mit meiner Software. Und dennoch nahmen die Planungen und Checks kein Ende.

Superstar war wieder weitgehend mit dem Schnitt seines Endzeitdramas beschäftigt, verbrachte die meiste Zeit mit dem Cutter, den Special-Effects-Leuten und der passenden Musik. George ging in seinem neuen Gewächshaus auf und die Jungs waren nach den Ferien erst mal komplett zu Mrs. Superstar übergesiedelt. Sie wollte sie auch mal wieder ganz bei sich haben, hatte sie gemeint – *das war zumindest die offizielle Begründung. Vermutlich fanden die Eltern es jedoch einfach sicherer, die drei aus der Schusslinie zu holen. Und Mr. Superstar war auch ohne seine Vaterrolle voll ausgelastet.*

Außer beim Frühstück hatten George, Superstar und ich in dieser letzten Woche vor dem Aufbruch kaum Gelegenheit, uns auszutauschen. Auch der tägliche Frühsport mit meinem Boss war vorübergehend abgeschafft worden, bis es für alle wieder weniger stressig würde. Das gemeinsame Frühstück war allerdings Pflicht, es stellte meinen morgendlichen Dienstantritt dar, bei dem wir uns gegenseitig auf den neuesten Stand brachten.

Nach dem Frühstück kam Jeff zu uns rüber oder ich ging zu ihm. Da er die Überwachungsbilder live auf einem großen, mehrfach geteilten Bildschirm laufen ließ, war es kein Problem, George und Superstar mitsamt seinen Fachleuten im abgeriegelten Anwesen alleine zu lassen. Die diversen Überprüfungen für die bevorstehende Reise gingen von Jeffs spezieller Heimstation aus schneller. Er hatte auch gesicherten Zugriff auf ein paar sehr nützliche Datenbanken, die halfen, die nötigen Vorbereitungen voranzutreiben.

Es ist sehr hilfreich weltweit zu wissen, wo aktuell Baustellen sind oder im relevanten Zeitfenster sein werden. Noch besser sind Kenntnisse über die Standorte verfügbarer Hubschrauber, die einem den Weg durch verstopfte Straßen ersparen. Sämtliche Wege mit Tunnels verboten sich dieses Mal besonders streng. So eine Röhre war der optimale Platz für einen Hinterhalt.

Es gab für diese Reise so unendlich viel mehr zu beachten als es sonst ohnehin schon der Fall war. Mir qualmte der Schädel. Wie viel ich noch zu lernen hatte... Eigentlich dachte ich, gut in meinen Job reingewachsen zu sein seit meinem Dienstantritt im letzten Oktober. Aber was Jeff nun alles auf den Plan brachte, woran ich nie im Leben gedacht hätte, erschreckte mich.

Bin ich echt zu leichtsinnig gewesen oder sind das Geheimdienst-Sondergefahren? Wie kommt man auf den Trichter, mit sowas zu rechnen? Die Wahrscheinlichkeit war annähernd gleich null. Wenn man das alles als potentielle Risiken auch noch miteinbeziehen musste, könnte man ja kaum noch einen Fuß vor die Tür setzen. Dann müsste ich meinen Boss in einen Panikraum einschließen und den Schlüssel wegwerfen. Und selbst ein Panikraum bärge noch genügend Gefahren und Schlupflöcher in der

Sicherheit. Es war zum wahnsinnig werden! Wie sollte ich den Jungs ihren Dad nur jemals heil wiederbringen?

Bei den ganzen Recherchen, Überprüfungen und Planungen verging die Zeit wie nichts. Es war schon wieder stockfinster, bis uns auffiel, dass unsere Mägen synchron knurrten.

„Wie wäre es mit Pizza?", schlug Jeff vor.

„Darfst du deine Adresse einem Lieferservice verraten?"

„Wenn das ein geheimer Unterschlupf wäre, dann nicht. Aber ich habe dieses Appartement ganz offiziell gemietet, als Kampfkunstlehrer, der eine Bleibe in der Nähe seines exklusiven Schülers brauchte."

„Das ist deine Tarnung? Was Besseres ist euch nicht eingefallen? Du bist einfach nur mein Sifu?" *Die beste Lüge ist wohl immer noch möglichst nahe an der Wahrheit.*

„Sifu? So eine respektvolle Anrede hast du ja noch nie verwendet." Er fühlte sich offenbar geschmeichelt.

„Bilde dir bloß nichts drauf ein. Diese Bezeichnung habe ich einfach irgendwann mal irgendwo aufgeschnappt. Ich nehme die scharfe Pizza, egal, wie die bei dem Service heißt."

Sicher weiß ich, dass Sifu, die klassische Anrede als lehrender Meister oder väterlicher Lehrer, eine Respektsbekundung ist. Es macht nur viel mehr Spaß, eine dicke Lippe zu riskieren. Aber meinen Respekt hast du dir trotzdem ganz klar verdient.

Jeff bestellte beim besten Pizzadienst in der Gegend und begab sich anschließend ins Badezimmer. Er hatte die Macke, vor dem Essen Zähne zu putzen statt danach. *Jedem das Seine.*

Derweil schaufelte ich den kleinen Tisch vor der Couch frei, er ersoff unter den ganzen Dokumenten, die wir zusammengestellt hatten. Den ganzen Tag hatten wir über Computerbildschirme und Notizzettel gebeugt verbracht, uns die Hirne zermartert, um alle Eventualitäten zu bedenken. Ich war groggy und das Sofa wirkte unwiderstehlich einladend. Jeff putzte seine Zähne ohnehin immer sehr ausgiebig und die Pizza würde dreißig Minuten dauern, also blieb mir noch genügend Zeit, mich vor dem Essen ein wenig lang zu machen.

Oh ja, tut das gut. Alle Viere von sich strecken, den Nacken entspannen, die Muskeln loslassen. Flach auf dem Rücken im weichen Polster versinken. Kopf abschalten, Augen schließen. In die Kissen kuscheln. Müde, so müde. Ich schlief ein, tief und fest. Nicht mal das Klingeln des Pizzaboten konnte mich wecken und Jeff versuchte es erst gar nicht. Er deckte mich zu und ließ mich durchschlafen, weckte mich erst am nächsten Morgen, gerade noch rechtzeitig, damit ich pünktlich zum Frühstück in Superstars Haus hinüberlaufen konnte.

„Wo warst du?", donnerte mein Boss zur Begrüßung.

„Dir auch einen guten Morgen. Was meinst du?"

„Du bist heute Nacht nicht nach Hause gekommen."

Mir fiel die Kinnlade herunter. „Was ist los? Seit wann kontrollierst du mich? In deinem Anwesen bist du auch ohne mich gut geschützt, du kennst die diversen Updates und Jeff hat ein Auge auf die Überwachungsbilder. Meine Nächte gehören zu Hause offiziell mir und mein Dienst beginnt ebenso offiziell mit dem Frühstück, wenn nichts Spezielles ansteht. Jetzt ist Frühstück und ich bin da." *Der Rest geht dich einen feuchten Dreck an!*

Er schnaubte, wollte zurückschnauzen, erkannte aber an meiner hochgezogenen Augenbraue und dem erhobenen Kinn, dass er mit dieser Art nicht weiterkommen würde. Seine Haltung und Ton wurden gesetzter: „Ich war besorgt."

Wie jetzt? Besorgt um mich? „Ich bin professioneller Bodyguard, du weißt, ich kann gut auf mich selbst aufpassen." *Auch wenn das in letzter Zeit nicht ganz so erfolgreich war und du mich schon ein paar Mal retten musstest und Jeff mich retten musste und das mit dem „professionell" etwas optimistisch ist. Aber Jeffs Couch ist das sicherste Plätzchen auf diesem Planeten. Was ich dir allerdings nicht verraten werde, weil es dich nichts angeht, wo ich war!*

„Ja, ich weiß", setzte er sich wieder an den Tisch, schob meinen großen Kaffeehumpen an meinen gewohnten Platz und wartete, dass ich mich ebenfalls setzte.

Na gut. Ich setzte mich, goss mir Kaffee und Milch ein.

So leicht gibst du nicht auf, ich kenn dich besser.

Als ich mich nach dem Zucker reckte, räusperte er sich: „Ich weiß, es geht mich nichts an…" *Ganz recht!* „…aber, kannst du in Zukunft einfach Bescheid sagen, wenn du über Nacht wegbleibst?"

Das wird ja immer besser. Bin ich jetzt wieder Teenager mit den Hausregeln meiner Mutter? Du bist nur mein Boss! Kein Wunder, dass Jeff auf die Idee kam, wir könnten was miteinander haben.

„Wenn du mir jetzt was von Bienchen und Blümchen und zuverlässigen Wänden zwischen ihnen erzählst, schnall ich ab", versuchte ich die Stimmung aufzulockern.

Er lachte kurz auf: „Nein, bestimmt nicht."

„Bitte halt auch keinen Vortrag über die Gefahren der großen Stadt."

„Nein. Du hast die New Yorker U-Bahn zur Rushhour überlebt."

„Und dabei noch einen doppeltgeschäumten Karamell-Mokkachino ohne größere Verluste transportiert. Vergiss das nicht."

„Das würde ich niemals vergessen", grinste er.

„Ich hab notfalls auch ein Handy auf dem man anrufen kann, wenn was ist", erinnerte ich ihn.

„Das wollte ich dann doch nicht", gab er zu.

Aha...? „Was hast du dann für ein Problem?", verlangte ich zu erfahren.

„Mein Schlafzimmer geht zu deinem Häuschen raus. Es ist normal nicht zu überhören, wenn du und George eure Abende beendet."

George sah bei dieser Aussage verdattert auf, vergaß kurz zu kauen.

Unser Boss fuhr unbeirrt fort: „Einer von euch lässt immer deine Haustür zuknallen, wenn ihr nicht sogar noch laut vor den Garagen lacht. Dann weiß ich, es ist alles in Ordnung und kann ruhig schlafen. Letzte Nacht habe ich nichts gehört."

George und ich sahen uns an. *Ups.*

„Soll ich dir meine knallende Tür mit dem Handy aufnehmen und als Voicemail schicken? Vielleicht hilft dir das beim Einschlafen", bot ich großzügig an.

Dass ich mit Türen knalle, ist eine böswillige Unterstellung. Höchstens wenn ich wütend bin. Oder betrunken. Oder voller Elan. Oder zu müde, um die Tür beim Schließen festzuhalten. Na gut, Türklinken benutze ich seit geraumer Zeit eher selten.

Superstar schloss die Augen, faltete die Hände ineinander und leckte sich über die Lippen: „Du weißt, was ich meine. Und ich weiß, wie das klingt."

„Allerdings, Boss. Meine Mutter wäre stolz auf dich", musste ich grinsen.

„Ja, Goblin, allerdings", kam es bierernst zurück. „Ich habe mich eben an dich gewöhnt. Es würde furchtbar langweilig werden, wenn dir was zustieße."

George erhob sich, stellte seine Müslischale ins Spülbecken und verließ diskret den Raum. Er hatte auch den Eindruck, dass das eher eine Unterhaltung für zwei werden würde. Ich sah ihm kurz nach und wandte mich dann wieder unserem Boss zu: „Das kann ich mir vorstellen. Aber George hat genug Blödsinn von mir gelernt und Jeff ist von Haus aus mit einem genialen Humor gesegnet. Sie würden mich würdig ersetzen." *Nein, ich geb nicht zu, dass ich auch an dir hänge. Wäre ja noch schöner! Und du hörst jetzt auf mit dem Unsinn, ich habe keine Lust auf eine ernsthafte Unterhaltung zu diesem Thema.*

Er redete weiter: „Ja, das würden sie sicher, aber das wäre nicht dasselbe. Du bist… …ich meine… …du hast… …wie soll ich…? …du weißt ja… ich habe nur Jungs… und die sind noch nicht so weit, dass sie… …ich weiß nicht, wie ich… …ich möchte nur… Oh, Mann! Das in einer Rolle zu spielen, ist wesentlich leichter! …ich hatte nie eine Tochter."

Er sah mir verlegen in die Augen und wartete auf eine Antwort, ein Zeichen, dass ich verstanden hatte, weshalb er sich in meine Privatangelegenheiten einmischte. Verstanden hatte ich es und es ging mir mit ihm ebenso, aber ich konnte es nicht an mich ranlassen. So schaute ich eher sparsam zurück: „Herzlichen Glückwunsch. Ich hatte nie einen Vater, der diese Bezeichnung verdient hätte. Wir fangen also beide bei null an."

„Welche Bezeichnung hätte er verdient?", fragte er wie aus der Pistole geschossen. Er hatte schon öfter versucht, etwas über meine persönliche Vergangenheit in Erfahrung zu bringen und war bisher jedes Mal abgeblitzt.

Wenn du es unbedingt wissen willst. Du lässt es eh nicht gut sein, bevor du deine Antworten bekommst. Na dann: „Versuch es mal mit mieses Arschloch, versoffener Sadist, brutaler Psychoterrorist."

War das zu direkt? Wäre „missgünstiger Dreckskerl" oder „Brudermörder" netter?

„So schlimm?" Er wusste nicht recht, wie er das einordnen sollte, sah mich nur lange an. Er hatte sein Frühstück zur Seite gelegt, konzentrierte sich ganz auf mich. „Was hat er getan?", fragte er leise.

Das hatte ich bisher kaum jemandem erzählt, nur ein paar sehr alte oder enge Freunde wussten, wie meine Kindheit mit diesem Tyrannen ausgesehen hatte. Aber wenn einer die Wahrheit verdient hatte, dann Superstar. Also sprang ich über meinen Schatten und ließ alles hervorsprudeln.

„Der hat uns fertiggemacht, wo es nur ging. Egal, mit wem es welchen Ärger gab, er stand grundsätzlich auf der Seite, die gegen uns war. Er bemühte sich nach Kräften, uns einzureden, wir wären dumm und wertlos, zu nichts nütze, unfähig und würden nie irgendetwas hinbekommen. Nur eine Last, die besser nie geboren worden wäre. Das waren noch seine netten Seiten. Wenn er nüchtern war."

Meine Stimme troff vor Hass.

„Besoffen hat er uns niedergeprügelt und immer noch weiter immer schön auf den Kopf eingedroschen, wenn wir schon längst am Boden lagen. Ich werde nie vergessen, wie meinem Bruder Blut aus dem Auge lief, gemischt mit Tränen, und er senkrecht in sich zusammenfiel, als das Schwein endlich von ihm ab- und ihn aufstehen ließ." Meine Stimme versagte kurz.

Superstar schluckte: „Deswegen hast du mit Kampfsport angefangen."

206

„Nein, deswegen habe ich zuerst mit Messern angefangen. An dem Tag, als er meinen Bruder halb totschlug, habe ich zum ersten Mal ein Messer zu fassen bekommen, als er zwei Stunden später auf mich losging – in der Küche. Es reichte, es über meinen Kopf zu halten, er hat sich in seiner Raserei selbst verletzt. Am nächsten Tag schenkte mein Bruder mir mein erstes Butterflymesser und ich hatte es die nächsten Jahre immer in der Hosentasche."

„Wie alt wart ihr da?" Er wurde immer leiser, ich dafür lauter.

„Mein Bruder war siebzehn, ich dreizehn. Unser werter Erzeuger traute sich erst zwei Jahre später wieder, meinen Kopf gegen eine Wand zu dreschen. Nach meiner bewaffneten Gegenwehr hatte ich vorübergehend Ruhe vor seinen physischen Angriffen", atmete ich durch. „Mit Kampfsport habe ich erst intensiv angefangen, als die deutschen Waffengesetze verschärft wurden und meine metallenen Beschützer plötzlich streng verboten waren."

„Wieso hat er immer auf den Kopf geschlagen?", wunderte er sich.

Ist das nicht offensichtlich? „Unter den Haaren sieht man die Blutergüsse nicht, auch nicht in der Sportumkleide. Und es passte seinem Ego nicht, dass wir beide mehr im Kopf hatten als er. Er hatte sich sein Hirn schon weggesoffen, dann wollte er unseres auch noch rausprügeln. Und bei jeder Gelegenheit hat er versucht, uns einzureden, wir wären sowieso das Dümmste was rumläuft."

Wieder schluckte mein Boss: „Das hast du dir nicht einreden lassen. Wie konntest du dagegen ankommen?" Er flüsterte nur noch.

„In der sechsten Klasse brachte ich meinen ersten Sechser nach Hause, in einer Englischschulaufgabe. Er hat sich so wahnsinnig darüber gefreut, dass er mir zehn Mark gab, sonst hat er mir nie Geld gegeben. Jeder Pfenning, der für seine Frau oder seine Kinder ausgegeben wurde, war zu viel. An dem Tag habe ich mir geschworen, dass ich mich von ihm nicht kleinkriegen lasse, dass ich es ihm zeige. Ich habe mein Abi gemacht, mit Englischleistungskurs, und ein englischsprachiges Studium erfolgreich abgeschlossen. Ich habe der ganzen Welt, allen voran mir selbst, bewiesen, dass ich nicht dumm bin."

Er nickte bedächtig und fragte weiter: „Wie ist dein Bruder mit dem Input eures Vaters umgegangen?"

Nun musste ich schlucken. Mein Bruder war noch immer mein wunder Punkt. Ich hatte ihm nicht helfen können, nicht gesehen wie fertig er war. Meine eigenen Probleme waren zu übermächtig gewesen.

„Er hat die Negativpropaganda irgendwann verinnerlicht und geglaubt, hat sich in eine Prüfungsangst reingesteigert, die ihn schließlich wirklich versagen ließ. Der Dreckskerl hat ihn gebrochen." Eine einzelne Träne lief mir aus dem Auge. „Zum Teil hat der Sohn wohl auch gehofft, seinem Vater damit zu gefallen. Der wollte ja, dass wir versagen und war jedes Mal tierisch angekotzt, wenn ich gute Noten oder Auszeichnungen heimbrachte. Mein Bruder hat immer wieder versucht, sich ihm anzunähern, eine Verbindung aufzubauen. Und ist dabei jedes Mal brachial auf die Schnauze gefallen. Erst hat der Wichser ihn rankommen lassen, ihm Hoffnungen gemacht, er würde ihn vielleicht doch mögen können. Nur um ihn dann wieder ins offene Messer rennen zu lassen, ihn von einer Sekunde zur nächsten zu vernichten", spuckte ich förmlich aus.

Trauer und Wut kochten in mir hoch. *Das Schwein hat ihn kaputt gemacht.* Menschen können nur kaputt gemacht werden, wenn sie anderen erlauben, zu nahe zu kommen, deswegen lasse ich sowas nicht zu. *Du bist mir bereits entschieden zu nahegekommen, du und dein treudoofer Gärtner,* dachte ich mit Blick auf Superstar.

Automatisch rutschte ich ein Stück von dem Mann in meiner Nähe weg, der in seiner Statur der Erscheinung meines biologischen Vaters vor zwanzig Jahren so sehr ähnelte. Ich zog alles ein, was sich einziehen ließ, um auf Abstand zu gehen.

Superstar atmete tief durch: „Du hast nie versucht, von eurem Vater gemocht zu werden? Eine Verbindung zu finden? Eine Beziehung herzustellen?"

„In den ersten elf Jahren meines Lebens habe ich das versucht. War dumm genug, mich auf seine leeren Versprechen zu verlassen, ihm zu glauben, was er sagte, naiv genug, zu versuchen, ihm eine Freude zu machen. Ich bin immer wieder gegen eine Wand gelaufen, habe mir eine blutige Nase geholt. Dann erkannte ich endlich, wie er ist und habe Abstand gehalten."

Er stülpte die Unterlippe über die obere, traute sich kaum weiter zu fragen. Ein Wispern wie ein Windhauch: „Wie ist er denn?"

„Aus heutiger Sicht würde ich sagen: ein sadistischer Soziopath, dem es Freude bereitet, anderen möglichst gründlich zu schaden, sie zu vernichten."

Es erschreckte mich, wie nüchtern und kalt meine Stimme bei diesem Satz klang. Instinktiv hatte ich das einzig Richtige getan, mich so weit wie möglich von ihm ferngehalten, Abstand genommen und seine Psychospielchen abperlen lassen wie eine Ente das Wasser. *Nichts an sich ranlassen, massive Mauern hochziehen, zur reinen Selbsterhaltung. Das funktionierte immer noch gut.*

Superstar hatte die Beine unter dem Tisch verschränkt, die Arme vor der Brust ebenso. Er lehnte dabei mit den Ellbogen auf der Tischkante, sah mit gesenktem Blick auf meine Kaffeetasse und sah sie doch nicht.

Nach einem längeren Schweigen sagte er mit hohler Stimme eher zu sich selbst gerichtet: „Mit dreizehn aus

Not zum Messer gegriffen, davor schon gelernt, dass man einer Vertrauensperson nicht über den Weg trauen kann, dass man sich alleine durchkämpfen und abschotten muss, um zu überleben. Jetzt wird mir einiges klar."

Dann müssen wir ja hoffentlich nie wieder darüber reden. „Und nochmals herzlichen Glückwunsch. Kriege ich jetzt bitte den Zucker für meinen Kaffee? Wir müssen in einer halben Stunde los", brach ich bewusst meine eigene Erstarrung, aber leider nicht Superstars Bann.

Er reichte mir wie in Trance den Zuckerstreuer, ohne hinzusehen, hielt ihn aber weiter fest. Nicht so, als wollte er ihn nicht hergeben – er konnte nicht loslassen. Seine Hand lag unter meiner um das Gefäß geschlossen, seine Augen starrten ins Nichts, abwesend. Wo sein Geist sich gerade befand, konnte ich mir lebhaft vorstellen. Er steckte hilflos in genau der Vergangenheit fest, die ich mein Leben lang vergeblich versucht hatte, zu vergessen.

(eine Jugendzeichnung von Goblin)

Promotion rund um die Welt

Der Agentenfilm, den wir letzten Herbst in Las Vegas abgedreht hatten, lief nun innerhalb von zwei Monaten rund um die Welt an. Eine Nation nach der anderen war an der Reihe, ihre Leinwandhelden live auf dem roten Teppich zu erleben. Interviews mussten untergebracht werden, Fans wollten Autogramme, Fotografen rannten sich gegenseitig über den Haufen. Ein buntes Treiben mit vielen fremden Menschen, die man unmöglich alle gleichzeitig im Auge behalten oder vorab überprüfen konnte. Das ideale Umfeld für einen weiteren Anschlag.

Nach dem, was sich Jeff hatte aus der Nase ziehen lassen, war ich einige Zeit lang felsenfest davon überzeugt gewesen, dass dieser Film der Grund unserer Verfolgung war. Der Grund für den Anschlag auf unsere Leben. Es war so unglaublich naheliegend, dass ein Agentenfilm Agenten auf den Plan rief.

Aber es war auch zu einfach und geradewegs absurd. Diese Story konnte keiner wahren Geheimoperation nachempfunden sein. Das Drehbuch war hauptsächlich abstrakt lustig und von abwegigen Situationen geprägt, irgendwo zwischen übertriebenem Heldenepos und gewollt klischeehaft. Zudem konnte es solche gestörten Querschießer-Charaktere, wie mein Boss und ich sie in diesem Machwerk spielten, nicht in der realen Agentenwelt geben. Chaoten wie diese würden keine fünf Minuten überleben.

Zudem wusste ja vor der Uraufführung niemand außer den unmittelbar Beteiligten etwas von meiner Rolle. Jeff hatte gesagt, Superstar und ich würden beide als Verschwörer vermutet. Dazu hätte vorab etwas von meinem

Mitwirken bekannt gewesen sein müssen, war es aber nicht. Alles war unter strikter Verschwiegenheit abgelaufen, sobald mein Boss seine Promo-Idee durchgebracht hatte. Und außerdem, warum sollte es jemand ausgerechnet und ausschließlich auf die zwei Bösewichte der Produktion abgesehen haben? Das machte keinen Sinn.

Tage und Nächte lang hatte ich mir das Hirn darüber zermartert, ohne Ergebnis. Aus Jeff war nichts weiter herauszukriegen gewesen. Der schaltete komplett auf: „Das ist geheim. Das ist geheim. Das ist geheim!" *Ich kanns nicht mehr hören!* Langsam machte mich das Nicht-Wissen wahnsinnig und Jeffs Abblocken stinksauer.

Wenigstens blieb mir seit unserer Abreise aus Sydney kaum noch Zeit, weiter darüber nachzudenken. Die Premieren und Vorpremieren und Pressekonferenzen und Meets-and-Greets waren knapp getimed, damit es die Darsteller zu möglichst vielen Events in möglichst kurzer Zeit schafften. Und das im globalen Zickzack – die Premierentermine und Spielzeitstarts der Länder und Kontinente liefen nicht in geographischer Reihenfolge ab, sondern kreuz und quer. Zuerst waren einige englischsprachige Länder abzugrasen, bevor die Übersetzungen – ob synchronisiert oder untertitelt – in die jeweiligen Landessprachen der anderen fertig waren. Die wollten dann auch noch besucht werden. Also lagen teils sehr weite Strecken zwischen den engen Terminen. Stress pur.

Aus besagten zeitlichen Gründen war es den Darstellern meist nicht möglich, den Film nach oder vor ihren Auftritten im Kinosaal mit anzusehen. Zumindest etwas! Bereits nach der Weltpremiere in Los Angeles, bei der ich den fertigen Film zum ersten und letzten Mal komplett gesehen hatte, hatte ich genug davon. So viel Spaß es gemacht hatte, auf traumhaften Motorrädern durch die Gegend zu jagen, mich in Kneipen zu prügeln, im Dunkeln dem Helden aufzulauern und verrückte Stunts zu machen, so unangenehm war es mir, mich auf Großleinwand zu sehen.

Die Kamera zauberte einem ohne Quatsch noch mal zehn Kilo extra auf die Hüften. Und das nur im normalen Maßstab! Wenn man plötzlich vier Meter groß war, wurde aus den zehn Kilo natürlich auch ein Vielfaches.

Nie wieder werde ich einspringen, wenn spontan eine Darstellerin ausfällt. Niemals! Und wenn sie mir noch so gut zureden und noch so viel bezahlen. Keine zehn Pferde kriegen mich jemals wieder dazu! Auf gar keinen Fall! Never ever!

Allerdings war es tatsächlich so – wie inbrünstig gehofft, bewusst gefördert und schließlich noch ein bisschen im Computer nachbearbeitet –, dass man mich in keiner der Szenen klar erkennen konnte. Das Agentenpaar Kent – *alias Mr. Superstar* – und Mona – *also ich* – hatte sich in dem Film kaum eine Gelegenheit entgehen lassen, den Helden und seine Angebetete um die Ecke bringen zu wollen. Dabei hatten wir uns maskiert, versteckt, getarnt, in dunklen Ecken herumgedrückt, verkleidet und waren mit Gesichtstarnung durch den Dreck gerobbt.

Superstar war an einigen Stellen des Films natürlich trotzdem klar zu erkennen. Ein Augenpaar im Lichtstrahl hier, eine vorgestreckte Nase im Türstock dort, eine Vollansicht des Gesichtes, bevor er seine Partnerin – die man dabei nur von hinten sah – leidenschaftlich küsste. *Oh Gott, diese Aufnahme war psychologisch betrachtet die Schlimmste gewesen.*

Bei der Darstellerin der Mona – *also mir* – war das Gesicht durchwegs nicht zu erkennen, meist sah man sie von hinten oder ihr Kopf verschwand im Dunkeln. Sie wurde auf Plakaten und in der Werbung überhaupt nicht erwähnt. Im Nachspann stand „Agent Goblin as Agent Mona", ganz am Schluss, ganz klein, in einer schlecht lesbaren Schrift, leicht abgedunkelt.

Die Reaktion des Publikums und der Presse darauf war überwältigend. Keiner hatte diese weibliche Nebenrolle vorab auf dem Plan gehabt. Im Trailer wurde die Rolle weggelassen und sonst auch nirgends erwähnt. Erst bei der ersten öffentlichen Vorführung tauchte diese Figur wie aus dem Nichts auf und war dann noch nicht mal klar zu erkennen. Dazu kam, dass die beiden Hauptdarsteller und der große böse Nebendarsteller die Promotiontour gemeinsam bestritten. Nur die böse weibliche Nebenrolle war nicht greifbar. Die Journalisten überschlugen sich vor Mutmaßungen und Fragen. Jedes Interview befasste sich mit der Frage nach Mona: Warum wurde der Charakter vorab nirgends erwähnt? Wie war es gelungen, die Rolle geheim zu halten? Wer war die Darstellerin? Würde sie noch erscheinen? Warum wurde ihr Name nicht genannt? Wo steckte sie? Was war der Grund für ihre Abwesenheit?

Der Plan ging voll auf. Dieser Werbegag war der Beste aller Zeiten. Genau wie Superstar den Produzenten prophezeit hatte, stürzten sich die Medien darauf. Aus der Not geboren, weil ich nicht nachgedacht hatte, bevor ich mein Schauspieldebut gab, wurde diese verzweifelte Verschleierung meiner Identität zum weltweiten Werbefeuerwerk. So viel Sendezeit, wie der Besprechung des Films und vor allem Monas Geheimnis auf allen Sendern gewidmet wurde, war unbezahlbar. Wäre diese Werbezeit von der Produktion gekauft worden, hätte der Film ein paar Millionen mehr einspielen müssen.

Und das ganze Trara nur, weil ich auf keinen Fall berühmt werden wollte, mich bei der unerwarteten Anfrage nach Interviews wie vom Donner gerührt dagegen ge-

sträubt hatte. Superstars rettende Idee, aus der Leinwand-
agentin ein echtes Geheimnis zu machen, schlug ein wie
eine Bombe. Es war zum Totlachen, wie die Schauspieler
sämtliche Reporter auflaufen ließen, verständnislose Blicke
wechselten und sich doof stellten. Alle drei beteuerten,
nicht zu wissen, wer dahintersteckte. *Pfadfinder-
Ehrenwort! Hand aufs Herz und nicht gelogen!* Sie sahen
dabei so unschuldig und ahnungslos aus der Wäsche, dass
ich es selbst fast glaubte.

Die Unbekannte sei plötzlich aufgetaucht und nach den
Aufnahmen wieder verschwunden. Es gab keine Fotos von
ihr und kein Behind-the-Scenes-Material. Keiner wusste,
woher sie kam, wohin sie ging oder wie sie hieß. Man hätte sie tatsächlich immer nur Mona oder Goblin gerufen.
*Das entsprach weitgehend sogar der Wahrheit, zumindest
soweit es die Kenntnisse der beiden Hauptdarsteller anging.*

Der männliche Hauptdarsteller und Mr. Superstar ließen
Bemerkungen fallen, die ganz eindeutig auf eine geheime
Identität hinwiesen. Sie brachen mitten im Satz ab oder
unterbrachen sich gegenseitig, um scheinbar die Enthüllung von Geheimnissen zu vermeiden. Sie mystifizierten
die Erscheinung noch mehr, steigerten die Neugier der
Reporter und machten sich einen Spaß daraus, noch irgendwelche Behind-the-Scenes-Ereignisse zu erfinden, die
es nie gegeben hatte.

Die weibliche Hauptdarstellerin dagegen wehrte nach
dem zweiten oder dritten Interview immer genervt ab,
wenn sie nach ihrer nebendarstellenden Kollegin gefragt
wurde. Sie fand sich und ihre Rolle viel interessanter als
die andere. Die plumpe Unbekannte wäre keiner Erwäh-
nung wert, erklärte sie. Kein Hahn sollte nach ihr krähen.
Die wäre ja so weit unter ihrem Niveau und hätte kindli-
chen Spaß an den Stunts gehabt. Es wäre ja so sinnlos

unprofessionell gewesen, eine Verletzung zu riskieren, die den ganzen Drehplan hätte aushebeln können.

Alle außer ihr hatten die meisten Stunts selbst gemacht und einen Heidenspaß dabei gehabt...

Mein Rufname wurde während der Tour vorsichtshalber geändert. Alle fragten nach dem Goblin, also wäre es ziemlich dämlich gewesen, ihnen einen auf dem Silbertablett zu präsentieren. Meinen Taufnamen sowie sämtliche Abwandlungen davon lehnte ich vehement ab, also beschloss mein Boss, mich nach seinem Gusto neu zu taufen. An diesen neuen Namen hatten sich sämtliche Beteiligten zu halten und taten es gewissenhaft. Ist ja logisch, jeder hatte die Geheimhaltung unterschreiben müssen und die bei Verstoß zu zahlende Konventionalstrafe war enorm.

Niemand nannte mich also Goblin, meine körperliche Form war deutlich verbessert seit den Aufnahmen und langes blondes Walle-Haar mit Extensions über gebräunter Haut veränderte meinen Typ nachhaltig. Das war die einzige Maskerade gewesen, die ich im Film nicht angenommen hatte.

Die Reporter tappten komplett im Dunkeln, versuchten mit allen Mitteln etwas herauszufinden, stellten Fangfragen und bemühten sich, die Befragten zu überlisten. Sie schreckten vor nichts zurück, um zu ergründen, wer die geheimnisvolle Mona war, nur über ihre Schultern sahen sie nicht. Da stand der gesuchte Goblin, ruhig und unauffällig hinter den Kulissen, stumm und wachsam im Abseits und versuchte ernst zu gucken, statt zu grinsen oder zu lachen. Dieses Mal war ich ganz offiziell als Leibwächterin dabei, zusammen mit Jeff, nie weit weg von Mr. Superstar, dafür möglichst weit weg von Andy.

Ja, Andy! Der war auch wieder aufgetaucht, als Bodyguard der Hauptdarstellerin. Den Kerl wurde ich einfach nicht los. Wenigstens hielt er jetzt Abstand, grinste nicht mehr anzüglich, hatte das Aftershave gewechselt und lief mir nicht mehr ständig nach. Zum Teil hing das wohl mit Jeff zusammen, der meist neben mir stand und in jeder freien Minute im Hotel oder an anderen nichtöffentlichen Orten mit mir trainierte. Andy sah aus respektvollem Abstand zu und kam nur mit relevanten Anliegen oder Sicherheitsabsprachen auf mich zu.

Aber es steckte auch noch etwas anderes dahinter, das mich ganz unerwartet traf, gleich am ersten Tag der Tour im Hotel in L.A.. Nicht nur, weil Jeff die Personenprüfung durchgeführt und ich mir die Namen nicht angesehen hatte, übertölpelte mich das Zusammentreffen mit Andy vollends. Vor allem sein ungewohnt professionelles Verhalten mir gegenüber war ein Schock.

Ich hatte ihn gesehen, sofort wieder blöde rumgestammelt, sämtliche Koordination verloren, war über meine eigenen Füße gestolpert und versuchte verzweifelt, mich nicht allzu sehr zu blamieren. Jeff sah mich irritiert an, Andy ging komplett darüber hinweg, reichte mir die Hand, sagte „Danke für Australien!" und zog sich höflich wieder zurück. Ohne überlegenes Grinsen, ohne Sprüche, ohne mir zu nahe zu kommen, ohne mich in Verlegenheit zu bringen.

Gern geschehen. Jederzeit wieder. Beim nächsten Mal brauch ich allerdings eine Nasenklammer oder ein abgeschlossenes Sauerstoffzelt. Korken in der Nase tuns auch. Das neue Aftershave riecht noch besser.

„Was war das denn?", fragte Jeff entgeistert, sobald Andy außer Hörweite war. „Ein massiver Tollpatsch-Anfall? Und was bedeutet ‚Danke für Australien'?"

„Er bedankt sich für etwas, das ich in Australien für ihn getan habe."

„Was hast du getan?"

„Das ist geheim."

„Bringt er dich immer so aus der Fassung?"

„Ja, also stell dich bitte immer schön zwischen uns."

„Wird das schlimmer, je näher er kommt?"

„Das ist geheim."

„Stehst du auf ihn?"

„Das ist geheim."

„Echt jetzt?"

„Das ist geheim."

„Willst du mich veräppeln?"

„Das ist geheim."

„Retourkutsche?"

„Das ist geheim."

Jeff drückte die Zungenspitze von innen gegen die Wange und warf mir einen eindeutig zweideutigen Blick zu. Ich streckte ihm andeutungsweise die Zunge raus und begab mich zu Mr. Superstar. Der lehnte in einem Türstock, demonstrativ mit seinem Smartphone beschäftigt, und versuchte zwanghaft, nicht zu lachen.

„Lustigen Post entdeckt, Boss?"

„Ja, saukomisch", sah er auf und lachte schadenfroh. Was ihn wirklich erheiterte, war nicht schwer zu erraten.

„Darthy."

„Darthy."

„Darthy!"

„Hey!" Eine Traube traf mich von der Seite.

Was ist jetzt los? Mein Kopf drehte sich dem Werfer zu, der hatte schon die nächste Traube in der Hand.

„Du solltest dich schneller an deinen neuen Namen gewöhnen", drohte mein Boss mir mit der Traube, zum Wurf erhoben.

„Die lange Gewöhnungsdauer liegt daran, dass ich mir nicht sicher bin, ob ich Darthy als Beleidigung empfinden soll", gab ich leicht schmollend zurück. Es gibt zwar einen düsteren Filmcharakter, von dem das abgeleitet sein könnte. Den verehre ich auch – *zumindest in den alten Filmen* –, es ist allerdings ebenso ein Slang-Ausdruck für heruntergekommen, schäbig oder unbedarft.

Er steckte sich die Traube in den Mund und kaute mich an: „Es würde mir nie einfallen, dich abwertend zu benennen. Wäre dir Chewy lieber gewesen?"

„Auf jeden Fall. Zäh bin ich ja und die Figur ist auch cool."

„Das nächste Mal vielleicht. Jetzt musst du mit Darthy leben."

Laura, Marcy, Kate oder Sandra wäre unauffälliger gewesen, so hieß jede Zweite. Genau deswegen war Superstar dagegen. Es hätten sich zu viele Frauen angesprochen gefühlt und darauf reagiert, nur ich nicht. Diese eher seltene Abwandlung von Dorothy fand er besser. Wenn er es erst mal geschafft hätte, mich darauf zu konditionieren... *Er sagte tatsächlich „konditionieren"! Bin ich ein Hund oder was?* Die Grundform Dorothy fiel als Deckname aus, Mr. Superstar wollte nicht womöglich als „Freund von Dorothy" bezeichnet werden, was im australischen Slang für einen schwulen Mann steht.

„Darthy."
„Darthy."

220

Eine weitere Weintraube traf mich.
Hey... Die Haare sind frisch gewaschen.

„Darthy."
„Darthy."
Und noch eine Traube.
Au Mann, die ging fast ins Ohr!

„Darthy."
„Was?"
„Möchtest du eine Traube?"
Aaarrrgggggg!

Meine kunstvoll hochgesteckte Frisur sah aus wie ein Obstkorb, bis wir bei unserer dritten Station in San Francisco ankamen. Der Boden der Limousine war voller Trauben, die in jeder Kurve, an jeder Abzweigung, bei jedem Stopp, jedem Anfahren und Abbremsen, jeder Steigung und jeder Senkung der Straße hin und her rollten.

Es sorgte für eine gewisse Erheiterung bei der Fahrgemeinschaft, der Namenskonditionierung beizuwohnen und es wurde zu einer Art Spiel, immer möglichst kurzfristig die Füße zu heben, um die Traubenrotte durchrollen zu lassen. Die beiden anderen Schauspieler und die zwei dazugehörigen Bodyguards hatten sich möglichst weiträumig im Innenraum verteilt, liefen nicht Gefahr, von den tieffliegenden Früchtchen getroffen zu werden. Mein Boss saß genau in der richtigen Entfernung zu mir, um gut zielen zu können, aber nicht so nahe, dass mir die Bewegung des Wurfarmes aus dem Augenwinkel aufgefallen wäre.

Jeff war vorne beim Fahrer auf der anderen Seite der blickdichten Trennwand gesessen und hatte so nur einen Teil der Akustik mitbekommen, nicht aber die Optik. Als wir ausstiegen, fragte er, was so lustig gewesen wäre. Ich guckte zu ihm hoch, während Andy seiner Chefin beim Aussteigen half, griff in meine Haare und bot Jeff einen kleinen Snack an. Mit einem einzigen Griff ins Haupthaar hatte ich auf einmal fünf Trauben zu fassen bekommen und hielt sie ihm nun auf der flachen Hand hin. Er stutzte kurz, sah zu Mr. Superstar – der grinsend immer noch die große, fast kahle Traubendolde in der Hand hielt – und lachte los: „Ihr seid doch nicht ganz dicht."

Die Hauptdarstellerin sah pikiert zu Jeff und dann zu Superstar auf: „Es ist faszinierend, wie deine beiden Angestellten mit dir reden. Ich habe nur einen Bodyguard nötig und der würde sich hüten, so mit mir zu sprechen."

In dem Moment tat mir Andy fast ein bisschen leid, aber nur fast. Ein vierfacher Blickwechsel zwischen den vier offiziellen Leibwächtern der drei Stars verriet, dass wir uns in einem Punkt alle einig waren: so eine blasierte Schreckschraube! Eine Angestellte mit Trauben zu bewerfen, fand sie urkomisch, auch wenn sie ihr die damit verbundene Aufmerksamkeit nicht gönnte. Aber wehe, wenn ein Angestellter eine lockere Bemerkung gegenüber dem Boss machte, dann ging der Pöbel zu weit.

Scott, der Bodyguard des Hauptdarstellers, fragte Andy kurze Zeit später in der Leibwächterrunde: „Wie bist du denn bei der gelandet?"

Andy verzog leicht das Gesicht, sah zur Interviewecke hinüber und erklärte, dass er relativ neu im Geschäft wäre und vorerst alle Aufträge annehmen müsse, bis er sich einen Ruf erarbeitet hätte.

Scott nickte verstehend: „Das erklärt es. Die Dame hat in Fachkreisen einen gewissen Ruf, keiner will für sie arbeiten. Wenn sie eines Tages einem Mord zum Opfer fällt, stehen ihre Kolleginnen und sämtliche ehemaligen Angestellten ganz oben auf der Liste der Verdächtigen." Er hatte einen herrlich trockenen Humor und brachte es genau auf den Punkt. Das Biest behandelte alle Frauen und die meisten Männer so derart von oben herab und missgünstig, dass alles zu spät war.

„Ich habs ein bisschen verdient", meinte Andy schulterzuckend. „Meinen ersten großen Auftrag habe ich grandios verpatzt, ein anderer Bodyguard musste mich retten und ich wurde nach einer Woche gefeuert."

„Klingt nach selbst auferlegter Buße, wenn du mich fragst", stellte Scott fest.

Andy verdrehte die Augen: „Ja, geht in die Richtung. Ich hatte mir einen Spaß daraus gemacht, diesen anderen Bodyguard, der mir nachher das Leben rettete, nervös zu machen. Ich hielt die Person für unqualifiziert, unfähig, unfit und fehl am Platz. Das war ein Irrtum, wie sich später herausstellte. Das möchte ich wieder gut machen."

Aha, er hat es also mit Fleiß gemacht. Und sein erster Eindruck von mir war ungefähr so toll gewesen, wie der, den er bei mir hinterlassen hatte.

Jeff sah wissend zu mir herab. Ich erwiderte den Blick möglichst gelassen, hob nur leicht den Kopf. Dabei kullerte eine Traube aus meinem Haar, prallte an der Schulter ab und sprang gegen Jeffs Brustkorb. Der guckte der Traube hinterher, schloss dann kurz die Augen und griff anschließend, mit einem Blick, der förmlich „Scheiße" schrie, in meine Frisur, um sich ein paar Trauben zu angeln: „Jetzt bekomme ich doch langsam Lust auf einen Snack."

Eine Woche später hatte ich zum ersten Mal seit Beginn der Tour die Gelegenheit, mit Mr. Superstar alleine zu sprechen. Endlich einmal war nicht der ganze Tross um uns herum und auch Jeff nicht an unserer Seite. Nicht mal das gewohnte gemeinsame Frühstück war bislang eine zweisame Angelegenheit auf dieser Reise gewesen. Nur zum Rauchen standen wir beide hin und wieder kurz alleine, bis die Hauptdarstellerin es mitbekam und sich dazustellte. Sie fing immer sofort an, sich bei meinem Boss anzubiedern und bemühte sich, mich abzudrängen. Gerade, dass sie nicht versuchte, mich wegzuschicken. *Ich kann die nicht leiden!*

Die abendliche Zimmerdurchsuchung bei Mr. Superstar zogen Jeff und ich immer gemeinsam und so schnell wie möglich durch, damit wir alle schlafen gehen konnten. Wenn wir schon mal eine Nacht im Hotel statt im Flieger oder einem anderen Transportmittel verbrachten, war jede Minute in einem richtigen Bett wertvoll.

An diesem Abend in Vancouver nach einer Woche on the road war Jeff zu irgendeinem Treffen gegangen. Die Durchsuchung machte ich alleine, blieb danach an Superstars Minibar stehen, holte Bourbon raus, goss ihn in zwei Gläser und reichte meinem Boss eines davon. Er nahm es entgegen, stieß mit mir an und wartete ab, was ich auf dem Herzen hatte.

„Hast du Andy an Silvester gesagt, dass ich dein Bodyguard bin?"

„Nein."

„Aber in Australien", setzte ich nach.

„Auch nicht."

„Es klang so, als hätte er es schon vor dieser Tour gewusst. Er sagte, er hätte sich einen Spaß mit dem Bodyguard gemacht."

„Meinte er das vielleicht rückblickend? Jetzt weiß er es ja", zwinkerte mein Boss.

„Hm, unwahrscheinlich. Er meinte auch, er hätte mich für unqualifiziert gehalten, dazu hätte ihm meine Rolle bekannt sein müssen. Und er war von Anfang an so komisch, besonders am Set. Du verrätst mir immer noch nicht, warum er unbedingt alleine in den Ort musste?"

„Das war was Privates."

Ich zog die Augenbrauen hoch: „Was Privates? Mitten in der Wüste? Ernsthaft?"

Er klappte die Lippen nach innen in den Mund, schloss die Zähne darüber und sah mich mit festem Blick an. *Oh nein, du schaltest nicht wieder auf stur! Keine Geheimniskrämerei. Das wäre beim letzten Mal fast schiefgegangen.*

„Boss, den Mist hatten wir schon mal. Du hast mir nicht gesagt, was los ist, und am Ende wären wir alle beide und George deswegen fast draufgegangen." Ich starrte ihn an. *Niederstarren! Du wirst zuerst nachgeben.*

Er ließ seine Lippen wieder frei, schnaufte aus und zog zu guter Letzt seine Denkerschnute. Sein Blick blieb konstant in meinen Augen. „Ich werde dir nicht sagen, was er gemacht hat, aber ich versichere dir, dass es keine Bedrohung für uns darstellte."

Er überlegte weiter, sah nachdenklich an mir herab und wieder hinauf. Sein Blick verharrte immer kurz an den Stellen, an denen er wusste, dass sich alte Narben unter der Kleidung verbargen. Inzwischen konnte er sich denken, woher sie stammten.

Er nahm einen Schluck Bourbon: „Deine persönlichen Angelegenheiten behalte ich auch für mich. Ich bilde mir etwas darauf ein, dass du dich mir anvertraut hast! Ich kann mir vorstellen, wie schwer das war. Das gilt allerdings nicht nur für dich. Lass es damit gut sein."

Mr. Superstar öffnete die Balkontür, sah auffordernd zu mir zurück und trat hinaus. Wir verbrachten eine gute Stunde in der milden Nachtluft ausschließlich mit Rauchen und Trinken, ohne noch etwas zu sagen.

Nach Nordamerika – *L.A., San Francisco, Seattle, Chicago, Detroit, New York, Montreal, Quebec und Vancouver in zehn Tagen, immer in Hektik, von einem Termin zum nächsten und zurück zum Flughafen* – war Europa an der Reihe. Erste Station London – *für zwei Tage* – mit gutem britischen Sommerwetter, das bis Schottland anhielt. Gefühlt hielt auch unsere Reisegruppe bis dahin an, nämlich die Luft, in Kältestarre. Die meisten der Anwesenden waren Aufenthaltsorte mit deutlich freundlicherem Augustwetter gewöhnt und mussten sich erst einmal daran gewöhnen.

Trotz der nassen Witterung und der leicht ungemütlichen Stimmung in der Gruppe – *die Hauptdarstellerin übertraf sich selbst in Sachen ätzende Zicke raushängen lassen* –, empfing uns Edinburgh grandios freudig, bunt und vielseitig. Unsere Premiere bildete hier den Auftakt für ein mehrwöchiges Kunst- und Kulturfestival, das unzählige Aufführungen verschiedener Stile von klassischen Bühnenwerken, Puppentheater und Opern, über Musicals, Musik und Akrobatik bis Stegreifcomedy, sehr schwarzem Humor, Travestie und Ausstellungen bereithielt. In dieses kreative Mischmasch, das sich seit fast siebzig Jahren immer weiter und weiter über etliche Schauplätze in der ganzen Stadt ausbreitete, reihte sich die schottische Kino-Premiere des Agenten-Action-Klamauks als weiteres Highlight nahtlos ein.

Die schreibende Zunft sowie die Mikroschwinger nahmen diese Matinee als Startpunkt auf dem Weg zu anderen Shows mit. Der Film stand einmal nicht alleinig im Zentrum der medialen und allgemeinen Aufmerksamkeit, sondern fügte sich harmonisch in das große Ganze ein.

Womöglich ein Nachteil für die Publicity des Films, dafür aber ein klarer Vorteil für mich.

Es gab rundherum so viel zu sehen, zu erleben, zu hören, zu riechen und aufzusaugen. Unzählige Möglichkeiten, die Zeit bis zur Weiterreise am nächsten Vormittag zu verbringen, nur durfte ich meinen Boss dabei nicht aus den Augen lassen. Es kostete mich einige Überwindung, so lange konzentriert bei der Sache zu bleiben, bis der Teppich- und Interviewmarathon vorbei war. Es dauerte ewig, bis er die Termine und Gesprächspartner alle durchhatte. *Die Matinee drohte schon bald in eine Soiree überzugehen, als mein Boss die letzte Hand schüttelte.*

Danach gab es jedoch kein Halten mehr. Ich hüpfte mit einem Programmheft des Festivals in der Suite auf und ab, blätterte vor und zurück, markierte Seiten mit Eselsohren, kreiste Ankündigungen ein. Mr. Superstar sah mir über die Schulter, las mit und ließ sich nicht lange bitten. Nach dem offiziellen Teil mit dem ganzen Tross im Anhang starteten wir zu dritt noch einen inoffiziellen Streifzug durch die Gemeinde.

Jeff war wenig begeistert von der Idee. „Unnötiges Risiko… unbekannte Orte… mangelnde Vorbereitung… mitten in der Öffentlichkeit… zu viele Menschen… unübersichtlich… ideal für einen Überfall… zu spontan… unverantwortlich… blablabla…" Wir überstimmten ihn und er kam mit.

Bei dem Programm wäre es eine Schande gewesen, blöde im Hotel hocken zu bleiben. Die angekündigten Höhepunkte hätten mir gute Lust gemacht, die ganzen drei Wochen hier zu bleiben, die das Festival andauern würde. Das Programmheft war schon mehr ein Buch als ein Heft und gab sogar Auskunft darüber, welche Veranstaltungen für Nichtmuttersprachler geeignet waren oder welche eine Altersfreigabe hatten. Es war unmöglich, an einem Abend und in einer Nacht auch nur einen annähernd repräsentativen Eindruck dessen mitzunehmen, was hier geboten wurde. Zumal wir uns auch noch einigen mussten, wo wir hinwollten. Dass jeder alleine loslief, kam nicht in Frage. Wir mussten wenigstens zusammenbleiben, obwohl jedem einzelnen dadurch interessante Acts durch die Lappen gingen.

Jeff verzichtete darauf, mitauszuwählen – *„Ich werde diesen Irrsinn nicht auch noch unterstützen!"* –, also mussten nur Superstar und ich uns einig werden, was uns am meisten ansprach. Ich wollte unbedingt zu einer schwarzhumorigen Comedyshow, die schon angefangen hatte, er zur Weltpremiere eines Theaterstücks, gleich im Anschluss. Danach würde es zu einem Konzert gehen, auf das ich alles andere als scharf war, und zuletzt noch zu einer humoristischen Schwarzlichtshow, die einen Klassiker von Shakespeare neu interpretierte. Mehr war zeitlich nicht miteinander zu koordinieren, bei den unterschiedlichen Anfangszeiten, Laufzeiten und der räumlichen Entfernung der Veranstaltungsorte zueinander. Das offizielle Programm des Tages wäre dann sowieso vorbei und wir könnten nur noch nach Straßenkünstlern und spontanen Kneipenevents Ausschau halten. Die Option hielten wir uns auf jeden Fall offen.

Superstar setzte einen großen Schlapphut und eine noch gewaltigere Sonnenbrille auf und los gings. Mit dem wuchernden Dschungel, den er aktuell im Gesicht züchtete, einem grauen Shirt über einer Stone-Washed-Jeans und neutralen Sneakers erkannte man ihn nicht auf Anhieb.

Unser erster Programmpunkt führte uns in ein großes Kellergewölbe. Von außen ganz unscheinbar betrat man am Fuß der Treppe eine urige Kneipe, die im Stil eines Brennereilagers eingerichtet war. Tische und Sitzgelegenheiten bestanden aus unterschiedlich großen Holzfässern oder deren Bestandteilen. Die Theke war eine einzige dicke, wellige Holzbohle, direkt aus dem Stamm geschnitten, die aussah, als wäre sie über Jahrzehnte von unzähligen Händen und verschütteten Drinks blankpoliert worden. *Womöglich war sie das ja wirklich.*

Der Vortragende in dieser Location stand in der Mitte des schlauchartigen Raumes zwischen den Tischen, drehte sich in regelmäßigen Abständen um neunzig bis hundertachtzig Grad, dass jeder ihn abwechselnd von allen Seiten bewundern konnte.

Auch wenn seine Mimik nicht durchgängig zu sehen war, war der Kerl zum Brüllen. Bester britischer Humor, angewandt auf aktuelle Themen aus aller Welt, in einem historisch angehauchten Ambiente im Snob-Ton vorgetragen. Nicht mal die allgemeinen Burger-verschling-Geräusche zu dieser frühen Abendbrotzeit konnten ihn auch nur im Geringsten rausbringen. Grandios.

Die Whiskeykarte, die dazu gereicht wurde, übertraf allerdings noch die Qualität des Vortrages und der Burger. Mr. Superstar hatte beim ersten Blick in diese Getränkekarte augenblicklich meinen Dienst offiziell für beendet erklärt. *Mal was anderes als Bourbon.* Frisch gezapftes britisches Cider liebe ich zwar mehr als irischen oder schottischen Whiskey, aber in Schottland keinen Whiskey zu trinken wäre ein Frevel gewesen.[4] Und eine Verschwendung! Besonders den leicht fruchtigen Single Malt mit einem Nachgeschmack von Zitronen im Abgang zu verpassen, wäre eine Schande gewesen. *Boah, war der lecker!*

---

[4] Auch wenn jeder Ire mir jetzt widerspricht, die Hände über dem Kopf zusammenschlägt und mich am liebsten lynchen würde. Man möge mir vergeben, dass ich die destillierten Erzeugnisse beider Länder zu schätzen weiß.

Die rauchigen Tröpfchen für meinen Boss, die leichten fruchtigen für mich. Einmal komplett durchprobieren war leider unmöglich bei der breiten Auswahl, aber wir bemühten uns aufrichtig. Jeff war ja schließlich auch noch da, falls doch was passieren sollte. Der mochte generell keinen Alkohol, würde die Übersicht behalten und uns notfalls zum Hotel zurückrollen.

Bisher hatte niemand Mr. Superstar erkannt und bei zunehmendem Alkoholpegel, schummeriger Beleuchtung in der Kellerbar und diesigem Wetter draußen war damit auch nicht zu rechnen. Ebenso wenig wie mit anderen Schwierigkeiten. Zu diesem Zeitpunkt war ich guter Hoffnung, dass die Nummer in China einfach nur eine Verwechslung gewesen war. Meine Albträume hatten sich gelegt, die anderen beiden hatten nie welche gehabt. Superstar schlief auch nicht grade mit einem offenen Auge. Also alles gut, kein Grund zur Beunruhigung. Immer schön flockig bleiben.

Mit bereits jeweils vier Whiskey im Kopf ging es weiter. Es hatte aufgehört zu regnen, ein paar schwache Sonnenstrahlen fielen zwischen den Häusern hindurch, Bewegung hatten wir in letzter Zeit zu wenig bekommen, also beschlossen wir, die drei Kilometer zum nächsten Schauplatz zu laufen.

Nach der Frischluftwatschn[5] half der gemütliche Spaziergang, den Blutalkohol ein wenig verdunsten zu lassen. *Platz für mehr davon!*

Eine halbe Stunde später erreichten wir guter Dinge den kleinen Saal, der mit einfachen lehnenlosen Holzbänken bestuhlt war. Die Weltpremiere der kleinen Dramaproduk-

---

[5] Ein bayerischer Begriff für die sofort heftig verstärkte Wirkung von Alkohol bei erhöhter Sauerstoffzufuhr, wenn man das Lokal verlässt. Wie ein Schlag ins Gesicht, der einen taumeln lässt.

tion aus norwegischer Feder dauerte nur eine Stunde plus Pause. *In dieser gab es noch mehr Whiskey. Prost!* Das Ende des Dramas: Superstar war zu Tränen gerührt, Jeff verhielt sich professionell neutral und mir war der Hintern eingeschlafen.

Bei solchen Aufführungen fiel mir immer wieder ein, warum ich die meisten Filme meines Bosses nicht gesehen hatte. Ernste oder dramatische Sachen sind einfach nichts für mich – von ganz wenigen besonderen Fällen mal abgesehen. Action, Science Fiction, Komödien und Zeichentrick finde ich wesentlich unterhaltsamer.

Noch so eine Vorführung und ich tue es meinem Hintern gleich.

Erfreulicherweise erwies sich das anschließende Konzert wider Erwarten im späteren Verlauf als recht belebend. Auch wenn das nicht direkt an den Fähigkeiten der Band lag.

In einem Innenhof stand für diese Veranstaltung eine schmächtige kleine Holzbühne ohne Bühnentechnik, dafür mit massenhaft Teenies direkt davor und kurz vor dem Nervenzusammenbruch. Sie hyperventilierten schon vor der Show. Auch aus den hofseitigen Fenstern der Wohnungen im Karree hingen schmachtende Teenager. Überwiegend Mädchen zwischen dreizehn und siebzehn fieberten dem Auftritt hechelnd entgegen. Das war noch schlimmer als ich befürchtet hatte. *Was kommt jetzt? Eine neue Boy-Group, vor der die Welt bisher größtenteils verschont geblieben ist?*

Diese Jungs sagten mir gar nichts. Superstar hatte von einem Bekannten von der Band gehört und wollte sie sich bei dieser Gelegenheit ansehen. Hier waren sie wohl die lokalen Newcomer des Jahres oder sowas in der Art. Das Programm hatte abgesehen von der Musikrichtung „Pop-

Folk-Mix" und der Altersfreigabe „Sollte von Erziehungsbe-rechtigten begleitet werden" nicht viel hergegeben. Das leicht unscharfe Foto im Heft zeigte vier sehr junge Män-ner mit Dudelsack, Ukulele, Kazoo, Boran[6] und Konzertgi-tarre, die ihre Kilts fliegen ließen. Die Oberkörper waren frei und unter den wehenden Röcken war das Bild gepixelt. *Kennt ja schließlich jeder die Antwort eines Schotten da-rauf, wenn man ihn fragt, was er unter dem Kilt trägt. Ganz einfach: Stiefel.*

Mit genug Alkohol würde die Show hoffentlich doch noch ganz lustig, dachte ich und suchte vergeblich nach der Bar. Es war keine da, kein Whiskey in Reichweite. Nur hormontriefende Teenager überall. Die Erziehungsberech-tigten, vorwiegend Väter, standen möglichst weit von der Bühne weg, an den Rändern des Hofes verteilt, überließen ihren Töchtern und einigen wenigen Söhnen die Schlacht an der Front. Sie waren klar ersichtlich nicht so scharf auf die Aufführung wie ihr Nachwuchs und hatten kleine Gruppen gebildet, die kleine silberne Becher aus kleinen silbernen Fläschchen befüllten. *Sowas will ich auch! Da hatte doch keine zweihundert Meter entfernt ein Stand Flachmänner und passende Füllungen dazu verkauft.* Ich erklärte meinem Boss, ich wäre gleich wieder da, bat Jeff, ein Auge auf ihn zu haben und lief zurück in die Straße, aus der wir gekommen waren.

Oh ja, Bingo! Einmal Kelpie-Motiv[7] mit mildem Inhalt für mich, einmal keltisches Flechtornament mit Holzkohlearo-ma für meinen Boss. Keine zehn Minuten später wurden zwei große Flachmänner mehr am Rand des Innenhofes zum Anstoßen benutzt.

Jeff tickte fast aus: „Ihr wollt euch wirklich einen ansau-fen? Hier?"

---

[6] Kleine Rahmentrommel, typisch für Irish-Folk-Musik.
[7] Wassergeist, Nessi wird als Kelpie bezeichnet.

„Nein, bis jetzt wärmen wir uns nur auf. Wirklich gesoffen wird erst später beim Schwarzlicht und danach", klärte ich ihn auf.

„Darauf trink ich", ergänzte Mr. Superstar prostend, hängte seine Sonnenbrille in den Hemdkragen und wedelte sich mit dem Hut Luft zu.

„Seid ihr wahnsinnig? Ich habe euch gesagt, dass hier die Chancen gut stehen angegriffen zu werden", schnappte Jeff fassungslos auf Deutsch.

„In aller Öffentlichkeit? Vor einem Haufen Zeugen? Mit so vielen Kids, die in die Schussbahn geraten könnten? Vor so vielen Handykameras und Medienvertretern?", fragte ich Jeff zweifelnd. „In den letzten fünf Sekunden, seit er Sonnenbrille und Hut abgenommen hat, hat die Hälfte der Erwachsenen in diesem Hof ein Foto von ihm gemacht", deutete ich auf Superstar neben mir. Der erhob daraufhin noch mal seinen neuen Flachmann, prostete in die Runde und nahm einen Schluck.

„Meinst du wirklich, dass jemand blöd genug wäre, uns hier anzugreifen?", fragte ich Jeff im Brustton der Überzeugung. Das konnte ich mir nicht vorstellen. Ein Attentäter oder Berufskiller würde sich einen Ort mit weniger Zeugen aussuchen. So wie zum Beispiel eine abgelegene Bergstraße in China… Es wäre ein krasser Stilbruch jetzt inmitten eines Festivals so öffentlich ein Opfer stellen zu wollen. Auf den Straßen liefen außerdem in regelmäßigen Abständen Polizisten Streife. Vorwiegend halfen sie den Touristen bei der Orientierung, hatten aber auch ein waches Auge auf möglichen Ärger.

Jeff sah mich so an, wie ich als Kind immer Erwachsene angesehen hatte, die versuchten, mir irgendwas weis zu machen, das kompletter Schwachsinn war. Sowas wie, dass Wollmilchsäue Eier legten oder der Storch die Babys brächte.

„Diesen Kerlen ist es egal, wie viele Opfer es zusätzlich gibt, solange die Zielpersonen mit dran glauben. Du meinst, die reine Masse schützt euch? Großer Irrtum. Sie macht es nur mir schwerer, die Angreifer rechtzeitig zu sehen."

Es war nicht leicht, den Blick mit dem gleichen Maß an zur Schau gestelltem Unglauben zu reflektieren. Aber meine Worte klangen genauso überzeugt: „Bist du blind? Alles, was in diesem Hof nicht dreizehn bis siebzehn Jahre alt ist und sabbert, oder über vierzig ist und pichelnd eines der Kids im Auge behält, fällt auf. Nur wir drei fallen aus dem Raster, die Band und die Streifenpolizisten. Wo liegt also das Problem bei der Früherkennung?"

„Die Gegenseite ist doch auch nicht blöd. Es gibt Agenten, die so jung aussehen wie Teenager und welche, die über vierzig Jahre alt werden. Sie können sich auch eine Polizeiuniform besorgen, sich unters Volk mischen oder in eine der Wohnungen eindringen und aus dem Fenster schießen. Und es wird allmählich dunkel."

Wie zur Bestätigung seiner Worte ging in dem Moment erst einer, dann ein zweiter Scheinwerfer an. Sie waren an den Hauswänden in etwa vier Metern Höhe angebracht, die Lichtkegel auf die kleine Bühne ausgerichtet, die Kabel verschwanden in zwei gegenüberliegenden Wohnungsfenstern, rechts und links der Bühne. Alles über diesen Scheinwerfern konnte man nur noch geblendet sehen. Wenn es erst ganz dunkel war, würden wir nur noch die Fenster sehen können, hinter denen Licht brannte. *Mist! Wieder reingefallen.*

Wenigstens hatten wir unsere kleine Diskussion auf Deutsch geführt, so dass nicht jeder mitbekommen hatte, warum ich meinen Flachmann zuschraubte und in die Gesäßtasche würgte. Mr. Superstar hatte wohl soweit verstanden, worum es ging, behielt sein silbrig glänzendes Geschenk aber in der Hand.

Ein dritter, viel hellerer Scheinwerfer blendete mit einer knappen Minute Verzögerung direkt über unseren Köpfen auf, tauchte die Front der kleinen Bühne in gleißendes Licht. Gleichzeitig erklang von einem der Hauseingänge zu unserer Linken das Quietschen eines Dudelsacks. Die Mädels fuhren herum, ihre Gesichter entgleisten. Sie fingen an zu kreischen, in der selben Tonlage wie das Sackinstrument. Jetzt war ich froh, mein Fläschchen eingesteckt zu haben, denn so hatte ich die Hände frei, um mir die Ohren zuzuhalten. *Aua!*

Der junge Mann mit der gefolterten Katze unterm Arm marschierte recht nahe an uns vorbei. Er machte einen großen Schwenk durch den Hof, die Teenies bildeten eine Gasse zur Bühne. Hinter dem Bläser mit rasierten Kopfseiten und einem langen blonden Pferdeschwanz als Haupthaar erschienen die anderen drei Bandmitglieder. Jetzt rasteten die Mädels richtig aus. Das Kreischen übertönte fast den Pfeifensack, Tränen begannen zu fließen, die ersten beiden hysterischen Fans sackten hyperventilierend in sich zusammen und wurden von den dazugehörigen Erwachsenen eingesammelt.

Besonders beliebt schien der kleine lockige Boranspieler zu sein. In den Händen seine Rahmentrommel und den Schlägel, im Mund eine Kazoo, auf der er trötete, bildete er den Abschluss der kleinen Prozession. Hinter ihm schloss sich die Gasse schmachtend und ehrerbietig, schluchzend und anbetend. Jede versuchte, ihn kurz zu berühren, am Rücken oder den Schultern. Eine traute sich, ihm an den Hintern zu fassen. Die Reaktion war ein kleiner Hopser und ein demonstrierendes Aufquaken der Kazoo. *Wie eine Ente, der man am Bürzel zieht. Hahaha! Wie geil.*

Eigentlich erstaunlich, dass keines der Mädels versuchte, den Jungs die Röcke zu lupfen. Vermutlich war deswegen die Anwesenheit von Erziehungsberechtigten gefragt und hauptsächlich Väter dabei. Wenn Papa zuschaut, werden die meisten Töchter wohl ihre Finger bei sich behalten.

„Ich kann sehen, was du denkst", flüsterte mein Boss mir ins Ohr.

„Was meinst du?"

„Du denkst ans Röcke lupfen", schmunzelte er.

„Ich wundere mich nur, dass keines der Mädchen das versucht."

„Mhm", nickte er, immer noch wissend lächelnd. Seine Augen sagten: „Na klar, und ich bin der Weihnachtsmann."

Bitte? Ich bin doch nicht pädophil. „Ich hab schon mal einen Mann im Kilt gesehen und auch ohne Kilt. Warum sollte ich diesen Kindern an die blanke Haut wollen?"

Er sah mir prüfend in die Augen, dann noch mal genauer die Musiker an: „Okay, stimmt. In manchen Ländern würdest du dich sogar strafbar machen mit Jungs in dem Alter."

„Siehst du. Finger weg von jungem Gemüse. Der Vitaminschock könnte schwer verdaulich sein."

„Gut gesprochen", mischte sich von der Seite eine bekannte Stimme ein, gefolgt von einem Flachmann, der sich zum Anstoßen in unsere Richtung hob. Augenblicklich fühlte ich mich wie einer der eben noch belächelten Teenager. Die Knie wurden mir weich, die Atmung beschleunigte sich, das Sprachzentrum machte eine Pause im Stammelland, die Körpertemperatur stieg spontan um zwei Grad, die Wangen wurden rosig – *noch rosiger, als sie es vom Alkohol ohnehin schon waren* – und an manchen Stellen begann es zu kribbeln.

„Cheers, Andy", stieß Mr. Superstar mit dem dargebotenen Gruß an.

„Cheers", erwiderte der und streckte, in alte Muster verfallend, seinen nackten Oberkörper an meiner Nase vorbei. *Wenn ich dran lecke, ist es meins.*

Er trug nichts als einen Kilt mit nur Stiefeln drunter, soweit man das unter dem Sporran erahnen konnte. Heute war er sogar rundum glattrasiert, vom Hals bis zu den Beinen. Nur die langen Haare auf dem Kopf und der ordentlich gestutzte Bart waren stehen geblieben. *Jammjamm, Leckerli.*

Jeff tat mir einen Gefallen und drängte sich zwischen mich und Andy, schob mich an Superstar vorbei, gegen die Mauer in unserem Rücken. Die Aufstellung war jetzt vom Eingang in den Hof ausgehend: Andy, Superstar, Jeff, Goblin. Also maximaler Abstand für meine Augen und Nasenschleimhäute. Nur leider war die Aufstellung falsch rum. Mein Boss hätte am weitesten weg vom Zugang sein sollen, Jeff und ich am nächsten zur Straße.

Vor zehn Minuten noch war ich guter Dinge mit Trinken beschäftigt gewesen und hatte mir keine Gedanken gemacht. Dann kamen Jeffs Vortrag und Andy daher. Jetzt rebellierte alles in mir gegen die aktuelle Situation. Nicht nur wegen Andy.

Jeff krallte mir schmerzhaft die Finger in die Schulter und schaltete wieder auf Deutsch: „Reiß dich zusammen, so heiß ist er nun auch wieder nicht."

„Hast du eine Ahnung. Sein Geruch alleine genügt, mich alles andere vergessen zu lassen. Dazu noch der Anblick und ich will ihm eine Keule über den Schädel ziehen und ihn an den Haaren in meine Höhle schleifen."

Jeff sah zweifelnd zu Andy rüber: „Appetitlich ja, aber eher eine sieben als eine zehn. Zu haarig, zu viel Waschbär, zu wenig Waschbrett."

„Ich steh auf Waschbärbauch, Bart und lange dunkle Haare. Seine Stimme geht mir durch und durch, und wie willst du das beurteilen kö...?" *Moment! Wie jetzt? Appetitlich? Das sagst du über einen anderen Mann? Wie willst du ihn auf der Appetitlichkeits-Skala einstufen können, wenn du nicht gerade selbst auf Männ...er... Oh!*

„Oh!"

Jeff setzte ein Jetzt-hast-du-es-begriffen-Gesicht auf. „Ist das ein Problem?", wollte er wissen.

„Nein, kommt nur überraschend."

Aus irgendeinem Grund musste ich plötzlich lachen, wie bei einem wahnsinnig guten Witz. Das hätte ich nun wirklich nicht vermutet.

Mr. Superstar und Andy sahen mich an, Jeff winkte nur ab: „Kleine Wortspielerei. Geht in der Übersetzung verloren."

Beide nahmen das so hin, konzentrierten sich wieder auf die Show vor ihnen und den Alkohol in ihren Händen. Jeff hielt mich weiter an der Schulter fest, bis mein Zwerchfell sich beruhigte. Er drängte mich ein paar weitere Schritte weg von den anderen beiden, gerade außer Hörweite.

„Sorry, aber das war jetzt sehr unerwartet", japste ich.

„Mein Radar hat bei dir komplett versagt. Ich habe gesehen, wie du hübschen Frauen zugezwinkert hast, die dich abcheckten."

„Du hast gesehen, was du sehen solltest und was du erwartet hattest zu sehen", erklärte er ungerührt.

„Und du hast wesentlich mehr gesehen als du sehen solltest und dich jetzt freiwillig geoutet. Wieso?"

„Die Art, wie du auf Andy reagierst, bringt uns in Schwierigkeiten. Wir könnten seine Hilfe noch brauchen, wenn es hart auf hart kommt. Aber wenn er in der Nähe ist, kann man dich komplett vergessen. Vielleicht redest du jetzt eher mit mir über ihn und wir kriegen das in den Griff."

Ich konnte Jeff nur mit großen Augen anglotzen.

Er drückte noch mal meine Schultern: „Schaffst du es, dich für den Rest des Ausflugs zusammenzureißen? Wir reden später."

Damit drehte er sich um, stellte sich neben Andy und deutete mir mit dem Kopf, mich neben Superstar zu stellen.

Okay... ich versuche, mich zusammenzunehmen. Aber ob es mir gelingt?

Es gelang mir jedenfalls besser als den Teenies im Rondell. Die fielen mittlerweile um wie die Fliegen, brachen schluchzend zusammen, wurden von Sanitätern eingesammelt und von Vätern abgeholt.

Mr. Superstar und Andy praktizierten die situationsangepasste Variante von Sissi-Saufen[8] dazu. Für jeden umgefallenen Fan und jeden dazugehörigen Ruf nach einem Sani gab es einen Schluck Whiskey. Ganz nach meinem Geschmack. Das würde mir jetzt auch Spaß machen. Aber Jeffs Gefahrenvortrag sowie Andys Anwesenheit waren zwei gute Gründe, meinen Alkoholpegel nicht noch weiter zu steigern.

Die grausige Musik dagegen wäre ein gutes Argument zum Kampftrinken gewesen. Mir leuchtete absolut ein,

---

[8] Wer es nicht kennt: Das ist ein Trinkspiel, basierend auf den alten Sissi-Filmen. Jedes Mal, wenn im Film der Name Sissi fällt oder die Anrede „Eure Majestät" benutzt wird, stoßen alle in der Runde auf die Gesundheit der Kaiserin an und trinken ein Glas Schnaps.

Die verschärfte Variante wäre Sissi-Franzl-Saufen. Also bei der Nennung des einen sowie des anderen Namens ein Glas leeren. Dabei liegt man allerdings schon nach weniger als der Hälfte des ersten Films im Alkohol-Koma. Ich kann es also wärmstens empfehlen.

warum die Erziehungsberechtigten kräftig anstießen, anders konnte man das nicht ertragen. Der Dudelsack klang immer noch wie eine Katze, die man am Schwanz zog, die Gitarre war mindestens zweieinhalb Tonlagen daneben, die Kazoo quakte an den unpassendsten Stellen dazwischen. Außer fliegenden Röcken, schwingenden Hüften, gut trainierten Oberkörpern, einem schmalzigen Lächeln und einer ganz netten Stimme des Liedsängers gab es nichts, was die Jungs ihrem Publikum zu bieten hatten.

Die seidenweiche Stimme des Ukulelenspielers schmeichelte sich mitsamt den falschen Tönen in die Ohren der Mädels, die von der schreienden Katze zuvor schon weichgekocht waren. Der Boran-Hobbit ließ sein Publikum mit seinem Lächeln dahinschmelzen, wenn er die Pfeife mal aus dem Mund nahm. Die anderen beiden hatten einen Hüftschwung drauf, der gut bestückte Einblicke unter ihre Kilts eröffnete. Das war die ganze Show.

„Warum hat dein Kumpel dir die Jungs gleich noch mal ans Herz gelegt?", fragte ich meinen Boss zweifelnd.

„Er meinte, die Show sollte man mal gesehen haben. Ohhhh… noch eine!", hob er seinen Flachmann.

Andy stimmte mit ein: „Fan am Boden. Sani!" Klonk, das Metall traf sich in der Luft. Beide nahmen einen Schluck.

Mr. Superstar wandte sich wieder zu mir: „Sie können nichts, aber das mit viel Elan und Selbstvertrauen. Ein Musterbeispiel dafür, wie man mit der richtigen Einstellung und Verpackung aus Scheiße Geld machen kann."

„Hast du davon nicht schon genug?"

Er guckte perplex, blinkte mich ein paar Lidschläge lang an, lachte dann auf: „Darauf trinke ich."

Die Ohrenfolter fand viel zu spät ein jähes Ende, als die Bühne in der Mitte einbrach. Der Hobbit stand schwuppdi-wupp bis zur Hüfte im gesplitterten Holz und sang in schrillen Tönen ein ganz anderes Lied. Es handelte von Holzsplittern in ungeschützten Teilen seiner Anatomie.

Der Kilt lag in alle Richtungen gefächert auf den Brettern um ihn herum auf, Front und Seiten der Bühne waren voll verkleidet. Seine lautstarke Beschreibung des Problems konnte somit nur von einem Sanitäter nachvollzogen werden, der von hinten unter die Bühne gekrabbelt kam. Er besah sich das Ganze mit Hilfe einer Taschenlampe aus der Nähe und beschloss, das Publikum wegschicken zu lassen, bevor der Unglückliche befreit werden konnte. Das wäre nichts für schwache Nerven und unerfahrene Mädchenaugen, meinte er.

„Musikerimitator am Boden. Sani!", tönte Andy und die beiden stießen an. *Wenn er sich mal nicht auf meine Kosten amüsiert, ist er gleich viel sympathischer.*

Durch das gottlob verkürzte Konzert konnten wir in aller Ruhe zu meinem letzten Highlight schlendern beziehungsweise schwanken. Mein Boss zog den Schlapphut ins Gesicht und hakte sich bei mir ein, Andy konnte noch ohne Hilfe mit leichtem Seegang einigermaßen geradeaus laufen. Er hatte Gefallen an der vertrauten Gesellschaft gefunden, genoss den freien Abend ohne seine Chefin – *die Zicke wurde immer biestiger –,* trank fröhlich weiter und dachte nicht daran, sich ein anderes Ziel auszusuchen.

Vermutlich hätte er auch Probleme gehabt, alleine zum Hotel zurückzufinden, geschweige denn reingelassen zu werden. Er hatte sich eine blaue Gesichts- und Oberkörper-Teilbemalung à la William Wallace zugelegt. Für einen Doppelgängerwettbewerb, wie er sagte. Seine ganzen Narben waren unter den blauen Streifen und Flächen gut getarnt, außer man stand nahe genug und wusste, wonach man suchen musste. *Und ich konnte meine Augen sowieso nicht abwenden.*

Die runde Narbe unter dem rechten Schulterblatt wiederholte sich unter der rechten Brust. *Wollte dich jemand auf einen Ochsen-Grillspieß stecken?* Die fingerbreite ausgefranste Linie, die am Rücken unter dem unteren Rippenbogen ansetzte, führte an seiner rechten Seite um ihn herum und verschwand vorne unter dem Bauchnabel im Kiltbund. *War das James Hook mit seinem Haken?*

Als er sich unfreiwillig beim Stolpern tief bückte, blitzte ein langer breiter Striemen an seinem linken Oberschenkel auf, der sich nach oben über die Pobacke zog, nach unten in einer Neunziggradkurve zwischen den Beinen verschwand. *Wo holt man sich sowas? Sado-maso-Studio? Autounfall? Hat ihn eine Exfreundin gefoltert? Wurde er von Aliens für Experimente entführt? Hat ein verrückter Wissenschaftler ihm bionische Teile implantiert? Ist er immer so schön glatt rasiert unter dem Kilt?*

„Bist du dir mit der Adresse sicher?", glich Jeff die Anzeige seines Smartphones mit der Hausnummer ab. Mit den beiden Schnapsleichen im Schlepptau waren wir bei der letzten Adresse für heute angekommen. Straßenname und Hausnummer standen genau so im Programm, kein Zweifel. Das konnte aber nicht stimmen, wir befanden uns vor einem Wohnhaus, in einer lückenlos geschlossenen Reihenhausreihe. Hier quetschte sich ein schmales Gebäude an das nächste, jedes vier Stockwerke hoch, dafür nur einige wenige Meter breit. An der Tür hing ein einzelnes Namensschild, das auf eine Familie hinwies, die hier lebte. Keinerlei Zeichen für eine öffentliche Lokalität.

Die Haustür ging auf, ein Mädchen um die dreizehn sah uns erwartungsvoll an: „Wollen Sie zur Schwarzlichtshow?"

„Ja", sagte Jeff. „Wir sind wohl nicht die ersten, die sich in der Adresse vertan haben?"

242

„Nein, nein, Sie sind hier richtig", strahlte die Kleine. Sie trat zu uns heraus, hielt ein schwarzes Kartonschild hoch, auf dem in Neonfarben die Show angepriesen wurde. Das heftete sie mit Reißzwecken an die hölzerne Haustür und bat uns reinzukommen.

„Sie müssen durch den Flur, zur Hintertür wieder raus. Wir spielen im Wohnzimmer. Vom Garten aus kann man durch den Wintergarten super zuschauen."

Sie ließ uns der Reihe nach an sich vorbeitreten, kassierte von jedem einen Fünfer Eintritt und strahlte Andy an. Dabei drehte sie den Kopf leicht zur Treppe ins Obergeschoss: „Mommy, noch ein Blauer."

Iap, sogar im doppelten Sinne.

Andy war überrascht, ich konnte mir das Lachen nicht verkneifen. Der eigentliche Lachflash kam allerdings erst, als wir auf der anderen Seite des Hauses den langen Flurschlauch wieder verließen. Im Garten standen zwei Dutzend Plastikstühle halbkreisförmig in vier Reihen mit Blick auf den Wintergarten ausgerichtet. Erleuchtet wurde dieser Publikumsbereich von einer Weihnachtslichterkette, die am Weg entlang bis hinter die Sitzreihen führte. Ein Drittel der Stühle war bereits besetzt, von acht blau angemalten, langhaarigen Männern in Kilt und Stiefeln.

Es hätten Andys Brüder sein können. Nur die Tartans – *die unterschiedlichen Farben und Muster der Kilts* – verrieten die unterschiedlichen Familien. Die William-Nachahmer – *es hatte tatsächlich einen Doppelgängerwettbewerb gegeben* – erhoben ihre kleinen silbernen Fläschchen und sich selbst zum Gruß, als wir näherkamen. Andy und Superstar stimmten mit ein, kamen sofort ins Gespräch. Jeff und ich zogen nach, mischten uns unter die Pseudo-Schotten und es entwickelte sich eine gut gelaunte Party im Stadthausgarten.

Die eigentliche Show, wegen der wir gekommen waren, war eine lustige Ergänzung unserer kleinen Gartenparty. Eltern und Nachbarn nahmen unsere Ausgelassenheit erstaunlich gelassen hin. Für die Künstler der örtlichen Jugendgruppe mit ihrer heiteren, eigenwilligen Kurzinszenierung von Romeo und Julia waren wir ein dankbares Publikum.

Die Show war der Hammer. Schreiend bunte Leuchtpuppen kloppten sich mit Neonschwertchen vor Klebeband-Strichmännchen-Kulissen zu fetziger Musik aus der Konserve. Textpassagen erschienen hinter den Figuren – vermutlich mit weißen Stiften auf schwarze Pappschilder geschrieben.

Wir brachen ab vor Lachen. Die Vorstellung war anders als erwartet, aber die Beste, die wir uns hätten wünschen können. Die genialste Interpretation aller Zeiten. Sogar einen Drachen gab es, das war natürlich die Schwiegermutter.

Die Kids bekamen Standing Ovations, verbeugten sich zigmal und freuten sich irrsinnig. So aufgedreht wie sie waren, wollten sie uns gar nicht gehen lassen. Im Wohngebiet war es allerdings keine gute Idee, nach Mitternacht noch lauthals zu feiern. Das versuchten auch die Eltern ihnen klar zu machen und sie ins Bett zu schicken – oder besser gesagt in ihre Schlafsäcke. Die ganze Jugendgang feierte in diesem Haus eine Übernachtungsparty nach der Show.

Wir hingegen zogen mit allen blauen Männchen in ein Kneipenviertel weiter, für unsere eigene Aftershowparty. An der fünften Adresse hatten wir Glück. Zu Festivalzeiten einen Tisch für zwölf zu bekommen war nicht ganz einfach gewesen. Noch dazu um diese Uhrzeit, mit neun angemalten halbnackten Männern und insgesamt zehn Betrunkenen. *Bald wurden es elf.*

Als einzige Frau in der Runde bekam ich einen Drink nach dem nächsten ausgegeben. Ablehnen wäre unhöflich gewesen, da konnte Jeff mich so strafend ansehen, wie er wollte. Es ging sehr schnell sehr weit bergab mit meiner Koordination und Kommunikation. Mein fast gänzlicher Verlust sämtlicher Fremdsprachen nach kürzester Zeit und einigen Gläsern störte jedoch nicht übermäßig, es fiel nicht mal besonders auf. Die Männer unterhielten sich so gut über Themen, die mich eh nicht interessierten, dass ich mich auf rein körperliche Anwesenheit und freundliches Lächeln beschränken konnte. Meine Trinkgesellen wechselten ihre Standorte immer wieder, schoben mich umher, reichten mich herum, umarmten mich abwechselnd und ließen mich einfach zuhören, während sie mir weiter Whiskey hinstellten.

Irgendwann landete ich in der Ecke, auf einer Bank zwischen Superstar und Andy. Zu diesem Zeitpunkt war ich bereits in einem Zustand, in dem ich keinerlei Hemmungen mehr hatte, mich an den unsterblichen Schwarm meiner Nase dran zu schmusen, an der Kette seines Sporrans zu spielen, die Narben mit den Fingern nachzufahren und nach ihrer Herkunft zu fragen, soweit ich das noch artikuliert bekam. Er wehrte sich nicht im Geringsten, ging physisch willig darauf ein, antwortete allerdings nicht ernsthaft, sondern machte alles zu einem Witz. *Das ist normal meine Taktik, wenn jemand zu neugierig fragt.*

Mein Boss sah sich das Ganze aus nächster Nähe an, schwankte zwischen Erheiterung und Beschützerinstinkt. Er schob immer wieder Andys Hände von mir runter, wenn der meine Annäherungen zu euphorisch erwiderte oder zog mich an sich, wenn wir kurz vorm Knutschen standen. Dann war kurz Ruhe mit der Fummelei, bis Superstar sich wieder einem anderen am Tisch zuwandte und sein Arm mich losließ. *Mich kann man von nichts abhalten, wenn ich nicht abgehalten werden will.* Wie lange dieses Spielchen so ging, kann ich nicht sagen, auch nicht, wie ich ins Hotel zurückkam oder was in dieser Nacht weiter geschah.

Das Letzte, was ich von der Kneipe weiß, ist, dass ich zwischen Superstar und Andy sitzend, an eine blaue Brust geschmiegt, selig einschlief, mit mindestens drei Händen auf meinem Rücken. Das Erste, was ich am Morgen wahrnahm, war ein lautes Schnarchen direkt neben mir.

Der Stoff eines Kilts lag hochgeklappt über einem Rücken und einem Kopf. Nur verwuschelte dunkelbraune Haare guckten oben raus. Unten war der Blick auf einen knackigen blankrasierten Hintern mit einem langen breiten Striemen über der linken Pobacke und dem Oberschenkel geboten. Meine Hand lag genau darauf. Ein Arm, der unter dem Kilt hervorkam, lag quer über meinem blaugemusterten Oberkörper, die Hand an meiner Brust. *Oh Mann!* Aber ich hatte wenigstens Unterwäsche an.

Es war nicht mein Zimmer, in dem ich aufgewacht war. So viel registrierte ich. Einen taumelnden Schritt aus dem Bett heraus trat ich auf meine Jeans, darunter lag das T-Shirt. Ich zog mich schnell an, suchte noch die Schuhe und verdrückte mich so leise wie möglich.

Ein Stockwerk höher lag die Suite, die Mr. Superstar mit seinen beiden Leibwächtern bewohnte. Auch hier schlich ich so leise es ging durch. Schnell duschen, umziehen, packen und rechtzeitig zum Frühstück erscheinen, das war der Plan. Dann merkt keiner was.

246

Gerade als ich die Tür vom Hauptraum zu meinem Schlafzimmer öffnen wollte und dachte, ich hätte es ungesehen geschafft, räusperte sich jemand hinter mir. Jeff und Mr. Superstar saßen bereits beim Frühstück am Fenster um die Ecke. Es musste später sein als ich gedacht hatte, denn schwacher Sonnenschein fiel herein, reflektierte auf dem Besteck und den Servierplatten zwischen den beiden.

„Schöne Nacht gehabt?", fragte Mr. Superstar in bissigem Ton.

Vor lauter Überraschung antwortete ich ihm ganz ehrlich: „Keine Ahnung, totaler Filmriss."

Er hob die Augenbraue, zog eine Schnute, sah an mir rauf und wieder runter. Am Hals blieb der Blick hängen, die Braue stieg noch ein bisschen höher. Ich tastete nach dem Blickfang seines Auges und bekam das Etikett meines T-Shirts zu fassen, dass sich senkrecht an meiner Kehle aufstellte.

„Ist es in Ordnung, wenn ich erst mal schnell dusche, bevor ich zum Frühstück komme?", ignorierte ich seine künstliche Entrüstung.

„Ich bitte darum", zog er die Nase kraus.

So früh am Morgen schon so schnippisch?

Im Badezimmer angekommen konnte ich nicht schnell genug aus den Klamotten rauskommen. Alles fühlte sich dreckig und stinkig an. Ein nackter Blick in den Spiegel enthüllte Schlieren blauer Farbe vom Scheitel bis zur Sohle, inklusive eines erkennbaren Handabdrucks auf einer Hinterbacke. *Na Bravo.* Blieb nur zu hoffen, dass Andy genauso wenig von letzter Nacht wusste wie ich und nicht aufgewacht war, als ich mich aus seinem Bett und seinem Zimmer gestohlen hatte.

Stunden später stellte ich mir immer noch die Frage nach den Ereignissen der vergangenen Nacht und Andys Erinnerungsvermögen daran. Auf dem Weg zum Flughafen, beim Check-in, während der Sicherheitskontrolle, dem Einsteigen ins Flugzeug und beim Einnehmen der Plätze, hatte er sich nichts anmerken lassen. Hatte wie seit Beginn der Tour dezent Abstand gehalten, sich ganz auf seine Aufgabe konzentriert und nicht die kleinste Verhaltensänderung an den Tag gelegt.

Ich tat genau das Gleiche, klebte wie immer zusammen mit Jeff an Superstar dran, schirmte ihn ab, sicherte seinen Weg, behielt die Umgebung im Auge. Zumindest soweit mein Brummschädel und der angegriffene Magen das zuließen.

Erst in der Luft passte Andy mich ab, als ich von der Toilette kam: „Falls du deinen Flachmann suchst, der ist in meinem Koffer. Du hattest doch den mit Nessi drauf?"

„Das Kelpie, ja, das ist meiner. Weißt du noch, wie der bei dir gelandet ist?", fragte ich vorsichtig.

„Nein, ich hab mich nur gewundert, dass zwei Flaschen neben meiner Gürteltasche auf dem Boden lagen. Ich hatte die wohl mit in meinen Sporran gesteckt."

Puhhhh! Er weiß auch nichts mehr! Halleluja. „Ja, wahrscheinlich. Ich hatte ja keine Tasche und nichts dabei. Und in der Hosentasche ist der doch etwas unbequem, auf Dauer. Danke fürs Aufbewahren."

„Kein Problem. Danke für die schöne Nacht."

Aaarrggg! Nix wars. Er weiß doch noch mehr als ich.

Er lächelte mich an, ohne Hohn, ohne Herablassung, ohne etwas Anzügliches dabei, mit Wärme im Blick... – *Oh Gott, was hab ich getan?* – und ging zurück zu seinem Sitz.

Heißt das jetzt, wir haben tatsächlich...? Das volle Programm? Oder hat ihm nur der Abend in lustiger Runde gefallen und weiter weiß er auch nichts mehr? Man soll die Hoffnung auf teilweisen Blackout ja nicht aufgeben. Schlau wurde ich aus dem kurzen Gespräch nicht und Nachfragen wäre zu peinlich gewesen. Die einzige Erkenntnis, die mich zurück an meinem Platz wie ein Blitz traf, war, dass ich mich gerade normal mit ihm unterhalten hatte. Ohne, dass mein Körper sich wie ein hormonkranker Teenie benahm oder mein Hirn aussetzte.

Jeff hatte das auch bemerkt. Er sah erst Andy durch den Gang nach, dann mich darüber hinweg an: „Wenn ich gewusst hätte, dass diese Therapie dir hilft, hätte ich dich gleich in L.A. in sein Bett geschubst."

„Wenn ich selbst das gewusst hätte, wäre ich schon an Silvester mit ihm in die Kiste gesprungen."

„Und wärst nie an mich geraten", hängte Jeff an.

Wie, an dich geraten? Was meinst du? Ich sah ihn fragend an.

„Hämhäm", kam ein überbetontes Räuspern vom Nebensitz. Superstar hatte eine Schlafbrille auf, war aber eindeutig wach. Er zog demonstrativ sein Pullover-Kopfkissen höher und drückte es ans Ohr: „Ich verstehe euch. Und ich will es nicht wissen!"

„Bereust du es jetzt, uns als Sprachlehrer verpflichtet zu haben?", musste ich ihn anpieken.

Die Antwort bestand aus einem deutschen: „Du kannst mich gern haben." *Tu ich doch.*

Uns vor ihm auf Deutsch zu unterhalten hatte keinen großen Privatsphäre-Effekt mehr. Er verstand inzwischen viel zu viel. Jeff würde mir später unter vier Augen helfen müssen, die letzte Nacht zu rekonstruieren. Zumindest bis zu unserem Eintreffen im Hotel sollte er für Klarheit sorgen können. Vermutlich hatten wir ja alle zusammen die Bar Richtung Hotel verlassen. Oder nicht?

Nach einer hektischen Stippvisite in Irland ging es noch in der Nacht weiter nach Malta, Landung am frühen Morgen mit den ersten Sonnenstrahlen. Die Hauptinsel dieses kleinen Inselstaates empfing uns endlich mal mit herrlichem Sommerwetter und ich freute mich auf den mehrtägigen Zwischenstopp, mit sehr lockerem Terminplan. Da Malta zunächst die letzte englischsprachige Station war, sollte es als kleine Pause dienen, bevor es multilingual weiterging.

Die kühle Brise vom Meer, der Geruch nach Salz in der Luft und die strahlende Mittelmeersonne verströmten Urlaubsfeeling. Die Interviewtermine waren erst für den Nachmittag angesetzt, abends roter Teppich und dann zwei Tage Gammeln am Strand. In Sachen Kulturprogramm wäre auch einiges geboten gewesen, aber Schnorcheln war aktuell reizvoller als Ruinen und für die beschränkte Zeit vor Beginn der Interviews heute auch leichter umsetzbar.

Das Wasser war so klar, dass man trotz gehöriger Tiefe die Farbenpracht des Bodenbewuchses heraufleuchten sah und die Fische beobachten konnte. Nur die ablandige Strömung war etwas lästig, da man immer aufpassen musste, nicht zu weit vom Land wegzutreiben. Einmal nicht aufgepasst und schon war ich über die Boje des Schwimmerbereichs hinaus geraten. An diesem Teil der Felsküste gab es keine Lifeguards, die auf unvorsichtige Schwimmer geachtet hätten. Im Zweifelsfall konnte das für Ungeübte ohne motorisierte Kumpel in der Nähe schlecht ausgehen. Zu meinem Glück vergnügten sich Jeff und Superstar mit Jet-Skis und kamen mich schließlich einsammeln.

Wir hatten die Zeit ein bisschen verbummelt und mussten einen Zahn zulegen, sobald wir aus dem Wasser raus waren. Miss Besonders-wichtige-Hauptdarstellerin scharrte bereits mit den Hufen, als wir im Strandoutfit, mit wehenden offenen Hemden über den Badesachen, Handtüchern um den Hals, Badetasche in der Hand und Sand in den feuchten Schuhen angerannt kamen.

Mr. Superstar wurde im Schnellverfahren halbwegs kamerafein gemacht und neben die beiden Hauptdarsteller gesetzt. Der männliche Part beschwerte sich scherzhaft, warum er nicht zur Strandparty eingeladen gewesen war, Andys Chefin rümpfte die Nase. Wir waren beim Rennen ein wenig ins Schwitzen geraten. Nicht so sehr, dass wir stanken, es war mehr die Phase, in der das jeweilige Deo kurz vor dem Versagen besonders kräftig hervortritt. Nach einem guten Kilometer Dauerlauf, über einige Treppen vom Meer hier herauf – *bei über dreißig Grad im Schatten!* – durfte einem ein bisschen warm werden, fanden wir.

Das sah sie allerdings anders, schrie danach, die Fenster zu öffnen und wollte nicht in der Mitte zwischen ihren beiden Kollegen sitzen. Der Hauptdarsteller sollte in die Mitte, damit sie möglichst weit weg vom Geruchsherd Superstar war. Die beiden dazugehörigen Leibwächter sollten zudem gefälligst so weit wie möglich zurücktreten oder ganz den Raum verlassen, schließlich würden die ja im Moment nicht gebraucht.

Sie war noch ekelhafter als sonst, jetzt sogar gegenüber jemandem, den sie normal als gleichwertig ansah. Nicht mal, als das Gruppeninterview losging, hörte sie auf, Gift zu versprühen. Sie hielt sich demonstrativ eine Hand über die Nase, schoss Kommentare über Superstars unpassendes Erscheinungsbild ab, erzählte von drei unglaublich stinkenden Personen in unmittelbarer Nähe. *Gehts noch?*

Wir hatten bereits ausgeschwitzt, die Deos hielten, es war durchgelüftet worden und Superstar sah so schlimm nicht aus. Badeshorts, Achselshirt und buntes Strandhemd über leichten Stoffschuhen mochten vielleicht nicht die übliche Tracht für die Promotionphase sein, aber man kanns mit der Etikette auch übertreiben.

Der Reporter, der die Fragen stellte, nahm es mit Humor. Er ignorierte die Dame, so gut es ging, würgte sie einfach ab und nutzte die legere Kleidung des Weltstars für einen kleinen Exkurs, weg vom Film, hin zu den touristischen Höhepunkten Maltas. Er erzählte der Kamera, dass es sogar einem Mr. Superstar nicht möglich war, sich gegen die Magie dieser Inseln zu wehren, fragte ihn nach seinem Eindruck von Land und Leuten und seinen weiteren Plänen für den Aufenthalt.

Die Protagonistin fand das nicht lustig. Ganz und gar nicht lustig. Jetzt standen auch noch der Nebendarsteller – *in unpassender Kleidung* – und die kleine Inselnation im Fokus, nicht sie. Ihr wurde zudem das Wort abgeschnitten, ihre Keiferei nicht ernst genommen und das Gezeter ignoriert. Dagegen musste sie etwas tun, sich in den Fokus bringen, jemanden finden, an dem sie es auslassen konnte. Auf Kosten eines anderen ihre Stellung stärken, die Außenseiterkarte weiterreichen, an jemanden, der ihr schon lange und stetig die Laune verhagelte.

Als wenn es nicht schon gereicht hätte, sich seit über zwei Wochen von der großen unbekannten Agentin den Rang ablaufen zu lassen, hatte die jetzt auch noch mehr Spaß als sie und bekam ein Augenzwinkern vom Kameramann. Diese unbedeutende Nebenrolle hatte sie schon zu viel Aufmerksamkeit gekostet. Sie war es leid, dieses Phänomen bei jedem Interview noch weiter zu schüren, hatte keine Lust mehr, sich an ihre Verschwiegenheitsvereinbarung zu halten. Sie wollte dieses ungehobelte Mannsweib nicht mehr ständig sehen müssen, wie es sich in den Schatten verbarg, hinter den Kulissen herumdrückte, ihren Bodyguard ablenkte, mit Mr. Superstar scherzte und mit jedem gut auszukommen schien. Sogar einen schönen neuen Namen hatte die Schnepfe bekommen, durfte alle Annehmlichkeiten der Stars mitnehmen, musste sich aber nicht den Zwängen des öffentlichen Urteils unterwerfen. Die konnte in aller Ruhe verfolgen, wie ihr Ruhm wuchs, nur weil sie die Spannung der Welt bis zum Zerreißen spannte. Das Maß war voll, ohne die Geheimniskrämerei würde kein Hahn nach diesem Niemand krähen. Es wurde Zeit, die Bombe platzen zu lassen, den Goblin bloßzustellen, diese Farce zu beenden.

Wenn sie, die große Diva, diese Mona enttarnte, würde die Aufmerksamkeit wieder ganz alleine ihr gelten. Die erste, die einen Namen nennen und mit dem Finger zeigen würde, wäre in aller Munde, auf allen Sendern, die Königin der Enthüllung.

Und so nahm das Unglück seinen Lauf.

Männlicher Hauptdarsteller und Nebendarsteller spielten sich nichts ahnend, gut gelaunt, gegenseitig die Bälle zu. Der Reporter kam gar nicht mehr zu Wort, verlangte es auch nicht. Er sah begeistert zwischen den beiden Männern hin und her, war heilfroh, dass die Zicke endlich still war und genoss das heitere Wortgefecht.

Der Protagonist erzählte zunächst von der Mission seiner Rolle, sein Gegenspieler klinkte sich an passender Stelle ein, argumentierte gegen das Gelingen. Es entwickelte sich ein lustiger Schlagabtausch, der in dieser Form noch bei keinem der vorhergehenden Interviews stattgefunden hatte.

Die vier Leibwächter lehnten währenddessen an der Wand gegenüber der Sitzrunde und verfolgten, wie es weiterging. Normal glichen sich die Fragen und Antworten wie ein Ei dem anderen und wir konnten schon alles auswendig mitbeten. Heute war es anders, Spaß lag in der Luft. Die Fragen waren anders, der Reporter und die Schauspieler auch. Die drei Männer hatten einen Flow und das Ganze machte richtig Laune.

Nur die einzige Frau in der Gesprächsrunde war seit einer Weile ungewohnt ruhig. Sie versuchte ausnahmsweise nicht, sich in den Vordergrund zu spielen oder das Gespräch an sich zu reißen, schien in bösen Gedanken versunken. Erst hatte sie sehr wütend ausgesehen, als der Reporter sie nicht mehr beachtete, dann wurde ihr Gesicht nach und nach zu einem hinterhältigen boshaft-fiesen Hexenlächeln, einer richtigen Fratze. Ihre Zeit war gekommen, sich an die Spitze der Unterhaltung zu setzen, statt komplett im Hintergrund zu verschwinden. So viel Ignoranz war zu viel für sie. Ohne Aufmerksamkeit wurde sie immer wütender und wütender auf die Person, die in ihrer verdrehten Welt ohne Zweifel schuld daran war.

Ich stand zwischen Andy und Jeff und merkte, wie mir das Lachen verging. Es beunruhigte mich, wie die Schauspielerin, die mich bei jeder Gelegenheit nach Kräften schikanierte, in Schurkenmanier zu mir herübersah. Ein kurzer Blickaustausch mit Jeff verriet, dass er das Gleiche dachte. Andy knuffte mich einen Wimpernschlag später in die Seite und wollte wissen, was los war. Es war ihm nicht entgangen, dass seine beiden Kollegen ihre Haltung und Aufmerksamkeit verändert hatten.

Mit der flachen Hand zeigte ich ihm an zu warten, konzentrierte mich auf die selbstverliebte Giftspritze vor mir. Die setzte sich nun besonders aufrecht, schloss beide Hände wie Klauen um die Armlehnen ihres Stuhls und sah den Reporter herausfordernd an.

Es dauerte ein paar Sekunden, bis der ihre veränderte Pose bemerkte und ein paar weitere, bis die beiden anderen Schauspieler aufhörten zu reden. Ruhe trat ein. Jeder im Raum hatte begriffen, dass sie etwas loswerden wollte, gleich platzte vor Geltungsbedürfnis. Alle Blicke richteten sich auf sie.

Sie wechselte die Überschlagsrichtung ihrer Beine, drückte die Brust raus und legte los: „Heute wurde noch gar nicht die ermüdende Frage nach Mona gestellt. Wollen Sie nicht wissen, wer die kleine Nebenrolle gespielt hat? Welcher unbedeutende Niemand dahinter steckt?"

Der Reporter wurde hellhörig: „Sind Sie bereit, es uns zu verraten?"

Sie holte Luft, Superstar griff über seinen Kollegen hinweg nach ihrem Unterarm: „Lass es! Du hast die Vereinbarung unterschrieben."

Jeff zupfte mich am Ärmel, bewegte sich ganz langsam zur Tür, ich folgte ihm und Andy folgte mir. Superstar und die Zicke lieferten sich indes ein Blickduell, der Hauptdarsteller starrte stocksteif die Schauspielerin an, der Reporter beugte sich immer weiter zu ihr vor, Tonassistent und Kameramann gingen einen Schritt näher an das Biest heran, Beleuchtung und Makeup standen schon fast im Bild. Alles geriet in Bewegung, nur Scott, der Bodyguard Nummer vier, war als einziger noch ganz entspannt an seinem ursprünglichen Platz. Der Kerl hatte die Ruhe weg.

Die restlichen drei Leibwächter hatten inzwischen die Tür zum Treppenhaus erreicht und machten sich bereit, sich dünne zu machen. Jeff drückte leise die Klinke herab und trat hinaus, ich hinter ihm her, Andy stand zwischen mir und der Interviewszenerie. Dann ging alles rasend schnell.

„Sie verdrückt sich gerade durch den Ausgang", klang die höhnische Stimme der Schauspielerin herüber. Ein mehrstimmiges scharfes Einatmen erklang, gefolgt von den Geräuschen, sich umdrehender Menschen. Jeff zog mich durch die Tür, Andy drückte sie hinter mir von innen zu. Durch den sich schließenden Spalt sah ich noch, wie die Kamera zu mir schwenkte und der Reporter von seinem Stuhl aufsprang. Dann rannten wir die Treppen hinunter, über uns polterten Schritte, die Tür wurde kurz ein Stück geöffnet, knallte gleich wieder zu, während Kampfgeräusche erklangen.

Mein Boss schrie: „Stopp! Keiner verfolgt sie!"

Wir stürmten raus aus dem Haus, schlugen den Weg ein, den wir zuvor gekommen waren, über ein paar schmale Treppen zwischen den Häusern, bergab zur nächsten Straße. Dort stand ein Bus mit offener Tür, zur Abfahrt bereit. Jeff drückte dem Fahrer einen Geldschein in die Hand und sagte, wir hätten es eilig. Der Fahrer schloss augenblicklich die Tür und fuhr los.

Wir wurden im Gang nach hinten geworfen, die Sitzbank, nach deren Lehne ich automatisch gegriffen hatte, gab nach und rutschte nach hinten. An der Stelle, wo eben die letzte Schraube ihrer Verankerung ausgerissen war, konnte man die Straße vor der Bank und unter dem Bus vorbeiziehen sehen. Mehrere golfballgroße, ausgefranste Löcher mit rostigem Rand boten freie Sicht auf den Asphalt unter uns.

Jeff zog die lose Sitzbank wieder vor, setzte sich darauf ans Fenster und zog mich neben sich auf die quietschenden Federn. Gurte oder sonstige Sicherheitsmaßnahmen gab es nicht. So krallte ich mich haltsuchend in die Rückenlehne der Bank vor uns, an der vorbei man – durch das

Bodenblech hindurch – eine wunderbare Aussicht auf den sich drehenden Vorderreifen hatte. *Na herrlich...*

Der Fahrer fuhr zügig durch den Ort, ohne an Kreuzungen abzubremsen oder langsamer zu werden. Er hupte nur kurz, bevor er über eine Kreuzung fuhr. Erst als einmal eine andere Hupe zur Antwort erklang, bremste unser Bus ab und ließ den anderen Bus, der den Berg heraufkam, zuerst fahren. *Interessante Vorfahrtsregeln.*

Unter normalen Umständen hätten mir diese Fahrweise und der Zustand des Gefährts Angst gemacht, aktuell galt meine größte Sorge jedoch nicht unserem Transportmittel oder den vor uns liegenden Kreuzungen. Mein Boss saß tiefer im Mist als wir. Ohne Personenschutz unterwegs, mit einer geifernden Leinwandzicke im Nacken, die Enthüllungsjournalistin spielte. Er würde Schwierigkeiten haben, nach dieser Bombe unbehelligt ins Hotel zurück zu kommen und anschließend weiter zum roten Teppich.

Wir mussten versuchen, sobald wie möglich wieder zu ihm zu stoßen und herauszubekommen, was das miese Stück nach unserem Abgang sonst noch alles kundgetan hatte. In Ermangelung einer besseren Idee schickte ich Superstar eine kurze Nachricht, vorsichtshalber auf Deutsch: „Alles okay? Treffen uns in deinem Zimmer."

Die Antwort bekam Jeff von Andy auf Mandarin: „Superstar okay, sind unterwegs."

Jetzt war ich komplett verwirrt. Wieso konnte Andy Chinesisch? Und warum hatte er Jeffs Handynummer? Weshalb antwortete der Bodyguard der Verräter-Zicke für meinen Boss?

Jeffs erschöpfende Antwort auf all diese Fragen: „Später. Nicht hier."

Wir kamen wenige Minuten vor Mr. Superstar und Andy im verabredeten Hotelzimmer an. Gerade rechtzeitig, um im Fernsehen meinen Abgang aus dem Studio zu bewundern. *Das ging ja schnell.* Der Lokalsender hatte die ungeschnittene Version des Tumults umgehend auf Sendung gebracht und der Nachrichtensprecher verkündete euphorisch, man sei dem Geheimnis ein Stück nähergekommen. Die Agentin Mona würde die Werbekampagne begleiten und sei am Nachmittag aus dem Sender geflohen.

Darauf folgte eine Einspielung, beginnend mit dem Auftritt der bösen Hexe. Die Augen zu schmalen Schlitzen zusammengezogen, der Mund in einer maskenverdächtigen Fratze zu einem Lachen verzogen, geiferte sie der Kamera entgegen: „Heute wurde noch gar nicht die ermüdende Frage nach Mona gestellt. Wollen Sie nicht wissen, wer die kleine Nebenrolle gespielt hat? Welcher unbedeutende Niemand dahinter steckt?"

Der Reporter fragte erregt aus dem Off: „Sind Sie bereit, es uns zu verraten?"

Die Kamera blieb auf ihr, zoomte ihr Gesicht heran, das Grinsen drohte ihren Kopf nach hinten umklappen zu lassen. Sie holte Luft, stockte, wandte den Kopf nach unten, dann nach links. Die Stimme Mr. Superstars erklang: „Lass es! Du hast die Vereinbarung unterschrieben."

Die Kamera zoomte wieder heraus, zeigte alle drei Schauspieler nebeneinandersitzend, Superstars Hand lag auf dem Unterarm der Verräterin, das Blickduell war heftig. Sie ließ seinen Blick los, drehte sich zum Reporter, erhob die freie Faust, reckte den Daumen daraus hervor und zeigte über ihre Schulter aus den Kulissen heraus: „Sie verdrückt sich gerade durch den Ausgang."

Die Kamera schwenkte zu einer sich schließenden Tür. Vor dieser stand Andy, drückte sie zu und lehnte sich mit dem Rücken dagegen. Im Türspalt hatte man nur kurz

lange, blonde Haare, den Zipfel eines grünkarierten wehenden Hemdes und eines orangen Palero-Tuches verschwinden sehen.

Kaum, dass die Tür geschlossen war und Andy Posten
bezogen hatte, stürmte der Reporter heran, versuchte den
Türsteher aus dem Weg zu bekommen und riss an der
Türklinke. Andy beförderte ihn ohne sichtliche Anstren-
gung auf den Hosenboden, drückte die Tür mit dem Hintern wieder zu und baute sich drohend auf. Mr. Superstar
erschien im Bild, stellte sich zwischen Andy und den sich
hochrappelnden Reporter: „Stopp! Keiner verfolgt sie!"

Im Hintergrund hörte man schnelle Schritte über
Holztreppen hinunterpoltern und die Zicke schreien: „Du
bist gefeuert!"

Das Geräusch einer schweren Haustür folgte, die Kamera schwenkte zum Fenster. Das Bild wurde erst wackelig
und unscharf, dann veränderte sich das Licht und das Bild
wurde wieder scharf. Die Kamera filmte aus dem Fenster
herunter den Bereich vor dem Haus. Eben verschwanden
zwei Gestalten um die Ecke auf einer schmalen Treppen-
passage. Eine große, schlanke, dunkle Figur mit kurzen
schwarzen Haaren, die eine kleinere, massige Blondine im
knallbunten Strandoutfit an der Hand hinter sich herzog.

Damit endete die Einspielung und der Nachrichtensprecher meldete sich wieder zu Wort. Zu seinem Bedauern
habe die Schauspielerin kaum weitere Angaben zur Identität der Mona machen können, wusste wenig mehr als
bereits bekannt war. Das einzig Neue wäre die Behauptung, dass die Frau mehrere Sprachen spräche und sich als
Mr. Superstars Leibwächterin ausgegeben hätte.

Die Hauptdarstellerin machte keinen Hehl daraus, dass
sie das für blanken Unsinn hielt. Wer hätte schon eine
Leibwächterin? Das wäre ein reiner Männerjob und der
Bodyguard bloße Tarnung. Wofür es eine Tarnung sein

sollte und was ihrer Meinung nach tatsächlich dahinter steckte, überforderte ihre Phantasie jedoch gnadenlos.

Am Ende mutmaßte der Reporter von vorhin, nun in einer Liveschaltung vom Aufbau des roten Teppichs, dass es sich um eine weitere clevere Werbemaßnahme handeln könnte, um die Neugier auf Mona noch weiter zu steigern. Die ganze Welt würde sich die Finger lecken nach verwertbaren Bildern von ihr. Es wären aber wieder nur unscharfe Teilaufnahmen zu Stande gekommen, wie sie durchweg im Film vorkamen. Wenn es gewollt zu diesem Tumult gekommen war, könne man dem kreativen Kopf dahinter nur zu seiner Idee gratulieren. Der Abschlusssatz lautete: „Es bleibt also spannend, ob sich Agent Mona heute Abend, hier auf dem roten Teppich in La Valletta, endlich zeigen wird."

Pünktlich zum Ende des Beitrages kamen Mr. Superstar und Andy ins Zimmer. Mr. Superstar und ich umarmten uns ganz automatisch, meine Begrüßung an Andy lautete: „Tut mir leid, dass du gefeuert wurdest. Wieso kannst du Chinesisch?"

Andy sah Jeff an: „Es wird Zeit, sie aufzuklären."

Ich antwortete ganz instinktiv. „Wenn du denkst, ich muss noch aufgeklärt werden, hab ich wohl was falsch gemacht."

Superstar riss es richtiggehend, Andy reagierte verwirrt. Statt mich zu fragen, wie ich das meinte, wandte er sich an Jeff: „Was?"

Jeff begann zu lachen: „Edinburgh."

Andy verstand immer noch nicht.

Jeff fiel fast von der Couch vor Wiehern: „Kompletter Blackout!"

Nach einem kurzen Stocken, das die Zeit markierte, die diese Information brauchte, um zu sacken, lachte Andy mit.

Superstar ließ sie lachen, holte sich einen Bourbon und setzte sich dann zwischen Jeff und mich auf die Couch. Das Lachen der anderen beiden Männer verebbte nur allmählich.

Mein Boss lehnte sich zurück, legte einen Arm um meine Schultern, nahm einen Schluck, sah erst Jeff dann Andy ganz ruhig an: „Meine Herren, ich hätte jetzt gerne eine Erklärung."

Jeff nickte, zeigte auf mich: „Goblin hat mich gefragt, wie ich es geschafft habe, bei euch zu landen, weil es ja eine Empfehlung war."

Ich bestätigte: „Ja, du hast gesagt, ich würde das früh genug herausfinden und je weniger ich wüsste, desto besser."

Er fragte: „Weißt du inzwischen, wer mich empfohlen hat?"

Ich schüttelte den Kopf, stattdessen antwortete Superstar. „George kam mit der Idee an."

„Und von wem hatte George den Tipp?", fragte Jeff an Superstar gewandt weiter. Sein gestreckter Finger zeigte jetzt über meinen Kopf hinweg zum Einzigen, der noch stand.

Dieser ergriff daraufhin das Wort: „George und ich saßen auf dem Flug ins Outback nebeneinander und er erzählte mir von seiner taffen Freundin, die verschiedene Kampfsportarten kann und immer gerne was dazulernt."

Andy machte eine kurze Pause und setzte sich auf die Lehne neben mir: „So wie du von Anfang an versucht hast, möglichst viel Abstand zu mir zu halten, mich loszuwerden und nichts mit mir zu tun haben wolltest, musste ich mir was einfallen lassen. Es war klar, dass ich den Auftrag nicht erfüllen konnte. Es musste jemand her, den du in eurer Nähe akzeptieren würdest."

Er legte eine Hand auf meinen Arm und fuhr fort: „Ich fand heraus, dass ihr bald nach China aufbrechen würdet und du dich am Set zu Tode langweilst. Dein Freund George wusste das auch, also habe ich ihm vor seiner Abreise von meinem tollen Meister in China vorgeschwärmt, der zufällig auch noch fließend Deutsch spricht und er hat angebissen. Euer Boss war unter diesen Voraussetzungen nur zu gerne gewillt, Jeff bei euch aufzunehmen."

George, der Köder schluckende Guppy… wer hätte das gedacht.

„Also bist du auch ein Agent", stellte ich das Offensichtliche fest. „Ihr beide arbeitet für denselben Laden, du hattest uns schon Silvester auf dem Schirm und wusstest, wir stehen auf einer Abschussliste."

„Wir waren uns bis dahin nicht sicher. Erst dein Beinaheabsturz vom Dach hat uns Klarheit verschafft."

„Ich enttäusche dich ja nur ungern, aber das war meine eigene Dummheit und Ungeschicklichkeit."

Andy stand auf. „Nicht wirklich. Du solltest besser auf dein Glas aufpassen und deinen Stolz runterschlucken, wenn du merkst, dass es dir nicht gut geht. Aber grundsätzlich war es ein Anschlag. Eine feindliche Agentin hat dir eine Droge mit muskelversteifender, lähmender Eigenschaft ins Getränk getan und dich dann nach eingesetzter Wirkung gekonnt in die passende Richtung geschubst."

„Das Nachtschattengeflügel?"

„Der Schmetterling, ja. Sie und die Motte waren auf euch angesetzt. Der Nachtfalter hatte das Sicherungsgitter zwischen den Mauerkronen manipuliert, eine der Halterungen fast komplett durchgesägt und abgewartet, bis er euch genau diesen Platz freimachen konnte. Sie hatte euch zuvor den Weg in seine Richtung gebahnt und brauchte dir nur noch den letzten Schubs zu geben, als es so weit war. Ich habe sie beide ausgeschaltet, nachdem ihr das Dach verlassen hattet."

Wie das klingt: Ich habe sie ausgeschaltet... Wie eine Textpassage aus einem ganz üblen Klischeefilm, so einem, wie wir ihn hier gerade promoten. Gleich erzählst du mir noch, das Gegenmittel war an der Nadel der Fibel, mit der du meine Haut aufgeritzt hast.

Jeff meldete sich wieder zu Wort: „Andy ist seit der Nacht möglichst unauffällig an euch drangeblieben und hat über die Bodyguardtarnung einen Weg gefunden, offen bei euch sein zu können. Der Unfall in Australien hat das vorübergehend vereitelt und wir haben euch auch in Japan noch mal kurz vom Radar verloren. Dann habt ihr mich wie geplant in China getroffen und ich übernahm den Babysitterjob ab da", lächelte Jeff mich an. „Durch die Ereignisse auf der Bergstraße war ich schließlich gezwungen, mich euch gegenüber zu enttarnen, und erhielt den Auftrag, bei euch und meiner Scheinidentität als Kung Fu Lehrer zu bleiben. So hatte Andy Gelegenheit, sich intensiver mit der Gegenseite auseinanderzusetzen und ich konnte dir noch mehr beibringen, um euch beide zu schützen."

Ja, dich mit uns anzufreunden war wohl eher nicht Teil deines Auftrags. Das ist einfach so passiert.

Andy übernahm wieder: „Als ich endlich herausgefunden hatte, wo der Abschussbefehl ursprünglich herkam, wie der Stand der Gegenseite ist und wer jetzt die Fäden in der Hand hält, bin ich kurzfristig als Bodyguard zurückgekehrt. Das war dieses Mal sogar kinderleicht, für dieses Weib will niemand freiwillig arbeiten."

Superstar lachte kurz auf.

In meinem Kopf überschlug sich der ganze Input bei dem Versuch, das eben Erfahrene mit den bisherigen Ereignissen abzugleichen: „Andy, eines verstehe ich nicht. Du bist von Anfang an mir an den Hacken geklebt, statt dich bei Mr. Superstar aufzuhalten. Er mochte dich und deine Gesellschaft vom ersten Tag an. Dazu hast du Scott erzählt, du hättest dir einen Spaß mit dem unfähigen Bodyguard gemacht. Jetzt sagst du, du wolltest an uns beiden dranbleiben, nur meine Ablehnung hätte dich daran gehindert. Du hättest dich einfach an Superstar hängen können statt an mich. Wieso hast du das nicht?"

Der Gefragte wechselte einen Blick mit seinem Kollegen, der bedeutete ihm zu erzählen. Unwillig begann Andy: „Du bist gefährdeter, sie wollen zuerst dich ausschalten und dann ist dein Boss dran. Deswegen hatten wir immer ein besonderes Auge auf dich. Außerdem war bei eurer seltsamen Verbundenheit unsicher, ob Mr. Superstar mich langfristig bei euch duldet, wenn du ein Problem mit mir hast."

Jeff bekräftigte das und Andy fuhr fort: „Was meine Behauptung gegenüber Scott angeht: Er ist Profi und ein guter Beobachter. Es war offensichtlich, dass du mich kennst und um Abstand bemüht bist. Ich musste ihm eine glaubwürdige Erklärung dafür geben. Eine, die zu dem passt, was du womöglich erzählen würdest, wenn er dich fragt."

Mein Boss sah nachdenklich aus. Er ließ anscheinend ebenso alles Revue passieren. Nach einer Weile fragte er: „Seit wann betrinken sich Agenten im Einsatz?"

Andy antwortete hierauf noch unwilliger als auf die vorherige Frage. „Das war Tarnung. Der Inhalt meiner Flasche roch nur nach Alkohol, war aber keiner. Ich habe mich mit Whiskey bespritzt und betrunken gespielt. In der Bar habe ich meine meisten Drinks unauffällig an Goblin weitergereicht, ohne dass sie es merkte."

Aua! Oder besser Auweia! Dass ist jetzt richtig peinlich. Nur ich war besoffen und weiß nichts mehr. Mit seiner tarnenden Unfähigkeitsunterstellung lag er wohl gar nicht so weit daneben.

„Dann kannst du mir ja erzählen, wie ich zurück ins Hotel kam und was dann weiter passiert ist, nachdem ich dir unwissentlich so toll bei deiner Tarnung geholfen hatte...", schluckte ich den Kloß in meinem Hals runter. Ich kam mir so dämlich vor! Und ein bisschen verletzt.

Andy wirkte leicht beschämt: „Das sollten wir unter vier Augen besprechen, in Ruhe, wenn wir mehr Zeit haben. Für den Moment kann ich dir nur versichern: ich bin kein Arschloch! Und jetzt müssen wir uns ranhalten, euch auf den roten Teppich zu schaffen."

„Euch?", entfuhr es mir. „Bist du von allen guten Geistern verlassen? Nach dem Super-GAU von heute Nachmittag darf ich mich nicht mehr in Superstars Gesellschaft blicken lassen. Die Schnepfe hat erzählt, ich spiele seinen Bodyguard. Dann weiß doch gleich jeder, dass ich Mona bin, wenn ich neben ihm auftauche."

„Ja eben", bestätigte Jeff strahlend.

Bist du jetzt auch noch bekloppt geblieben?

„Das verstehe ich nicht", schaltete sich mein Boss besänftigend ein, ehe ich hochgehen konnte. „Oder IHR versteht es nicht. Goblin will auf keinen Fall in der Öffentlichkeit stehen, sie wird nicht ihr Gesicht in die Kameras halten, mit den Medien reden oder ihren Namen kundtun."

„Das soll sie auch gar nicht", kam es jetzt wieder von Andy. „Wenn wir das wollten, hätten wir ihr nicht bei der Flucht aus dem Studio geholfen."

„Um die Gegenseite raus zu locken, müssen wir ‚Agent Goblin' ins Blickfeld der Öffentlichkeit stellen, ohne sie dem Blick der Öffentlichkeit auszuliefern", philosophierte Jeff.

Mr. Superstar und ich sahen uns verständnislos an. *Häh?*

○

Zwei Stunden später standen Kent und Mona auf dem roten Teppich. In den Rollen, nicht als Schauspieler. Er in einem leichten beigen Sommeranzug, ich in einem fließenden blassgelben Kleid, bodenlang und hochgeschlossen mit Bienenwabenapplikationen in einem kräftigeren Ton. Dazu gab es ellbogenlange Handschuhe, eine Tasche sowie einen großen sechseckigen Hut mit langem, undurchsichtigem Schleier in der gleichen Grundfarbe. Nur direkt vor meinen Augen war das Netz etwas dünner, so dass ich durch einen Sehschlitz nicht ganz blind war. Das Gesamtkunstwerk, in dem ich steckte, sah aus wie ein explodierter Imker im Fasching. Es fehlte nur noch die große blinkende Plastikbiene auf dem Hut.

Darf ich allen Frauen auf diesem Planeten einen guten Rat geben? Lasst niemals, nie-nie-nie-niemals, unter gar keinen Umständen zwei getarnte männliche Agenten eure Garderobe für ein Event besorgen, bei dem es sich nicht um ein Kostümfest handelt.

Wo bekommt man sowas nur her? Wenn das Ding wenigstens Giftstacheln abschießen oder fliegen könnte, das hätte einen praktischen Nutzen. Aber nichts dergleichen. Seine einzige Superkraft bestand darin, mich von Kopf bis Fuß zu verdecken und durch seine Überlänge ins Stolpern zu bringen. Ach ja, und doof aussehen konnte es auch.

Jeff und Andy waren nun offiziell die beiden Leibwächter an der Seite der beiden Nebendarsteller und ich in aller Öffentlichkeit als Mona unterwegs. Wenigstens konnten wir nun wieder meinen normalen Rufnamen benutzen. *Der Goblin hatte mir gefehlt.*

Reporter und Fotografen konnten sich nicht entscheiden, ob sie mich Mona oder Goblin rufen sollten, beides schallte über die Absperrung heran. Jeder wollte ein Bild, ein Interview, einen Händedruck oder sonst eine Möglichkeit, hinter den Schleier zu blicken.

Mr. Superstar und die beiden Pseudobodyguards wussten das allerdings zu verhindern. Keiner kam nahe genug an mich heran, um den Schleier zu lüften, auch wenn sie es hartnäckig versuchten. Nach einer Weile schickte der Hauptdarsteller auch noch Scott zu uns rüber, weil sich ohnehin alles nur um unsere kleine Gruppe drehte. Die beiden Hauptdarsteller waren plötzlich nur noch Nebensache, die Hexe kochte vor Wut.

Wieder war der großen Diva die Show gestohlen worden. Keiner interessierte sich für sie oder ihre dürftigen Informationen zur vermeintlichen Geheimagentin. Diese stand dafür nun in Person auf dem roten Teppich, winkte in die Kameras und posierte bereitwillig mit ihrem Agentenpartner. Dem überließ sie – *überließ ich* – auch das Reden.

Er erzählte augenzwinkernd von unseren geheimen Identitäten und meiner kürzlich erfolgten plastischen Operation, nach einem missglückten Einsatz. Mein Gesicht wäre noch voller Verbände, Nähte und Blutergüsse. Ganze Hautpartien hätten ersetzt werden müssen und die Nase neu modelliert. Deswegen wäre ich nicht von Anfang an bei der Tour dabei gewesen und würde mein Gesicht verbergen. *Geile Story!*

Jeder wusste, dass das ausgemachter Blödsinn war, aber Mr. Superstar erzählte so euphorisch und leidenschaftlich, dass alle gebannt zuhörten und noch mehr von der Märchenstunde haben wollten. Sogar ich war gespannt, wie meine Geschichte weiter ging, während er sie erzählte.

Der Reporter vom Nachmittag stand an vorderster Front und erkundigte sich: „Warum sind Sie nicht auch verletzt, wenn es Ihre Partnerin so schlimm erwischt hat?"

Superstar zog sein Hosenbein hoch, präsentierte einen langen breiten Kratzer an seinem Schienbein und behauptete, die Abschürfung stamme davon, dass er mich beschützt hätte. Er jammerte, wie schmerzhaft das wäre und dass er noch mehr Wunden hätte, an unterschiedlichen Stellen, diese nur aus Anstandsgründen nicht vorzeigen könne.

Dieser oberflächliche Kratzer an seinem Schienbein, mit dem er sich so brüstete, stammte in Wahrheit von einem der Plastikstühle beim Schwarzlichttheater in Edinburgh. Er war angetrunken im Dunkeln gestolpert, hatte besagten Stuhl mit sich zu Boden gerissen und war mit dem Bein an der scharfkantigen Schweißnaht des Stuhlbeins entlanggeschrammt. Zwei der Williams hatten ihn wieder auf die Füße gestellt, den Stuhl symbolisch erstochen und mit Superstar laut johlend auf den Sieg über den gefallenen Feind und die erlittene Kriegsverletzung angestoßen.

Der Reporter ging freudig auf die Vorlage ein, wollte nun im Detail wissen, wo denn die anderen Verletzungen seien, dass der Anstand es verböte, sie zu zeigen. Superstar lächelte schelmisch, schob das Handmikro beiseite, näherte sich dem Ohr des Fragenden und flüsterte ihm hinter vorgehaltener Hand etwas zu.

Der Mann lachte: „Wie schafft man das denn?"

Wieder flüsterte mein Boss mit ihm und zeigte dabei mit dem Daumen über die Schulter zu mir.

Der andere prustete los, sah mich an, schüttelte den Kopf, lachte wieder los und erzählte der Kamera schließlich: „Agent Mona scheint eine ganz Wilde zu sein."

Dann hielt er mir das Mikro hin und wollte eine Stellungnahme dazu. Ich wusste ja noch nicht mal, wozu jetzt eigentlich genau. Außerdem hatte ich nicht vor, auch nur ein einziges Mal den Mund aufzumachen. Ich stand nur da, sah durch den Schleier das Mikro vor meiner Nase an und hob in der Keine-Ahnung-Stellung meine Handflächen und Schultern gleichzeitig.

Superstar meldete sich erneut zu Wort: „Sie ist schüchtern. Zumindest in der Öffentlichkeit."

Die beiden prusteten wieder los, Superstar klopfte dem Reporter in Freundschaftsgeste auf die Schulter, setzte grinsend zu einem neuen Scherz an und...

Ein Schuss knallte, die beiden verstummten sofort, sahen sich erschrocken um, während sie automatisch die Köpfe einzogen und sich duckten. Alle duckten sich instinktiv oder warfen sich auf den Boden. Andy drückte mich ganz runter und lag sofort auf mir drauf, Jeff zog Superstar vollends zu Boden und hockte sich schützend vor ihn. Beide Agenten hatten umgehend ihre vorher versteckten Pistolen in der Hand. Scott sah irritiert zwischen ihnen hin und her, er hatte – als einziger echter Leibwächter – keine Waffe und kniete mit leeren Händen dazwischen. Andy schickte ihn zu den beiden Hauptdarstellern, um diese ins Gebäude zu schaffen, wo sie vermutlich in Sicherheit waren. Wir hingegen bewegten uns geduckt, mehr auf allen Vieren als laufend, zu einem niedrigen Mauervorsprung, der zumindest zu der einen Seite Schutz bot, aus welcher der Schuss gekommen zu sein schien. Ein Zweiter war bislang nicht abgegeben worden.

Ich wollte über die Mauer linsen, um den Standort des Schützen ausfindig zu machen, wurde aber von Jeff sofort runtergedrückt. Seine Hand klatschte auf meinen Hut und presste diesen noch fester auf meinen Kopf: „Zieh die Birne ein! Du bist das erste Ziel."

Schwer zu glauben, bei dem ganzen Chaos, das um uns herum herrschte. Wer da den Überblick behielt und mich dabei auch noch im Visier, war echt gut. Die Pressemeute hatte zusammen mit den Fans und Premierengästen die Flucht ergriffen. Alle liefen durcheinander, behinderten sich gegenseitig oder rannten sich sogar um. Wer stürzte, hatte Pech gehabt, wurde vom Nächsten überrannt und musste zusehen, wie er wieder hoch und aus der Gefahrenzone kam. Die Ersten hatten das schützende Gebäude in unserem Rücken erreicht, folgten den beiden Hauptdarstellern ins Foyer. Scott war hinter der massiven Vollholztür hocken geblieben, hielt sie auf und winkte alle an sich vorbei ins Innere.

In der anderen Richtung waren Einzelne kopflos über die Straße geflohen, dem Schützen entgegen. Einige weitere spritzten nach links und rechts am Gebäude vorbei davon. Sie verschwanden um die nächsten Ecken und schienen unbehelligt davonzukommen.

Innerhalb von Sekunden oder Minuten – schwer zu sagen, mir war kurzfristig das Zeitgefühl abhandengekommen – war der Platz vor dem Premierenkino leer. Nur wir vier saßen noch hinter unserer Mauer, neben dem roten Teppich.

Scott sah um die Ecke der Tür herum, zu uns heraus und forderte uns mit Gesten auf, auch zu ihm zu rennen. Er steckte dabei seinen Kopf zu weit hinter der Deckung hervor, ein zweiter Schuss fiel. Direkt über dem lebenden Türstopper splitterte Holz aus der massiven Pforte. Das war eine Warnung, die er verstand, die wir alle verstanden. Wer sich nicht einmischte, durfte gehen, wer den Zielen zu helfen versuchte, würde auch ins Visier geraten.

Bodyguard und echte sowie gespielte Agenten sahen sich noch einmal an, einigten sich in einem Blick. Die Tür wurde geschlossen, wir vier waren alleine, gefangen hinter der niedrigen Mauer, die uns als Einziges von der Straße und den gegenüberliegenden Gebäuden abschirmte.

Auf einem der Dächer oder in einer der Wohnungen dort drüben musste der feindliche Agent sich befinden. Nach dem Schusswinkel zu schließen, der sich aus der Richtung des Knalls und der Einschlagstelle in der Tür ergab, war er irgendwo links von uns und ein paar wenige Meter höher. Ich zeigte Jeff mit zwei Fingern die ungefähre Richtung an, in der ich den Angreifer vermutete und er stimmte zu, grenzte es weiter ein: „Er sitzt im ersten oder zweiten Stock, hinter einem der vier Fenster, die im Schatten liegen."

Prompt wollte ich den Kopf heben, um mir die Fassade gegenüber genauer anzusehen. Vier Fenster im Schatten? Das war mir entgangen. Ich wusste mit Mühe und Not, dass dort vier relativ niedrige Häuser auf der anderen Straßenseite standen, die einen freien Blick auf den Platz vor dem Kino boten. Aber die Anzahl der Stockwerke oder gar der Fenster hätte ich nicht sagen können. Erst recht nicht, wie viele davon im Schatten lagen, und welche.

„Bleibst du unten!", schubste Jeff mich richtiggehend zurück, als ich mich auf die Knie setzte. Ich fiel gegen meinen Boss, landete wieder auf dem Hintern, nahm endlich den blöden Hut ab und versuchte, aus den Mienen der beiden Profis einen Plan herauszulesen. Ich hatte absolut keinen.

Andy saß mit dem Rücken an der Mauer, drückte mit einem Arm Superstar ebenfalls nach hinten und sah abwechselnd nach beiden Seiten zu den jeweiligen Enden unserer Deckung. Superstar neben ihm hatte wiederum meinen Arm gegriffen, zog mich noch tiefer und sah an mir vorbei zu Jeff. Dieser kontrollierte gerade seine Waffe, verstaute sie unter dem Jackett und sah auffordernd zu Andy.

„Linksrum?", fragte der.

„Ja, der Abstand zum Torbogen ist nicht zu weit."

Jeff griff sich meinen abgesetzten Hut, warf ihn vor Andy auf den Boden, begab sich auf die Knie und sagte

noch „ich geb dir ein Zeichen", bevor er im Schutz der Mauer loskrabbelte.

Andy nahm seinen Arm vor Superstar weg, den Hut in die Hand und stützte sich leicht mit dem Ellbogen an der Mauer ab, als er sich seitlich drehte. Seine Blickrichtung ging nun zu seinem Kollegen, der das Ende der Deckung erreicht hatte.

Jeff sah kurz über die Schulter zurück, ging in Stellung, wie ein Sprinter in den Startblöcken und wartete. Andy hob den Hut ganz langsam millimeterweise höher, bis er über den Rand der Mauerkrone hinauslugte. Ein weiterer Schuss hallte durch die Straße, der Hut wurde Andy aus der Hand gerissen, Steinsplitter spritzten vom Boden hoch, wo die Kugel durch den Hut hindurch in das Pflaster gefahren war. In der gleichen Sekunde, in der das Geräusch des

Schusses erklang, sprang Jeff los. Er hatte die Hälfte der wenigen Meter zum schützenden Torbogen hinter sich

gebracht, als ein weiterer Schuss folgte. Und noch einer. Jeff gab beim letzten Knall ein Schmerzgeräusch von sich, wurde aber nicht langsamer und geriet nicht aus der Bahn. Er verschwand hinter dem Torvorsprung im Schatten und war weg. Ich konnte ihn von hier nicht mehr sehen, hörte auch nichts, nahm keine Regung wahr. War er getroffen? Nur gestreift oder schwer verletzt?

Hätte Superstar nicht wie ein Schraubstock meine Hand festgehalten und mich mit Gewalt weiter nach unten gezogen, wäre ich vermutlich direkt hinter Jeff her. Andy registrierte den stummen Kampf, den seine beiden Schützlinge ausfochten, und griff auch nach meinem Arm: „Bleib unten! Jeff ist Profi, du kannst ihm nicht helfen, du machst es nur schlimmer. Lass ihn seinen Job machen. Er schafft das schon, warts ab."

Also blieb ich unten und wartete. Und wartete. Und wartete.

Die Zeit kriecht ohnehin schon langsamer als eine verschlafene, schleimarme, altersschwache Schnecke mit Ischias, wenn man auf etwas wartet. Wenn dazu noch unklar ist, ob es überhaupt Sinn macht zu warten, weil das, worauf man wartet, womöglich tot ein paar Meter weiter in einem dunklen Torbogen liegt oder gerade dabei ist, zu verbluten und man auch nicht weiß, ob das, wovor man sich versteckt vielleicht gerade auf dem Weg zu einem ist, dann wird dieses Warten zu unerträglichen Jahrhunderten. Die Beine fangen in so einer Situation von ganz alleine an, nervös zu hoppeln, die Hände wollen sich winden, der Kopf wendet sich von einer Seite zur anderen, in Erwartung, etwas wahrzunehmen, die Finger trommeln auf Egal-was-sie-gerade-in-Reichweite-haben und der Puls kann sich nicht entscheiden, ob er vor Aufregung rasen oder zwischendurch einfach mal kurz aussetzen soll.

Mein Herz entschied sich für rasen bis kurz vor dem Zerspringen und setzte dann mindestens zwei Schläge lang aus, als ein weiterer Schuss erklang. Das war dieses Mal ein anderes Geräusch, ein anderer Knall, eine andere Waffe. Das war eine Faustfeuerwaffe gewesen, kein Gewehr wie bisher. Seit meinem Schießtraining in Florida kannte ich den Unterschied im Klang. Einer der beiden, auf die wir in der einen oder anderen Weise warteten, hatte eine Pistole abgefeuert. Nur wer auf wen? Und hatte der Schuss getroffen?
Es dauerte weitere endlose Sekunden, bis Jeffs Stimme herunterrief: „Treffpunkt A, lauft los."
Das war unser Signal aufzuspringen und zu den Jet-Skis zu rennen, die Jeff und Superstar am frühen Nachmittag in

der Bucht geparkt hatten. Wir hatten ja eigentlich nach dem Interview wieder zurück ins Wasser gewollt. Aber erstens kommt es immer anders und zweitens als man denkt. Nach dem geplatzten Interview und unserer anschließenden Flucht aus dem Sender war daraus nichts geworden. Dafür waren nun die Gefährte, für die inzwischen eine hübsche Überziehungsgebühr beim Verleiher fällig geworden sein sollte, unser Fluchtplan A, auf den wir zuhielten.

Mit gerafftem Rock wetzte ich hinter meinem Boss her, gefolgt von Andy. Wir warteten nicht auf Jeff, sondern gaben Vollgas. Der durchtrainierte Kampfmeister wäre ohnehin vermutlich vor uns am Treffpunkt, selbst mit Verletzung. Andy dagegen musste sich unserem Tempo anpassen, vor allem meinem und dem meines störenden Kleides. Das Mistding blieb immer wieder überall hängen. Der Rock befand sich ohnehin schon deutlich über Kniehöhe, sosehr hatte ich ihn gerafft und hielt den Stoffwust mit beiden Händen krampfhaft fest.

Irgendwann verhakte sich die gelbe Rollwurst vollends an einer geparkten Stoßstange in meiner Fluchtschneise und ich wurde von jetzt auf gleich komplett gestoppt, machte im vollen Lauf einen Satz rückwärts, fiel hin und Andy auf mich drauf. Er stand sofort wieder auf, zog mich hoch und ein Messer aus der Tasche. Bevor ich „aber" sagen konnte, hatte er den Stoff schon kurz unter der Hüfte abgeschnitten. *Gerade so, dass meine Unterhose nicht hervorlugte.* Das war entschieden zu Mini für meine Kartoffelstampfer.

Entsetzt starrte ich Andy an, der den Stoff demonstrativ hinter sich warf und einen guten Ausblick auf meine Beine bekam. Er starrte mein vernarbtes rechtes Bein an, das ich sonst knieaufwärts für gewöhnlich gut zu verdecken weiß. Ein spontanes Verstehen zeichnete sich in seinem Gesicht ab, sein Blick hob sich: „Okay, du hast noch mehr Charakter als erwartet."

Jetzt war ich verdutzt. Unseren kleinen Schlagabtausch zum Thema „Narben verleihen Charakter" hatte ich noch im Gedächtnis, aber er musste doch in Edinburgh meine Narben gesehen haben. Ich war nur in Unterwäsche in seinem Bett neben ihm aufgewacht, ein blauer Handabdruck war auf meinem Po gewesen, direkt über den jetzt bestaunten Unfallnarben. Weiter als bis „aber..." kam ich auch dieses Mal nicht. Er steckte das Messer weg und zog mich weiter: „Nicht jetzt. Wenn wir mehr Zeit haben, erzähle ich dir von der Nacht."

Mehr Zeit war allerdings vorerst nicht in Sicht und eine Unterhaltung unter vier Augen erst recht nicht. Jeff wartete schon bei den Jet-Skis, als wir ankamen. Er hielt den linken Arm in Schonhaltung, hatte sich eine Schlinge aus Gürtel und Krawatte improvisiert, die ihn stabilisierte. Eine Zusammenfassung in zwei Sätzen verriet uns, dass er in absehbarer Zeit einen Arzt benötigen und auf dem Jet-Ski als Sozius bei Mr. Superstar mitfahren würde. Andy und ich schnappten uns den anderen Wasserflitzer.

Wir versteckten uns in einer kleinen, nur vom Meer aus zugänglichen Bucht und warteten. Es dauerte noch, bis wir uns mit unseren Gefährten ungesehen der Fähre nähern konnten, die nachts aus Sizilien ankam und am nächsten Morgen in aller Frühe wieder dorthin auslaufen würde. Wie wir uns mit vier ausgewachsenen Menschen, einer davon verletzt und in seiner Bewegung eingeschränkt, dort hinaufschleichen sollten, war mir noch schleierhaft.

Die Lösung des Problems brachte ein kleines Wohnmobil. Nachdem alle Fährgäste nach Malta das relativ kleine Schiff verlassen hatten, wurde dieses fast schon antik anmutende Mobilheim schon mal für die Rückfahrt nach Sizilien aufs Auto-Deck verladen. Was sich leichter anhört, als es tatsächlich war.

Vom Rand des Hafenbeckens aus beobachteten wir auf unseren ausgeschalteten Jet-Skis stehend wie das Vehikel mit drei schlecht aufgepumpten und einem ganz platten Reifen an einen kleinen orangen Zugwagen gehängt wurde. Der Fahrer dieses Rasenmäher-Bulldog-ähnlichen Schleppers brauchte nach dem Anhängen des Wohnmobils erst mal einen weiteren Hafenarbeiter, der sich hinter das Steuer des Campers setzen würde.

Sobald er um die Ecke verschwunden war, um seinen Kollegen zu holen, hangelten wir uns am Anleger entlang, machten unsere Wassermopeds versteckt zwischen zwei kleineren Booten fest und schlichen geduckt über den offenen Platz. Die Tür hatte der Verlader nicht wieder verschlossen, den Schlüssel auf den Fahrersitz gelegt. Der hintere Bereich des Heimes auf Rädern war durch einen Vorhang abgetrennt, hinter dem wir verschwanden.

Superstar wurde in die kleine Dusche/Toilette gesteckt, Jeff setzte sich hinter zwei enorme Koffer, die am hinteren Ende im kurzen Gang standen, Andy und ich versteckten uns wie kleine Kinder unter den Bettdecken der Liegen zu beiden Seiten. Da lag so viel Zeug drauf, dass die zusätzlichen Beulen durch die beiden Körper nicht auf den ersten Blick ins Auge stachen. Allein der Berg Schmutzwäsche am Fußende meines Bettes stapelte sich um ein Gutes höher als ich breit war. Ekelig, aber durchaus zweckdienlich in dieser Situation.

Es dauerte nicht lange, bis die Tür wieder geöffnet wurde, jemand sich auf den Fahrersitz plumpsen ließ – *kurz aufgrunzte, weil er auf dem Schlüssel saß* – und der Motor des Zugwagens ansprang. Nach den Geräuschen, die das Wohnmobil von sich gab, sobald es in Bewegung geriet, wunderte es mich nicht mehr, dass ein Zugfahrzeug vonnöten war. Von alleine fuhr dieses Ding vermutlich keinen Meter mehr. Außer vielleicht am steilen Hang bergabrollend, hoppelnd, schräg und unaufhaltsam, wenn man die Bremsklötze vergaß. Es würde mich doch sehr überraschen, wenn die Bremsen an diesem Wagen noch funktionierten.

Wir hörten den Fahrer von draußen schimpfen, der Lenker im Inneren fand die Probleme seines Kollegen außerhalb eher lustig, das Gespann schaukelte sich ganz allmählich in den Bauch der Fähre, die Umgebungsgeräusche veränderten sich, wurden hallend, blechern. Unser trojanisches Pferd hatte nach gefühlten Ewigkeiten seinen endgültigen Standort für die Überfahrt scheppernd und ächzend erreicht. Dem Verlader reichte es, so viel rangieren war er nicht gewöhnt. Nach ein paar weiteren Flüchen wurde das Frachtgut auf platten Reifen von außen abgeschlossen und die Männer entfernten sich. Wir hörten, wie sie sich unterhielten, nun das restliche bereitstehende Frachtgut deutlich schneller und einfacher in separate Laderäume bringen zu können. Im Auto-Deck ging das Licht aus – *bis auf die Notbeleuchtung* – und Ruhe kehrte ein.

Jeff kam hinter den Koffern hervor und setzte sich auf Andys Bettkante: „Jetzt können wir uns ein paar Stunden entspannen. Die Fahrgäste nach Italien dürfen erst in vier Stunden ihre Autos reinfahren."

Superstar kam aus der Dusche und setzte sich zu mir. Etwas knackte unter seinem Hintern, er sprang erschrocken gleich wieder auf und tastete nach dem Gegenstand. Er hatte eine Taschenlampe gefunden, die sogar noch funktionierte.

Im Schein dieser kleinen Lampe wurde ersichtlich, wie dringend Jeff einen Arzt brauchte. Er war kreidebleich, Schweiß stand ihm im Gesicht, seine sonst so aufrechte Haltung war deutlich eingesunken. Ich hatte vorher – *außer im Fernsehen* – noch nie gesehen, wie jemand mit dunkler Haut blass wurde. Das sieht noch schlimmer aus als bei jemandem mit ohnehin heller Haut, der Unterschied zum Normalbild ist noch erschreckender.

Andy knipste das batteriebetriebene Nachtlicht über dem Bett an, löste seinem Kollegen die improvisierte Armschlinge, zog ihm das Hemd aus und begab sich umgehend auf die Suche nach Verbandsmaterial. Wenigstens der Erste-Hilfe-Kasten dieses Gefährts war ganz aktuell und sauber. Ein zusätzliches Medipack, das mehr enthielt als die gesetzlich vorgeschriebenen Mindestmaterialien, reichte aus, um Jeff halbwegs zu versorgen. Aber einen Arzt brauchte er trotzdem dringend. Die Kugel steckte noch in seiner Schulter, verursachte bei jeder Bewegung neue Blutungen und hatte vermutlich den Stoff der Kleidung mit sich in die Wunde gezogen. Wenn nicht bald alles herauskäme, gäbe das eine hübsche Entzündung.

Ich hatte das Bett, auf dem Jeff saß, um ihn herum abgeräumt, während Andy mit dessen Schulter beschäftigt war. Sobald der Verband saß und ordentlich festgeklebt war, legten wir Jeff hin. Er konnte von alleine ohnehin nicht mehr sitzen, Superstar hatte ihn in den letzten Minuten gestützt, damit er nicht nach vorne umgeklappt war.

Jeffs Zustand schränkte unsere Möglichkeiten beim Von-Bord-Gehen deutlich ein. Wir konnten uns nicht einfach unter die Touristen mischen, wie wir es vorgehabt hatten, und zu Fuß das Schiff verlassen. Wir würden in diesem Gefährt bleiben müssen, egal wo es hingebracht werden würde. Nach kurzer Suche fand ich die Frachtpapiere – auf Englisch verfasst, wie es sich bei internationalen Transporten gehört – und verschaffte mir einen Überblick. Da ich bei meinen zahlreichen Jobwechseln in der Vergangenheit auch mal in einer Spedition ausgeholfen hatte, konnte ich einiges herauslesen.

Das Gefährt war nicht straßentauglich und sollte als Nachlasssendung zur Mutter des verstorbenen Eigentümers gebracht werden. Anhand der Einschränkungen, die zu den Maßen und Tonnagen der möglichen Transportmittel für die Endauslieferung vermerkt waren, war ersichtlich, dass der Empfangsort am Ende eher schmalerer Straßen liegen würde, also vermutlich entweder in einer ländlichen Gegend oder in einer Altstadt. Der Ortsname sagte mir nichts, aber die Zielregion. Der Wagen würde Sizilien nicht wieder verlassen.

Damit würde auch die Fahrt im Anschluss an die Entladung vom Schiff nicht allzu weit gehen, bis wir uns dünnmachen konnten. So groß war die Insel nicht. Für diese Annahme sprach auch, dass der Anlieferzeitraum für den kommenden Vormittag terminiert war. Bei meinen Erfahrungen mit italienischen Spediteuren hieß das allerdings nicht viel. Die Fracht konnte auch erst nächste Woche oder noch später ihr Ziel erreichen.

Meine einzige Hoffnung bestand in den Zahlungsbedingungen auf dem Frachtbrief, die besagten, dass der Empfänger die Frachtkosten erst bezahlen würde, wenn die Sendung da war. Unter dieser Voraussetzung ging es dann meistens doch etwas schneller, als wenn die Frachtkosten schon vorab gezahlt wurden. Es blieb abzuwarten, wann und wo wir ankommen würden.

Das nächste Problem war unsere mangelnde Barschaft. Die jeweiligen Brieftaschen waren zwar am Mann beziehungsweise an der Frau gewesen, aber bei einer Tour durch viele verschiedene Länder mit vielen verschiedenen Währungen war sogar ich inzwischen weitgehend auf Plastik umgestiegen. Das verbot sich jetzt strengstens. Sobald einer von uns seine Kreditkarte, Bankkarte oder sonstiges, wie auch immer geartetes Plastikgeld verwendete, würden die Verfolger wissen, wo wir waren.

Das bisschen Papier- und Klimpergeld, das wir jeweils in den Taschen hatten, belief sich am Ende zusammengelegt auf knapp 15 US-$, 10 Kanadische Dollar, 30 Australische Dollar, 20£ und 50€. Damit würden wir nicht weit kommen. Unterkunft und Verpflegung für vier, ärztliche Versorgung für Jeff, ein Transportmittel für den Verletzten und so weiter würden weitaus mehr verschlingen.

Das Kleidungsproblem konnten wir zumindest kurzfristig lösen, wenn auch nicht auf besonders schöne Weise. In unseren Premierenklamotten würden wir auffallen. Vor allem ich, mit dem abgeschnittenen hellgelben Ding mit Bienenwaben drauf, das ohne den Rock daran eher wie ein Body aussah. Also behalfen wir uns mit dem, was da war. Die beiden großen Koffer, hinter denen Jeff sich versteckt hatte, mussten ihren Inhalt ausspucken. Das Ergebnis war erstaunlich.

Diese Sachen waren nicht nur nicht getragen und stinkend wie jene, die auf dem Bett gelegen hatten, sondern wohlriechend und ordentlich gefaltet. Der Typ, dem dieses rollende Schlafzimmer gehört hatte, musste zudem eine geistige Frau gewesen sein. Es gab Sachen in allen Größen.

Die Normalgröße, die passte, die Vollschlanken-Kollektion für gefräßige Weihnachtsfeiertage und Schwangerschaften sowie die Sachen, in die man ja vielleicht irgendwann womöglich doch mal wieder reinpassen könnte, wenn spontan eine langanhaltende Hungersnot ausbräche. Sprich: Wir fanden für jeden von uns etwas, das einigermaßen passte. Für Jeff legten wir eine Auswahl, die passend aussah, auf einen Stapel und packten den Rest wieder ein. Ein großer Müllsack freute sich über die getragenen Sachen vom Bett und unsere Roben, ein kleinerer über die blutigen Kompressen und desinfektionsmittelverschmierten Tücher.

Der Punkt unseres Fluchtplanes, der Superstar in den Stunden, die wir nun in dieser Blechdose festsaßen, besonders hart ankam, war der vorübergehende Verlust seines Handys. Auf dem Weg zu den Jet-Skis hatte er kurz eine Nachricht zu Hause hinterlassen, dass sich bitte niemand Sorgen machen solle, er wäre wohlauf und würde sich bald wieder melden. Ich hatte es mit meiner Mom ebenso gemacht und dann wurden die Akkus entfernt.

Die Sonne stand mittlerweile recht hoch und es war unerträglich heiß in dem unklimatisierten Backofen geworden. Jeff ging es immer schlechter, seine Atmung war flach, er hatte Fieber und zitterte. Es wurde höchste Zeit, dass wir endlich ankamen und ihn zu einem Arzt brachten. Wie wir diesen überreden sollten, keine Meldung über die Schusswunde zu erstatten, wussten wir noch nicht, aber mit diesem Problem würden wir uns auseinandersetzen, wenn es so weit war. Im Moment war es dringlicher, überhaupt erst mal einen Doc zu finden, der sowas behandeln konnte.

Vor dem Fenster zogen Oliven- und Orangenbäume und kleine Bauernhäuser in der hügeligen Landschaft vorbei, wenn wir durch die Vorhänge lugten. WIr waren nicht in der schlimmsten Touristengegend der Insel unterwegs, sondern in den Regionen der einheimischen Bevölkerung. Der kleine Laster, auf dessen Ladefläche das Wohnmobil gerade so draufgepasst hatte, kurvte um die Ecken, dass ich mehrfach fürchtete, mitsamt dem Wagen im Graben zu landen.

Wir kippten hin und her, wurden gegen die Gurte geworfen, mit denen die große Fracht am Transportfahrzeug verzurrt war. Wenn der Fahrer doch zwischendurch mal abbremste, gab es einen deutlichen Schub nach vorne. Andy und mein Boss saßen auf einem der Betten und spreizten sich ein, ich saß auf dem anderen neben Jeff auf der Bettkannte und hielt ihn fest. Andernfalls wäre er unkontrolliert herumgerollt, gegen die Wand geschlagen oder vom Bett gefallen. Seine Haut glühte, bis auf die Hände, die waren eiskalt. Richtig bei sich war er auch nicht, irgendwo zwischen Schlafen und Wachen gab er in unregelmäßigen Abständen Schmerzlaute von sich.

Ihn so zu sehen, war die Hölle. Dieser Kerl hatte mit massiven Prellungen, einem angebrochenen Arm und gerissenen Muskeln keinerlei Anzeichen von Schmerzen gezeigt und war mit seiner Schusswunde noch stundenlang mit uns unterwegs gewesen. Jetzt half ihm alles Zusammenreißen nichts mehr, sein Körper machte schlapp. Die Verbände waren durchgeblutet und Andy hatte sie bereits zweimal gewechselt. Der kleine Müllbeutel lief schon über.

Endlich stoppte der Transporter, der Motor ging aus, wir hörten den Fahrer aussteigen, eine reife Frauenstimme kam heran und unterhielt sich lautstark mit ihm. Es ruckelte wieder, die Spanngurte wurden entfernt, das Scheppern von Rampen, die angelegt wurden, erklang. Superstar verschwand in der Dusche, Andy kam zu mir herüber, um Jeff mit festzuhalten, wenn unser Gefährt in die Schräglage ging.

Die Fahrertür wurde geöffnet und jemand stieg ein, wir hielten die Luft an. Es gab ein paar knappe Kommandos, die wir nicht verstanden, unser Versteck setzte sich langsam rückwärts in Bewegung und kam schließlich am Boden an.

Der Lenker stieg wieder aus und unterhielt sich erneut mit der Frau, Superstar kam aus seinem Versteck, Andy stand auf, um zwischen den seitlichen Vorhängen hindurch zu sehen. Als die Stimmen verstummt, der Transporter abgefahren und alles ruhig war, ging er nach vorne, sah auch vorsichtig durch diesen Vorhang, riskierte einen weiteren Blick hinaus und sagte, er würde sich erst mal nach einer Transportmöglichkeit umsehen. Wir sollten so lange bei Jeff bleiben. *Ich hätte ihn in diesem Zustand sowieso nicht alleine gelassen.*

Fünf Minuten später ging die Tür erneut auf, der Vorhang wurde zur Seite geschoben und es war nicht Andy, der hereinkam. Eine kleine gebeugte, wettergegerbte Frau in den späten Siebzigern oder frühen Achtzigern stand da und reagierte sehr ungewöhnlich. Sie sah ein klein wenig überrascht, aber nicht erschrocken aus, musterte nach dem ersten kurzen Zucken seelenruhig erst Mr. Superstar, der ihr mit dem blutigen Müllbeutel in der Hand am nächsten stand, dann mich, wie ich Jeffs Hand hielt und schließlich die schon wieder durchgebluteten Verbände an Jeffs Schulter.

Statt zu schreien oder zu flüchten, scheuchte sie Superstar mit wedelnden Händen aus dem Weg, drückte sich an mir vorbei und fasste nach den blutigen Verbänden. Sie zog sie mit geübtem Griff zur Seite, sah sich kurz die Wunde darunter an und rief dann laut: „Maria!"

Besagte Maria antwortete von draußen und die alte Frau rief ein paar Sätze, von denen ich nur das Wort „Dottore" verstand. Maria gab eine knappe Antwort, der Motor eines Rollers sprang klappernd und hustend an und entfernte sich schnell.

Unsere Entdeckerin scheuchte nun auch mich weg, setzte sich neben Jeff und untersuchte ihn ein bisschen genauer. Die Verbände kamen ab, Superstar hielt ihr den Müllbeutel auf, ich reichte ihr die verbliebenen Verbandsvorräte. Sie nahm eine Hand voll Kompressen und drückte sie auf Jeffs Schulter. Der stöhnte auf. Im gleichen Moment kam Andy herein und blieb wie angewurzelt stehen. Superstar erzählte ihm kurz, was seit seinem Weggang geschehen war und die alte Frau beachtete ihn gar nicht.

Wenig später näherte sich das Geräusch des asthmatischen Rollers wieder, ein Mann in den Siebzigern und eine Frau in den Zwanzigern – *vermutlich Maria?* – kamen herein. Der Mann trug eine große lederne Tasche in der Hand, schob sich sofort an uns vorbei zum Patienten und die junge Frau jagte uns raus. Nur die beiden Alten und Jeff blieben zurück.

Maria sprach halbwegs Englisch und konnte uns mit einiger Mühe verständlich machen, dass ihre Großmutter Anna hier die örtliche Hebamme war und auch bei Verletzungen gerne zur Hilfe gerufen wurde. Dottore Viacenti war ein pensionierter Landarzt, der sich ebenso nach wie vor um seine alten Patienten kümmerte, wenn der Weg ins Krankenhaus zu weit war oder ein Notfall schnell versorgt werden musste. Er hatte schon alle Arten von Verletzungen gesehen und behandelt, auch Schusswunden.

Der Dottore kam nach einiger Zeit heraus, deutete auf den großen Handkarren, den Andy zuvor schon als potentielles Transportmittel für Jeff besorgt hatte, und redete verdammt schnell irgendwas auf Italienisch. Maria übersetzte, dass wir unseren Freund nun ganz vorsichtig heraustragen und auf den Wagen legen sollten. Der Patient müsse aus der abgestandenen Sauna raus, aber seine Wunde dürfe dabei nicht wieder aufreißen.

Der Doc sah sich um, griff sich ein etwa 60 Zentimeter breites, stabiles Schalbrett, das hinter dem Wohnmobil an einem Olivenbaum lehnte, hielt es Andy hin und dirigierte ihn in den Wagen. Superstar folgte ihm und sie kamen mit Jeff auf dem Brett wieder heraus. Brett und Agent wurden vorsichtig auf den Karren gelegt, Maria und ich liefen zur Stabilisierung nebenher, die Männer zogen den Wagen, Anna ging flink voraus und der Doc folgte in geringem Abstand mit seiner Tasche in der Hand.

Unser Weg führte über einen schmalen, ungeteerten Pfad mit ausgetretenen Fahrspuren, vorbei an einem niedrigen Bauernhaus, unter einem Bogengang aus Obstbäumen hindurch, bis zu einer kleinen Holzhütte. Sie lag hinter Büschen verborgen. Vor ihr, ebenfalls halb im Gebüsch, standen eine alte gusseiserne Handpumpe und ein steinerner Wassertrog. Anna ging an der Pumpe vorbei hinein, öffnete die Fenster und Fensterläden von innen und deutete uns, Jeff auf eines der schmalen Betten zu legen.

In dem einzigen Raum des kleinen Hauses standen sechs dieser Betten, einmal komplett an den Wänden entlang. An der rückwärtigen Wand waren Hängeschränke darüber angebracht, an den seitlichen Wänden Öllampen an Haken zwischen den abblätternden Fensterrahmen.

Maria, Andy, Superstar und ich griffen uns jeweils eine Ecke des Brettes, auf dem Jeff lag, hoben ihn auf das angezeigte Bett unter einem der Fenster hinüber und bemühten uns, ihn möglichst schonend vom Tragebrett herunter zu bekommen. Maria und ich drehten ihn behutsam auf die unverletzte Seite, Andy und Superstar zogen zentimeterweise das Brett unter ihm hervor. Der Doc überprüfte gleich noch mal den Zustand der Schulter und seiner Nähte. Seine Arbeit hatte den Transport überlebt, der Patient das Schlimmste aber noch nicht überstanden. Er zitterte in Krämpfen, schwamm in kaltem Schweiß und atmete stoßweise.

Das Schmerzmittel, das Dottore Viacenti ihm gespritzt hatte, stellte ihn zwar ruhig und die Antibiotika begannen die Entzündung zu bekämpfen, aber bis sich eine Besserung einstellte, würde es noch dauern. Jeff hatte ein paar harte Tage vor sich.

Donna Anna und Dottore Viacenti wachten abwechselnd über den Patienten. Die kleine Hütte, die früher als Unterkunft für Saisonarbeiter gedient hatte, wurde aktuell nicht anderweitig gebraucht und wir machten uns als Gegenleistung für die Unterkunft nützlich, wo es nur ging. Maria freute sich über die Hilfe im Orangengarten, beim Unkrautjäten und bei diversen Reparaturen. Sie konnte uns währenddessen auch erklären, warum ihre Großmutter – *ihre Nonna* – so gelassen auf uns reagiert hatte.

Abgesehen davon, dass sie schon Schlimmeres erlebt hatte, als ein paar Fremden in einem Wohnmobil gegenüber zu stehen, hatte sie uns am vergangenen Abend schon gesehen, im Fernsehen. Der maltesische Anschlag vor laufenden Kameras war binnen Stunden auch in den italienischen Nachrichten gekommen. Man hatte gesehen, wie Jeff und Andy sich schützend über Mr. Superstar und die verhüllte Frau geworfen hatten. Es wurde gesagt, dass der Attentäter tot in einer leerstehenden Wohnung aufgefunden worden war, man dort weitere Blutspuren entdeckt hätte und die zwei Schauspieler sowie ihre beiden Leibwächter wie vom Erdboden verschwunden wären.

Nonna Anna hatte Superstar, der ja als Erster direkt vor ihr gestanden hatte, sofort erkannt und eins und eins zusammengezählt. Zusätzlich konnte nach ihrem Verständnis jemand, der sich schützend vor einen anderen warf oder jemand, der einen Verletzten auch auf eigene Gefahr hin nicht zurückließ, kein böser Mensch sein. Und gute Menschen verdienten es, dass man ihnen half.

Andy stimmte in diesem letzten Punkt mit ihr überein und schraubte ausdauernd an dem Wohnmobil herum, um es für Anna und Maria wieder flott zu kriegen. Rein als fahrbaren Untersatz. Maria hatte nur den alten, klapprigen Roller und Anna fuhr notfalls Fahrrad oder ließ sich von jemandem mitnehmen. In einer kleinen, improvisierten Werkstatt – *kaum mehr als ein Schuppen* – hatte der einstige Besitzer Stunden um Stunden damit verbracht, sein geliebtes Gefährt in Gang zu halten. Andy fand dort fast alles, was er brauchte, inklusive einiger Ersatzteile und eines zweiten Satzes Reifen.

Was er nicht fand, konnte ihm der Dottore gebraucht besorgen. Dafür sah sich Andy wiederum auch dessen altersschwaches Auto an, Zeit hatten wir ja gerade genug. Bis Jeff wieder halbwegs fit war, mussten wir uns bedeckt halten und die Köpfe einziehen. Der kleine Bauernhof, zu dem früher einmal deutlich mehr Land gehört hatte, bot

die ideale Möglichkeit dazu. Touristen kamen hier normalerweise nicht hin, die Hütte war abgelegen und nur alle
zwei Tage kam ein Kastenwagen eines größeren Hotels
vorbei, um Obst, Gemüse und Eier für die Küche zu holen.
Wenn er auftauchte, tauchten wir ab. Ansonsten gab es
hier genug zu tun oder auch mal die Gelegenheit abzu-
schalten.

In einem der Hängeschränke unserer Unterkunft hatte
ich auf der Suche nach Lampenöl einen leeren Zeichen-
block und Stifte gefunden. Mit diesen Utensilien konnte
ich am besten abschalten. Wenn ich nicht etwas arbeitete,
bei Jeff saß oder mit den anderen beratschlagte, wie es
weitergehen sollte, machte ich Skizzen und Zeichnungen
von allem, das mir darstellenswert erschien.

Mein Lieblingsmotiv war Donna Anna, wie sie über Jeff
wachte und dabei kleine Handarbeiten verrichtete. Sie ließ
sich nicht davon stören, wenn ich ihr gegenüber auf einem
der Betten unter einem offenen Fenster saß und vor mich
hin zeichnete. Sie kam nur gelegentlich, wenn ich im Freien
einen knorrigen Baum, das halb eingefallene Hühnerhaus
oder sonst eine verwunschene Szenerie zu Papier brachte,
hinter mich getreten und sah zu, wie ich nach und nach die
ganzen Details einfing, die den Zauber des Gesamtbildes
ausmachten.

Einmal ließ ich den Block auf einer Bank liegen, weil
Maria mich kurz brauchte. Als ich wiederkam, saß Anna auf
der Bank, blätterte langsam die Zeichnungen durch und
schluchzte unvermittelt auf, mit einer Hand vor den Mund
geschlagen. Ihr kamen die Tränen bei dem Bild, das sie
dabei zeigte, wie sie Jeffs Stirn mit einem Lappen kühlte.
Ich wusste nicht, was los war oder was ich tun sollte, also
holte ich Maria.

Sobald sie das Bild sah, stiegen ihr auch Tränen in die
Augen.

Statt einer Erklärung ging Maria ins Haus und holte einen zweiten Block, im gleichen Format. Sie schlug ihn auf und die erste Seite zeigte eine fast identische Zeichnung. Die gleiche Szene, die gleiche Strichführung, die gleichen betonten Licht- und Schattenverhältnisse in der alten Hütte, vor demselben offenen Fenster, vom selben Blickwinkel aus. Der Zeichner musste auf demselben Bett gesessen haben wie ich, auch im Sommer, bei offenen Fenstern zu beiden Seiten. Nur war Donna Anna auf der anderen Zeichnung deutlich jünger, der Baum vor dem Fenster hinter ihr noch kleiner und der Patient ein anderer.

Anna hielt die Bilder nebeneinander und ich bekam eine Gänsehaut. Das andere Bild trug die Signatur von Giovanni, Annas verstorbenem Sohn, Marias Vater, in dessen heruntergekommenem Wohnmobil wir von Malta geflohen waren. Der Block und die Stifte, die ich einfach benutzt hatte ohne zu fragen, waren auch seine gewesen.

Superstar entging die Szene nicht und er blätterte wenig später auch durch meine Zeichnungen. Das fragliche Bild von Anna war nicht mehr im Block. Ich hatte es vorsichtig herausgetrennt und ihr gegeben, den Block wollte sie nicht, ich sollte ihn behalten. Es waren einige Studien, Teilskizzen, ausgearbeitete Bleistiftzeichnungen von Anna, Jeff und allem möglichen anderen darin enthalten. Nur nichts Ausgearbeitetes von meinem Boss. Der sah sich die Seiten eine nach der anderen an, betrachtete dabei vor allem die Portraits lange und genau. Nach einer Weile meinte er: „Jetzt verstehe ich, warum es so wichtig für dich ist, wieder zeichnen zu können."

Was? Ich sah ihn entsetzt an. Was hatte er gerade gesagt?

Er setzte eine seltsame Miene auf: „Mein Filmriss in Berlin war nicht von Dauer. Ich weiß von unserem Besäufnis nach dem Mordanschlag, von unserem Gespräch und was du mir von deinem Bruder, deinen zitternden Händen und meinem Lied erzählt hast. Ich wusste es schon nach ein paar Tagen wieder."

Oh Gott. Ich war so froh gewesen, dass er sich nicht mehr hatte erinnern können, bereute meine Offenheit, sobald ich es ihm erzählt hatte. Aber warum hatte er nie etwas gesagt, warum kam er jetzt damit an?

„Ich würde dein Portrait von mir sehr gerne einmal sehen. Warum hast du es mir nie gezeigt?", setzte er nach.

„Weil es mir zu wichtig ist."

„Wie meinst du das?"

„Wenn du es nicht so perfekt findest wie ich, würde mich das vernichten. Diese Zeichnung bedeutet mir einfach alles und dein Urteil ist mir inzwischen wichtig geworden."

„Wenn sie auch nur annähernd so gut ist wie diese hier", hielt er den Block hoch, „gehört sie zu den Besten, die ich je zum Unterschreiben bekommen habe."

„Du würdest sie unterschreiben wollen? Würdest du das auch mit Bleistift tun statt mit dem üblichen Filzstift?", fragte ich.

„Wenn du das möchtest. Filzstift würde nicht zum Rest passen?", überlegte er laut.

„Nein, darum geht es nicht."

„Worum dann?"

„Auch wenn es total bescheuert klingt, aber Filzstift wäre ein simples Autogramm. Bleistift dagegen die fehlende Signatur des zweiten beteiligten Künstlers."

Er sah mich mit tiefgezogenen Brauen fragend an, legte den Kopf schief und machte seine Denkerschnute.

Muss ich das denn wirklich auch noch erklären? Ist es nicht schon schlimm genug, dass du dich wieder erinnern kannst? „Okay, um den Kitsch perfekt zu machen: Deine

Kunst hat meine zurückgebracht", erklärte ich. „Ohne dein Lied hätte es die Zeichnung nie gegeben. Und diese alle hier auch nicht", zeigte ich auf den Block in seiner Hand. „Kann ich den jetzt wiederhaben? Ich würde gerne die Hühner hinter dem Haus zeichnen." *Und vor allem nur schnell weg von diesem Gespräch!*

Während Jeff sich langsam erholte, hatten wir einen Weg gefunden, unseren Lieben ein Lebenszeichen zukommen zu lassen, ohne uns zu verraten. Ganz altmodisch hatten wir Briefe per Hand auf Papier geschrieben, die ein Freund von Maria in Malta zur Post bringen würde. So dauerte es zwar länger, bis die Nachricht zu Hause ankam, aber unser Aufenthaltsort wäre nicht nachvollziehbar. Dafür würden die Empfänger die jeweils vertraute Handschrift erkennen und wissen, dass die Meldung sicher von uns stammte.

Die totzuschlagende Zeit hatte auch gereicht, mich von Andy aufklären zu lassen, dass in Edinburgh nichts zwischen uns passiert war. Also „nichts" stimmt auch nicht, aber nicht das, was ich befürchtet hatte.

Der blaue Handabdruck auf meinem Allerwertesten stammte nicht von ihm, sondern von einem anderen vorwitzigen William, der mir bei der Abschiedsumarmung in die Hose gefasst und sich dafür einen saftigen Kinnhaken eingefangen hatte. Nicht von mir, sondern von Andy...

In seinem Bett lag ich, weil er auf mich aufpassen wollte und man ohnehin eine Brechstange gebraucht hätte, um mich von ihm wegzubekommen. Meine Klamotten hatte ich selber unter der Bettdecke ausgezogen, weil sie nach Kneipe stanken und mir davon übel wurde. Komplett blau gemustert war ich gewesen, weil ich mich immer noch an Andy schmiegte, als wir entsprechend leicht bis sehr wenig bekleidet im Bett lagen.

Außer kuscheln und im Schlaf unbewusst in die Stellung bewegen, in der wir am Morgen gelegen hatten, war aber nichts gewesen. Er hätte alleine das Vertrauen und die Wärme genossen, die ich ihm in dieser Nacht entgegenbrachte und er wäre kein Arschloch, das so eine Situation ausnutzen würde, erklärte er todernst und schon fast ein bisschen ehrenrührig. *Da bist du aber eine sehr seltene Ausnahme...*

Anna indes hatte die fixe Idee, dass Jeff und ich ein Paar wären. Wie sie darauf kam, konnte Maria mir auch nicht erklären. Selbst Jeff bekam es nicht aus der alten Dame heraus, obwohl er sich glänzend mit ihr unterhielt. Der Kerl sprach natürlich auch noch fließend Italienisch! Ich hingegen verstand nur hier und da ein paar Brocken, wenn die Wörter im Französischen oder Spanischen genauso hießen oder zumindest ähnlich waren.

Wenn Donna Anna mir jedoch etwas leidenschaftlich erzählte, konnte ich mir aus ihren großen Gesten, der sehr bildhaften Darstellung mit beiden Händen, der eindeutigen Mimik und den Wortfetzen ganz gut zusammenreimen, was sie meinte. Und ich hoffte inständig, sie falsch verstanden zu haben, als sie mich mit Jeff nach ein paar Tagen alleine in der Hütte ließ und meinte, wir könnten uns schon wieder lieben, ich müsste dabei nur sehr sanft mit ihm sein.

Ähm... Was?

Nach Jeffs dreckigem Lachen zu urteilen, hatte ich sie durchaus richtig verstanden.

Na, wenn sonst nichts ist...

„Sag mal, du Simulant, warum hast du mir eigentlich nicht gesagt, dass mit Andy gar nichts war?", nutzte ich das angeschnittene Beischlafthema gleich.

Er grinste mich immer noch dreckig an: „Und damit den Therapieerfolg zunichtemachen? Hahahahahaha…!"

Er lachte sich kringelig und kriegte sich gar nicht mehr ein, bis seine Schulter ihm das Lachen vergällte. Nur noch leicht gackernd hielt er mir entgegen: „Allein dadurch, dass du dachtest, mit ihm Dampf abgelassen zu haben, konntest du plötzlich normal mit ihm reden und hast dich in seiner Gegenwart nicht mehr wie ein Mondkalb aufgeführt. Es war sicherer so." *Das saß.* „Außerdem fand ich es besser, wenn er es dir selber sagt. Fällst du jetzt wieder zurück in den alten Zustand, nachdem du es weißt?", wollte er wissen.

„Nein, ich denke nicht."

„Dann habe ich ja alles richtiggemacht."

Jeff ging es nach vier Tagen gut genug, um zeitweilig aufstehen zu können. Naja, eigentlich nicht, aber als harter Knochen ließ er sich nicht im Bett halten. Kleine Spaziergänge strengten ihn sehr an, wurden von Anna kritisch beäugt und von mir grundsätzlich begleitet. Er brauchte noch viel Ruhe, konnte aber nicht mehr dauerhaft liegen. Gegen Ende der Woche verbrachte er – *gegen Annas ausdrücklichen Rat* – bereits die meiste Zeit auf der Veranda, an dem großen Tisch, der das sommerliche Zentrum des Lebens auf dem Hof darstellte.

Von hier aus hatte man einen guten Ausblick auf alles, was sich um das Haus herum tat, konnte aber auch schnell in Deckung gehen, wenn jemand kam, der nicht hierher gehörte. Der Zufahrtsweg war von der Veranda aus weithin einzusehen und jeder der aktuellen Hofbewohner kam regelmäßig vorbeigelaufen.

Jeff genoss seinen Platz an der Sonne und wurde dabei von Anna, im Rahmen seiner Möglichkeiten, bald zum Erbsenschälen oder Gemüseputzen eingespannt. Da er eh nicht liegen blieb, behielt sie ihn und seine Verfassung so sicher im Auge. Die beiden schwatzten fröhlich über aktuelle Themen aus der Zeitung und kommentierten, was um sie herum geschah. Sie verstanden sich prächtig. Man konnte zusehen, wie es Jeff immer besser ging und er richtig aufblühte mit Nonna Anna zur Seite.

Es sah manchmal direkt so aus, als ob sie sich Geheimnisse anvertrauten oder über andere herzögen. Irgendetwas erzählte er ihr, dass sie regelrecht fassungslos machte. Sie konnte ihm gar nicht oft genug den Arm tätscheln und die Hand vor ihren Mund schlagen. Als ich mich kurze Zeit später neben Jeff setzte, stand sie postwendend auf und schimpfte mit erhobenem Finger in meine Richtung beim Weggehen.

„Ähh… Hab ich euch gestört oder was falsch gemacht?", wunderte ich mich.

Die Antwort blieb aus, denn wir mussten auf Tauchstation gehen.

Ein unbekanntes Fahrzeug kam die Zufahrt hoch, fuhr links am Haus vorbei, blieb ein paar Sekunden lang stehen, wendete und fuhr wieder weg. Im Wagen saßen zwei Männer soweit sich das erkennen ließ. Nicht typisch für Touristen, das sind meist Paare, Familien oder größere Gruppen. Sie hatten sich auch nicht umgesehen, wie es jemand tat, der sich verfahren hatte. Sie hatten eindeutig Ausschau gehalten. Vermutlich nach uns.

Es war an der Zeit, unser gemütliches Versteck zu verlassen. Anna und Maria durften keinesfalls wegen uns in Gefahr geraten.

Da wir ohne Gepäck gekommen waren, hatten wir nicht viel zusammenzusuchen. Nur die Kleidung auf dem Leib und ein paar Kleinigkeiten, die in die Hosentaschen passten. Den Block, den Anna mir geschenkt hatte, ließ ich in dem Hängeschrank zurück, in dem ich ihn gefunden hatte. Den würde ich mir holen, wenn das alles vorbei war.

Nun mussten wir zusehen, wie wir am besten von hier wegkamen, Jeff konnte noch keine langen Strecken laufen und wir waren immer noch auf einer Insel. Wieder war der einzige Weg eine Fähre – *die einst geplante Autobahnbrücke zum Festland war nie gebaut worden*. Wir brauchten es zwar nur bis Neapel zu schaffen, dort hatte Andy einen vertrauenswürdigen Kontaktmann und die Fähre dorthin ging täglich, aber die billigste Passage kostete pro Erwachsenem 75 Euro. Noch dazu hätten wir unsere Ausweise oder Pässe vorzeigen müssen, auch wenn es dieses Mal über keine Landesgrenze ging. Dass wir noch mal so viel Glück haben und es schaffen würden, uns ungesehen an Bord zu schleichen, war aussichtslos.

Aus den Nachrichten wussten wir, dass man sich immer noch fragte, wo wir abgeblieben waren und die Promotour ohne uns auf Hochtouren lief. Durch den Anschlag und unser mysteriöses Verschwinden danach, war der Hype um Mona, Kent und Co. noch extremer geworden. Jeder Hinz und Kunz hielt Ausschau nach uns, außer meinem Gesicht waren alle durch die Medien bestens bekannt. *Damit dürften die geheimen Aktivitäten der beiden vermeintlichen Bodyguards sich in Zukunft deutlich verkomplizieren.*

Maria verstand das Meiste unserer Diskussion und fing hektisch an, ihrer Nonna zu übersetzen, wo unsere Probleme lagen. Die redete genauso hektisch zurück und Jeff wurde hellhörig. Ich verstand etwas von Auto und Boot und Schulden bezahlen und Giovannis Freund Daniele. Das klang interessant. In der kompletten Übersetzung wurde es noch interessanter.

Das Wohnmobil, das Andy wieder flottbekommen hatte, erfüllte für Anna und Maria keinen praktischen Nutzen, da sie beide keinen Führerschein dafür hatten. Zudem war Giovanni seinem Freund Daniele ein paar mehrere Euros schuldig geblieben für diverse Ersatzteile für eben dieses Gefährt. Daniele war oft unterwegs, würde sich über ein Auto mit Schlafmöglichkeit freuen und hatte ein großes Fischerboot. *Bingo!*

Am Ende sah unsere Abreise so aus, dass die drei Männer sich wieder hinten im Mobil versteckten, Maria auf dem Beifahrersitz saß und ich fuhr. Giovannis Wohnmobil war hier weithin bekannt, Maria auch, also dachte sich niemand etwas dabei. Wenn eine Freundin aus der Stadt sie in den Semesterferien besuchte oder sie mitsamt dem Auto ihres verstorbenen Vaters abholen kam, weil Maria ja keinen entsprechenden Führerschein hatte, war das nicht verdächtig.

Daniele guckte ziemlich dumm, als Maria plötzlich unangekündigt vor seiner Tür stand, das Wohnmobil unmittelbar im Rücken, und fragte, ob sie reinkommen dürfe. Wir blieben so lange im Wagen.

Was sie ihm erzählte oder wie gut sich beide kannten, weiß ich nicht, aber Daniele stellte uns keine Fragen. Mit einbrechender Dunkelheit fuhr er uns alle im Wohnmobil zu einem Anleger, ließ uns kurz auf Wiedersehen zu Maria sagen, schaffte uns auf sein Boot und ließ Maria von seinem Sohn heimbringen. Er gab einen ihm offenbar gut bekannten Kurs ein, und fuhr mit uns vieren zu einer gut versteckten Anlegestelle außerhalb Neapels.

Andy war nach wenigen Stunden wieder zurück, samt seinem Kontakt in einem dreirädrigen Minitransporter. Superstar, Jeff und ich passten gerade so in den stickigen Aufbau hinter der winzigen Fahrerkabine. Ohne Fenster und ohne Lüftung waren wir klatschnass geschwitzt, halb erstickt und hatten keine Ahnung, wo wir uns befanden, als die Fahrt in einer Tiefgarage endete. Durch einen langen Flur ging es unterirdisch weiter, durch mehrere Stahltüren, altertümliche Kellergewölbe, Treppen hinauf und hinunter, durch weitere Gänge und Gewölbe, bis wir schließlich vor einer mehrfach gesicherten Stahltür standen.

Eine Überwachungskamera zoomte deutlich hörbar auf uns heran, bevor die Tür vollautomatisch entriegelt wurde. Ein Zischen erklang, ein hydraulisches Schnauben, und die dicke Panzertür schwang nach innen auf. Dahinter lagen ein fünf Meter langer Raum und noch eine Stahltür. Wir gingen hinein, die Tür hinter uns schloss sich, das Zischen wiederholte sich. Erst dann ging die Tür vor uns auf, mit den gleichen Geräuschen.

Hinter diesen luftdichten Schutztüren erstreckte sich ein langer, neutraler Gang, wie in einem Bürogebäude. Andy ging voraus, öffnete die dritte Tür rechts und führte uns in einen Überwachungsraum. Dort erwartete uns ein weiterer Mann, der seine Erleichterung über unser lebendiges Erscheinen nicht verbergen konnte. Besonders Jeffs Eintreten ließ ihm einen riesigen Stein vom Herzen fallen. Man hörte den Felsbrocken förmlich im Zement unter ihm einschlagen. Er umarmte ihn vorsichtig, aber innig, legte eine Hand auf seinen heilen Arm und erzählte ihm etwas auf Chinesisch.

Andys Kontakt berichtete uns derweil auf Englisch, was seit unserem Abgang aus Malta geschehen war. Unsere Jet-Skis waren am nächsten Tag im Hafen gefunden worden. Allerdings erst am späten Abend, so hatten wir einen gewissen Vorsprung gehabt, unsere Verfolger waren genauso im Dunkeln getappt wie unsere Beschützer.

Der Rückschluss auf die Fähre war nur eine von mehreren Möglichkeiten gewesen. Wir hätten überall hin verschwunden sein können. Es kamen verschiedene Inseln in Frage, aber auch Tunesien oder das italienische oder griechische Festland. Sizilien war am Ende am wahrscheinlichsten erschienen, weil die Insel relativ groß und am nächsten gelegen war. Zudem sprach Jeff ja fließend Italienisch und zumindest wir beide hätten mit unseren europäischen Personalausweisen keinerlei Probleme gehabt, nicht mal einen Reisepass gebraucht. Zur Touristensaison fallen zwei Deutsche mehr oder weniger in Italien nicht auf.

Wir hatten es mustergültig hinbekommen, von der Bildfläche zu verschwinden, ohne sichtbare Spuren in irgendeine Richtung zu hinterlassen. Es hatte über eine Woche gedauert, bis die Gegenseite sich mit Sizilien sicher gewesen war und gezielt dort nach uns gesucht hatte. *Das passte zu dem, was wir erlebt hatten.*

Das Einzige, was beide Organisationen von Anfang an gewusst hatten, war, dass Jeff angeschossen worden war. Ein Handyvideo, aus dem Kino heraus aufgenommen, hatte es eingefangen, und sowohl in der Wohnung mit dem toten Attentäter als auch am Jet-Ski war genug seines Blutes zurückgeblieben, um auf eine schwere Verletzung zu schließen.

„Kein Wunder, dass sein Freund – *Originalton: Boyfriend* – so erleichtert ist", kommentierte ich ganz automatisch.

Andy sah mich fassungslos an. „Boyfriend? Das ist sein Bruder. Jeff ist nicht schwul."

Die letzten beiden Sätze hatte auch derjenige mitbekommen, um den es dabei ging. Er sah mich so baff an wie ich ihn. Alles, was mir einfiel, war: „Ihr seht euch überhaupt nicht ähnlich."

Taten sie wirklich nicht. Jeff war fast zwei Meter groß, drahtig, mit Locken und erkennbarem afrikanischen Einschlag. Sein Bruder war einen Kopf kleiner, um einiges heller, stämmig gebaut, mit leicht asiatischen Zügen und glattem schwarzen Haar.

Der Bruder antwortete nun auf Deutsch: „Stimmt, und das ist gut so. Kann ja nicht jeder so eine Bohnenstange sein."

Jeff dagegen hatte es zum ersten Mal seit ich ihn kannte die Sprache verschlagen. Der unverhoffte Nicht-Boyfriend stellte sich indes als Alexander vor, erklärte, unser Gepäck, das wir auf Malta zurückgelassen hatten, stünde nebenan und wir könnten uns erst mal in den Duschräumen in Ruhe frisch machen, während Jeff – *der in Wahrheit Simon hieß* – erst noch mal vom hauseigenen Arzt begutachtet würde.

Der wiederum war sich hundertprozentig sicher, die Handschrift des Arztes, der Jeff zusammengeflickt hatte, schon mal gesehen zu haben. Vor vielen Jahren, aber unverkennbar und sehr geübt bei großkalibrigen Schussverletzungen. Ein anderer Arzt hätte die Schulter unter den gegebenen Umständen auf der Flucht höchstwahrscheinlich nicht retten können. Ich nahm mir vor, dem Doc einen dicken Geschenkkorb zukommen zu lassen. Jeff hatte großes Glück gehabt ihm in die fähigen Hände zu fallen.

Apropos fallen: Der Stein, der Jeffs… äähh… Simons Bruder in Neapel bereits vom Herzen gefallen war, wurde wenige Stunden später zu einem wahren Erdrutsch in Sydney und München – *gesicherten Leitungen sei Dank*. Auch wenn wir außer „es geht uns gut, macht euch bitte keine Sorgen" nichts Näheres sagen durften.

Nach viel Hin und Her und ja und nein und vielleicht und lieber-doch-nicht und Rumdrucksen bekamen wir endlich vom Gruppenleiter die Information, die ich seit über zwei Monaten hartnäckig versucht hatte, aus Jeff ...ähh Simon – *Ach, verdammt noch mal!* – heraus zu bekommen: Welcher Film war verantwortlich für unsere Misere?

Natürlich war das Naheliegendste und Dümmste wieder das Richtige: Der Agentenfilm!

„Ich erschlag dich, Jeff! Ach verdammt, Simon!", schrie ich ihn ausnahmsweise auf Englisch an.

„Bleib doch einfach bei Jeff, ich mag meinen Taufnamen genauso wenig wie du deinen. Und warum bist du so sauer? Was hätte es dir genützt zu wissen, welcher Film der fragliche war?", entgegnete er seelenruhig, während ich explodierte.

„Gar nichts vermutlich. Aber ich würde mir jetzt nicht so saudämlich vorkommen! Nicht nur wegen des Films, auch wegen der Schwulennummer."

„Ich habe nie gesagt, dass ich schwul wäre."

„Nein, nicht wörtlich. Du hast nur Andy nach Appetit-lichkeit und ...Bärigkeit bewertet, mich bewusst auf eine falsche Fährte gelockt und dann meine Vermutung auch noch bestätigt."

Andy guckte etwas irritiert von mir zu Jeff-Simon und wieder retour. Superstar versuchte, sich das Lachen zu verbeißen. Mein Gegenüber war nicht mehr ganz so ruhig: „Und was stört dich jetzt daran? Du hattest zuvor schon klar gemacht, dass du nicht das geringste Interesse an mir hast. Was mir übrigens selten passiert. ‚Zu sehnig, zu wenig Waschbär, zu viel Waschbrett', wenn ich mich recht entsinne. Warum habe ich dich wohl gefragt, ob du lesbisch bist oder was mit deinem Boss hast?"

Der Erwähnte platzte fast vor lauter Bloß-nicht-lachen.

Der Einsatzleiter räusperte sich dezent: „Das sollten Sie beide doch vielleicht lieber unter vier Augen besprechen."

Andy hob wie ein Schüler die Hand: „Ich finde das gerade ganz interessant. Wie war das mit dem Waschbären?"

Jetzt prustete Superstar endgültig los. Die abgefallene Anspannung machte sich deutlich bemerkbar. Sein Lachen steckte mich an – *die Diskussion war wirklich zu albern* – und Andy konnte sich auch nicht mehr lange beherrschen. Es dauerte mehrere Minuten, bis wir drei uns wieder beruhigten und aufhören konnten, zu lachen.

Der Gruppenleiter konnte die Erheiterung nicht nachvollziehen, Jeff wollte nicht. Er war genervt.

Au Mann, seinen Witz hatte ich immer am meisten an ihm gemocht. Wann und wo war ihm sein genialer Humor abhandengekommen? Selbst die Schusswunde hatte das nicht geschafft. Aber nun... Seit Donna Anna mich auf der Terrasse geschimpft hatte, benahm er sich komisch.

„Können wir jetzt wieder zum eigentlichen Thema zurückkommen?", stellte der Chef klar, wie unpassend er diese Ausschweifungen fand. Sein tadelnder Blick zu Andy hätte mich fast gleich wieder loslachen lassen. Jeffs strafender Blick zu mir wiederum veranlasste mich, die Klappe zu halten, mir einen Kuli und Papier zu schnappen und den Waschbären in meinem Kopf einfach nur zu zeichnen.

„Tatsache ist, dass durch den Werbegag ‚Agent Mona ist Agent Goblin' und die Verkettung einiger äußerst unglücklicher Umstände der Verdacht entstand, dass Sie, Ms. Goblin, tatsächlich die abtrünnige Agentin wären, die diese Mission verraten hat, und Ihr Arbeitgeber darin verstrickt sei."

Der geistige Waschbär hielt jetzt eine riesige Kanone.

„Sie könnten das alles ganz leicht beenden, indem Sie vor die Presse treten und Ihre wahre Identität bekannt geben."

Jetzt litt der Waschbär unter massiven Krämpfen und hatte Bolzen im Hals.

„Die Verwechslung lässt sich nur dadurch aufklären, dass die Gegenseite einen prüfbaren Lebenslauf mit Vergangenheit, Familie und Freunden erhält. So schnell, wie die Medien alles ausgraben würden, sobald Sie sich outen, wäre der Spuk binnen Tagen vorbei."

Nun war der Waschbär tot.

Ich legte langsam meinen Stift aufs Papier, setzte mich aufrecht hin und sah dem Spielverderber in die Augen: „Ich habe eine bessere Idee. Geben Sie mir die E-Mail-Adresse von diesen Leuten und ich schicke dem Killerkommando einen getippten Lebenslauf ohne mir mein Leben zu versauen, indem ich mich in die Öffentlichkeit stelle."

„Haben Sie immer noch nicht verstanden, dass diese Männer Sie töten wollen?"

„Doch, das habe ich durchaus begriffen. Aber lieber wäre ich tot, als ständig unter Beobachtung zu stehen. Ich sehe es bei meinem Boss, egal ob er zulegt oder abnimmt, sich privat mit jemandem trifft oder streitet oder ihm ein Pups quer sitzt, sofort ist es in den Medien. Und die wissen dann natürlich auch noch alle Hintergründe und Tragödien dazu, die dem Objekt der Diskussion selbst meist völlig fremd sind. Nein Danke!"

Dieses Mal lachte niemand. Jeff und Andy hatten erlebt, wie es manchmal um Superstar herum zuging, der wusste es selbst sowieso am besten und der Gruppenleiter war geplättet von meiner Ernsthaftigkeit bei dieser Antwort. Betretenes Schweigen setzte ein. Jeder befasste sich mit seinen eigenen Gedanken. Ich betrachtete mir meinen

Waschbären auf Papier. *Großäugige Kuscheltiere kriege ich wohl nicht mehr hin.*

„Wenn Sie das tatsächlich wollen, kann ich einen Kontakt herstellen und ein Treffen organisieren", stellte der Chef halblaut in den Raum.

„Nein, das ist viel zu gefährlich!", fuhr Jeff sofort hoch.

„Welche andere Wahl hat sie?", hielt Andy dagegen.

„Nein, auf keinen Fall!" Jeff stand vornüber gebeugt am Tisch, stützte sich mit dem gesunden Arm auf und sah aus, als wolle er seinem Einsatzleiter gleich ins Gesicht springen.

„Simon! Reißen Sie sich zusammen!", rief der ihn zur Ordnung.

Jeff sog wütend die Luft ein, schlug mit der Faust auf den Tisch und stürmte aus dem Raum.

„Was hat er denn?", wunderte ich mich.

„Ich werde einen Kontakt herstellen. Das kann eine Weile dauern. Sie sind solange unsere Gäste", wandte sich der Leiter in unsere Richtung, ehe er sich erhob und zusammen mit Andy den Raum verließ.

Superstar und ich blieben alleine zurück.

Eine Weile herrschte Stille, dann fragte mein Boss: „Verstehst du es wirklich nicht?"

„Was denn?"

„Was er hat. Verstehst du es wirklich nicht?"

Ich sah ihn nur doof an.

Er riss die Augen auf, wie im Cartoon: „Auf Andy warst du von Anfang an einfach nur geil, mit Jeff hast du eine echte Verbindung aufgebaut."

Bahnhof? Den gleichen Blick wie ich gerade, hatte meine analoge Mutter drauf, wenn ich ihr etwas von Pixeln, Router, verschlüsseltem WLAN, Mini-USB und Motherboard erzählte. *Was für ein Brett?*

Im Noch-mal-langsam-und-zum-mitmeißeln-Stil fragte er ungläubig: „Auf welchen von beiden habe ich eifersüchtig reagiert? Zu wem hat Anna dich zugehörig erklärt? Wer außer Andy wusste als einziger ganz fix, dass zwischen dir und Andy gar nichts war?"

Die Zahnräder begannen nur ganz langsam sich zu drehen, jede Menge Sand knirschte im Getriebe.

„Jeder sieht es, außer dir!", schalt er mich. „Ich habe es spätestens im Hubschrauber gesehen, als er deinen Streifschuss entdeckte. Du hast dich gefragt, ob es zu seinem Auftrag gehörte, sich mit uns anzufreunden? Womöglich. Aber es gehörte ganz sicher NICHT zu seinem Auftrag, Gefühle für dich zu entwickeln."

Es dauerte mehrere Tage, ehe der gewünschte Kontakt hergestellt werden konnte und noch mal ein paar weitere, sich auf ein Treffen zu einigen. Ort, Zeitpunkt, beteiligte Personen, Anreisewege... *Unglaublich, wie kompliziert so etwas sein konnte.*

Solange saßen wir in unserem unterirdischen Bunker fest. Viel Zeit für mich, über Jeff nachzudenken, noch mehr Zeit für ihn, mir aus dem Weg zu gehen. Er flüchtete förmlich, sobald ich irgendwo auftauchte. Jetzt wusste ich, wie Andy sich gefühlt haben musste. *Echt ätzend!*

Nur aus der Distanz bekam ich mit, dass mein übertreibender Beschützer an allem, was die Gegenseite vorschlug, etwas auszusetzen hatte. Zu abgelegen, zu sehr auf dem Präsentierteller, zu viele gegnerische Agenten, zu wenig eigene Agenten, Seilbahn kommt nicht in Frage, mit Auto kommt man da nicht hin, zu kurzfristig... Der gegnerische Agent, der hauptsächlich dazu vorgesehen war, meine Nicht-Identität zu bestätigen, passte ihm erst recht nicht. Mit dem hatte er schon mal zu tun gehabt und war nicht begeistert gewesen. Mal wollte er mit, mal nicht, der Doc sagte sowieso nein, er gehöre noch nicht wieder in den Einsatz.

Wenn ich seinen Bruder ansprach, ob Jeff öfter so spann, hob der nur die Hände mit gespreizten Fingern in Abwehrhaltung in die Luft: „Da halt ich mich raus."

Ein mutiger Agent bist du, ein ganz mutiger!

Bei anderen Fragen war Alexander gesprächiger.

„Wie kann es eigentlich sein, dass die mich mit dieser verräterischen Agentin verwechselt haben?", wollte ich wissen. „Die müssten doch längst wissen, wer ich in Wirklichkeit bin."

„Und woher?"

„Die sind ein Geheimdienst?" *Mann, kannst du blöd fragen.*

„Ja, aber so gut wie du es von jeher verstehst, dich unsichtbar zu machen..."

„Keiner schafft es heutzutage noch, sich komplett unsichtbar zu machen. In Zeiten von Internet, Überwachungskameras und Gesichtserkennung kriegt das niemand mehr hin."

„Du bist aber nahe dran. Erst als Simon am Flughafen einen Blick auf deinen Pass werfen konnte, wussten wir deinen richtigen Namen. Und auch dann haben wir nicht viel Brauchbares zu dir gefunden", erklärte er.

„Das kann doch nicht sein."

„Überleg mal. Es ist kein Fahrzeug auf dich zugelassen, dein Dienstwagen läuft auf deinen Boss. Du hast kein Appartement gemietet, sondern wohnst im Gästehaus von Mr. Superstar. Es gibt kein Telefon auf deinen Namen, Festnetz und Diensthandy laufen auf ihn. Sämtliche Hotelzimmer sind auf Superstar gebucht. Das hat ihn auch massiv in Verdacht gebracht. Wenn du mit Kreditkarte zahlst, ist die von einem Spesenkonto, das ebenfalls von deinem Boss eingerichtet wurde. Sonst zahlst du bar."

„Gewohnheit, ich zahl schon immer bar."

„Wieso?", fragte er, immer noch im Fluss.

„Es muss nicht jeder anhand meiner Kontobewegungen nachvollziehen können, wo ich einkaufe und was. Bar kann ich außerdem nicht mehr Geld ausgeben, als ich tatsächlich habe."

Er nickte verstehend: „Es geht noch weiter: Du hast keinen Account in irgendeinem sozialen Netzwerk, keine Skype- oder E-Mail-Adresse."

„Nicht auf meinen echten Namen, nein."

„Es gibt keine Bilder von dir im Netz oder sonstwo zugänglich, zumindest keine erkennbaren oder zuordenbaren. Das einzige Foto, das ich von dir kenne, ist das an deinem Schlüsselanhänger."

„Ich lass mich eben nicht gern aufnehmen und veröffentlichen schon gar nicht. Meine Freunde respektieren das."

„Das habe ich gemerkt. Selbst wenn du direkt neben Mr. Superstar stehst, schaffst du es irgendwie, den Kameras zu entgehen oder dich gekonnt wegzudrehen. Er unterstützt dieses Verhalten auch noch, indem er den Sichtschutz spielt. Niemand kennt dein Gesicht."

„Aber ihr müsst doch irgendwas gefunden haben."

„Das Einzige, das wir gefunden haben, nachdem wir deinen Namen endlich wussten, war deine Magisterarbeit. Die war übrigens grottenschlecht."

„Ja, ich weiß."

„Und dann haben wir auf deinen Namen auch noch zwei registrierte Passnummern gefunden. Das geht gar nicht bei einem normalen Menschen. Zumindest nicht zwei für dieselbe Nation. Immer nur ein Pass pro Staatsangehörigkeit."

„Es geht, wenn ein Anwalt nachhilft. Superstar meinte, ich bräuchte zwei, weil manche Länder einen nicht rein lassen, wenn man den Stempel eines bestimmten anderen Landes im Pass hat."

„Mhm... ja, soweit richtig. Das war aber nicht gerade hilfreich dabei, den Verdacht auf eine Scheinidentität oder einen Identitätsdiebstahl auszuräumen."

„Identitätsdiebstahl?"

„Ja sicher. Seit du für Mr. Superstar arbeitest, bist du, also dein altes Ich, wie vom Erdboden verschluckt. Keine Adresse, kein zugelassenes Fahrzeug, kein angemeldetes Handy, keiner hat dich mehr gesehen."

„Keine Adresse stimmt nicht, ich bin offiziell bei meiner Mutter gemeldet, ihre Adresse steht auch in meinem Perso. Und außerdem ist mein Hauptpass doch ständig im Einsatz und trägt ein Bild von mir."

„Richtig, und genau das ist der nächste Punkt. Es gibt neue Pässe auf deinen Namen, gleich zwei davon, und davor gab es fast zehn Jahre lang gar keinen gültigen. Du hattest zum Teil nicht mal einen Ausweis oder eine Adresse, laut Dokumentenhistorie. Du warst beinahe ein Jahr lang wie vom Erdboden verschwunden. Die Umstellung auf die aktuellen Sicherheitsmechanismen ist komplett an dir vorbeigegangen. Also gab es das erste biometrische Bild von dir und die ersten abgegebenen Fingerabdrücke erst mit diesen neuen Pässen. Es gibt keine alten biometrischen Bilder und keine alten Fingerabdrücke zum Vergleich. Du bist im September letzten Jahres, erkennungsdienstlich gesehen, wie aus dem Nichts erschienen. Im gleichen Zeitraum, in dem die gesuchte Agentin endgültig abgetaucht ist. Sie sieht dir zu allem Überfluss auch noch ähnlich, von ihr gibt es auch keine Bilder und die Abdrücke könnten gefaked sein!"

„Aha."

„Nachdem was Simon erzählt hat, wirkt dein jetziges Ich, falls die Gegenseite es geschafft hat, mehr über deine Vergangenheit herauszufinden als wir, sogar noch verdächtiger."

„Weswegen?"

„Bis vor etwa einem Jahr hattest du, abgesehen von dem Sabbatjahr, alle paar Wochen oder Monate einen neuen Job. Damit eine neue Meldung bei allen gesetzlichen Versicherungen, bei deiner Bank et cetera. Und dann plötzlich ein neues Konto bei einer anderen Bank wegen deiner internationalen Tätigkeit und keinerlei Bewegungen mehr auf dem alten Konto. Das Amt hat ‚Auslandsaufenthalt' vermerkt und du hast komplett neue private Versicherungen durch deinen neuen Job. Die alte Person ist in allen Belangen nicht mehr in Erscheinung getreten, dafür erschien eine ganz neue."

„Ich habe mir den denkbar ungünstigsten Zeitpunkt dafür ausgesucht, um mein Leben komplett umzukrempeln, willst du das damit sagen?"

„Das bringt es recht gut auf den Punkt, ist aber immer noch nicht alles."

„Was denn noch?"

„Dein Auftauchen bei den Dreharbeiten in Las Vegas war schon schlimm genug und deine Übernahme der Rolle. Dann noch ‚Agent Goblin as Agent Mona'? Ich bitte dich!"

„Das war eine Notlösung, weil ich nicht nachgedacht hatte", gab ich kleinlaut zu.

„Ja, ich weiß! Du bist ein Katastrophenschlumpf!"

„Woher hätte ich das denn ahnen sollen?", verteidigte ich mich.

Er ging gar nicht darauf ein, sondern ereiferte sich weiter: „Aber der endgültige Abschuss war deine Rettungsaktion zu Weihnachten. Die Rettung des Superstars, der bereits durch seine Nähe zu dir als Komplize in Betracht kam. Die geheimnisvolle Retterin ging natürlich durch sämtliche Medien. Und wieder war kein Gesicht zu erkennen und kein Name bekannt. Wie schaffst du das nur immer? Sogar für professionelle Agenten ist das so gut wie unmöglich!" Er platzte bald.

„Das ist ein spezielles Talent", erklärte ich stoisch.

Er sah mich an, als wolle er mich fressen, und fuhr fort: „Wieder gab es nur eine vage Beschreibung der Person, die auf SIE passte und wieder war diese Person plötzlich spurlos verschwunden. Mit einem Privatjet! Wir hatten dich auch kurzfristig unter Verdacht und haben deswegen den einzig lokal verfügbaren Mann, der die Agentin schon mal live gesehen hatte, zur Party in New York geschickt."

„Andy", wurde mir klar.

„Richtig, er hat alles versucht, um einen Blick hinter deine Maske zu werfen, aber du hast ihn eiskalt abblitzen lassen. Erst als du auf dem Dach im Freien standst, war er sich sicher, dass du nicht SIE bist."

„Was genau an meiner entblößten Ansicht konnte ihn überzeugen?", interessierte es mich.

„Sie hat ein bestimmtes Tattoo mit passendem Piercing auf der rechten Brust."

Hämhäm, räusper. Mir war nicht klar, dass Andy mich auch von vorne gesehen hatte. Bisher war ich der Hoffnung gewesen, er hätte nur meine Rückansicht zu begutachten bekommen.

„Aber die Agenten der Gegenseite wussten das nicht oder haben mich nicht ausgiebig genug gesehen? Sonst hätten Schmetterling und Motte doch gleich berichten können, dass ich nicht SIE bin."

„Andy hat sie gleich nach deinem unfreiwilligen Strip ausgeschaltet und ich glaube auch nicht, dass die beiden das wussten. Außer ihrem Exfreund hat das niemand gewusst."

„Ihrem Exfr... Andy?", meine Stimme schnappte über.

„Nein! Dann hätte er doch sofort gewusst, dass du es nicht bist, auf den ersten Blick, trotz Maske. Der Exfreund gehört aber auch zu uns und hat dieses pikante Detail nur einem sehr kleinen, exklusiven Kreis weitergegeben."

„Aha. Zu welcher Seite hat SIE denn jetzt gehört? Wenn sie die Mission der anderen Seite verraten hat, aber mit einem Agenten eurer Seite zusammen war?"

„Sie war eine Doppelagentin."

„Also hat sie ihren Ex nur aus dienstlichen Gründen zum Freund gehabt, ihn ausgehorcht und verarscht."

„Ja."

„Aua, der muss sich ja jetzt richtig dämlich vorkommen, und verraten."

„Ja…, deswegen ist Simon auch gerade ein bisschen schwierig."

„Au!" Ich starrte Alexander mit offenem Mund an. „Aber warum hat er dann für Andy übernommen? Das muss für ihn doch extrem hart gewesen sein, wenn ich IHR so ähnlich sehe. Hätte es da nicht noch jemand anderen gegeben, der den Babysitter hätte spielen können?"

„Sicher, ich wäre die Alternative gewesen. Aber mein Bruder ist der bessere Lehrer und er wollte seinen Fehler wieder gut machen, indem er der Doppelgängerin und ihrem mitgehangenen Freund hilft, sich selbst zu helfen. Du hast ihn beeindruckt, ihm gutgetan und ich kann dir versichern, deine Ähnlichkeit zu IHR ist nur rein optisch."

Er meinte das tatsächlich positiv. Soweit so gut, aber… „So ähnlich können wir uns nicht sehen."

„Warum nicht?"

„Naja, gut trainierte Männer ohne ein einziges Gramm Fett am Leib, dafür mit Supermodelaussehen und stahlharten Muskeln wollen doch Frauen mit den gleichen Qualitäten."

„Nein, er steht vor allem auf Verstand und praktische Veranlagung und er sagt immer, blaue Flecken holt er sich lieber im Einsatz als zu Hause im Bett."

Ah ja, da kann die Waschbärin sich dann am Waschbrett schubbern, oder wie?

KOPFKINO AUS!

Mein Kopfkino blieb vorerst das Einzige, was ich von Jeff zu sehen bekam. Er hatte keine Lust, sich mit mir auseinanderzusetzen, verbrachte lieber die ganze Zeit im Überwachungsraum, damit ihm ja nichts entging, was die potentielle Planung des Treffens anging. Er ließ sich nicht wegschicken, egal wie vehement der Doc immer noch darauf beharrte, dass er ein paar Wochen Pause machen sollte.

Unser Gipfeltreffen hatte nach fast einer Woche im Bunker doch endlich stattfinden können.
Treffpunkt: Eine abgelegene Berghütte in den Alpen.
Zeit: Abends, kurz vor Einbruch der Dämmerung, wenn dort keine Wanderer mehr unterwegs waren.
Beteiligte Personen:
Seite 1: Mr. Superstar, Goblin, Andy, Alexander, Jeff/Simon.
Seite 2: Drei Agenten, von denen einer SIE recht gut kannte.
Anreiseweg: Das letzte Stück zu Fuß.

Die Infrarotüberwachung hatte gezeigt, dass niemand zwischen den Bäumen auf der Lauer lag. Der Wald rund um den Wanderweg, über den wir uns dem Treffpunkt näherten, war zu dicht, um einem Scharfschützen freies Schussfeld zu gewähren. Wenn, dann hätte jemand am Fuß der Bäume neben dem Weg auf uns lauern müssen. Die Bäume standen so dicht beisammen, dass sie sich gegenseitig Sonne und Nährstoffe nahmen. Die Äste der hohen Nadelhölzer direkt am Wegesrand streckten sich noch über den Weg hinüber. Wir gingen wie in einem Tunnel aus Grün und Schatten. Erst wenn sich die Bäume öffnen würden, um den Blick auf die Berghütte freizugeben, wären wir in einem möglichen Schusskanal vom Dach der Hütte aus. Sonst gab es für einen Scharfschützen keine passende Erhöhung. Die umgebenden Berggipfel waren zu weit weg, unser Gipfel, mit dem Holzhäuschen und den hohen Bäumen darum, zu weit erhöht gegen die anderen. In den Bäumen oder zwischen ihnen war keine Wärmesignatur zu erkennen. So viel verriet mir der Mann in meinem Ohr. *Eine überwachte Welt ist doch was Feines.*

Wie in der Entenflug-V-Formation kamen wir das letzte Stück des Weges hinauf. Andy vorneweg, dahinter Superstar und ich, schräg hinter uns versetzt Jeff und Alexander. Auf halbem Weg hatte ich unbewusst Superstars Hand gegriffen – *mir ging die Düse.* Er wehrte sich nicht und drückte meine Finger, nur ein kleines frotzelndes „Wer ist der Bodyguard?" konnte er sich dann doch nicht verkneifen. *Halt die Klappe und meine Hand!*

Wir kamen unter den Bäumen hervor, die kleine Lichtung mit der Hütte öffnete sich vor uns. Alles war still, nur unsere Schritte auf dem Schotter und die Vögel in den Bäumen waren zu hören. Die gegnerische Abordnung musste schon da sein, die Fensterläden waren geöffnet, die Scheiben geschlossen, die Tür stand ein Stück offen.

Andy blieb stehen. Noch gute acht oder neun Meter vor der Hütte.

Nach zehn Sekunden tat sich immer noch nichts, ich wurde ungeduldig. Andy stand weiterhin ruhig vor mir.

„Was ist?", wollte ich wissen.

Andy schüttelte den Kopf, ohne sich umzudrehen. Jeff hinter mir sagte ganz leise, dass ich ihn kaum verstand: „Jetzt müssen wir warten. Sie sagen, wann wir reinkommen können."

Also warteten wir.

Irgendwann ging die Tür ganz auf, ein untersetzter Mann in den Fünfzigern mit ergrauten Schläfen trat in den Türstock und kam gemächlich einen Schritt auf uns zu. Andy straffte sich unmerklich, blieb aber ruhig. Der Mann machte einen weiteren Schritt, trat zur Seite und hielt eine geöffnete Hand als Einladung einzutreten zur Tür. Dazu verbeugte er sich leicht spöttisch, ein dreckiges schiefes Grinsen eines einzelnen Mundwinkels ging eindeutig Richtung Jeff. Ich drehte mich zu Letzterem um, er reagierte überhaupt nicht auf die plumpe Provokation des anderen, legte mir eine Hand auf die Schulter und gab mir einen kleinen Impuls, mich in Bewegung zu setzen. Andy war schon einen halben Schritt voraus, Superstar wartete auf mich.

Wir gingen gemessenen Schrittes zur Hütte, passierten den feindlichen Agenten und den Türstock. Alexander trat als Letzter ein, hinter ihm schloss sich die Tür. Der Mann, der uns eingelassen hatte, wies uns in gleicher Manier wie eben an den Tisch. Eine Tafel aus dicken Holzbohlen, mit Platz für zehn Personen, mitten im Raum. Seine beiden Begleiter standen schon vor ihren Stühlen. Ein kaukasischer Braunhaariger in den Dreißigern und ein sehr junger Asiate. Beide rechts und links des einen Tischendes. Den Ehrenplatz am Kopf der Tafel nahm der älteste Agent ein, er würde den Vorsitz führen.

Jeff setzte sich ihm gegenüber an die andere Stirnseite des Tisches, dirigierte mich rechts, Superstar links von sich, Andy und Alexander setzten sich jeweils zwischen uns und die feindlichen Agenten. Dazwischen blieb noch je ein Stuhl frei.

Der Teilergraute lehnte sich demonstrativ entspannt zurück, legte die Hände in Schulterbreite flach auf den Tisch vor sich und lächelte Jeff herausfordernd an: „Simon, so schön dich zu sehen. Es freut mich, dass du wohlauf bist." *Ist das ein russischer Akzent?*

Jeff lehnte sich ebenfalls zurück und erwiderte im gleichen Leck-mich-am-Arsch-Ton: „Sergej, danke für deine Sorge. Es geht mir sehr gut."

„Sergej? Echt jetzt? Ernsthaft?", platzte es aus mir heraus. „Ihr lasst auch gar kein blödes Klischee aus, oder. Natürlich muss der Böse ein Russe sein, wenn es mal kein Deutscher ist! Was denn sonst?"

Ich stierte abwechselnd Jeff und den angeblichen Sergej an, mit einem Wollt-ihr-mich-verarschen-Blick, der sich gewaschen hatte.

Sergej lachte los, schlug mit einer seiner Handflächen auf den Tisch und sah jetzt tatsächlich ehrlich freundlich Jeff an: „Sie ist wirklich keine gute Schauspielerin und erst recht keine Agentin."

„Na endlich kapiert das mal jemand!", gab ich völlig entnervt zurück. „Kann ich jetzt wieder gehen?"

Superstar trat mir unter dem Tisch gegen das Schienbein, ich trat zurück. Sergej lachte noch lauter.

Erst Sekunden später fing er sich wieder: „Noch nicht. Erst möchte ich ein Autogramm von Mr. Superstar und dann ein paar Erklärungen von der kleinen Ms. Goblin."

Er zog eine Blu-Ray und einen Folienschreiber aus einer Stofftasche, die an seiner Rückenlehne hing, und reichte beides dem Mann neben sich, damit er es weitergab. Andy nahm es entgegen, untersuchte beides kurz, ob es das war, wonach es aussah, und gab die Autogrammutensilien an Mr. Superstar weiter. Der sah reichlich amüsiert aus, nahm beides entgegen und fragte, ob er eine Widmung drauf schreiben solle. Sergej sagte „ja, bitte" und buchstabierte seinen Namen. Superstar schrieb, reichte Hülle und Stift zurück und sah dann im Der-Witz-war-jetzt-gut-Stil zu mir hinüber.

Sergej inspizierte sein Autogramm, lächelte, bedankte sich, steckte alles wieder ein und wandte sich mir zu: „So, und nun zu Ihnen. Ich kann nun von Angesicht zu Angesicht ganz offiziell bestätigen, dass Sie nicht die Gesuchte sind, aber ein paar Fragen hätte ich dennoch. Rein um meine Neugier zu befriedigen. Ich möchte gerne wissen, wie es zu dieser fast schon peinlichen Verwechslung kommen konnte."

„Gut, ich werde mich bemühen, alles zu beantworten."

Er legte die Hände vor sich ineinander, schien kurz zu überlegen: „Nun denn, dann fangen wir am Anfang an. Warum springt ein Leibwächter, der vorher noch nie etwas gespielt hat und dazu auch keinerlei Talent besitzt – wenn Sie mir meine Ehrlichkeit vergeben wollen – als Nebendarstellerin in einer Blockbusterproduktion mit Starbesetzung ein?"

„Geschenkt", winkte ich ab, „ich weiß, dass ich kein Talent habe, weder zum Lügen noch zum Schauspielen. Das hab ich auch allen immer wieder gesagt, als die vorgesehene Schauspielerin für die Rolle kurzfristig ausfiel und alle mich unbedingt überreden wollten. Am Ende war die Bezahlung verlockend, die Stunts haben Spaß gemacht und ich besitze ein paar Talente und Fähigkeiten, die für die Rolle nötig waren."

„Ja, davon habe ich gehört. Woher können Sie das alles?"

„Ich hatte schon viele verschiedene Jobs, in denen ich Etliches gelernt habe oder für die ich mir vorab Kenntnisse und Zertifikate aneignen musste."

„Also ist der Lebenslauf echt?", fragte er entgeistert.

„Welcher Lebenslauf?"

„Simon?"

„Jeff?"

Der zweimal Angesprochene rutschte ein wenig von mir weg. „Ich habe eine deiner E-Mail-Adressen mitbekommen, als du Freunden geschrieben hast und habe sie gehackt. Da fand ich einen alten Lebenslauf, den du verschickt hattest, inklusive Zeugnissen. Sergej wollte mir nicht glauben, als ich versuchte, ihm klar zu machen, wie es zu dem Missverständnis gekommen war. Ich dachte, es hilft, wenn er ein paar der Firmen anrufen kann, für die du mal gearbeitet hast, um sich deine Identität bestätigen zu lassen."

Sergej ergriff wieder das Wort: „Ich dachte, das wäre eine billige Charade. Niemand kann so oft branchenübergreifend den Job wechseln, und dabei noch so viele Zertifikate, Auszeichnungen, Qualifikationsnachweise, Spitzenzeugnisse und Empfehlungsschreiben mitnehmen."

„Meine Magisterarbeit war Scheiße", warf ich ein, um wenigstens eine Nicht-Spitzenleistung vorweisen zu können.

„Stimmt, aber die Argumentation war schlüssig und hat mir gefallen, der Stil war sehr flüssig und unterhaltsam, nur die Nachweise ließen zu wünschen übrig. Sie sollten lieber Unterhaltungsliteratur schreiben als wissenschaftliche Arbeiten."

„Ja, vielleicht irgendwann mal."

Sergej schüttelte den Kopf: „Na gut, so viel dazu. Ihr plötzlicher Jobwechsel zur Leibwächterin und Laiendarstellerin wundert mich nun schon weniger. Aber es wundert mich doch sehr, dass Mr. Superstar Sie engagiert hat." Dabei sah er Superstar an.

Der grinste selbstsicher zu ihm hinüber: „Ich erkenne Potential, wenn ich es sehe. Sie hat mir innerhalb von nicht einmal vier Monaten fünfmal das Leben gerettet, also habe ich recht behalten."

Sergej fragte weiter: „Der Attentäter, dem Sie diese notwendigen Lebensrettungen zu verdanken haben, war tatsächlich ein verrückter Fan, wie die Medien es verbreitet haben?"

Superstar fuhr sich mit der Hand durch die Haare: „Ja, so ähnlich. Er wollte mir unbedingt ein Drehbuch verkaufen."

„Also stimmt der Teil auch", stellte Sergej fassungslos fest. „Warum waren Sie an Silvester vermummt?", ging die nächste Frage wieder an mich.

„Es war ein Kostümfest?" *Blöde Frage.*

„Ja, aber die anderen Leibwächter standen ohne Kostüm am Rand der Veranstaltung."

„Und sind damit aufgefallen wie ein Dalmatiner im Terrierpulk."

„Touché. Warum haben Sie sich stumm gestellt?"

„Ich hatte keine Lust, neugierigen Waschweibern ausweichende Antworten zu geben. Sonst noch Fragen?"

„Einige. Wieso haben Sie im Outback als einziges Crewmitglied regelmäßig das Set verlassen?"

„Mir war stinklangweilig. Im Dorf gabs wenigstes ein bisschen Abwechslung, phantasievolle Dingogeschichten und einen Pool."

„Deswegen sind Sie kurz vor Ende der Dreharbeiten auch einmal über das Dorf hinaus in die Wüste gefahren?"

Ups, das wussten die auch? Superstar sah mich fragend an, Andy blinzelte erstaunt, Jeff und Alexander warteten neutral ab.

„Ich… wollte wissen, wo Andy hingefahren war."

Andy sah erst mich, dann Superstar an. Letzterer hob die Hände und drehte das Gesicht zur Seite. Eine klare Ich-habe-ihr-nichts-gesagt-Geste. Sergej gab mir ein Zeichen, das näher zu erklären.

„Naja, Andy war so komisch, ist mir dauernd nachgelaufen und tauchte unvermittelt überall auf und dann hat er auch noch meinen Wagen geklaut. Ich hatte ihn in Verdacht rumzuschnüffeln, womöglich als Reporter oder sowas. Die Dorfbewohner hatten mir erzählt, dass er durch

319

das Dorf durchgerauscht war wie ein Wirbelwind und dann in der anderen Richtung verschwand."

Sergej sah Andy an: „Haben Sie sich mit einem Kontakt getroffen?"

„Nein, das war was Privates."

Der feindliche Agentenführer wurde ungeduldig, als Andy nicht weitersprach. Nach einer Weile überwand der sich widerwillig und erklärte an mich statt an Sergej gerichtet: „Meine Schwester lebt nur ein paar Stunden von dort. Wir hatten uns über fünfzehn Jahre nicht gesehen. Jeder von uns war mit Erreichen der Volljährigkeit in einen anderen Erdteil geflüchtet."

„Wieso geflüchtet?", verstand ich nicht gleich.

Er sah mich an, brauchte wieder eine Weile: „Schade, dass du dich nicht mehr an Schottland erinnerst. Du hast mich hartnäckig nach meinen Narben gefragt und wir haben festgestellt, dass deine und meine – abgesehen von deinem Unfall und meinem Durchschuss – überwiegend aus der gleichen Quelle stammen."

„Oh." Mehr brachte ich gerade nicht zustande.

„Dürfen wir es auch erfahren?", hakte Sergej wieder bei Andy ein.

„Nein, das ist privat", gab ich dieses Mal die Antwort.

Dem Russen klappte die Kinnlade auf: „Privat? Mein liebes Fräulein, es geht hier womöglich um Ihr Leben."

„Ist mir egal und nennen Sie mich nicht Fräulein! Das ist privat und hat nichts mit der gegenwärtigen Situation zu tun."

Er starrte mich an. Ich biss die Kiefer zusammen, hob das Kinn, stützte mich auf die Ellbogen und starrte zurück.

Das Duell dauerte eine ganze Weile, niemand rührte sich.

Sergej zog schließlich die Mundwinkel nach oben, fing im Patenstil an, vor sich hin zu lachen und wandte sich wieder an Jeff.

„Sie ist wirklich kein bisschen wie SIE."

„Nein, nur äußerlich", stimmte Jeff zu.

„Weiter im Text: Woher können Sie Kung Fu?"

„Der Mensch braucht Hobbies. Ich kann auch Eskrima, Schwertkampf, Messerwerfen, Bogenschießen, Basketball und Badminton."

Das Lachen klang wie eine Basstrommel. Er wackelte auf seinem Stuhl hin und her, so heftig schüttelte es ihn.

Bevor er mich weiter ausfragen konnte, gab es einen lauten Knall, die Tür hinter Superstar und Andy explodierte in lauter kleine Splitter. Die Angeln, mit den verbleibenden Teilen Rest-Tür daran, mit einem ausgefransten, riesigen kreisrunden Loch mitten drin, das die Tür in zwei Hälften teilte, waren nach innen geschwungen. Der Rest der nicht mehr vorhandenen Tür flog in Form spitzer Schrapnelle quer durch den Raum.

Die drei, die mit dem Rücken zur Tür saßen, bekamen die volle Ladung Splitter in die Rückansicht, wo die Stuhllehnen sie nicht abfingen. Die mit Gesicht oder Seite zur Tür, kriegten etwas weniger Holz ab. Alexander, ich und Sergejs blutjunger Kollege hatten nur ein paar Splitter im Gesicht, Jeff ein paar in der linken Seite, Sergej ragte ein ganz großer aus der rechten Wange.

Wie auf ein stummes Stichwort kam Bewegung in die Versammlung. Alle auf meiner Seite des Tisches gingen automatisch dahinter in Deckung, Andy sprang auf und zog Superstar mit sich um den Tisch herum, Jeff war schon hinter mir, die Agenten am anderen Tischende kamen auch auf die türabgewandte Seite des Tisches. Dann wurde der umgeworfen, als Schutzschild, hinter dem wir uns alle verschanzten – *wohl eher ein Sichtschutz als ein tatsächlicher, aber besser als gar nichts.*

Die Agenten hatten alle ihre Waffen gezogen und begutachteten gegenseitig, wo diese versteckt gewesen waren. Eigentlich war ausgemacht gewesen, dass alle unbewaffnet kommen sollten und jeder Agent hatte bei unserem Eintreten seine Gürtel- sowie Brustlinie präsentiert, wo normal die Pistolenhalfter hingen. *Was, abgesehen von Socken, noch als Versteck für eine besonders kleine Faustfeuerwaffe dienen kann, will ich gar nicht wissen. Bei Frauen mit großen Oberweiten böte sich noch der freie Raum in der Mitte des BHs an, aber bei Männern...?* Unter diesen Umständen waren allerdings alle bereit, von diesem kleinen Verstoß der jeweiligen Gegenseite abzusehen, die Mündungen richteten sich geschlossen zur Tür und den Fenstern auf der gleichen Seite. Superstar und ich, als einzige Nicht-Agenten, setzten uns hinter dem Tisch auf den Boden, duckten uns so tief es ging und fingen an, uns gegenseitig die Splitter rauszuziehen.

„Ihr seid doch völlig wahnsinnig geworden", fiel Alexander auf, wie er uns so zusah. „Sitzen seelenruhig auf dem Boden und ziehen sich Splitter aus dem Hintern, während um sie herum sechs bewaffnete Agenten auf einen Angriff warten."

„Was sollen wir denn sonst tun?", fragte ich ihn mit ehrlicher Entrüstung. „Heulend auf der Seite liegen, am Daumen lutschen und uns in die Hose machen? Wir besitzen keine Waffen und haben keine Ahnung, was wir tun können, also nutzen wir die Zeit sinnvoll. Sei doch nicht so unflexibel!"

Sergej fing wieder an zu lachen, sagte seinen Männern etwas auf – *vermutlich* – Russisch, was diese ebenfalls auflachen ließ. Dann nahm er sich zusammen, gab Andy einen Wink, mit ihm zu einem Fenster unweit der ehemaligen Tür zu kommen. Sie schlichen geduckt darauf zu, stellten sich zu beiden Seiten davon wieder auf und warfen vorsichtig in beide Richtungen Blicke hinaus. Dabei achteten sie darauf, nicht zu weit ins Fenster zu treten, sondern im Schutz der Wand in ihrem Rücken zu bleiben.

„Ihr glaubt ehrlich, dass das dünne Holz euch schützt, wenn jemand da durch auf euch schießt?", brach es aus mir hervor. „So wie die Tür aussieht, würde ich mich nicht darauf verlassen."

Andy warf mir einen tödlichen Blick zu.

„Ich mein ja nur", fügte ich hinzu und widmete mich wieder Superstars gespicktem Rücken.

Jeff neben mir gab zum ersten Mal seit langem wieder ein Geräusch von sich, das wie leises Lachen klang. Allerdings nur solange, bis der Mann, den wir alle im Ohr hatten, knisternd, rauschend und zerhackt verkündete, dass er fast völlig blind sei. Ein Störfeld hinge über der gesamten Bergkuppe, alles, was er noch hätte, wären die optischen Satellitenbilder des kleinen Bereichs zwischen Wald und Hütte. Mit dem schwindenden Tageslicht würden die Schatten allerdings auch immer tiefer.

Die Gegenseite schien eine ähnliche Meldung erhalten zu haben.

Sergej sagte zu Jeff: „Alles tot."

Der bestätigte: „Bei uns auch."

Von draußen klang ein irres Lachen herein. So irre, dass der Joker stolz darauf gewesen wäre. Sergej und Jeff sahen sich an, überrascht aber wissend, mit erkennbarer Beunruhigung im Blick.

„Wo kommt die jetzt her?", fragte Sergej laut in den Raum.

„Und woher weiß sie, dass wir hier sind?", ergänzte Jeff.

„Warum hat sie keiner unserer Sensoren erfasst?",
überlegte Andy.

Innerhalb von Sekundenbruchteilen kippte die Stimmung in der Hütte. Die gemeinsame Verteidigung gegen
den Angriff von außen war vergessen. Jemand hatte das
Treffen verraten. Eine Seite oder ein einzelner Maulwurf.
Die beiden Seiten richteten plötzlich die Waffen aufeinander. Sergej und Andy, Jeff und der zweitälteste Russe, Alexander und der jüngste von Sergejs Leuten. Jeder fuhr
herum, sicherte sich gegen den ihm am nächsten stehenden Feind ab. Die Spannung war mit Händen greifbar. Superstar und ich versuchten uns unsichtbar zu machen,
wurden ganz klein, still und starr. Noch richtete sich kein
Lauf auf uns und das sollte auch tunlichst so bleiben. Am
besten alle vergaßen, dass wir überhaupt da waren.

Das Lachen vor der Hütte wurde zu einem Kichern. Erst
ein hektisches, heftiges Kichern, dann ebbte es zu einem
erheiterten Schnauben ab. Schließlich hörte es ganz auf.
Stattdessen erklang eine weibliche Stimme in einem Sing-
Sang-Ton, der mir einen Eisschauer über den Rücken jagte:
„Liebling, komm raus zu mir!"

Sergej machte eine heftige Geste mit seinem Daumen
über die Schulter nach draußen, sah dabei Jeff an, hielt die
Waffe aber weiter auf Andy gerichtet und formte stumm
Worte mit den Lippen.

Jeff verstand die Aufforderung, bewegte sich zu seinem
Ende des Tisches, so dass niemand in seiner unmittelbaren
Nähe war, und hob den Kopf über die Tischplatte, gerade
weit genug, dass er darüber hinweg nach draußen sehen
konnte. Seine Waffe blieb dabei oben, er zielte auf den
Russen, der zu meiner anderen Seite am nächsten an uns
zwei Nicht-Agenten dran kniete.

„Hallo Schatz, schön dich zu sehen", rief unser Beschützer hinaus.

„Hast du mich vermisst?", schallte es zurück.

„Ja, unglaublich." Sein Ton sagte genau das Gegenteil.

„Komm doch raus zu mir", lockte sie ihn noch mal.

„Ach, weißt du, im Moment gefällt es mir hier drinnen ganz gut. Es wird doch langsam kühl draußen."

„Dann komm ich eben rein", stellte sie erheitert fest.

Sergej drehte sich zur Tür, hob seine Waffe höher und zielte nun zum Türstock.

Die Stimme von draußen erklang noch einmal: „Ach, und Liebling, sag doch Sergej, er soll von der Tür weggehen."

Sergej machte tatsächlich einen Schritt rückwärts, zurück zum Fenster und sah hinaus: „Herrgott, sie hat so etwas wie eine überdimensionale Schrotflinte. Das sieht schon fast aus wie ein kleiner Granatwerfer."

Jeff überlegte kurz und rief hinaus: „Was führt dich zurück zu mir, mein Liebling? Unser letztes Zusammentreffen hatte ich so verstanden, dass du mich nicht wiedersehen möchtest. Wie hast du mich gefunden?"

„Dein Daddy hat mir geholfen."

„Ach ja? Wie das?"

Sergej runzelte die Stirn, wandte den Blick von der Angreiferin ab zu Jeff. Hinter seinen Schläfen arbeitete es. „Dein Vater ist doch schon lange tot", flüsterte er. *Woher wusste er das?*

„Du bist so furchtbar sentimental", höhnte die Frau, „trägst immer noch Daddys Uhr, legst sie nur zum Duschen ab."

Alexander sah zu seinem Bruder, Jeff starrte auf sein Handgelenk. Die Uhr war der einzige Schmuck, den Jeff immer trug. Nur gelegentlich kam ein kleiner Ohrring dazu. Meist war er jedoch schmucklos bis auf die Uhr. Ein eher kleines, rundes, blau-schwarzes Zifferblatt mit römischen Zahlen an einem dunkelbraunen Lederarmband. Keine

Datumsanzeige, kein Schnick-Schnack, ganz schlicht und altmodisch.

„Die winzigen Mikro-Sender der neuesten Generation sind nicht aufzuspüren und lassen sich überall verstecken", säuselte es von draußen. Sie kicherte schadenfroh. „Es hat Vorteile, für mehrere Seiten gleichzeitig zu arbeiten, die sich mit immer neuer Technik versuchen, gegenseitig zu übertrumpfen. Mein kleiner Störsender hat mich auch zuverlässig vor euch verborgen und zeigt nun erst richtig, was er kann."

Langsam drehten sich alle Mündungen der Waffen wieder der Tür zu, weg von den anderen Agenten in der Hütte. Eine nach der anderen, zögerlich, aber eindeutig. Man traute sich natürlich gegenseitig nicht, aber der gemeinsame Feind verband. Wenn keine der beiden Seiten diese Technologie hatte oder sie umgehen konnte, dann musste noch eine dritte Partei im Spiel sein. Eine weitere Organisation, die ihr womöglich beim Abtauchen geholfen hatte, die vielleicht aktuell mit weiteren Agenten im Hintergrund abwartete.

„Bevor ich reinkomme, seid doch so nett und werft eure putzigen kleinen Ersatzwaffen aus der Tür. Ich weiß, ihr habt welche." Ihre Stimme klang nun nüchtern, weniger irre, dafür bestimmt.

Die Agenten tauschten Blicke, jeder mit jedem, die einzelnen Seiten warteten auf die Entscheidung ihrer Einsatzleiter. Sergej und Jeff taxierten sich, führten eine stumme Diskussion mit den Augen. Gegen die enorme Waffe, die die Ex-Agentin hatte, konnten die kleinen Spielzeuge ohnehin nichts ausrichten. So wie die Tür mit einem einzigen Schuss erledigt gewesen war, würden es auch wir ganz schnell sein. Zunächst war es klüger ihren Forderungen nachzukommen, herauszufinden, was sie wollte und ob sie alleine war. Die beiden Anführer nickten sich zu, warfen als erste ihre Waffen durch den Türstock hinaus, die anderen folgten. Sechs kleine handliche Pistolen, die wie Spielzeuge aussahen, versammelten sich nacheinander auf der kleinen Veranda, hinter der Schwelle nach draußen. Jetzt waren wir schutzlos. *Bis auf die zierliche zweischüssige Minipistole, die hinten in meinem Hosenbund steckte.*

Schritte näherten sich gemächlich der Tür, ich linste auf allen Vieren um den Tisch herum und sah endlich meine angebliche Doppelgängerin. Die Idee, sich unsichtbar zu machen, war mit ihrem Anblick verflogen. Außerdem hatte ich nun ohnehin als einzige hier drin noch eine Waffe.

„Soll das ein Witz sein?", flüsterte ich Jeff zu. „Mein Hintern ist bei weitem nicht so breit, so ein Jay-Leno-Kinn habe ich auch nicht und erst recht nicht so eine Rübennase. Mit der warst du zusammen? Mann, muss die gut zu Federvieh sein."

Sergej lachte: „Ja, ist sie. Sorry Simon, das war vor deiner Zeit."

Jeff zuckte nur kurz mit den Schultern, konzentrierte sich dann wieder auf die Tür beziehungsweise das Loch, wo mal die Tür gewesen war. Die Frau schob mit der Fußspitze jede Waffe einzeln zur Seite aus dem Sichtfeld heraus, neben die Türöffnung. Es wirkte fast, als würde sie sie durchzählen. Sie sah gespielt enttäuscht auf: „Aber Liebling, mein Geschenk ist ja gar nicht dabei."

„Das habe ich weiterverschenkt. Nachdem du so kreativ Schluss gemacht hast, hatte ich keine rechte Freude mehr daran."

„Ohhhh, dabei hatte ich sie extra für dich gravieren lassen."

Ich wollte ganz automatisch in meinen Rücken greifen, um zu überprüfen, ob dieses angesprochene Geschenk zufällig in meinem Hosenbund steckte und was eingraviert war. Jeff bemerkte die Bewegung aus dem Augenwinkel, drückte mich runter und schob dabei, wie zufällig, meinen Arm wieder nach vorne.

Aha, also deswegen. Ich hatte kaum einen Blick auf die Waffe erhaschen können, so flink und wortlos hatte er sie mir beim Verlassen des Autos zugesteckt. Genau dahin, wo sie sich jetzt immer noch befand.

Als er nichts erwiderte, fuhr sie fort: „Du wirst es mir doch nicht übelnehmen, dass ich das Haus angezündet habe, während du darin schliefst?"

„Nein, nein, schon in Ordnung, ich werde mich revanchieren."

„Ach Simon, du bist so ein Goldschatz!"

Das wurde mir zu viel. „Boah, ich kotz gleich. Können wir jetzt vielleicht mal zum Punkt kommen?", warf ich laut dazwischen, erhob mich, um über die Tischplatte zu schauen, und fixierte die Erscheinung im Türstock.

Diese wiederum musterte mich kurz, zumindest den Teil von mir, der über die senkrecht stehende Tischplatte lugte: „Du bist aber unhöflich. Und du sollst als ich unterwegs gewesen sein?"

„Nein, verdammt noch mal! War ich nicht! Ich war als ich unterwegs und diese Hohlköpfe", dabei zeigte ich mit beiden Zeigefingern über Kreuz in unterschiedliche Richtungen auf Sergej und Co., „konnten ihre Augen nicht aufmachen, um das zu kapieren."

Ich wandte mich an Sergej: „Jetzt mal ehrlich, wir haben bis auf das Übergewicht nicht die geringste Ähnlichkeit miteinander. Dachtet ihr, sie hat sich das Gesicht komplett umoperieren lassen? Und den Hintern absaugen? Und die Brust liften? Und die Schultern verbreitern? Und..."

„Hey!", kreischte die Agentin. „Ich habe hier die Waffe und deine Art gefällt mir nicht."

„Mir doch egal, Sie und Ihre Art gefallen mir erst recht nicht. Wegen Ihnen hatte ich jede Menge Ärger. Ich schaffe es schon alleine, mich ausreichend selbst in Schwierig-keiten zu bringen, da brauche ich Ihren Mist nicht auch noch!"

Sie schnappte nach Luft, richtete ihre seltsame Waffe auf mich. Schnappte noch mal, schoss aber nicht. Sie be-mühte sich um Haltung: „Ich verstehe das Problem, aber das ist kein Grund, unhöflich zu werden."

„Ach nein? Wie unhöflich ist es denn, seinen Lover zur Witzfigur zu machen und ihm das Bett unterm Hintern anzuzünden? Wie unhöflich ist es, mich auslöffeln zu las-sen, was Sie sich eingebrockt haben?"

Ich war auf hundertachtzig, die hatte vielleicht Nerven. Ich schob mich an Jeff vorbei, ging um den Tisch herum und stellte mich direkt vor die Mündung ihres Flintenwer-fers. „So, und jetzt unterhalten wir uns mal ein bisschen. Ich hab die Schnauze voll. Erst zünden Sie meinen Kumpel fast an", zeigte ich über die Schulter zu Jeff, „dann verra-ten Sie Geheimnisse, die ein Killerkommando auf den Plan rufen, tauchen unter und ich krieg den Scheiß in die Schu-he geschoben."

Sie war völlig perplex über meine Missachtung jeglicher Gefahr und konsterniert ob meiner Redeweise. Mit einem Bist-du-irre-Blick hob sie ihre Waffe höher, zielte auf mei-nen Hals und wedelte ein bisschen hin und her, wie um damit zu winken oder meine Aufmerksamkeit darauf zu lenken. *Als hätte ich das Ding noch nicht gesehen und wüsste nicht, dass es meinen Hals samt Kopf in Konfetti verwandeln konnte...*

„Ist mir wurscht, wie viel Sie mit der Knarre wedeln, ich hab keine Angst. Mein Leben haben Sie mir bereits ver-saut! Dieser dämliche Film, der auf Ihrem Mist gewachsen ist, hat mir Verfolger aus dem Presse- und dem Agenten-lager eingebracht. Ich weiß nicht, was schlimmer ist."

Ihre Augen wurden immer größer, der Gesichtsausdruck zunehmend unsicher. Sie konnte mich nicht einordnen, wusste nicht, wie sie auf die unerschrockene verbale Attacke reagieren sollte. Sie versuchte es schließlich mit: „Halt die Klappe! Du bist doch verrückt. Du weißt nicht, was schlimmer ist? Nun, ich weiß es. Und deswegen bin ich hier."

„Soll heißen?", schnappte ich im Zicken-Ton.

„Soll heißen, ich entledige mich meiner Verfolger, meines Ex und meiner Doppelgängerin in einem Zug. Dann kann ich ein friedliches Leben führen. Dann weiß keiner mehr, wie ich aussehe oder dass ich noch lebe."

„Außer Ihren Kumpels der dritten Organisation, die hier irgendwo zwischen den Bäumen lauern", wagte ich mich vor. *Na? Na? Bist du alleine? Oder hast du Verstärkung dabei?*

„Die liegen tot im Wald und brauchen ihre Störsender und Spezialthermoanzüge nicht mehr, um sich vor euren Wärmesensoren zu verbergen. Die sind schon kalt."

Mit einiger Mühe unterdrückte ich ein heftiges Schlucken, das mein Hals unbedingt ausführen wollte. Das würde mich verraten, also bloß nichts dergleichen machen. Sie musste mich weiter für furchtlos weil geisteskrank halten.

„Na dann. Die haben es wenigstens schon hinter sich und müssen Ihren Anblick nicht mehr ertragen oder diese grässliche keifende Stimme. Geduscht haben Sie wohl auch schon länger nicht mehr", wedelte ich mit einer Hand vor meiner Nase. „Wenn man so aussehen und so stinken muss, nachdem man abgetaucht ist, bleibe ich lieber an der Oberfläche. Lieber tot als das", machte ich mit der Linken eine Geste von oben nach unten, die sie als Ganzes bezeichnete.

Andy und Sergej, die sich als einzige nicht hinter dem Tisch verbargen, traten sichtbar von einem Bein auf das andere. Superstar meldete sich von hinter dem Tisch sitzend: „Hast du deine Medikamente heute nicht genommen?"

Sergejs Blick ruckte zum Tisch, als könne er durch die massive Platte hindurch Superstars Gesicht sehen und erkennen, ob der scherzte. Die Agentin vor mir riss die Augen auf und ließ die Waffe einige Zentimeter sinken. An mir vorbei stürzte Jeff – von der anderen Seite des Tisches aus, wo vorher nur die Russen gewesen waren – auf seine Ex zu, packte den Lauf der Waffe, drückte ihn runter und rannte sie um.

Alle Achtung, sie hatte locker doppelt so viel Masse wie er. *Gut getacklet! Du solltest Football spielen.* Sie gingen gemeinsam zu Boden, er lag auf ihr drauf und bemühte sich, sie mit nur einem brauchbaren Arm unter Kontrolle zu bringen. Die Mündung der seltsamen Waffe zeigte während dieses engen Kampfes in die Hütte. Die gestürzte Agentin sah mich über Jeffs verletzte Schulter hinweg hämisch an, hob die Waffe soweit es der Körper auf ihr zuließ und drückte ab.

Zum Reagieren blieb mir keine Gelegenheit mehr. In wahrgenommener Zeitlupe verfolgte ich, wie sich der Schuss löste, der gewaltige Rückstoß ihren Arm anhob und die Mündung noch zusätzlich von Jeffs Schreckzucken abgelenkt wurde. Gerade weit genug abgelenkt. Ein enormes Projektil – *wie eine langgezogene Mini-Handgranate* – flog nur wenige Millimeter an meinem rechten Knie vorbei, hinterließ einen heißen, verkohlten Streifen auf meiner Jeans, durchschlug erst den Tisch, dann die Wand dahinter in einer Explosion. Die Splitter der Tischplattenbohlen flogen mitsamt dem Geschoss und der Rückwand der Hütte in Einzelteilen auf der anderen Seite in den Wald. *Hab ich vorhin gesagt, dass die Wand keinen Schutz bietet? Die Tischplatte ist dicker.*

Totenstille herrschte in der Hütte. Ein Teil der Anwesenden starrte stumm die zwei gestapelten Gestalten draußen auf dem Boden an, die anderen das Loch im Tisch oder in der Wand. *Oh mein Gott, Superstar war vorhin genau dort gesessen, wo nun das Loch prangte. Wo die Löcher prangten. Er müsste genau dazwischen sein, zwischen Tisch und Wand. Jetzt zwischen Loch und Loch.* Meine Knie begannen zu zittern, Wasser wollte meinen Blick vernebeln.

„Boss...?"

Superstars Hinterkopf erschien einen Augenblick später in dem kreisrunden Aussichtsfenster mit fransigem Rand. Er sah sich, immer noch auf den Bodenbrettern sitzend, den Wald hinter der Hütte an und kratzte sich am Kopf. Dann drehte er sich auf dem Hosenboden um und sah zu mir hoch: „War der Spruch mit den Medikamenten zu viel?"

„Nein, war super!", lobte Alexander, tauchte hinter dem Tisch auf, lief zur Tür und half endlich seinem gehandycapten Bruder, die Ex unter Kontrolle zu bringen. Ich lachte erleichtert auf und wandte mich dem Schauspiel der ungleichen Brüder im Ringkampf mit der Verräterin zu. Zu zweit schafften sie es, sie ruhig zu stellen, ihr die Waffe wegzunehmen und schließlich mit Kabelbindern die Handgelenke zusammenzubinden. Allerdings mussten ihr die Hände vor dem Körper gefesselt werden statt dahinter. So weit konnte sie die Arme nicht nach hinten drehen.

So viel Masse, dass ich die Arme nicht mehr nach hinten bekommen hätte, hatte ich auch in meinen vollschlankesten Tagen nie gehabt. „Bitte sag mir, dass sie jede Menge zugelegt hat, seit sie zum letzten Mal jemand gesehen hat, sonst bin ich ernsthaft beleidigt oder muss anfangen mir Sorgen zu machen."

Die Aufforderung war an Andy gegangen, aber Sergej antwortete: „Ja, sie hatte weit weniger Gewicht und war besser trainiert, als wir uns das letzte Mal sahen. Vor einem Jahr hatten Sie beide eine recht ähnliche Figur, wenn ich das bemerken darf. Bis auf Ihre breiten Schultern und nicht ganz so ausladenden Hüften, heißt das. Sie haben sich beide sehr verändert seitdem, wenn ich von dem Foto an Ihrem Schlüsselanhänger ausgehe."

Er sah an meiner deutlich schlanker gewordenen Linie hinab zum besagten Kleinod in Kleeblattform, das aus meiner Hosentasche baumelte. Er zeigte erst darauf, spielte dann demonstrativ an einer meiner langen blonden Strähnen, um sie mir vor Augen zu führen. *Kein Vergleich zu der Person auf dem Bild.* Ich schob seine Hand ebenso demonstrativ weg, was er mit einem anerkennenden Schnauben quittierte.

„Wann ist das Foto entstanden?", wollte er wissen.

„Kurz nach den Aufnahmen zum Agentenfilm."

„Mhm…" Sergej sah mir bestätigend in die Augen, hinter ihm erklang ein Räuspern.

Jeff und Alexander standen wieder aufrecht, mit der Ex-Agentin zwischen ihnen. Sie hatten ihr sogar einen Knebel verpasst. Sie wand sich und schwankte, keifte durch den Knebel. Sie versuchte es zumindest. Alles, was man verstand, war ein gedämpftes „Mmm, mmhmmhm… MMMH! MMM!" Dabei schlug sie mit dem Kopf nach rechts und links, als wolle sie ihren beiden Bewachern Kopfnüsse mit dem eigenen Kopf verpassen. Das Ergebnis wäre sicher spannend gewesen. *Wer wohl den größeren Dickschädel hatte?*

„Wollt ihr sie haben?", fragte Jeff. Sein gesunder Arm hielt sie mit eisernem Griff am Ellbogen gepackt. Egal, wie sehr sie sich wand, da kam sie nicht raus.

Sergej riss sich gedanklich von mir los: „Simon, nett, dass du fragst. Wenn du sie nicht willst, nehme ich sie gerne. Da sind noch ein paar Fragen offen." *Ach, immer noch? Ich wusste bereits weit mehr als ich wollte. Und vermutlich auch mehr als gut für mich war. Würde mich nicht wundern, wenn Sergej Verhörspezialist wäre. Danach zu fragen, verkniff ich mir jedoch nachhaltig.*

Er ging an mir vorbei hinaus, winkte seinen zwei Männern, ihm zu folgen und übernahm die Gefangene. Gegen seinen Griff wehrte sie sich noch verzweifelter als gegen Jeffs und Alexanders zuvor. Eine Mischung aus Verachtung, Hass und Furcht stand in ihren Augen. Anscheinend kannte sie ihren neuen Kerkermeister gut.

Jeff kam zu mir in den Eingang, Sergej zerrte die Ex-Agentin mit sich, entfernte sich langsam von der Hütte, ging den Weg entlang, den wir zuvor herangekommen waren. Sein Nachwuchsagent schwenkte in meinem Rücken zu dem noch stehenden Stuhl am ehemaligen Kopfende des gestürzten und erschossenen Tisches und schnappte sich pflichtschuldig Sergejs Tasche mit dem Autogramm von der Lehne. Der andere sammelte ihre Waffen ein, Andy tat das Gleiche mit den Waffen unserer Seite.

Als die beiden Sammler gebückt neben dem Türstock standen stöhnte Sergej plötzlich aus der Distanz auf. Wir fuhren alle herum, sahen zu ihm hinüber, verfolgten, wie er in die Knie ging. Ob er nur k.o., verletzt oder gar tot war, konnten wir nicht erkennen aus der Ferne. Er sackte in sich zusammen, fiel zunächst auf die Knie, kippte anschließend seitlich auf den Boden und blieb liegen wie ein nasser Sack. Die Agentin, die er nun nicht mehr festhielt und nicht mehr hinter sich her schleifte, drehte sich von ihm weg, zu uns um, hatte plötzlich eine ebenso kleine Waffe in den Händen wie alle anderen Agenten heute und legte auf mich an.

Wo kam die Waffe her? Wo hatte sie die rausgezogen? Ihre Hände waren gefesselt und sie insgesamt reichlich unbeweglich. Hatte sie die im BH gehabt? Wie war sie an den ran gekommen? An dieses Versteck kam man nicht so irrsinnig schnell. Ich würde es allerdings trotzdem nutzen. Aber meine kleine Leihwaffe heute hatte ein anderer bei mir versteckt. Einer der wusste, wo er im Notfall schnell dran kam.

An meinem Rücken spürte ich, wie Jeffs Hand blitzschnell unter meinen Pullover fuhr, an der Wirbelsäule entlang nach unten glitt, über die Gürtellinie hinaus hinab, sich die Waffe aus meinem Hosenbund griff und sie herauszog. Ich ließ mich in dem Moment senkrecht fallen, in dem seine Hand samt Metall den Kontakt zu meinem Rücken verlor. Sein Waffenarm federte hoch, über meine abwärts fallende Schulter hinweg, knapp an meinem zurückgezogenen Kopf vorbei. Er schoss aus der Bewegung heraus, kaum dass sein Arm gestreckt war, ohne sichtlich zu zielen und traf seine Ex genau zwischen die Augen.

Bumm! Ein einziger Schuss.

Der Knall hallte vom umgebenden Wald als Echo zurück, brach sich mehrfach in unterschiedlichen Entfernungen. Am Boden liegend hob ich den Kopf leicht an, um über meine Beine hinweg zu sehen, und wartete darauf, dass alle Vögel sich fluchtartig aus den Bäumen emporschwingen würden. Das hatte ich im Film so oft gesehen. Aber irgendwie hatten die örtlichen Vögel anscheinend keine Lust dazu, von dem Knall aufgeschreckt zu werden, oder sie litten alle zusammen an einem massiven Gehörschaden. Nix flatterte. Leicht enttäuscht über die hartgesottenen Vögel schwenkte meine Aufmerksamkeit zurück zur Agentin.

Die hatte ein Loch in der Stirn, wie einen indischen Punkt zwischen den Schläfen, mitten in ihrer zusammengewachsenen, einen Augenbraue. Sie blieb noch eine Sekunde stehen, stocksteif, die Arme mit der Pistole weiterhin erhoben. *Ist sie jetzt tot oder kann man das überleben?* Dann fiel sie wie ein Brett, mit immer noch gestreckten

Armen, kerzengerade nach hinten um, genau auf Sergej. Falls der bisher noch gelebt haben sollte, war er jetzt mit Sicherheit platt.

Das Chaos war perfekt nach der ersten Schrecksekunde. Die Russen wollten zu Sergej, der junge Agent stürmte aus der Hütte, sprang über mich drüber, an Jeff vorbei. Alexander und Andy wollten zeitgleich zu Jeff und mir herein. So kollidierten kurz alle drei im Türstock miteinander, ich zog den Kopf ein und hoffte, dass keiner auf mich drauffallen würde.
Superstar kam als letzter hinterher, ließ sich nicht in den Pulk verstricken, stürzte zu mir, fiel zu meiner Linken auf die Knie und untersuchte mich hektisch mit Augen und Händen auf Löcher im Pelz. Er tastete mich derart genau ab, dass sich jeder andere postwendend eine gefangen hätte. Eine kitzelige Stelle brachte mich kurz zum Aufquieken, ihn zum erschrockenen Innehalten. Als er den Grund für den Quietscher kapiert hatte und keine Löcher in meiner sichtbaren Oberfläche fand, stand er auf, zog mich hoch und drückte mich fest an sich. So fest er konnte. Meine Arme erwiderten den maximalen Druck ganz automatisch. Ich presste ihn mit aller Kraft an mich. Ihm war nichts geschehen. Der Rest war mir wurscht.
Bis er mich wieder losließ, oder ich ihn wieder losließ – *wie rum auch immer* – wurde Sergej befreit. Seine Männer wälzten die tote Agentin von ihm herunter, drehten ihn auf den Rücken und verpassten ihm ein paar Ohrfeigen. Stöhnend begann er sich leicht zu rühren, setzte sich nach ein paar Momenten auf, ließ einen unverständlichen Fluch vom Stapel und trat leidenschaftlich seinen Fuß in den Hintern der Leiche neben sich.

Der Gruppenleiter von unserer wohlwollenden Organisation erschien auf der Bildfläche, diskutierte kurz mit den Russen – *Sergej war wieder auf den Füßen* –, kam zu uns, ging wieder weg, diskutierte mit dem Mann in unserem Ohr, der wieder zu verstehen war. Anscheinend hatten die Russen den Ministörsender bei der Toten gefunden und abgeschaltet. Und natürlich eingesteckt.

Andy hatte sich in die Büsche geschlagen, um die Leichen der dritten Partei zu suchen, die wohl auch solche Spielzeuge trugen, laut der Verräterin. Es musste ja für ausgeglichene Verhältnisse gesorgt werden. Wenn Sergejs Leute diese Technik nun hatten, brauchten sie auch unsere Agenten.

Die massige Leiche wurde inklusive aller potentiell noch daran befindlichen Technologie von einem sehr schnell erschienenen Hubschrauber auf einer Bahre am Stahlseil hochgehievt, noch ehe Andy zurück war. Sergej überwachte das Verladen, seine beiden Agenten warteten am Waldrand, unsere Seite stand weitgehend in der Hütte.

Sergej sprach in ein Funkgerät. Seine Gesten dazu ließen vermuten, dass es um die Winde ging. Gleichzeitig schickte er mit einem Fingerzeig seinen jüngsten Kollegen den Weg hinab, wo die Fahrzeuge geparkt waren, wies den älteren an, sich gleich in den Helikopter winden zu lassen. Als das erledigt war, kam er zu uns herüber. Zeitgleich erschien Andy am Waldrand, ging hinter Sergej her in die Hütte hinein. Der Russe blieb direkt vor mir stehen.

„So, Sie besitzen also keine Waffe und wussten nicht, was Sie tun sollten", wandte er sich an mich.

Ich sah ihn schräg an: „Das war nicht meine Waffe, ich hasse Schusswaffen! Und ich wusste wirklich nicht, was ich tun sollte. Das war reine Wut, der Mut der Verzweiflung und das Glück der Dummen."

Er sah erst mich abschätzend an, dann Jeff. Der nickte ihm bestätigend zu. Sergej hielt die Hand auf, Jeff legte die Waffe hinein, die er bei mir versteckt gehabt hatte. Sergej las die Gravur, lachte kurz auf, schloss die Hand um die putzige Pistole und sagte zu Jeff: „Da wäre ich mir verarscht vorgekommen."

Jeff grinste ihn an: „Jetzt finde ich die Inschrift passend."

Ich wollte auch endlich lesen, was da stand, Sergej steckte die Waffe aber umgehend in seine Hosentasche und ignorierte mich neuerdings.

„Was dagegen, Simon?", fragte er.

„Ganz und gar nicht."

„Dann freue ich mich auf unser nächstes Treffen", verabschiedete sich der Russe ausschließlich von Jeff, und schloss die Tür hinter sich. Also das, was von der Tür noch übrig war. Der untere Teil hing nur noch mit einem schmalen Brettchen am Schloss, konnte damit aber immerhin geschlossen werden. Der obere Teil, durch ein enormes, rundes, ausgefranstes Loch vom unteren abgetrennt, baumelte lose in der Luft, schräg an einem verbogenen Scharnier.

Ich drehte mich zu Andy: „War das jetzt das klischeehafte Russen gegen Amis? Oder seid ihr von noch einem anderen Land? Lass mich nicht dumm sterben. Jetzt ist es doch vorbei. Klär mich auf."

Den letzten Satz quittierte er mit leichtem Schmunzeln ehe er sachlich erklärte. „Wir gehören zu keiner bestimmten Nation. Wir sind eine Art unabhängige globale Eingreiftruppe, die allen anderen auf die Finger schaut, sie im Auge behält und sich um Leute kümmert, die ins Visier geraten sind, so wie ihr beide", schloss er mit einer Geste Superstar und mich ein. „Jeder von uns hat mindestens zwei Staatsbürgerschaften und spricht mehrere Sprachen. Würdest du gerne bei uns mitmachen?"

„Nee, lass mal, und ich habe nur eine Staatsbürgerschaft."

„Du könntest aber ohne Probleme eine zweite bekommen."

„Falls ich mal in die Verlegenheit kommen sollte, eine zweite Staatsbürgerschaft zu brauchen, mache ich mir vielleicht die Mühe herauszufinden, zu welcher Indian-Nation die Großmutter meines Großvaters gehörte und ob ich mich als Stammesmitglied anerkennen lassen kann. Über den Umweg könnte es theoretisch möglich sein, zu einer amerikanischen Staatsbürgerschaft zu kommen. Aber im Moment habe ich daran nicht das geringste Interesse. Meine aktuelle Staatsbürgerschaft reicht mir schon."

„Dann bist du keine stolze Deutsche?"

„Als Deutscher darfst du keinen Nationalstolz besitzen – außer zur Fußball-WM –, weil du dann gleich als Nazi beschimpft wirst. Ich bin Bayerin und das ist gut so."

Andy runzelte die Stirn, Jeff lachte: „Regionalpatriotismus ist eine nationale Krankheit in Deutschland. Meine Mutter sagt immer, sie ist Schwäbin."

„Naja, Bayern ist wenigstens ein Freistaat und Bayerisch gilt inzwischen als eigenständige Sprache statt als Dialekt. Also kann ich mich guten Gewissens als Bürgerin Bayerns erklären. Ein nicht ganz souveräner Staat mit eigener Sprache."

Andy setzte an, etwas zu erwidern, kam aber nicht weit. Unsere kleine weltpolitische Diskussion wurde vom Gruppenleiter unterbrochen, der nun auch den Mann aus dem Ohr nahm, wie wir es schon vor einiger Zeit getan hatten. Er war nicht amüsiert...

„Je weiter ich diesem Einsatz zugehört habe und je mehr ich jetzt höre, desto weniger kann ich es glauben.

Was ist eigentlich in Sie gefahren?", verlangte er von mir zu erfahren. „Sie haben sich benommen wie eine Geisteskranke, seit Sie die Hütte betreten haben."

Alexander legte breit grinsend einen Arm um meine Schultern: „Soll noch mal einer sagen, sie wäre keine gute Schauspielerin."

Jeff sah seinen Bruder an: „Wie bitte?"

Der grinste immer noch breiter: „Ich habe ihr gesagt, sie soll möglichst unverschämt und furchtlos sein gegenüber Sergej, das beeindruckt ihn. Vor allem soll sie verrücktspielen, dann lässt er sie zukünftig in Ruhe. Und bei deiner Ex scheint die Masche auch gut geklappt zu haben. Das hat Nicht-Agent Goblin doch hervorragend gemacht."

Ohne einen Muskel zu verziehen sah ich ihn an: „Sicher, dass das gespielt war?" *Ich muss ja nicht zugeben, dass ich mich vor Angst fast nass gemacht hätte und aus dem gleichen Grund ganz kurz davor gewesen war, tatsächlich den Verstand zu verlieren. Ebenso wenig, dass ich wieder mal darauf gesetzt hatte, mein bewaffnetes Gegenüber aus der Fassung zu bringen, damit es entwaffnet werden konnte.*

Alexander fing an zu lachen à la „guter Witz".

Ich sah ihn weiter mit steinernem Gesicht an.

Sein Lachen verebbte allmählich, er nahm den Arm von mir weg und sein Blick wurde unschlüssig.

Jeff registrierte das mit Wohlwollen und sah dann zu Superstar: „Und wie solltest du dich benehmen? Gab es da auch ... Regieanweisungen?"

Superstar lächelte: „Ich sollte mich so benehmen, wie man es von einem Star erwartet." *Ich schmeiß mich weg!*

„Und was sollte das mit den Medikamenten?", fragte Jeff weiter.

„Das war improvisiert. Manchmal wirkt sie doch tatsächlich so, oder etwa nicht?", lachte er. Jeff stimmte mit ein, ich sah die beiden gekränkt an, Andy grinste stetig,

Alexander und der Gruppenleiter wussten nicht so recht, ob Lachen angebracht war.

○

Es war komplett dunkel geworden. Die Hütte wurde nur von einer einzelnen Öllampe an der Decke erhellt.

„Wir sollten langsam zusehen, dass wir zu den Fahrzeugen zurückkommen", schlug Alexander vor, der mit einem Autoschlüssel in der Hand herumspielte.

„Wo sollen wir euch hinbringen?", ging die Frage von Andy an Superstar und mich. Unser Gepäck lag im Kofferraum des Wagens, mit dem wir gekommen waren. Der parkte, zusammen mit dem des Gruppenleiters, ein Stück den Pfad hinunter. Also konnten wir direkt los. Unschlüssig sah ich zu meinem Boss: „Du musst wieder zur Promotour zurück, sonst erzählt die Zicke noch mehr Unfug. Also zum nächsten Flughafen."

Er senkte einmal zustimmend Augenlider und Kopf und sah mich dann erwartungsvoll an. Er wusste, dass da noch was kam, also enttäuschte ich ihn nicht.

„Denkst du, du kommst die letzten zwei Wochen des Promotion-Marathons ohne mich aus? Ich brauche dringend Urlaub nach dieser ganzen Verwechslungsarie."

„Dachtest du an ein spezielles Reiseziel?", fragte er wissend.

„Wie wäre es mit Sizilien? Es ist Erntezeit und die beiden können sicher Hilfe gebrauchen. Außerdem wartet da noch ein Block auf mich. Den Weg dorthin werde ich mit einem zuverlässigen neuen Roller bestreiten, der Maria sicher gefallen wird", lächelte ich ihn an. „Was meinst du, lila oder violett?"

Er lachte übers ganze Gesicht: „Besorg noch einen Beiwagen dazu, mit Sternchen drauf, ich möchte mich auch bei den beiden bedanken. Nach der Tour komm ich dich abholen."

Andy sah mich zweifelnd an: „Wird dir das nicht langweilig, alleine, ohne jemanden, der eine deiner Sprachen spricht?" Er hatte ja meinen verzweifelten Redeschwall im Outback miterlebt, den George über sich hatte ergehen lassen müssen.

„Wer sagt, dass ich alleine fahre? Jeff braucht noch Erholung, bis er wieder einsatzbereit ist. Und wo sollte er besser aufgehoben sein als bei Nonna Anna und dem Dottore, der sich mit solchen Verletzungen auskennt?"

Jeff sah mich fragend an. Ich schaute ungerührt zurück: „Was ist? Kommst du? Dann kann Anna mir jetzt mal etwas genauer erklären, was ich alles mit dir anstellen darf und wobei ich sehr sanft sein muss."

Jeffs Augen blitzten auf, er rupfte seinem Bruder den Autoschlüssel aus der Hand, drückte ihm in der gleichen Bewegung die Uhr mit dem noch nicht gefundenen Mikro-Sender hinein, war in einem Wimpernschlag an mir vorbei und hielt die Überreste der Tür für uns alle auf.

Noch ein paar Lieder?

Die Lieder, die mir während des Schreibens oder Nach-bearbeitens durch den Kopf gingen, mich förmlich über-rannten und für seltsame Blicke derer sorgten, die mich beim Sinnieren, Schreiben oder Korrekturlesen sahen, möchte ich meinen Lesern nicht vorenthalten. *Wenn ihr wisst, was ich höre, wirke ich vielleicht nicht mehr ganz so durchgeknallt, wenn ihr mich mal irgendwo in einer kreati-ven Phase seht.*

Der passende Song bei Goblins Vorstellung im ersten Buch und zu Beginn dieses Buches war ganz klar Meat Loafs „Bat out of Hell".
Wenn ich an Goblin denke, springt mich dieser Sound an und bei diesem Lied springe ich wiederum mit Vorliebe laut mitsingend und mit Luftgitarre in der Gegend rum.

Bei Andys Erscheinen in New York blies vor meinem feuchten geistigen Auge eine spontane Windböe durch den Saal und ließ sein herrliches, volles, langes, dunkel-braunes Haar unwiderstehlich um ihn herum wehen, wie er so verführerisch lächelnd an der Bar stand und seinen Drink hob. Genau wie in einem neunziger Jahre Shampoo-Werbespot. Dabei erscholl in meinem Kopf „You Sexy Thing" von Hot Chocolate.
Ja, ich habe den gleichen Geschmack wie Goblin, und fing bei der Vorstellung breit grinsend an zu kichern.

Der Wolkenbruch im Outback wurde in meinen Ohren begleitet von Amon Amarths „Twilight of the Thunder God", spätestens als Goblin und Andy im Auto von den Wassermassen mitgerissen wurden.

Die Stimmung kurz vor Ragnarök brachte mich zum tonlosen Headbangen, während ich mit dem Schleppi auf den Knien in meiner Hängematte im Grünen saß.

Auf der Geisterinsel schlug mir der „Sound of Silence" brüllend laut entgegen, weniger im Original von Simon & Garfunkel, sondern im Remake von Disturbed. Dieser unheimliche Ort, an dem man die Menschen fast noch spüren kann, die einst dort lebten und starben, verströmt für mich eine ohrenbetäubende Stille, die Gänsehaut und Schauer hervorruft. *Auch bei über 35°C in der prallen Sonne.*

In China tanzte, von Jeffs Kampftraining angefangen bis zu der erbarmungslosen Schlacht auf den Terrassenfeldern, Carl Douglas mit seinem orangen Stirnband durch meinen Kopf und sang „Kung Fu Fighting".
Natürlich sang und tanzte ich mit, als ich die Szenen in der Warteschlange vor der Supermarktkasse noch mal geistig durchspielte. Die Business-Kostüm tragende Dame hinter mir (mit Handy am Ohr, in der perfekt manikürten Hand) wechselte, nach einem kritischen Blick auf mich, lieber zu einer anderen Kasse. Der leicht ergraute Herr vor mir sang daraufhin lachend mit.

Das Frühstück in Sydney, nach der Nacht auf Jeffs Couch, ist der Punkt, an dem sich für mich Goblins persönlicher Sound zu Meat Loafs „Objekts in the Rearview Mirror" wandelt.
Das Lied muss man einfach voller Inbrunst im Auto mitgrölen, auch im Stau bei offenen Scheiben.

Die Nacht in Edinburgh erklingt im Zeichen des traditionellen „Drunken Scotsman", obwohl hier nicht der Kilttrager den Blackout hatte.[9] *Zum anzüglichen Grinsen verführt das blaue Erinnerungsstück allemal. Egal wo man sich gerade aufhält, beim Ersinnen dieser Szene.*

Bei Goblins Outing durch die Hauptdarstellerin und dem, was darauf folgte, schlich sich Schandmauls „Der Spion" durch meine Gehörgänge und um die mediterranen Ecken Maltas. *Und ich hüpf-humpelte summend zwischen geparkten Autos hindurch.*

Als Sizilien zum nächsten Schauplatz wurde und dort ein Arzt hermusste, der Schusswunden behandelt, war der erste Liedfetzen in meinem Ohr „Heiße Nächte (in Palermo)" von der Ersten Allgemeinen Verunsicherung.
Da saß ich gerade im Wartezimmer beim Arzt und fing unvermittelt an, halblaut in mich hinein zu lachen. Nach ein paar seltsamen Blicken nahm ich zur Tarnung mein Handy in die Hand.

Sobald jedoch Anna und Maria auf der Bildfläche erschienen, hörte ich plötzlich „Good People" von Great Big Sea. Zusammen mit dem Lied nahm auch meine ganze Geschichte eine völlig neue Wendung. Zuvor hatte ich selbst nicht gesehen, welche Nähe sich zwischen Jeff und Goblin entwickelt hatte. Erst durch Annas Augen wurde mir die Verbundenheit der beiden klar, und Superstars Reaktion darauf.
Diese Erkenntnis traf mich brennend heiß beim Grillabend mit Freunden. Mein Ausruf „Mann, bin ich dämlich!", wurde auch ohne den Auslöser zu kennen, laut johlend begossen. Sie kennen mich eben...

---

[9] In meinen Ohren ist es Bryan Bowers Version.

Die Ex-Agentin beim Gipfeltreffen, auch wenn sie eine Frau ist, sprengte schließlich die Party mit Johnny Rivers „Secret Agent Man", geschrieben von P.F. Sloan und S. Barri.

Das sang ich am Gartentisch beim Sonntagskaffee vor mich hin und machte Explosionsgeräusche dazu. Meine Mutter kennt das zum Glück schon von mir. Da kommt nur die Frage: „Wann darf ichs lesen?"

Mr. Superstars Erkennungssong muss jeder für sich herausfinden. Der herzliche, empathische Charakter, der die männliche Hauptrolle in meinen Büchern spielt, ist für mich zu einem liebgewonnenen Freund geworden, der da ist, wenn es mir schlecht geht. Ich möchte ihn und alle Freunde, die ebenso sind, ganz feste drücken und mich von Herzen für alles bedanken, egal was im Hintergrund gespielt wird.

Mr. Superstars Endzeitdrama, dass die Rahmenhandlung für gleich drei Kapitel darstellte, verdient ein passendes Ende. Vor allem, nachdem ich mir schon so viel Mühe gegeben habe, die Handlung des nicht existenten Films darzulegen.

Also hier nun auch noch das Ende des Dramas. Gleich werden wir sehen, ob ich in Bio gut aufgepasst habe.

Erste Einstellung

Der sichtlich um Jahrzehnte gealterte Protagonist sitzt in einer einfachen Hütte an einem Schreibtisch, umgeben von umfangreichen Papierstapeln, medizinischen Fachbüchern und Akten. Die Wände sind tapeziert mit fein säuberlich gemalten Stammbäumen, handschriftlichen Tabellen und allerlei Notizzetteln. Er unterhält sich mit einem zweiten Mann, dem er seine Aufzeichnungen zeigt und erklärt.

„Ich habe festgestellt, dass die Überlebenden aus den einzelnen Gebieten meist eng miteinander Verwandt sind. Ein Elternteil und ein Kind oder Geschwister. Es spricht für eine genetische Resistenz, dass aus einer ganzen Stadt nur ein Geschwisterpaar überlebte. Und in einer anderen Stadt deren biologische Mutter.

Zudem haben alle Gruppen Überlebender, die sich auf der ganzen Welt zu kleinen Siedlungen zusammenfanden, die gleiche Beobachtung gemacht. Etliche ihrer neugeborenen Jungen sterben gleich nach Verlassen des Mutterleibs und zersetzen sich innerhalb weniger Tage, bis nichts mehr von ihnen übrig ist. Als ob die Luft eine giftige Säure für sie wäre. Im Schnitt ist es beinahe die Hälfte der männlichen Säuglinge, die weiblichen sind davon nicht betroffen. Das deutet auf eine dominante Immunität auf dem X-Chromosom hin."

Das Bild wird langsam dunkel. „ZWANZIG JAHRE ZUVOR" erscheint in weißer Schrift für einige Sekunden und verlischt wieder.

Der Bildschirm wird übergangslos gleißend hell, zeigt eine nackte Glühbirne und man hört Stimmen durcheinanderreden ohne etwas zu verstehen. Die Kamera zoomt heraus und zeigt im Weitwinkel ein voll ausgestattetes Labor auf modernstem Stand. Hier diskutiert eine große Gruppe Wissenschaftler in weißen Kitteln erregt vor einer Reihe von Computern und Testaufbauten. Die Kamera fährt zwischen ihnen hindurch und hält bei einzelnen Paarungen und Kleingruppen kurz inne, um Gesprächsfetzen einzufangen.

Die Essenz dessen, was man aus dem Gesagten erfährt: Diese fanatische Gruppe kriegsmüder Genetiker hat sich entschlossen, den dritten Weltkrieg auf einen Schlag zu beenden, bevor der ganze Planet endgültig und unwiderruflich für alles Leben verloren ist. Die einzige Möglichkeit dazu sehen sie darin, die Menschheit gezielt auszulöschen.

So züchteten sie einen aggressiven fleischfressenden Virus, der an das menschliche Genom angepasst wurde. Seine Funktion besteht darin, die Menschen nicht nur zu töten, sondern auch ihre Überreste innerhalb weniger Tage komplett zu zersetzen. Die Verbreitung soll über ein globales Netz von Explosionen erfolgen, die als Nebenprodukt EMPs freisetzen.

Am Ende der Szene drückt einer der Männer auf den sprichwörtlichen roten Knopf. Eine laute Explosion erklingt, das Bild wird schwarz und bleibt etwa zehn Sekunden lang so. Nach der Explosion hört man mehrere Herzschläge in der Dunkelheit, die nach und nach ersterben, bis nur noch einer übrig ist, der ganz langsam weiterschlägt.

Dann entsteht wieder ein blinzelndes, verschwommenes Bild, das sich allmählich erweitert und klärt, dargestellt aus der Sicht eines sich langsam öffnenden Auges.

Der Mann, der den Knopf gedrückt hat, erwacht auf dem Boden des Labors. Seine Kollegen sind wie geplant nicht mehr vorhanden. Nur ihre Kleidung liegt noch im Raum, da wo sie gestorben sind.

Er entnimmt sich eine Blutprobe, führt mit den vorhandenen, nicht elektrischen Apparaturen, chemische Versuchsreihen daran durch. Ohne die Computer, die ja dem EMP zum Opfer fielen, und ohne Strom, den in einer toten Welt niemand mehr produziert, eine langwierige Angelegenheit.

Schließlich erklärt der überlebende Wissenschaftler dem Zuschauer im direkten Monolog in die Kamera – mit deutlich gewachsenen Haaren, verlorenem Gewicht und zerschlissener Kleidung: „Da kein anderes Lebewesen betroffen sein sollte, wurde die genetische Struktur, die das Virus zersetzt, sehr genau eingegrenzt. So genau, dass auch Menschenaffen wie Schimpansen nicht betroffen wären, deren Chromosomenpaare ja weitgehend mit den menschlichen übereinstimmen. Die wenigen geringfügigen Unterschiede in der genetischen Struktur wurden berücksichtigt und führten offenbar dazu, dass auch Menschen mit einer ganz bestimmten Mutation des X-Chromosoms von der tödlichen Wirkung des Virus verschont blieben. Während alle anderen Menschen innerhalb von Stunden starben, fielen diese Wenigen nur für ein paar Tage in einen komatösen Zustand. Diese Zeit brauchte ihr Immunsystem, um mit dem Virus fertig zu werden. Als sie wieder erwachten, waren alle anderen Menschen um sie herum bereits vollständig zersetzt."

Das Gesicht des Wissenschaftlers wird überblendet mit der zettelgespickten Hüttenwand aus der ersten Szene. Die Kamera zoomt auf ein Blatt mit der Information:

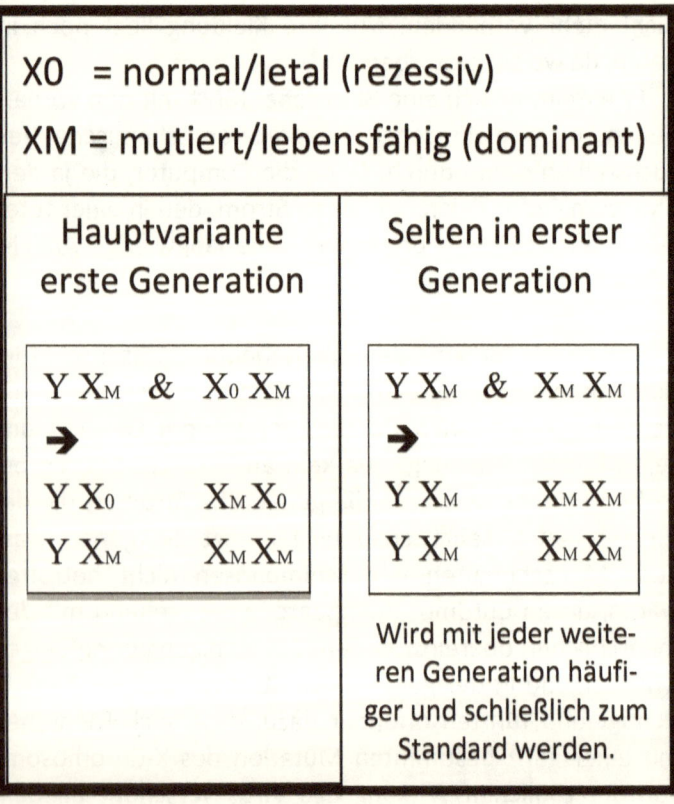

Darüber legt sich der Abspann.

Wieder was gelernt

Für jemanden, der von jeher mit der Rechtschreibung auf Kriegsfuß stand, ist es nicht weiter schwierig über immer neue Erkenntnisse zu stolpern. Teils wussten meine Mädels, die fleißig korrekturgelesen haben, es besser, teils wusste es das Internet, nachdem die Rechtschreibprüfung gemault hatte.

Meine größten Aha-Erlebnisse aus diesem Band:

„Stehgreif" akzeptiert der Computer zwar, aber spontane Witze entstehen aus dem „Stegreif". Das hat nichts mit stehen oder greifen zu tun, sondern mit dem Steigbügel = Steg + Reif (wie Armreif). Die grundlegende Idee ist, dass alles, was man früher kurzfristig machte ohne dafür vom Pferd zu steigen, geschieht ohne lange darüber nachzudenken oder es zu planen. Man bleibt also im Steigbügel – im Stegreif – und agiert aus diesem heraus.

„Selig" kommt nicht von der Seele, wie ich eigentlich dachte, sondern vom althochdeutschen „sälig". Das hieß soviel wie glücklich oder gut, hatte aber auch den klerikalen Beiklang von heilig oder gesegnet. Es ist also kein Wunder, dass dieser Fehler sehr oft gemacht wird. Ich wäre beinahe wahnsinnig geworden, weil ich dachte mein Computer spinnt, wenn er vertrauensselig, armselig, redselig mit einem e wollte, aber mutterseelenallein und seelenruhig mit zwei ee.

Die Tücken der Technik

Spaß mit der automatischen Silbentrennung

Auch dieses Mal hatte ich beim Setzen des finalen Layouts einen Mordsspaß mit der automatischen Silbentrennung. Anglizismen versteht das Programm offenbar in einem Ausmaß falsch, dass zwar kein Schreibfehler angezeigt wird, man sich aber an den Kopf greift.

Homet-rainer ist schon schön. *Ist der mit meinem Homie[10] Rainer verwandt?* Aber das ist nichts gegen mein absolutes Highlight.

Die Mäusegattung der Tee-nager kannte ich bis dato noch gar nicht, ebenso wenig, wie die mögliche Upper-Class-Variante von Schnupftabak in Form des Tee-nies.

Von der Rechtschreibkorrektur ignoriert

Mit Ignoranz kennt sich wohl jeder bis zu einem gewissen Grad aus. Ich ignoriere zum Beispiel Sonntagmorgens vor elf Uhr grundsätzlich alles und jeden. Chefs ignorieren mit Vorliebe berechtigte Einwände ihrer Untergebenen. Und auch Computer können ganz schön ignorant sein.

Die Künstler, die einen Gast bei ihren „Kunsttücken" (statt Kunststücken), hätten erwischen können, waren zum Beispiel sehr schön.

Meine liebsten vom Computer ignorierten Fehler, die trotzdem zum Glück noch auffielen, waren in Band eins Nachtischlampe (statt Nachttischlampe) und in diesem Band Stimmbäder (statt Stimmbänder). Beide Utensilien

---

[10] Homie ist Neudeutsch für Kumpel.

würde ich aus reiner kindlicher Begeisterung für das Unbekannte zu gerne einmal sehen.

Falls jemand eine Idee hat, wie so etwas aussehen
könnte, oder noch weitere Ignoranzen entdeckt, wäre es
mir ein Fest, das auf Twitter zu erfahren.
Bitte solche Eingebungen und Funde unbedingt mittei-
len an: @JustaLGoblin

Haben Sie den ersten Band der Trilogie schon gelesen?

Nein?
Dann wirds aber Zeit!

**Der dritte Teil wird voraussichtlich
Ende 2019 erscheinen.**

Fertig ist er schon. Zumindest der Text des Buches.
Einige Bilder fehlen noch und es müssen wieder die vielen
kleinen, gemeinen Fehler und Tücken der Technik
ausgemerzt werden.

Aber dann kommt die

3te Weltreise eines Bodyguards

Mit
neuen und alten Charakteren,
faszinierenden Schauplätzen in aller Welt
und
gefährlichen Herausforderungen der ganz anderen Art.

www.ingramcontent.com/pod-product-compliance
Lightning Source LLC
Chambersburg PA
CBHW020838020726
47497CB00005B/1159